RAABE Fachverlag für Wissenschaftsinformation
Ein Unternehmen der Klett-Gruppe

Die Autoren

Marco Finetti

Jahrgang 1965; arbeitete nach Geschichts-, Publizistik- und Politikwissenschafts-Studium in Münster zunächst in Hamburg und Köln als freier Wissenschaftsjournalist für *Die Zeit*, die *Süddeutsche Zeitung* und den *Westdeutschen Rundfunk*; ist jetzt als Leitender Redakteur bei der *Deutschen Universitätszeitung (DUZ) – Das unabhängige Hochschulmagazin* in Bonn tätig; Arbeitsschwerpunkte: Hochschul- und Wissenschaftspolitik, -geschichte und -literatur.

Armin Himmelrath

Jahrgang 1967; arbeitet seit dem Lehramtsstudium der Germanistik und Sozialwissenschaften in Wuppertal und Beer Sheva/Israel als freier Wissenschaftsjournalist in Köln vor allem für die *Süddeutsche Zeitung*, *Die Welt* und den *Westdeutschen Rundfunk*; Arbeitsschwerpunkte: Hochschulpolitik, Studium und Lehre, Israel und Naher Osten; daneben Tätigkeit in der Aus- und Weiterbildung von Journalisten.

Marco Finetti
Armin Himmelrath

Der Sündenfall

Betrug und Fälschung
in der deutschen Wissenschaft

RAABE Fachverlag für Wissenschaftsinformation
Ein Unternehmen der Klett-Gruppe

RAABE
Fachverlag für Wissenschaftsinformation
Ein Unternehmen der Klett-Gruppe
Königswinterer Straße 418, D-53227 Bonn
Postfach 301155, D-53191 Bonn
Telefon: 02 28 / 9 70 20-0
Telefax: 02 28 / 9 70 20-36
eMail: duz@raabe.bonn.com

Die Deutsche Bibliothek – CIP-Einheitsaufnahme

Finetti, Marco:
Der Sündenfall : Betrug und Fälschung in der deutschen Wissenschaft / Marco Finetti ; Armin Himmelrath. – Stuttgart ; Berlin ; Bonn ; Budapest ; Düsseldorf ; Heidelberg ; Prag ; Sofia ; Warschau ; Wien ; Zürich : Raabe, 1999
(DUZ-Edition)
ISBN 3-88649-351-2

Umschlagphoto: Bayer AG
Umschlaggestaltung: 2create, Köln
Satz, Druck und Buchbindung: Freiburger Graphische Betriebe
Auslieferung: Stuttgarter Verlagskontor, Stuttgart
Printed in Germany

RAABE
Stuttgart
Berlin Bonn Budapest Düsseldorf Heidelberg Prag Sofia Warschau Wien Zürich

Inhalt

Vorwort

Die deutsche Wissenschaft ist in die Schlagzeilen geraten – doch anders, als ihr lieb sein kann. Weder die Spitzenleistungen, die Wissenschaftler hierzulande trotz aller Widrigkeiten noch immer erbringen, ziehen seit Monaten immer wieder die Aufmerksamkeit der Öffentlichkeit, Medien und Politik auf sich, noch die Chancen und Risiken der Biotechnologien und anderer zukunftsweisender Forschungsbereiche, noch etwa die Tatsache, daß deutsche Forscher inzwischen wieder mehr Patente anmelden als ihre lange Zeit übermächtige Konkurrenz aus Fernost. Im Mittelpunkt des Interesses steht vielmehr ein Thema, das wie kein zweites geeignet ist, derlei positive Meldungen zu übertönen: Die Rede ist von Betrug und Fälschung in der Wissenschaft – und die dazu passenden Schlagzeilen künden vom „GAU in der Forschung", von erschüttertem Vertrauen und verlorener Unschuld, machen „Betrüger im Labor" und Forschungsfälschung „in beispiellosem Umfang" aus, lenken den Blick auf „Phantastische Pfuschereien", auf „Sex, Lügen und Psychotricks" und auf eine „Wissenschaft ohne Kontrolle".[1]

Ausgelöst haben diese Schlagzeilen zwei Forscher, die noch vor wenig mehr als einem Jahr auf einem der zukunftsträchtigsten und umkämpftesten Forschungsfelder zu den Aushängeschildern der deutschen Wissenschaft zählten: die beiden Krebsspezialisten Prof. Dr. Friedhelm Herrmann und Prof. Dr. Marion Brach. Sie sollen, so der inzwischen vielfach erhärtete Vorwurf, Dutzende von Forschungsarbeiten gefälscht und dabei nicht nur alle Regeln des wissenschaftlichen Anstandes, sondern auch sämtliche Kontrollmechanismen des hiesigen Wissenschaftssystems über den Haufen geworfen haben.

Glaubt man der deutschen Wissenschaft und ihren Spitzenrepräsentanten, so ist der „Fall Herrmann/Brach" *der* Sündenfall, der erste Fall von „Fälschung im Herzen der deutschen Wissenschaft"[2], der erste großangelegte, systematische Forschungsbetrug hierzulande. Doch so eindringlich diese Beteuerung auch gemacht wird – bei ihr ist der Wunsch Vater des Gedankens. Betrugs- und Fälschungsfälle hat es in den letzten Jahrzehnten in der deutschen Wissenschaft, und auch in ihrem Herzen, immer wieder gegeben. Und jeder dieser Fälle war und ist *ein* Sündenfall für sich: Denn wann immer Wissenschaftler Forschungsarbeiten und -ergebnisse abschreiben, schönen, fälschen oder gar frei erfinden, verstoßen sie wissentlich und willentlich gegen das fundamentalste Gebot ihrer Zunft – das Streben nach Wahrheit und Objektivität. Wirklich neu am „Fall Herrmann/Brach" ist vor allem seine Dimension, sodann das öffentliche Interesse, das er findet – und schließlich die selbstkritische Art, in der sich Wissenschaftler und Wissenschaftsorganisationen mit ihm und über ihn auch mit dem Phänomen Betrug und Fälschung in ihren Reihen auseinandersetzen. Das Phänomen selbst jedoch ist seit langem sehr real in der deutschen Wissenschaft: Nicht dominierend, aber eben auch nicht zu vernachlässigen – und vor allem voller Aufschlüsse über die Wissenschaft selbst, ihre Spielregeln und ihre Schwachpunkte.

Dieses Phänomen des wissenschaftlichen Sündenfalls wollen wir in diesem Buch von verschiedenen Seiten unter die Lupe nehmen:

Zunächst, und als *Einleitung* für alles Folgende, wollen wir analysieren, wie in der deutschen Wissenschaft vor dem „Fall Herrmann/Brach" mit Betrug und Fälschung umgegangen wurde – oder, um es vorweg zu nehmen: nicht umgegangen wurde. Über Jahrzehnte hinweg wurde das peinliche Thema geflissentlich verdrängt, was bereits an sich viel über das hiesige Wissenschaftssystem aussagt und zu großen Teilen auch die Schockwellen erklärt, welche die Manipulationen der beiden Krebsforscher ausgelöst haben.

Auf dieser Folie schildern wir im *ersten und umfangreichsten Teil* unserer Betrachtung eine Reihe von Spielarten und Fällen aus den letzten siebzig Jahren, in denen Wissenschaftler an deutschen Hochschulen und Forschungseinrichtungen Studien, Experimente, Aufsätze oder Gutachten gefälscht, geschönt, abgeschrieben oder erfunden haben oder zumindest in den begründeten Verdacht geraten sind, dieses getan zu haben. Die einzelnen Abschnitte unterscheiden sich dabei zwangsläufig in Art, Anlage und Schwerpunkt: Bei der Forschungsfälschung etwa stehen spektakuläre Einzelfälle im Mittelpunkt, die für sich sprechen; beim Plagiat geht es um Spielarten, denen Fälle zugeordnet werden. Manches läßt sich in allen Details, anderes nur in Umrissen schildern; die meisten Fälle sind offiziell dokumentiert, bei einigen wenigen gründet die Darstellung jedoch auf vertraulichen Informationen, wovon noch zu sprechen sein wird. Für alle gilt: *Daß* es diese Spielarten, Fälle und begründeten Vorwürfe gegeben hat, und zwar entgegen allen anders lautenden Beteuerungen, in allen Forschungsbereichen und in den unterschiedlichsten Varianten, wollen wir zeigen. Eine lückenlose *chronique scandaleuse* der deutschen Wissenschaft ist nicht unser Ziel. Ebenso wenig drängt es uns beständig zu einem Urteil: Die meisten der geschilderten Fälle sind zweifelsfrei erwiesen und werden als solche benannt; andere aber, zumal die jüngsten, harren der wissenschaftlichen oder juristischen Klärung. Hier kann es nur darum gehen, den neuesten Sachstand wiederzugeben – nicht aber darum, Untersuchungskommissionen oder Gerichte zu ersetzen. Und um sogleich falschen Erwartungen vorzubeugen: Vermeintlich lebensnahe, tatsächlich jedoch nur konstruierte Einblicke in Fälscherlaboratorien oder -werkstätten, bei denen sich Betrügereien und Manipulationen gewissermaßen in Echtzeit miterleben lassen, bieten wir nicht. Die Geschichte von Betrug und Fälschung in der deutschen Wissenschaft ist nicht zuletzt die Geschichte ihrer Aufdeckung und Rekonstruktion, und als solche soll sie hier auch geschildert werden.

Über die Fälle hinaus schauen wir im *zweiten Teil* hinter die Kulissen des hiesigen Wissenschaftsbetriebs. Im Zentrum steht dabei die Frage nach den Ursachen für Betrug und Fälschung in der deutschen Wissenschaft. Die Antwort ist nach unserer Überzeugung vor allem in der Wissenschaft selbst zu suchen. An einer Reihe von Beispielen wollen wir zeigen, daß Betrug und Fälschung zumeist weniger das Resultat krimineller Energien sind, als die sie gerne hingestellt werden, sondern eher die logische Konsequenz des modernen Wissenschaftsbetriebes und seiner Auswüchse. Auch diese Zusammenhänge wurden hierzulande lange Zeit verdrängt. In anderen Staaten mit anderen Wissenschaftssystemen, vor allem in den USA, aber auch in

Skandinavien, wird dagegen bereits seit langem diskutiert, ob und wie etwa der immer schärfere Kampf um Forschungsgelder, die immer höheren Hürden für Nachwuchswissenschaftler oder die fortschreitende Zersplitterung des Wissens zu Betrug und Fälschung führen. In Deutschland hat die Diskussion über diese Mechanismen gerade erst begonnen; wir hoffen, dazu einen Beitrag zu leisten.

Ebenfalls erst begonnen hat hierzulande auch die Diskussion um wirksamere Schutzvorkehrungen und Sanktionen gegen Betrug und Fälschung in der Wissenschaft. Um sie geht es im *dritten Teil* des Buches. Gewiß: Richtlinien für korrektes wissenschaftliches Verhalten hat es auch vor Herrmann und Brach bereits gegeben, und die einschlägigen Rechtsmittel sind schon lange statuiert. Aber erst nachdem sich sämtliche Kontrollmechanismen als wirkungslos erwiesen hatten, setzte die deutsche Wissenschaft das Thema wirklich auf die Tagesordnung. Seitdem wurden gleich mehrere Ehrenkodexe und Verfahrensordnungen erarbeitet, allen voran von der Deutschen Forschungsgemeinschaft (DFG) und der Max-Planck-Gesellschaft.[3] Sie wollen wir einer kritischen Würdigung unterziehen. Besondere Aufmerksamkeit muß dabei dem Grundsatz „Selbstkontrolle der Wissenschaft vor staatlicher Aufsicht" gelten, der für die deutsche Forschung oberste Priorität hat. Wie er in die Praxis umgesetzt wird beziehungsweise umgesetzt werden muß, ob er genügt, um offenbar aus dem Blick geratene Grundsätze wieder stärker ins Bewußtsein des Systems und seiner handelnden Personen zu verankern, ja, ob damit vielleicht sogar dem Phänomen von Betrug und Fälschung ein wirksamer Riegel vorgeschoben wird, frei nach dem Motto „Problem erkannt – Gefahr gebannt": diese Fragen stehen am Ende unserer Betrachtung.

Abschließend einige Worte zu unseren Quellen: Mit einigen der hier geschilderten Fälle, Spielarten und Hintergründe von Wissenschaftsbetrug und -fälschung haben wir uns in den letzten Jahren bereits in unserer journalistischen Arbeit befaßt.[4] Von diesen Vorarbeiten konnten wir für dieses Buch vielfach profitieren. Als besonders fruchtbar erwiesen sich auch im Rückblick die Gespräche mit dem bis Ende 1997 amtierenden Präsidenten der DFG, Prof. Dr. Wolfgang Frühwald, und der Juristin Dr. Stefanie Stegemann-Boehl, die die erste und bislang einzige wissenschaftliche Studie über das „Fehlverhalten von Forschern" in Deutschland verfaßt hat[5]. Weitere Gesprächspartner in dieser Phase waren: Dr. Josef Lange, Generalsekretär der Hochschulrektorenkonferenz (HRK), Bonn; Rechtsanwalt Johannes Latz, Köln; Prof. Dr. Wolfgang Löwer, Universität Bonn; Dr. Friedemann Schmithals und Prof. Dr. Peter Weingart, Universität Bielefeld; Dr. Guido Zadel, Bonn.[6]

Im Frühjahr und Sommer 1998 konnten wir dann Thema und Thesen unseres Buches mit einer ganzen Reihe von Wissenschaftlern und Repräsentanten des Wissenschaftssystems diskutieren. Auf Seiten der Förderorganisationen waren dies vor allem Prof. Dr. Hubert Markl, der Präsident der Max-Planck-Gesellschaft, Dr. Reinhard Grunwald, der Generalsekretär der DFG sowie die beiden DFG-Bereichsleiter Dr. Christoph Schneider und Dr. Bruno Zimmermann. Vielfältige Einblicke in den biomedizinischen und naturwissenschaftlichen Forschungsalltag gewährten uns Prof. Dr. Ulrike Beisiegel, Medizinische Klinik der Universität Hamburg, und Prof. Dr. Björn H. Wiik, Deutsches Elektronen-Synchrotron, Hamburg. Wertvolle Anregungen zu Fragen wissenschaftlicher Ethik trugen Prof. Dr. Rudolf Klein, Universität Konstanz, und Dr. Gerlinde Sponholz, Universität Ulm, bei.

Die Reihe unserer Gespräche und sonstiger Recherchen wird ergänzt durch die freilich schmale Literatur zum Thema. Neben der Studie von Stegemann-Boehl ist hier vor allem Albrecht Fölsings kritisch-ironische Betrachtung[7] und das wissenschaftshistorische Werk von Federico di Trocchio[8] zu nennen. Für die neueren Fälle kommen schließlich offizielle Erklärungen und Berichte, Gerichtsurteile – sofern Betrug und Fälschung in der Wissenschaft die Justiz überhaupt beschäftigten – und eine zumindest im „Fall Herrmann/Brach" umfangreiche Medienberichterstattung hinzu. Auf dieser Grundlage sind die meisten Fälle ausführlich dokumentiert.

Daß es daneben jedoch auch Fälle gibt, die wir lediglich auf der Grundlage vertraulicher Informationen schildern können, liegt in der Natur der Sache. Wenn die Furcht vor persönlichen und beruflichen Konsequenzen Forscher schon gegenüber ihrer eigenen Zunft davon abhält, Betrug und Fälschung aufzudecken, so gilt dies erst recht gegenüber Öffentlichkeit und Medien; und was für den einzelnen die Angst vor persönlichen Konsequenzen ist, ist für die Wissenschaft als System die Furcht vor dem ramponierten Ansehen. Zahlreiche Informationen konnten wir so nur unter dem Schutz der Vertraulichkeit erhalten. Allen sind wir nachgegangen – doch längst nicht alle haben Eingang in dieses Buch gefunden. Nur solche Angaben, die von zweiter, möglichst unabhängiger Seite bestätigt wurden, haben wir aufgenommen, wobei es sich mitunter nicht vermeiden ließ, daß auch die Bestätigung nur vertraulich erfolgte. In manchen Fällen haben wir uns aber auch dann noch verpflichtet gefühlt, Namen und Details zu anonymisieren, um Vertrauenspersonen nicht bloßzustellen oder einmal intern getroffene Regelungen nicht wieder aufzubrechen. Wo immer sich keine Bestätigung finden ließ, haben wir auf die Aufnahme verzichtet. Bloße Vorwürfe hätten sich jedenfalls in weit höherer Zahl schildern lassen – und hinter dem einen oder anderen dürfte sich sehr wohl ein realer Fall verbergen.

All unseren Gesprächspartnern, mögen sie nun offen oder vertraulich zu diesem Buch beigetragen haben, gilt unser herzlicher Dank. Ebenso großer Dank gebührt den Kolleginnen und Kollegen in den Pressestellen zahlreicher Hochschulen und Wissenschaftseinrichtungen, in Zeitungs- und Rundfunk-Redaktionen und nicht zuletzt im Bonner *RAABE* Verlag und in der Redaktion der *Deutschen Universitätszeitung (DUZ) – Das unabhängige Hochschulmagazin*, die uns mit Informationen und Rat versorgten und auf vielfältige Weise Anteil an unserer Arbeit nahmen.

Unser größter Dank aber gilt unseren Familien und allen voran unseren Ehefrauen Barbara Schütte-Finetti und Silvina Himmelrath. Sie haben die Entstehung und den Abschluß dieses Buches in vielerlei Hinsicht erst ermöglicht. Ihnen ist es gewidmet.

Marco Finetti
Köln und Bonn, im Dezember 1998 *Armin Himmelrath*

EINLEITUNG

Das verdrängte Phänomen

Der Schock war schwer. Und er war hausgemacht.

Als im Frühling des Jahres 1997 die ersten Umrisse dessen ans Licht kamen, was seitdem als „Fall Herrmann/Brach" bekannt ist und den bisher größten Fälschungsskandal der deutschen Wissenschaft markiert, reagierte die *scientific community* hierzulande mit Fassungslosigkeit und ungläubigem Staunen. „Entsetzt", „bestürzt" und „empört" zeigten sich Hochschulen, Forschungsinstitute, Wissenschaftsorganisationen und Wissenschaftler über die offensichtlich großangelegten Manipulationen der beiden Krebsforscher Prof. Dr. Friedhelm Herrmann und Prof. Dr. Marion Brach, die beinahe täglich neue Dimensionen annahmen.[1] „Ich fühle mich betrogen und beschämt", bekannte Prof. Dr. Wolfgang Frühwald, der Präsident der Deutschen Forschungsgemeinschaft (DFG), „ich fühle mich vor allem für die gesamte Gemeinschaft der Wissenschaftler beschämt."[2]

Zum Schock hinzu kam die Furcht vor den Konsequenzen: Einen „ungeheuer großen Schaden im Vertrauen der Öffentlichkeit", befürchtete schon bald Prof. Dr. Hubert Markl, der Präsident der Max-Planck-Gesellschaft[3], und sein DFG-Kollege sah gar einen wahren „Erdrutsch an Vertrauen" auf die deutsche Wissenschaft zukommen[4]. Und tatsächlich dauerte es nicht lange, da riefen Zeitungskommentatoren ihren Lesern die Abhängigkeit der deutschen Spitzenforschung von den Geldern der Steuerzahler in Erinnerung, warfen Staatsanwälte neugierige Blicke hinter die Kulissen des Forschungsbetriebs, räsonierten Politiker öffentlich über mögliche institutionelle Veränderungen, mit denen sich ähnliche Vorkommnisse künftig vermeiden lassen können.[5] Nicht weniger stand hier also auf dem Spiel als die Zukunft und die Unabhängigkeit der deutschen Wissenschaft.

Umso größer war die Entschlossenheit, die die Schockierten an den Tag legten: Umfassende Aufklärung wurde angekündigt, und noch bevor die irritierte Öffentlichkeit den Skandal in seinen ganzen Ausmaßen erfassen konnte, hatten sich eilends eingesetzte Untersuchungskommissionen daran gemacht, diese Aufklärung zu leisten – energisch und ohne falsche Bescheidenheit: „Wir sind mitten in der Kehrwoche", brachte erneut Hubert Markl die Dinge auf den Punkt. Und: „Wir werden nach dem, was jetzt passiert ist, den Besen schärfer schwingen, als wir es sonst vielleicht getan hätten."[6]

Schock und Furcht, aber auch Entschlossenheit und schärferes Schwingen des Besens: All diese Reaktionen waren voll und ganz berechtigt, und das nicht nur wegen der Vorfälle selbst, die ihnen zugrunde lagen. Denn was da Mitte März 1997 zutage trat, war nicht nur der Beginn des bislang größten Betrugs- und Fälschungsskandals in der Geschichte der deutschen Wissenschaft – sondern zugleich auch das Ende einer ebenso gern gepflegten wie verhängnisvollen Fiktion, mit der Wissenschaftler und Wissenschaftsorganisationen hierzulande sich selbst und die Öffentlichkeit jahrzehntelang in die Irre geführt und in falsche Sicherheit gewiegt hatten.

Welche Rolle spielen Betrug und Fälschung in der deutschen Wissenschaft? Es waren nicht viele, die vor dem „Fall Herrmann/Brach" diese Frage stellten. Wer dies jedoch tat, erhielt von Spitzenvertretern des hiesigen Wissenschaftssystems wie von Wissenschaftlern nahezu immer dieselbe Antwort: *So etwas gibt es bei uns praktisch nicht.*

Die Wortwahl mochte dabei durchaus variieren: Mal war von einem „vernachlässigenswerten Phänomen"[7] die Rede, mal von „einer Erscheinung, die fast nicht ins Gewicht fällt"[8]. Der Tenor aber war stets der gleiche: Abgeschriebene, geschönte, gefälschte oder frei erfundene Forschungsarbeiten und -ergebnisse waren für die deutsche Wissenschaft *vor* dem Frühjahr 1997 kein Thema – und schon gar kein Problem. Allenfalls kleinere Verfehlungen einzelner Forscher habe es hin und wieder gegeben, räumten die auskunftswilligeren der Gesprächspartner im besten Falle ein, und dafür stand dann unterm Strich das *„praktisch* nicht". Doch auch diese Ausnahmefälle seien ohne Bedeutung und erst recht ohne negative Folgen geblieben. Eine wie auch immer geartete *Rolle,* darin war man sich einig, spielten Betrug und Fälschung in der deutschen Wissenschaft nicht.

Manche Fragesteller mochten sich mit dieser so einmütig vorgebrachten Antwort zufrieden geben, entsprach sie doch voll und ganz der traditionellen Vorstellung von der Wissenschaft als einem „Tempel der Weisheit"[9], objektiv und allein der Wahrheit verpflichtet. Andere dagegen mochten sich wundern, vor allem wenn sie zumindest leidlich mit der Historie vertraut waren. Denn diese zeigte mehr als deutlich, daß das Ideal der objektiven Forschung nichts weiter als ein

Mythos war[10]. Betrügende Forscher und gefälschte Forschungen hatte es in der Geschichte der Wissenschaften schließlich immer wieder gegeben. Mehr noch: So wie andere immer wiederkehrende und verbindende Elemente, nur ungleich bizarrer, zogen sich auch Betrug und Fälschung wie ein roter Faden durch die Entwicklung des menschlichen Wissens. Und genauso wie als Geschichte ihrer Triumphe, ihrer Irrtümer oder etwa ihrer politischen Verstrickung und Instrumentalisierung ließ sich die Geschichte der Wissenschaft auch als Geschichte ihrer Betrügereien und Fälschungen schreiben.[11]

Schon Ptolemäus hatte gefälscht. Um 150 nach Christus hatte der Astronom, Mathematiker, Geograph und Schöpfer des nach ihm benannten Weltenbildes seinen *Sternenkatalog* aus früheren Werken des Griechen Hipparch abgeschrieben und war damit vermutlich zum Urahn aller Wissenschaftsbetrüger geworden.[12] Das Mittelalter war voll von fälschenden Mönchen und Kopisten gewesen, Wissenschaftler ihrer Zeit auch sie, selbst wenn sie sich in gleichsam wissenschaftsfernen Zeitläufen eher der großen Politik zugewandt hatten.[13] Selbst Galileo Galilei und Sir Isaac Newton, die Väter der modernen Wissenschaft, hatten es mit der wissenschaftlichen Wahrheit nicht hundertprozentig genau genommen. Fälscher im klassischen Sinne waren sie zwar nicht gewesen, sehr wohl aber hatten sie einige ihrer großen Experimente anders durchgeführt als von ihnen später beschrieben, hatten Ergebnisse geschönt, Widersprüche ignoriert und Ungenauigkeiten überaus großzügig korrigiert.[14] Und ihrem Beispiel waren später viele gefolgt, darunter auch der Brünner Abt Gregor Mendel bei seinen Experimenten zur Vererbungslehre.[15] Einen ganzen Planeten mitsamt exakter Himmelsbahn hatte Ende des achtzehnten Jahrhunderts der französische Chevalier d'Angos erfunden[16], und mit einer vermeintlich von ihm entdeckten Amöbenart, die tatsächlich jedoch nur ein Produkt seiner Phantasie war, hatte zur gleichen Zeit der forschungsbeflissene Malteserritter Gioeni für Aufsehen gesorgt[17]. Charles Darwin hatte Teile seiner epochalen Schrift *Über die Entstehung der Arten durch natürliche Zuchtwahl* von seinem unbekannten Kollegen Edward Blyth abgeschrieben[18], und im Gefolge der Darwinschen Evolutionstheorie hatte sich ab Anfang unseres Jahrhunderts jene bizarre Posse um die

Knochenfunde von Piltdown entsponnen, die zunächst als das sagenumwobene *missing link*, das Verbindungsglied zwischen Affe und Mensch, gefeiert worden waren, sich dann jedoch als plumpe Fälschung entpuppt hatten, die nach allerlei abenteuerlichen Verdächtigungen erst Mitte der neunziger Jahre einem offenbar zu makabren Scherzen aufgelegten englischen Zoologie-Studenten zugeschrieben werden konnte.[19] Und so weiter und so fort.

So zahlreich und systematisch waren die Betrügereien und Fälschungen gewesen, daß sich der vielseitig begabte und interessierte englische Mathematiker Sir Charles Babbage schon 1830 zu einer ersten theoretischen Auseinandersetzung mit dem Phänomen veranlaßt gesehen hatte, die bis heute Anspruch auf Gültigkeit hat[20]: Vom vergleichsweise harmlosen *Trimmen* wissenschaftlicher Meßwerte, bei dem Abweichungen „einfach weggelassen werden, um einen größeren Grad an Genauigkeit vorzutäuschen", über das schon gravierendere *Kochen* von Meßwerten, bei dem „die Zahlen so lange manipuliert werden, bis sie zu dem gewünschten Resultat passen", bis hin zum schnöden *Betrug*, „der dem Fälscher zu wissenschaftlicher Reputation verhelfen soll durch Beobachtungen oder Entdeckungen, die er niemals gemacht hat", hatte Babbage in seinem *Stammbaum der Schwindeleien* bereits alle wichtigen und noch immer gebräuchlichen Spielarten wissenschaftlicher Manipulationen aufgeführt. Lediglich das Plagiat hatte er außen vor gelassen, sei es, weil gerade die unerlaubte Übernahme fremder Gedanken und ihre Weiterverwertung unter eigenem Namen bereits so gängig gewesen war, daß sie ihm eine Beschäftigung nicht gelohnt hatte, sei es, weil schon der Mathematiker Babbage die leicht geringschätzige Auffassung vieler Naturwissenschaftlerkollegen geteilt hatte, das vor allem in den Geisteswissenschaften anzutreffende Plagiat sei keine echte Form wissenschaftlichen Betruges. Veröffentlicht worden war der Fälschungskatalog im übrigen in einer umfangreicheren Schrift, die *Betrachtungen über den Niedergang der Wissenschaft in England* angestellt hatte – und auch mit dieser thematischen Verknüpfung hatte Babbage Weitsicht bewiesen.

Selbst der überaus phantasievolle Sir Charles hätte sich wohl jedoch nicht träumen lassen, welchen Niedergang die Wissenschaft, oder anders: welchen Triumphzug der wissenschaftliche Betrug dann in der zweiten Hälfte unseres Jahrhunderts erlebt hatte. Vor allem die siebziger und achtziger Jahre waren zur Blütezeit der Wissenschaftsfälscher geworden und hatten vor allem aus den Vereinigten Staaten immer neue Kunde von spektakulären Fällen gebracht: Sensationelle Fortschritte im Kampf gegen den Krebs hatten sich ebenso als Fälschungen entpuppt wie neue Behandlungsmethoden bei Herzinfarkten oder psychischen Erkrankungen; Versuchspersonen und -methoden waren reihenweise erfunden, Laborexperimente in großem Stil manipuliert worden; mal hatten die Fälscher falsche Zellkulturen verwendet, um Therapieerfolge bei Affen als solche bei Menschen auszugeben, mal hatten sie das Fell weißer Mäuse mit schwarzem Filzstift bemalt, um die Verträglichkeit neuer Immunstoffe bei Gewebetransplantationen zu belegen. Benannt nach ihren Urhebern waren diese Manipulationen als „Fall Robert Darsee“[21], „Fall John C. Long“[22] oder „Fall William Summerlin“[23] in die Annalen der Wissenschaft eingegangen und standen für einen neuen Typ von Fälschungen, der auf das engste mit dem als *Big science* organisierten Wissenschaftsbetrieb amerikanischer Prägung verknüpft war.

Aber auch Europa war von spektakulären Fälschungen nicht verschont geblieben, wie in den fünfziger Jahren etwa der Fall des britischen Psychologen Sir Cyril Burt gezeigt hatte, dessen Theorie der erblichen Intelligenz man gerade noch als frei erfunden entlarvt hatte, bevor sie das angelsächsische Schulwesen revolutionieren konnte.[24] Und diesem Fall nicht nachgestanden hatte zu Beginn der achtziger Jahre der des Genfer Embryologen Karl Ilmensee, der mit angeblich geklonten Mäusen für Aufsehen gesorgt hatte, die tatsächlich jedoch nichts weiter als Zwillingspärchen gewesen waren.[25]

Nur hierzulande sollte sich derlei nicht ereignet haben. Oder eben *praktisch* nicht. Auf der Landkarte der wissenschaftlichen Manipulation war Deutschland *der* weiße Fleck. Dies jedenfalls war das Bild, das Wissenschaftler und Wissenschaftsorganisationen präsentierten, über Jahrzehnte hinweg und mit Erfolg. Doch dieses Bild war falsch. Oder vielmehr: Es war selbst gefälscht.

Der weiße Fleck war in Wirklichkeit schwarz gefärbt. Entgegen allen gegenteiligen Versicherungen hatten sich in der deutschen Wissenschaft auch vor dem „Fall Herrmann/Brach“ bereits zahlreiche Betrugs- und Fälschungsfälle ereignet. Sie hatten spätestens in der zweiten Dekade unseres Jahrhunderts eingesetzt, im Grunde jedoch bereits ausgangs des letzten, als nach Bismarcks Staatsgründung, dem Ausbau der Technischen Hochschulen und deren Zusammenspiel mit Wirtschaft und Staat gerade erst von einer „deutschen Wissenschaft“ gesprochen werden konnte.[26]

Das Spektrum der deutschen Fälle war beträchtlich, wie in den folgenden Kapiteln darzulegen sein wird: Von geschönten bis zu frei erfundenen Daten, vom Plagiat bis zum Betrug wiesen sie alle Spielarten des Babbageschen Fälschungskataloges auf. Naturwissenschaften waren von ihnen ebenso betroffen wie Geisteswissenschaften, Hochschulen ebenso wie außeruniversitäre Forschungseinrichtungen. Große Forscherpersönlichkeiten und renommierte Professoren fanden sich unter den Betrügern und Fälschern, aber auch namenlose Doktoranden und Studenten.

In alledem unterschied sich der deutsche Wissenschaftsbetrug also nicht von dem in den USA und anderen Ländern und Wissenschaftssystemen. Auch darin nicht, daß die Zahl der Fälle zunächst lange Zeit eher gering geblieben, vor allem in den beiden letzten Jahrzehnten dann aber deutlich angestiegen war – aus Gründen, die ebenfalls dieselben waren wie anderswo. Allenfalls nicht derart zahlreiche spektakuläre Fälschungen wie jenseits des Atlantiks mochte man hierzulande zu verzeichnen haben, doch dieser Unterschied war eher ein qualitativer denn ein substantieller.

In einem Punkt freilich lagen zwischen den deutschen und den ausländischen Fällen Welten: In den USA, aber etwa auch in den skandinavischen Staaten wurden wissenschaftliche Manipulationen spätestens seit den siebziger Jahren offen diskutiert, und zwar innerhalb wie außerhalb des Wissenschaftssystems. Forscher und Forschungsorganisationen hinterfragten die Arbeitsweisen ihrer Zunft, Untersuchungsausschüsse und Zeitungskommentatoren spürten den Ursachen und Hintergründen nach, Politik und Justiz setzten Schutzvorkehrungen und Kontrollmechanismen durch. Damit konnten sie zwar nicht verhindern, daß es immer wieder zu neuen Fälschungsfällen kam. Aber das Problem war erkannt, Betrug und Fälschung in der Wissenschaft war zum öffentlichen Thema geworden, und jede Auseinandersetzung mit ihm fand vor einem ebenso interessierten wie kritischen Publikum statt.

Ganz anders in deutschen Landen. Eine offene Auseinandersetzung über Wissenschaftsbetrug und -fälschung fand hier zu keinem Zeitpunkt statt, innerhalb der Wissenschaft genausowenig wie außerhalb. Daß es dazu nicht kam, dafür sorgten vor allem die direkt und indirekt betroffenen Wissenschaftler und Wissenschaftsorganisationen selbst. Natürlich wurde *darüber* gesprochen. Aber fast immer nur hinter vorgehaltener Hand. Und bevorzugt über die Fälle der *anderen*. Wann immer sie Lug und Trug in ihren eigenen Instituten und Labors entdeckten, waren Hochschulen und Forschungseinrichtungen, aber auch die angeschlossenen Organisationen des Wissenschaftssystems eifrigst bemüht, diese in aller Stille aufzuklären und abzuschließen. In aller Stille – und in eigener Regie. Öffentlichkeit, Medien und erst recht Staat und Justiz aus den Vorfällen herauszuhalten, war ihr oberstes Ziel. Um dieses Ziel zu erreichen, waren sie auch zu schalen Kompromissen bereit, wie wir an einigen Beispielen zeigen werden. Daß diese Kompromisse ihnen in der Sache eher schadeten als den Betrügern und Fälschern, war ihnen dabei einerlei. Hauptsache, man selber blieb Herr des Verfahrens und konnte selbiges rasch und ohne Aufsehen zu den Akten legen.

Doch nicht nur die selbstkritische Auseinandersetzung mit den einzelnen Fällen unterblieb in der deutschen Wissenschaft. Was noch weit gravierendere Folgen haben sollte: Auch die Diskussion über das Problem an sich fand nicht statt. Zumindest nicht in größerem Stil. Über die Ursachen und Hintergründe von Wissenschaftsbetrug und -fälschung wurde ebenso wenig offen nachgedacht wie über Schutz- und Abwehrmöglichkeiten. Auch hier gab es Ausnahmen, von denen noch zu berichten sein wird. Sie freilich konnten sich kein Gehör verschaffen. Statt sich beizeiten und am Beispiel noch halbwegs überschaubarer Fälle zu wappnen, sollte man so also sorg- und schutzlos in den größten Fälschungsskandal der eigenen Geschichte stürzen.

Dies war freilich nur die eine Hälfte. Von Beginn an begnügten sich Wissenschaftler und Wissenschaftsorganisationen hierzulande nicht damit, Betrug und Fälschung als Einzelfall und als Phänomen zu verdrängen und eine kritische Auseinandersetzung darüber zu unterbinden. Viele derer, die das Problem ignorierten oder herunterspielten, bastelten zugleich an dem exakten Gegenbild – dem Bild der deutschen Wissenschaft, in der Betrug und Fälschung keine Rolle spielten, ja im Grunde gar nicht spielen konnten. Dieses Bild hielten sie gegenüber der Öffentlichkeit hoch, wenn diese – selten genug – danach verlangte, aber auch zur eigenen Bestärkung und Versicherung gegenüber sich selbst und den wenigen Zweiflern in ihren Reihen. Und um Erklärungen, Argumente und Belege, dieses Bild zu stützen, waren sie nicht verlegen.

Da waren zunächst jene, die wir die *Idealisten* nennen wollen. Sie huldigten unverdrossen dem Ideal der objektiven Wissenschaft. Betrug und Fälschung waren für sie schlichtweg nicht existent und wurden von ihnen rundum geleugnet. So wie es schon Galilei statuiert hatte – um freilich selbst später dagegen zu verstoßen –, waren die *Idealisten* überzeugt, daß Wissenschaft allein dem Dienst an der objektiven Wahrheit diene und daß „dieser Dienst auch den Charakter der Wahrheitssuchenden veredele".[27] Dies galt in ihren Augen für die Wissenschaft generell, erst recht aber für die im Lande eines Humboldts, in dessen Universitätsideal sich die sittliche Reife und Charakterbildung des Wissenschaftlers schließlich „durch Teilhabe an der Gemeinschaft der Lehrenden und Lernenden quasi automatisch" einstellten. „In einer solchen Atmosphäre waren Fälschung und Betrug einfach frevelhaft und deshalb galten sie als praktisch ausgeschlossen." Die Zahl der *Idealisten* war gering, und allzu offensiv nach außen vertraten sie ihre Überzeugung nicht. Immerhin aber: Es gab sie.

Wesentlich zahlreicher und bereiter, ihre Ansicht öffentlich kundzutun, waren die *Rationalisten*. Sie beriefen sich auf die Wissenschaft selbst und deren „Selbstheilungskraft", die Betrug und Fälschung nahezu ausschließe. Eine zumindest zunächst nicht von der Hand zu weisende Logik und über alle Zweifel erhabene Kronzeugen verliehen ihnen Glaubwürdigkeit. Jedes wissenschaftliche Ergebnis müsse reproduzierbar sein, alles Forschertun unterliege der rigorosen Kontrolle nachfolgender Generationen, argumentierten sie mit Sir Francis

Bacon und Robert K. Merton, den Urvätern des Empirismus und der modernen Wissenschaftssoziologie.[28] Und weil dies so sei, werde jede wissenschaftliche Manipulation unweigerlich auffliegen und gravierende Folgen nach sich ziehen. „Ich behaupte, daß kein wirklicher Betrug in der Wissenschaft lange unentdeckt bleibt, so groß ist der Wettbewerb der Forscher und das Mißtrauen der Konkurrenz", formulierte etwa DFG-Präsident Wolfgang Frühwald noch im Sommer 1995. Und: „Kein ertappter Wissenschaftler wird jemals wieder das Vertrauen seiner Kollegen gewinnen können. Die Mechanismen der Ächtung sind hart und funktionieren weltweit unbarmherzig."[29] Ein solches Risiko aber, so die *Rationalisten*, werde kein vernünftig denkender Wissenschaftler eingehen. Betrug und Fälschung reduzierten sich dank dieser Logik bereits auf absolute Einzelfälle, die zudem leicht als das Ergebnis fehlgeleiteten Ehrgeizes oder krimineller Energie abgetan werden konnten.[30] Zum Problem wurden sie auf diese Weise dagegen nicht.

Auf den ersten Blick ebenso differenziert wie glaubwürdig traten schließlich jene auf, die wir, freilich nicht politisch wertend, die *Nationalisten* nennen wollen. Ihre These war die eines deutschen Sonderwegs auch in Sachen Betrug und Fälschung. Sie leugneten weder das Problem, noch daß es gerade in den USA zahlreiche Fälle gegeben hatte. Doch was dort gelte, müsse hierzulande noch lange keine Gültigkeit haben. Schließlich unterschieden sich das amerikanische und das deutsche Wissenschaftssystem grundlegend, vor allem in den finanziellen Grundlagen für die Forschung: Hier die vergleichsweise komfortable Ausstattung und Absicherung mittels garantierter Erstausstattung, dort der gnadenlose Wettbewerb des *Publish or Perish*. „Der Anreiz, mit geschönten oder gar gefälschten Daten die eigene Karriere zu beschleunigen", führte erneut der Präsident der Forschungsgemeinschaft Mitte 1995 aus, „ist in einem solchen System größer als [...] in dem System der deutschen Forschung, das von der wissenschaftlichen Selbstverwaltung streng kontrolliert und [...] legitimiert wird."[31]

All diese Argumente waren freilich ebenso unhaltbar wie die Grundthese, die sie untermauern sollten. Ausnahmslos ließen sie sich widerlegen, und zwar bereits aus sich selbst heraus und ohne jede Kenntnis der deutschen Betrugs- und Fälschungsfälle. Selbst wenn ihre Vertreter nichts von den konkreten Fällen gewußt hätten, hätte ihnen bewußt sein müssen, daß sie auf diese Weise kaum ernsthaft behaupten konnten, derlei gebe es in ihren Reihen nicht, ja könne es *praktisch* gar nicht geben. Die meisten derer, die dieses Bild malten, wußten jedoch zumindest von einzelnen Fällen – und deshalb waren ihre Argumente umso unverantwortlicher.

Dies galt vor allem für die *Idealisten* und ihr Argument von der objektiven Forschung. Dieses als unhaltbar zu erkennen, hätte ein einziger kurzer Blick in die jüngere Geschichte der deutschen Wissenschaft genügt. Nach der unheilvollen Verstrickung der deutschen Wissenschaft in das Terrorregime der Nationalsozialisten von einer nur der Wahrheitssuche verpflichteten Wissenschaft zu sprechen, war nichts als Zynismus. Ein Zynismus, der zugleich jedoch auch besonders konsequent war. Auch dieses Kapitel ihrer Geschichte hatte die deutsche Wissenschaft nach 1945 schließlich jahrzehntelang verdrängt, und so wie bei Betrug und Fälschung bedurfte es auch bei ihm erst eines besonders spektakulären Einzelfalls – der Enttarnung des renommierten Germanisten und ehemaligen Hochschulrektors Prof. Dr. Hans Schwerte als Mitarbeiter Himmlers und früheren SS-Hauptsturmbannführer Hans Ernst Schneider –, bevor sich Hochschulen und Wissenschaftsorganisationen seiner in größerem Stil annahmen.[32]

Auch die *Rationalisten* und ihr Verweis auf die Selbstheilungskraft der Wissenschaft, die Betrug und Fälschung zum unkalkulierbaren Risiko mache und damit letztlich ausschließe, ließen sich mit einem Blick widerlegen. Mit dem auf die hierzulande sehr wohl bekannten amerikanischen Fälle nämlich. Tatsächlich hatte das Postulat der unbedingten Reproduzierbarkeit aller Forschungsergebnisse in den USA dafür gesorgt, daß zahlreiche Manipulationen aufgeflogen waren. Doch verhindert hatte es diese zuvor ebensowenig, wie es nachfolgende Betrüger abgeschreckt hatte. Zudem dauerte es mitunter Jahre, ja Jahrzehnte, bis sich manche Resultate als gefälscht erwiesen. Und andere blieben schon deshalb auch dann noch unentdeckt, weil das eherne Postulat in Wirklichkeit längst nicht in allen Disziplinen griff:

In den Naturwissenschaften mochte die Frage der Wiederholbarkeit noch so essentiell sein – in den Geisteswissenschaften stellte sie sich oftmals erst gar nicht.

Daß all dies schließlich nur für die USA, nicht aber für Deutschland gelte, daß hierzulande vielmehr eigene Regeln herrschten und Betrug und Fälschung in größerem Umfang unmöglich machten – dies hatte den *Nationalisten* im Grunde schon zu Beginn des Jahrhunderts Max Weber widerlegt: „Unser deutsches Universitätsleben amerikanisiert sich, wie unser Leben überhaupt, und diese Entwicklung [...] wird weiter übergreifen", schrieb der Soziologe 1919 in seinem wegweisenden Aufsatz *Wissenschaft als Beruf*[33]. Und tatsächlich haben sich die beiden Wissenschaftssysteme im Laufe der Jahrzehnte immer weiter angeglichen und gleichen sich, wie wir noch ausführlich zeigen werden, gerade in den Problembereichen, die in engem Zusammenhang mit Betrug und Fälschung stehen, immer noch weiter an. Zudem sind Wissenschaft und Forschung längst zu globalen Unternehmungen geworden, in denen Länder- und Systemgrenzen eine immer geringere Rolle spielen. Eben dieses Argument führten deutsche Wissenschaftler in den letzten Jahren auch gerne und regelmäßig an – dann nämlich, wenn es um bessere finanzielle oder rechtliche Voraussetzungen für ihre Teilnahme am globalen Wettbewerb ging. Daß mit diesem Wettbewerb auch Betrug und Fälschung zum globalen Problem geworden waren, mochten sie sehr wohl bemerkt haben – ignorierten es jedoch geflissentlich.

So widersprachen am Ende alle Argumente, mit denen deutsche Wissenschaftler das Fehlen von Betrug und Fälschung in ihren Reihen untermauern wollten, nicht nur den Fakten. Ebensowenig genügten sie auch den fundamentalsten Kriterien wissenschaftlich-kritischen Denkens, die dieselben Wissenschaftler ansonsten an ihr Tun anlegten und auch von anderen erwarteten. Doch dies focht sie nicht an. Im Gegenteil: Sie hielten weiter an ihrem Idealbild fest – weil sie daran festhalten wollten.

Warum nun diese komplizierten Manöver von Verdrängung und Idealisierung, die im Grunde nichts waren als Täuschung und Selbsttäuschung? Auf die zentrale Frage gibt es eine einfache und auf den ersten Blick nicht einmal völlig unverständliche Antwort: *Aus Furcht vor den Folgen!* Aus Furcht vor den Folgen verdrängten deutsche Wissenschaftler und Wissenschaftsorganisationen jahrzehntelang die eigenen Fälle von Betrug und Fälschung, aus Furcht vor den Folgen präsentierten sie der Öffentlichkeit und sich selbst statt dessen das genaue Gegenbild.

Diese Furcht hatte zahlreiche Facetten: Die einen fürchteten allein den Skandal, der sich unweigerlich einstellen würde, wenn einzelne Betrugs- und Fälschungsfälle oder deren gesamtes Ausmaß bekannt würden. Dieser Skandal, so waren sie überzeugt, würde sie viel von dem hohen sozialen Ansehen kosten, das Wissenschaftler, vor allem mit einem Professorentitel ausgestattete, hierzulande noch immer besaßen. Wer weniger persönlich dachte, fürchtete einen weiteren Vertrauensverlust der Öffentlichkeit in Forschung und Wissenschaft, der, anders als bei den Wissenschaftlern als Personen, nach Arzneimittelskandalen und Chemiestörfällen längst eingesetzt hatte.

Andere fürchteten handfestere Reaktionen auf die Nachricht von Betrug und Fälschung, die sie sich nicht schwarz genug ausmalen konnten. Da war zunächst die Furcht vor finanziellen Sanktionen: Ganze Wissenschaftszweige, zumindest aber einzelne Forschungsinstitute oder Hochschulen, die durch Manipulationen negative Schlagzeilen gemacht hätten, würden künftig bei der staatlichen und privaten Forschungsförderung nur noch zweite Wahl sein oder ganz das Nachsehen haben. Noch verbreiteter war die Furcht vor neuen Vorschriften und rechtlichen Reglementierungen. Sie trieb vor allem jene um, die ohnehin bereits ein Übermaß juristischer Normen beklagten, das nach ihrer Überzeugung vor allem besonders zukunftsträchtige Forschungszweige beeinträchtigte.

Wiederum andere fürchteten schließlich, daß die Kunde von Betrug und Fälschung auch im Inneren des Wissenschaftssystems weitreichende Veränderungen nach sich ziehen würde. Den Umgang der Wissenschaftler miteinander im Blick, warnten hier die einen davor, daß sich schon angesichts des immer schärferen Wettbewerbs um Fördergelder „schleichend ein Klima des Mißtrauens ausbreitet, [und daß] die Angst davor wächst, neue Ideen dem Votum von Gutachtern zu unterwerfen"[34]. Um wieviel größer würde das Mißtrauen erst werden, wenn die Furcht vor Betrug und Fälschung in den eigenen Reihen umginge? Eher dagegen die öffentlichen Reaktionen im Blick, befürchteten die anderen, daß mit der Diskussion um Betrug und Fälschung und deren Ursachen auch die Mechanismen des Wissenschaftssystems ins Gerede kämen, die sie selbst an die Spitze gebracht hatten und dort hielten, anderen dagegen den Weg nach oben erschwerten.[35]

Doch so unhaltbar die Verdrängungs- und Idealisierungsmanöver insgesamt, so unberechtigt auch die Befürchtungen, die dahinter standen. Auch wenn sie unmittelbar nach dem Bekanntwerden des „Falles Herrmann/Brach" tatsächlich von manchen diskutiert und gefordert wurden: Von weiteren rechtlichen Reglementierungen der Forschung durch den Staat kann heute, mehr als ein Jahr später, ebensowenig die Rede sein wie etwa von finanziellen Restriktionen gegen besonders manipulationsanfällige Forschungszweige. Und wenn inzwischen manche verkrusteten Mechanismen des hiesigen Wissenschaftsbetriebs ins Gerede gekommen sind, so nicht in erster Linie wegen Betrug und Fälschung, sondern im Kontext der viel breiteren Debatte um die Wettbewerbsfähigkeit und Reformbedürftigkeit des deutschen Hochschul- und Wissenschaftssystems. Viel Furcht also um nichts!

Doch auch ohne nachträgliche Besserwisserei: Selbst wenn die Befürchtungen allesamt berechtigt gewesen wären – die Verdrängungs- und Idealisierungsanstrengungen rechtfertigen konnten sie in keinem Fall. Und die Folgen dieser Anstrengungen für die Wissenschaft insgesamt sollten am Ende weit gravierender sein, als wenn die schlimmsten Befürchtungen Wirklichkeit geworden wären.

Natürlich, wir haben es bereits erwähnt, gab es Ausnahmen. Natürlich stimmten nicht ausnahmslos alle der nach Zehntausenden zählenden Angehörigen des Wissenschaftsbetriebes in die allgemeine Verdrängung und Beschönigung ein, natürlich erhoben sich gegen die Menge der Verdränger und Beschöniger auch warnende Stimmen. Die des renommierten Juristen, Max-Planck-Institutsdirektors und DFG-Vizepräsidenten Prof. Dr. Albin Eser etwa, der in genauer

Kenntnis der amerikanischen Fälle bereits in den achtziger Jahren die deutsche Wissenschaft aufforderte, sich endlich auf die Möglichkeit von Betrug und Fälschung einzustellen.[36] Oder seiner Doktorandin Stefanie Stegemann-Boehl, die nicht nur die lückenhaften Schutzvorkehrungen und Sanktionen des deutschen Rechtssystems gegen Betrug und Fälschung analysierte, sondern auch eine Reihe konkreter Fälle recherchierte und dabei in der hiesigen Wissenschaft ein ausgeprägtes fehlendes Problembewußtsein ausmachte.[37] Natürlich gab es auch Forscher, die ein solches Problembewußtsein sehr wohl hatten, die zumindest unter dem Siegel der Vertraulichkeit von Betrügereien und Fälschungen in ihrer Nähe zu berichten wußten und sicher waren, daß dies längst keine Einzelfälle mehr waren.[38] Natürlich gab es Fälle, die sich entgegen aller sonstigen Bemühungen nicht mehr in aller Stille und in eigener Regie aufklären und zu den Akten legen ließen, die für Schlagzeilen in Fachjournalen und Tageszeitungen sorgten, Nachfragen der Politik provozierten und die Gerichte beschäftigten.[39] Und natürlich gab es Wissenschaftler und Wissenschaftsorganisationen, die solche Fälle zum Anlaß nahmen, über das Problem an sich nachzudenken und etwa Regeln für korrektes wissenschaftliches Verhalten oder Schutzmaßnahmen gegen ihr Gegenteil formulierten.[40] Auch von ihnen wird in den folgenden Kapiteln zu lesen sein.

Doch sie alle blieben Ausnahmen, fanden kein Gehör, gingen in der Menge unter, konnten die einmal mit Gewalt eingeschlagene Richtung nicht ändern. Die deutsche Wissenschaft an sich, als Ganzes und repräsentiert in den Äußerungen ihrer Spitzenrepräsentanten, verdrängte das Phänomen Betrug und Fälschung in ihren eigenen Reihen auch weiterhin und strickte zugleich auf das eifrigste an dem Gegenbild, in dem dieses Phänomen nicht existierte, ja nicht existieren konnte. Wider die konkreten Fakten und wider die Grundprinzipien wissenschaftlich-kritischen Denkens täuschte sie so die Öffentlichkeit, führte Politik und Gesellschaft in die Irre, von deren Vertrauen und Geldern sie lebte. Und sie täuschte sich selbst und beraubte sich der Möglichkeit, zur rechten Zeit wirksame Schutzvorkehrungen und Sanktionen zu treffen. Nahezu niemand mochte daran denken, was eines Tages passieren würde, wenn diese Schutzvorkehrungen und

Sanktionen gebraucht würden – aber nicht vorhanden wären. Wenn sich ein Fall ereignete, der nicht mehr verdrängt werden könnte – und der das Idealbild der deutschen Wissenschaft mit einem Schlag in sich zusammenstürzen ließe. Ein solcher Fall, so waren die einen überzeugt und hofften die anderen, würde nicht kommen.

Doch er kam.

ERSTER TEIL

Spielarten, Fälle, Vorwürfe

Der Paukenschlag

Der „Fall Herrmann/Brach"

Zwei begabte Forscher, die eben noch hohes Ansehen genossen und nun als die vermutlich größten Betrüger und Fälscher in der Geschichte der deutschen Wissenschaft gelten; mehrere Dutzend gefälschter Studien und Publikationen auf einem der bedeutendsten und öffentlichkeitswirksamsten Forschungsfelder; Wissenschaftsorganisationen, die düpiert, Fördergelder in Millionenhöhe, die anscheinend betrügerisch eingeworben wurden; getäuschte Gutachtergremien und Berufungskommissionen, entsetzte und empörte Präsidenten, Rektoren und Dekane, interessierte Staatsanwälte, mahnende Politiker und Journalisten – und schließlich ein Wissenschaftssystem, das schmerzlich eigene Unzulänglichkeiten und Versäumnisse erfahren mußte, althergebrachte Standards, die neu ins Bewußtsein gerückt werden müssen, und ein öffentlicher Vertrauensverlust, dessen Ausmaße sich noch nicht absehen lassen.

Das ist im Herbst 1998 die Bilanz des „Falles Herrmann/Brach". Eine Zwischenbilanz nur. Denn die endgültige, juristische Aufarbeitung des bisher gravierendsten Betrugs- und Fälschungsfalls in der deutschen Wissenschaft steht noch aus und wird sich vermutlich über Jahre hinziehen. Und auch außerhalb der Gerichtssäle dürfte noch das eine oder andere unbekannte Detail, die eine oder andere neue Facette des Skandals ans Licht kommen – eines Skandals, dem man, wäre er von einem Drehbuchschreiber ersonnen, fast applaudieren müßte für seine Vielschichtigkeit, Originalität und Dramatik.

Nicht nur das Ende ist freilich offen. Auch der Anfang läßt sich nur schwer festlegen. Wann, wo und womit der „Fall Herrmann/Brach" begann, ist vor allem Sache des Chronisten. Gleich mehrere Ausgangspunkte bieten sich an, von denen die Fäden der Handlung in die verschiedensten Richtungen geknüpft werden können. Ein möglicher Beginn wäre etwa jener Sommertag des Jahres 1988, an dem ein aufstrebender Oberarzt und eine ehrgeizige Doktorandin in der Mainzer Universitätsklinik einander zum ersten Mal begegneten. Oder ein Novembertag im Jahre 1995, an dem ein frisch promovierter Biologe in Berlin in die Laborgruppe zweier inzwischen renommierter Krebsforscher eintrat, in der er schon bald erste Merkwürdigkeiten erlebte. Auch Anfang Mai 1997, als ein angesehener Wissenschaftler seine Teilnahme an einem großen Fachkongreß kurzfristig absagte und damit schwelenden Gerüchten Nahrung gab, ließe sich beginnen, ebenso wenige Tage später, als auch die Öffentlichkeit erfuhr, was der *scientific community* bereits seit zwei Monaten bekannt war. Oder aber Mitte März desselben Jahres.

Ein schwerwiegender Verdacht

Mitte März 1997 erhielt die Medizinische Fakultät der Universität Ulm Post zweier besorgter Wissenschaftler.[1] Absender waren die Herren Professoren Peter Hans Hofschneider vom Max-Planck-Institut für Biochemie in Martinsried bei München und Claus Bartram vom Institut für Humangenetik der Universität Heidelberg. Sie hatten einen schwerwiegenden Verdacht mitzuteilen: Man sei, so Hofschneider und Bartram, über einen „gravierenden Fall von Fälschung" wissenschaftlicher Daten informiert worden, in den offensichtlich ein jetziges und ein ehemaliges Mitglied der Ulmer Fakultät verwickelt sei. Bei den beiden Wissenschaftlern handelte es sich um Prof. Dr. Friedhelm Herrmann, der seit Februar 1996 die Abteilung Innere Medizin III der Ulmer Universitätsklinik leitete und zugleich den Lehrstuhl für Onkologie und Hämatologie innehatte, sowie um seine frühere engste Mitarbeiterin und Lebensgefährtin Prof. Dr. Marion Brach, die bis zum Herbst 1996 in Ulm tätig gewesen war. Herrmann und Brach hätten, so die Briefeschreiber, zusammen mit einem Mitarbeiter Brachs eine Studie erstellt und veröffentlicht, die „nahezu unabweislich" bewußte Fälschungen enthalte.

Hofschneider und Bartram hatten jedoch nicht nur einen Verdacht mitzuteilen, sondern auch bereits erste Ergebnisse eigener Nachforschungen: Marion Brach und ein Mitarbeiter ihrer Laborgruppe hätten bei Befragungen ihre „aktive und passive Beteiligung bei diesen

Vorgängen umfassend zugegeben". Und: Beide hätten die Verstrickung Friedhelm Herrmanns in die Fälschung betont. Herrmann selbst dagegen habe die Anschuldigungen zurückgewiesen.

Gleichlautende Schreiben gingen zur selben Zeit auch an der Medizinischen Hochschule Lübeck und beim Max-Delbrück-Centrum in Berlin-Buch ein. Die Lübecker Hochschule war die neue Wirkungsstätte von Marion Brach, die dort seit Anfang 1997 einen Lehrstuhl für Molekulare Medizin innehatte, und an dem Berliner Institut hatten Herrmann und Brach von 1992 bis 1996 mit einer eigenen Arbeitsgruppe geforscht. In diesem Zeitraum war offensichtlich auch die gefälschte Studie entstanden.

Die Empfänger der Briefe reagierten unterschiedlich: In Ulm und Lübeck wurden innerhalb weniger Tage Untersuchungskommissionen eingerichtet, die dem Verdacht nachgehen und die fragliche Publikation unter die Lupe nehmen sollten. Das Max-Delbrück-Centrum beließ es dagegen zunächst bei einem kurzen Antwortschreiben an Hofschneider und Bartram; sie sollten doch bitte mitteilen, in welcher Form man hilfreich sein könne.[2] Dann aber erkannte man auch in Berlin die Brisanz der geäußerten Beschuldigungen und setzte ebenfalls eine Kommission zu ihrer Untersuchung ein.

Es waren freilich nicht nur die Beschuldigungen allein, die die drei Wissenschaftseinrichtungen handeln ließen. Gewiß: Schon der Verdacht der bewußten Fälschung wissenschaftlicher Daten und Ergebnisse war gravierend und verlangte nach Aufklärung. Mindestens ebenso schwer, wenn nicht schwerer aber wog, gegen wen sich dieser Verdacht richtete. Denn zumindest die beiden Hauptbeschuldigten waren mitnichten beliebige Forscher unter vielen – sondern die Hoffnungsträger der deutschen Wissenschaft auf einem der bedeutendsten und zukunftsträchtigsten Forschungsfelder: der Krebsforschung.

Dramatis personae

Wenn seit Anfang der neunziger Jahre Untersuchungen deutscher Krebsforscher die Fachwelt aufhorchen ließen und auch außerhalb der Laboratorien und Kongresse leise Hoffnungen auf Fortschritte im

Kampf gegen die Menschheitsgeißel nährten, stammten sie zumeist entweder aus dem weithin renommierten Deutschen Krebsforschungszentrum in Heidelberg – oder aber aus der gemeinsamen Arbeitsgruppe der Molekularbiologen Friedhelm Herrmann und Marion Brach. Vor allem mit ihren Studien zur Wirkung von Zytokinen – zellulären Botenstoffen, mit denen das Immunsystem Tumore abwehrt – sowie zu Genen, die Krebsgeschwüre unempfindlich gegen Chemotherapien machen, hatten sich die beiden Forscher internationales Ansehen erworben.[3]

Namentlich Friedhelm Herrmann galt im März 1997 als der „Shooting-Star in der deutschen Krebsforschung“[4]. Mit 47 Jahren konnte er auf einen glänzenden wissenschaftlichen Werdegang zurückblicken[5]: Nach Studium und Promotion ab 1978 zunächst als Arzt in Berlin tätig, hatte er sich nach einem Forschungsaufenthalt an der Harvard Medical School 1986 in Mainz bei Prof. Dr. Roland Mertelsmann, dem Pionier der Gentherapie in Deutschland, habilitiert. Von Mainz aus war Herrmann 1989 als Oberarzt an die Freiburger Universitätsklinik gegangen und von dort 1992 als C-4-Professor und Leiter einer Arbeitsgruppe an das renommierte Max-Delbrück-Centrum (MDC) in Berlin-Buch berufen worden. Anfang 1996 war es schließlich der Ulmer Universität gelungen, den angesehenen Forscher und fast seine gesamte Berliner Arbeitsgruppe an die Donau zu holen. Herrmann konnte auf nicht weniger als 389 wissenschaftliche Publikationen verweisen, hatte bislang sieben Forschungspreise erhalten, war Mitglied in allen wichtigen Fachgesellschaften sowie in mehreren Gutachter- und Bewilligungsgremien renommierter Fachzeitschriften und der Deutschen Forschungsgemeinschaft und nicht zuletzt Sprecher der deutschen Gentherapeuten.

Marion Brachs wissenschaftlicher und persönlicher Werdegang war bis dahin eng mit dem des elf Jahre älteren Herrmann verbunden gewesen[6]: Kennengelernt hatten sich die beiden neun Jahre zuvor im Sommer 1988 in der onkologischen Abteilung der Mainzer Universitätsklinik. Herrmann, als Oberarzt bereits auf dem Sprung zur glänzenden Karriere, hatte die junge Doktorandin damals auf deren Drängen hin in seine Abteilung aufgenommen – Beginn einer nicht nur professionell, sondern bald auch privat höchst engen Beziehung. Ebenso intelligent wie willensstark hatte sich Brach rasch in Herrmanns Abteilung hervorgetan und war mit dem aufstrebenden Wissenschaftler zunächst nach Freiburg und anschließend nach Berlin gegangen, wo sie sich auch habilitiert hatte. Spätestens am Max-Delbrück-Centrum war aus Herrmann und Brach auch das vielversprechendste Forscherduo der deutschen Krebsforschung geworden. Im Februar 1996 schließlich war auch Marion Brach von Berlin nach Ulm gewechselt, obwohl die private Beziehung der beiden Forscher inzwischen zerrüttet war und bald auseinanderbrechen sollte. In Ulm hatte Brach eine C-3-Professur angetreten, Hochschule und Stadt jedoch bereits nach neun Monaten in Richtung Lübeck verlassen: An der dortigen Medizinischen Hochschule lehrte sie seit Januar 1997, mit gerade 36 Jahren und als erste Frau, als C-4-Professorin für Molekulare Medizin.

So waren es also zwei der angesehensten und innovativsten Köpfe der auch in Deutschland mit höchstem finanziellen und wissenschaftlichen Aufwand betriebenen biomedizinischen Forschung, die im März 1997 des schwerwiegendsten Vergehens beschuldigt wurden, das Wissenschaftler begehen können: der vorsätzlichen Fälschung von Forschungsarbeiten – und damit des vorsätzlichen Verstoßes gegen das oberste Gebot ihrer Zunft, die wissenschaftliche Redlichkeit.

Ein seltener Fall von Zivilcourage

Wie war es überhaupt so weit gekommen? Worauf gründete sich der schwerwiegende Verdacht? Und wie war er zu Hofschneider und Bartram gelangt, die ja in ihrem Brief erklärt hatten, sie seien über den „gravierenden Fall von Fälschung" informiert worden? Diese Fragen verdienen ausführliche Antwort.

Gerade die Geschichte des „Falles Herrmann/Brach" ist vor allem auch die Geschichte seiner Aufdeckung. Und in ihr kommt der ersten Phase der Aufdeckung innerhalb des Wissenschaftssystems und durch dieses besondere Bedeutung zu. Sie vollzog sich nicht nur äußerst spannend – sondern war zugleich ein Musterbeispiel für Zivilcourage in der Wissenschaft, wie sie zumindest in dieser Ausprägung nur selten anzutreffen ist.

Dieses Musterbeispiel war vor allem einem jungen Forscher zu verdanken, der neben Friedhelm Herrmann und Marion Brach die dritte Hauptrolle im bisher größten Fälschungsfall der deutschen Forschung spielt: dem Molekularbiologen Dr. Eberhard Hildt. Er war es, der unter hohem persönlichen und beruflichen Risiko den eigentlichen Anstoß zur Aufdeckung des Skandals gab – und trotz der allseitigen Anerkennung, die er seitdem erfuhr, ist nicht auszuschließen, daß die vielversprechende Karriere des 33jährigen, der sich derzeit habilitiert, am Ende nicht doch noch darunter leidet. Noch immer kann aus dem mutigen Aufklärer im Dienste der wissenschaftlichen Wahrheit in den Augen von Kollegen der „Nestbeschmutzer" werden, dem es Steine in den Weg zu legen gilt.

Hildt, der in Tübingen studiert und promoviert hatte, stieß im November 1995 am Max-Delbrück-Centrum zur Arbeitsgruppe von Friedhelm Herrmann und Marion Brach und wechselte im Februar 1996 mit beiden sowie einer ganzen Reihe von Mitarbeitern ebenfalls nach Ulm. Im Team der renommierten Molekularbiologen forschte Hildt über den Zusammenhang von Leberkrebs und Hepatitis-B-Viren, mit dem er sich auch in seiner Dissertation befaßt hatte.[7]

Als er Ende 1995 in die Arbeitsgruppe Herrmann/Brach gekommen sei, „wurde schon gemunkelt, daß da einiges nicht mit rechten Dingen zugeht", erinnerte sich Hildt später in einem ausführlichen Bericht.[8] Was damit gemeint war, blieb ihm zunächst verschlossen. Schon im Frühjahr 1996 aber, kurz nach dem Wechsel der Forschergruppe von Berlin nach Ulm, will er erste Hinweise erhalten haben – und zwar von Friedhelm Herrmann selbst. Dieser habe ihn in zwei Gesprächen dazu bewegen wollen, die engere Arbeitsgruppe um Brach, der er seit vier Monaten angehörte, zu verlassen und in sein eigenes Team zu kommen. „Was wollen Sie bei Frau Brach? Sie glauben ja gar nicht, in wie vielen Arbeiten von ihr Unregelmäßigkeiten existieren", habe Herrmann gleich mehrfach bekundet, am Ende der Gespräche aber mit den Worten „Vergessen Sie's" zu relativieren versucht. Bereits dieses Gespräch erhielt, wie auch die folgenden, angesichts der späteren Ereignisse eine zusätzliche, brisantere Bedeutung: Falls Herrmann sich tatsächlich derart geäußert hat, was Hildt zu beeiden bereit ist, hat er nicht nur zu einem frühen Zeitpunkt Marion Brach gegenüber einem Mitarbeiter wissenschaftliche Unredlichkeit vorgeworfen, was schon an sich bemerkenswert wäre; in völlig anderem Licht, nämlich mehr als zweifelhaft, erschiene auch seine Einlassung, er habe von Fälschungen nichts gewußt.

Solche Schlußfolgerungen lagen im Frühjahr 1996 freilich noch in weiter Ferne. Immerhin aber nahm Hildt die Äußerungen seines Vorgesetzten so ernst, daß er Marion Brach direkt auf Unregelmäßigkeiten in ihren Arbeiten ansprach. Und tatsächlich, zumindest für einen Fall habe die Forscherin solche Unregelmäßigkeiten auch eingestanden: In einer noch in Berlin entstandenen und 1995 im *Journal of Experimental Medicine* veröffentlichten Studie sei eine Abbildung nicht korrekt. Dies war exakt jene Studie, auf die sich später auch Peter Hans Hofschneider und Claus Bartram in ihrem Brief beziehen sollten. Doch auch daran war im Frühjahr 1996 noch nicht zu denken.

Zunächst nahm Hildt die in dem renommierten Fachblatt publizierte Arbeit selbst unter die Lupe. Die fraglichen Ungereimtheiten konnte auch er leicht ausmachen: Mehrere auf dem Bild dargestellte Symmetrien konnten unter regulären Bedingungen gar nicht entstehen. Damit lag der Verdacht nahe, daß hier der Wirklichkeit mit einem Bildverarbeitungsprogramm am Computer nachgeholfen worden sei. Als Hildt nun Marion Brach „dringend" riet, die Studie als fehlerhaft zurückzuziehen, sicherte die frisch gebackene C-3-Professorin dieses zunächst auch zu. Dann aber geschah nichts. Im Gegenteil: Im Mai 1996 stellten Herrmann und Brach, die nach lautstarken Zerwürfnissen im Frühjahr inzwischen wieder zueinandergefunden hatten, ihren Mitarbeiter wegen seiner kritischen Haltung zur Rede. Wenn er weiter am Wahrheitsgehalt der Studie zweifle, werde man ihn vor ein „Tribunal" stellen und wegen übler Nachrede verklagen. Dies geschah jedoch nicht – und auch Eberhard Hildt unternahm vorerst keine weiteren Schritte, nicht zuletzt im Glauben, daß es sich lediglich um eine einzelne manipulierte Abbildung handele.

Dies änderte sich jedoch wenige Monate später. Kurz vor Weihnachten 1996 traf Hildt einen ehemaligen Kollegen aus dem Berliner Labor. Dieser übergab ihm die Originaldaten und -abbildungen der im *Journal of Experimental Medicine* publizierten Studie – und die unterschieden sich deutlich von dem veröffentlichten Material. Nun war offensichtlich, daß sämtliche Bilder der Studie am Computer manipuliert worden waren. Und der ehemalige Kollege wußte noch eine zweite Geschichte zur Entstehung der Studie zu erzählen: 1995 habe Herrmann von einem Kongreß Forschungsdaten mitgebracht, die dort von einer japanischen Arbeitsgruppe vorgestellt worden waren. Auf wundersame Weise habe dann die Arbeitsgruppe um Marion Brach binnen kürzester Zeit exakt dieselben Ergebnisse erzielt. „Dabei waren die Mitarbeiter des Berliner Labors zu diesem Zeitpunkt noch gar nicht firm in diesen Methoden."

Derartig offensichtliche Manipulationen wollte Eberhard Hildt nicht länger mittragen. Mitte Januar 1997 konfrontierte er Friedhelm Herrmann mit seinen Erkenntnissen. Als der Krebsforscher ihn jedoch erneut unter Druck setzte – er werde ihn „platt machen", sollte Hildt bei seinen Anschuldigungen bleiben –, war für ihn die Grenze des Erträglichen endgültig überschritten. Auf der Suche nach einer angesehenen Vertrauensperson, die die Aufklärung der offensichtlichen Manipulationen mit größerer Glaubwürdigkeit und geringerem Risiko betreiben konnte, hatte sich Hildt bereits zuvor an seinen Doktorvater Hofschneider erinnert. Ihn setzte er nun in einem vertraulichen Bericht in Kenntnis – und brachte so den Stein ins Rollen.

Zwei Geständnisse und ein Dementi

Auch Peter Hans Hofschneider war Eberhard Hildt in guter Erinnerung geblieben, als einer seiner besten Doktoranden und als „ein absolut integrer Mensch". Schon deshalb prüfte er die Informationen und Materialien, die Hildt ihm übergeben hatte, mit großer Sorgfalt. Sein Urteil war eindeutig: Auch Hofschneider war der Überzeugung, daß die Abbildungen der Studie „manipuliert sein müssen" – ebenso sein Kollege Claus Bartram, den er um eine Stellungnahme bat. Ja, so Bartram, der Professor für Humangenetik in Ulm gewesen war und nun das Heidelberger Institut für Humangenetik leitete, die Studie enthalte Fälschungen. Der Skandal war da.

Die beiden Wissenschaftler berieten, was zu tun sei. Soviel war klar: Das Material und die Beweise, die sie in den Händen hielten, waren hochbrisant, die Konsequenzen kaum abzusehen. Hofschneider und Bartram entschlossen sich zunächst zu weiteren klärenden Schritten: Marion Brach, die einen Monat zuvor ihre neue Stelle als C-4-Professorin in Lübeck angetreten hatte, wurde im Februar 1997 von dem Verdacht unterrichtet und zu einer Stellungnahme aufgefordert. Diese kam bald – und fiel mehr als unerwartet aus.

Brach und ihr gleichfalls beschuldigter Mitarbeiter machten nämlich erst gar keine Anstalten, die Fälschungen und ihren Anteil daran abzustreiten[9]: Noch im Februar räumten sie bei einem Gespräch mit Bartram die Manipulationen ein. Einige Tage später ging Brach in einer „verhörähnlichen Situation" noch einen Schritt weiter und beschuldigte Friedhelm Herrmann auf das schwerste: Sie selbst habe die Abbildungen nicht aus eigenem Antrieb manipuliert, sondern auf Weisung ihres damaligen Vorgesetzten; Herrmann habe „nicht nur von den Vorgängen gewußt, sondern sie maßgeblich initiiert".

Wie Bartram mit diesen Informationen umging, darüber kursierten später mehrere Versionen. Nach Darstellung Brachs soll er – gleichsam in Fortsetzung der altbewährten Strategie deutscher Wissenschaftler im Umgang mit Betrug und Fälschung – bereit gewesen sein, seinem Professorenkollegen Herrmann eine goldene Brücke zu bauen: Sollte dieser die Manipulationen eingestehen, wolle er auf offizielle Schritte verzichten. Herrmann könne so ohne großes Aufsehen innerhalb eines Jahres seinen Lehrstuhl aufgeben.[10] Bartram selbst dagegen versichert, eine Lösung unter Ausschluß der Öffentlichkeit sei für ihn nicht in Betracht gekommen; die Vorwürfe gegen Herrmann hätten zu schwer gewogen, als daß eine Klärung unter Kollegen noch möglich gewesen wäre.[11] In dieser Ansicht noch bestärkt sah er sich, als er Herrmann telephonisch mit den Aussagen Brachs konfrontierte. Der Ulmer Forscher wies die Anschuldigungen rundherum zurück und war lediglich bereit, eine Vernachlässigung seiner Pflichten als Leiter der Arbeitsgruppe und Vorgesetzter Brachs einzuräumen. Er habe „allenfalls manches geahnt, aber nichts initiiert"[12]. Von einem Geständnis war Herrmann jetzt und später weit entfernt. Dies war für Hofschneider und Bartram der letzte Anstoß. Am 11. März verfaßten sie ihren Brief an die Universitäten Ulm und Lübeck und an das Max-Delbrück-Centrum. Der Skandal ließ sich nicht mehr verheimlichen.

Anfangs noch getrennt, schon bald aber eng verknüpft, machten sich noch im März 1997 die Untersuchungskommissionen in Ulm, Lübeck und Berlin an die Arbeit. Von Beginn an hatten sie nicht nur jene eine offensichtlich gefälschte Studie im Blick, auf die Hofschneider und Bartram in ihrem Brief hingewiesen hatten, sondern auch andere Arbeiten aus ihrem zeitlichen und thematischen Umfeld. Wo einmal manipuliert worden war, das mag bereits zu diesem Zeitpunkt das Kalkül gewesen sein, war durchaus noch Weiteres zu erwarten.

Tatsächlich wurde schon bald klar, daß es um mehr als eine Fälschung gehen mußte. In weiteren drei Studien von Herrmann und Brach entdeckten die Untersuchungskommissionen bereits in diesen ersten Wochen Manipulationen.[13] Auch sie waren am Max-Delbrück-Centrum in Berlin-Buch entstanden. Auch sie befaßten sich mit den Zytokinen und der Wirkung, die sie zur Abwehr von Krebsgeschwüren entfalten, und mit jenen Genen, die Tumore gegen Chemotherapien resistent machen. Und auch sie waren zwischen 1994 und 1996 in international renommierten Fachzeitschriften publiziert worden.

Doch damit nicht genug: Schon nach diesen ersten Untersuchungen lag der Verdacht nahe, daß Herrmann und Brach die manipulierten Studien mit Fördergeldern großer Wissenschaftsorganisationen durchgeführt hatten. In Frage kamen hier vor allem die Deutsche Krebshilfe und die Deutsche Forschungsgemeinschaft. Erstere hatte die Berliner Arbeiten des Forscherduos mit der ansehnlichen Summe von 515 000 Mark gefördert, letztere mit immerhin 300 000 Mark. Und noch höhere Mittel für weitere Studien waren bereits bewilligt.[14]

Noch im April wurden Krebshilfe und DFG von der Ulmer Universität informiert. Damit zog der Skandal endgültig erste Kreise. Beide Förderorganisationen reagierten rasch, versahen ihre schon ausgezahlten Gelder mit Rückzahlungsvorbehalten und stoppten die laufenden Überweisungen. Allein die Krebshilfe legte so über eine Million Mark weiterer Fördermittel vorerst auf Eis. Und in der Geschäftsstelle der Forschungsgemeinschaft in Bonn begann – nach einem genau festgelegten und noch ausführlich zu schildernden Verfahren – ein Unterausschuß mit ersten Ermittlungen, die über die

Eröffnung einer Hauptuntersuchung wegen mißbräuchlicher Verwendung von Fördergeldern entscheiden sollten. Von diesem Moment an ruhten auch Friedhelm Herrmanns Ämter in der DFG.[15]

Bis zu diesem Zeitpunkt war noch nichts über die Beschuldigungen und die Untersuchungen gegen die beiden angesehenen Forscher an die Öffentlichkeit gedrungen. Nun aber, ab Mitte April, begannen die ersten Gerüchte zu kursieren, vor allem in Ulm, wo die Untersuchungskommission besonders engagiert zu Werke ging. Zwar war keine der bislang entdeckten manipulierten Studien in Ulm entstanden, doch fühlte man sich als jetzige Wirkungsstätte Friedhelm Herrmanns hier der Aufklärung offenbar besonders verpflichtet.[16] Anfang Mai verdichteten sich die Gerüchte, machte nun auch erstmals der Name des Krebsforschers die Runde. Herrmann selbst gab den Gerüchten Nahrung, als er am 5. Mai seine Teilnahme an dem ersten großen Fachkongreß für Molekulare Medizin in Berlin absagte, auf dem er mit einem Vortrag und einer Pressekonferenz eine Hauptrolle übernehmen sollte. Seine Absage, in letzter Minute und ohne Angabe von Gründen, war denn auch ein beherrschendes Gesprächsthema auf den Fluren des Berliner Kongreßzentrums.[17]

Zu dieser Zeit hatte die fünfköpfige Untersuchungskommission der Ulmer Universität unter dem Vorsitz von Prof. Dr. Guido Adler, dem Dekan der Medizinischen Fakultät, bereits mit der Arbeit an einem Zwischenbericht begonnen, der für Herrmann und Brach überaus belastend werden sollte. Diesen Bericht wollte die Kommission noch vor Monatsende abschließen und dann zunächst dem Rektorat der Hochschule und dem baden-württembergischen Wissenschaftsministerium vorlegen. Erst danach, und frühestens dann, war auch daran gedacht, die Öffentlichkeit offiziell zu informieren. Doch dieser Plan sollte nicht aufgehen.

In aller Öffentlichkeit

Am 16. Mai 1997, dem Freitag vor dem Pfingstfest, konnte die in Ulm, Tübingen und Schwäbisch Gmünd erscheinende *Südwest Presse* mit einer Schlagzeile aufwarten, die sich deutlich von den üblichen Politik-

und Wirtschaftsnachrichten abhob: „Uniforscher fälschten Daten", war ihr Beitrag auf der Titelseite überschrieben, dem im Blattinneren gleich zwei größere Artikel folgten.[18] Noch am selben Tag machte eine Meldung der *Deutschen Presse-Agentur*, die sich nicht in erster Linie auf die *Südwest Presse*, sondern auf einen Vorabbericht des Münchner Nachrichtenmagazins *Focus* stützte, den Skandal auch bundesweit bekannt: „Betrugsvorwurf bei Krebsforschung – Eine Million Mark eingefroren", lautete die Schlagzeile der *dpa*-Meldung, die am nächsten Tag in einer Reihe von Zeitungen ganz oder teilweise abgedruckt wurde.[19] Der Skandal war in der Welt.

Unabhängig voneinander hatten also gleich zwei Blätter offenbar von der Arbeit der Untersuchungskommissionen erfahren und mit ihren Recherchen begonnen. Sowohl *Focus* als auch *Südwest Presse* zeigten sich von Beginn an überaus gut informiert und gaben bereits am 16. beziehungsweise 17. Mai den Stand der Dinge detailliert wieder. Durch ihre guten Kontakte in die Ulmer Hochschulszene konnte die *Südwest Presse* dabei noch leichte Vorteile für sich verbuchen.[20] So war hier nicht nur von den inzwischen ermittelten vier manipulierten Studien zu lesen, sondern auch bereits über die Manipulationen selbst: Offenbar hatte die Arbeitsgruppe Herrmann/Brach in allen vier Studien Daten angegeben, die nicht in Laborversuchen ermittelt worden waren. Dies habe den Forschern wahrscheinlich zu lange gedauert, so daß sie die gewünschten Daten „mehr oder weniger erfunden und in die Computer eingegeben" hätten, berichtete das Blatt unter Berufung auf den Kommissionsvorsitzenden Guido Adler, der sich zumindest in diesen ersten Tagen bereitwillig gegenüber der Presse äußerte. Und zwar auch mit einer ersten Kommentierung: Daß gefälscht worden sei, stehe außer Zweifel, und teilweise sei es „auf sehr plumpe Weise geschehen". Dabei sei es, so zitierte *Focus* den Dekan, nicht mehr entscheidend, ob Friedhelm Herrmann auch selbst gefälscht habe oder nicht. Er habe in jedem Fall die Verantwortung für die Berliner Arbeitsgruppe getragen, und unter seinem Namen seien die Studien auch veröffentlicht worden.[21]

Auch von den Reaktionen und gegenseitigen Beschuldigungen der beiden Hauptverdächtigen erfuhren die Zeitungsleser bereits jetzt – und zwar mindestens so ausführlich wie vor ihnen die Untersuchungskommissionen. Namentlich Friedhelm Herrmann, der sich bisher eher bedeckt gehalten hatte, nutzte die ersten Presseberichte für ein klares Dementi[22]: Er habe von den angeblichen Fälschungen „nichts gewußt“, sei an ihnen „weder passiv noch wissend beteiligt“ gewesen und weise auch den Vorwurf, „gefälschte Daten publiziert zu haben [...], weit von sich“. Erst recht verwahrte sich Herrmann gegen die Anschuldigung Brachs, er sei der Initiator der Fälschungen gewesen. Über diese „extrem rufschädigenden Vorwürfe“ sei er entsetzt und werde juristisch dagegen vorgehen. Vor allem aber beschuldigte Herrmann nun seinerseits die ehemalige Mitarbeiterin und Lebensgefährtin schwer: Alle offenbar gefälschten Studien seien „eigenständige Arbeiten“ Marion Brachs gewesen.

Diesen ersten Presseberichten sollte in den kommenden Wochen und Monaten eine äußerst umfangreiche Berichterstattung folgen. Die Aufdeckung und Aufklärung des „Falles Herrmann/Brach“ war von diesem Moment an auch ein Medienereignis – und nahm damit nicht nur eine neue, öffentliche Dimension an, sondern auch einen rascheren und für manche Beteiligten ungeplanten Verlauf.

Dies zeigte vor allem das erste Auftreten der Politik, die nun in ganz anderer Weise die Bühne betrat, als es ihr von den Untersuchungskommissionen ursprünglich zugedacht war. Politiker bis hinauf zu Baden-Württembergs Wissenschaftsminister Klaus von Trotha gaben ihre ersten Kommentare zu der Affäre nun gegenüber den Medien und auf deren erste Berichte hin ab, und eben nicht auf die Berichte der Untersuchungskommissionen. „Die Glaubwürdigkeit der Wissenschaft steht hier auf dem Spiel. Und zwar in einem außerordentlich sensiblen Bereich“, konstatierte der CDU-Politiker in einem *Focus*-Interview: „Es kann hier keinerlei Form der Manipulation geduldet werden.“[23] Und auch die erste konkrete Reaktion des Wissenschaftsministers wurde durch die Presseberichte offenbar beschleunigt. Ohne den Bericht der Ulmer Untersuchungskommission abzuwarten, leitete Minister von Trotha am 30. Mai erste disziplinarische Voruntersuchungen gegen Herrmann ein.[24] Noch zuvor, am 22. Mai, war auch die Justiz aktiv geworden. Die Staatsanwaltschaften in Ulm und Lübeck nahmen Vorermittlungen gegen Herrmann und Brach auf. Diese galten nicht dem Vorwurf der Fälschungen, die

„strafrechtlich belanglos" seien, sondern dem Vorwurf des Betrugs durch den Mißbrauch von Fördergeldern für die manipulierten Studien.[25] Nur wenige Tage nach den ersten Presseberichten war die Aufdeckung des Forschungsskandals damit nicht mehr nur Sache der Wissenschaft.

Der Skandal weitet sich aus

Doch auch für die *scientific community* entwickelte der „Fall Herrmann/Brach" durch die ersten Presseberichte eine ungeahnte Eigendynamik. Dies galt vor allem für die diversen Untersuchungskommissionen, die ihre Arbeit nun unter den Augen der Öffentlichkeit und der Medien fortsetzen mußten – wobei letztere unmißverständlich formulierten, was sie von ihnen erwarteten: „Die mit der Aufklärung des Falls befaßten Kommissionen müssen reinen Tisch machen, damit das zutage getretene Geschwür nicht weiterwuchert. Nur so läßt sich der Glaube an die wissenschaftliche Seriosität wiederherstellen", befanden etwa die *Stuttgarter Nachrichten* bereits am 20. Mai.[26] Aber auch die Präsidenten, Rektoren, Dekane und Professoren der betroffenen Hochschulen, Forschungseinrichtungen und Wissenschaftsorganisationen sahen sich nun zu Kommentierungen veranlaßt, mitunter auch gedrängt, deren Zeitpunkt sie lieber selbst bestimmt hätten. Doch auch wenn ihren öffentlichen Äußerungen so mitunter etwas Gezwungenes anhaftete und zudem die spontane Betroffenheit abging, da sie die Fälschungsvorwürfe bereits seit einigen Wochen kannten – weniger ernstgemeint und ernstzunehmen waren sie deshalb nicht. „Das ist ein Schock für uns alle", bekannte als einer der ersten der Rektor der Ulmer Universität, Prof. Dr. Hans Wolff, und richtete sogleich den Blick auf die möglichen Folgen: Gerade auf dem sensiblen Gebiet der Gentechnologie und Krebsforschung sei der angerichtete öffentliche Schaden immens.[27] Friedhelm Herrmanns Kollegen von der Ulmer Medizinischen Fakultät drückten in einer Erklärung ihre „Empörung und Erschütterung" aus[28] – und gaben damit die Wortwahl für die meisten Kommentare der folgenden Wochen vor.

Beides, die Empörung ebenso wie die Erschütterung, sollten sich bald noch steigern. Am 10. Juni traf sich die inzwischen neben und aus den diversen örtlichen Untersuchungsgremien gebildete „Gemeinsame Kommission" erstmals in Bonn; neben den Untersuchungsführern der Universitäten Ulm und Lübeck sowie des Max-Delbrück-Centrums in Berlin waren als Gäste auch Vertreter des baden-württembergischen Wissenschaftsministeriums sowie der betroffenen Förderorganisationen mit von der Partie, der Krebshilfe ebenso wie der Deutschen Forschungsgemeinschaft. Letztere hatte Ende Mai selber einen Unterausschuß eingesetzt, um den Verdacht der mißbräuchlichen Verwendung von Fördergeldern zu prüfen.[29]

Als die zwölf Mitglieder der Gemeinsamen Kommission unter der Leitung ihres externen Vorsitzenden, des emeritierten Freiburger Mediziners Prof. Dr. Wolfgang Gerok, an diesem 10. Juni im Raum S 11 des Bonner Wissenschaftszentrums ihre bisherigen Erkenntnisse zusammentrugen, wurde aus dem „Fall Herrmann/Brach" endgültig der bis dato größte Betrugs- und Fälschungsskandal in der deutschen Geschichte[30]: Bis zu diesem Tag war von vier manipulierten Studien des Forscherduos auszugehen. Nun mußten die entsetzten Wissenschaftler feststellen, daß offensichtlich weit mehr und häufiger gefälscht worden war. In nicht weniger als 28 der bis dahin geprüften Publikationen waren Manipulationen aufgedeckt worden. Besonders brisant: Die Manipulationen beschränkten sich nicht mehr nur auf die Arbeit der beiden Krebsforscher am Max-Delbrück-Centrum ab 1992, sondern erstreckten sich auch auf ihre Forschungen an der Freiburger Universitätsklinik in den beiden Jahren zuvor. Damit geriet eine weitere Universität in den Sog der Affäre – und ein weiterer überaus renommierter Wissenschaftler. In Freiburg hatten Herrmann und Brach in der Abteilung von Prof. Dr. Roland Mertelsmann, dem Pionier der Gentherapie in Deutschland, geforscht, der auch Herrmanns Karriere entscheidend gefördert hatte. Rund 100 Arbeiten hatten Herrmann und Mertelsmann in dieser Zeit gemeinsam veröffentlicht, an gut 20 war auch Marion Brach beteiligt gewesen. Und genau in einigen dieser Studien waren nun Fälschungen entdeckt worden.

Auch über die Manipulationsmethoden konnten sich die Kommissionsmitglieder nun ein genaueres Bild machen, das ihr Entsetzen noch steigerte. Zahlreiche Labordaten waren offenbar entweder frei erfunden oder verfälscht, Abbildungen retuschiert, Graphiken ganz nach Belieben zusammenkomponiert oder mit anderen Bezeichnungen mehrfach verwendet worden. Damit nicht genug. In zwei Fällen hatten Herrmann und Brach offensichtlich auch die Ideen anderer Wissenschaftler für ihre eigenen Zwecke mißbraucht: Im ersten Fall hatten sie – wie seinerzeit bereits Eberhard Hildt von seinem Berliner Kollegen erfahren hatte – die Forschungsergebnisse einer japanischen Forschergruppe, von denen Herrmann auf einem Kongreß erfahren hatte, komplett übernommen und unter ihren Namen im weltweit angesehenen *Journal of Experimental Medicine* publiziert. Und im zweiten – im Kontext von „Plagiat" und „Wissenschaftsspionage" noch ausführlicher zu schildernden – Fall hatten Herrmann und Brach allem Anschein nach sogar eine besondere Vertrauensstellung mißbraucht[31]: Als Gutachter der Kölner Thyssen-Stiftung hatten sie 1993 den Förderantrag eines holländischen Forschers abgelehnt, um ihn wenig später wortwörtlich als eigenen Antrag einzureichen – bei derselben Stiftung und mit Erfolg: Insgesamt 260 000 Mark Fördermittel hatte die Thyssen-Stiftung den beiden Forschern bewilligt, von denen im Juni 1997 bereits 200 000 Mark ausgezahlt worden waren.

Und auch dies wurde immer deutlicher: Bei sorgfältiger Prüfung ließen sich die Manipulationen sehr wohl feststellen. Die hochkarätig besetzten Gutachtergremien der international angesehensten biomedizinischen Fachjournale und vermutlich auch die diverser Förderorganisationen aber hatten sie nicht bemerkt. Wie wirksam waren also die Kontrollmechanismen der Wissenschaft? An dieser Frage führte spätestens von nun an kein Weg mehr vorbei.

Am 12. Juni, zwei Tage nach dem Bonner Treffen, informierte die Gemeinsame Kommission mit einer sorgfältig abgewogenen Presseerklärung die Öffentlichkeit.[32] Wiederum einen Tag später, am Freitag, den 13. Juni, legte auch die als erste eingesetzte Untersuchungskommission der Ulmer Medizinischen Fakultät ihren Bericht vor. Er enthielt ebenfalls alarmierende Neuigkeiten[33]: Auch in Ulm waren offenbar Studien gefälscht worden; dafür gebe es sichere Anhaltspunkte, erklärte Dekan und Kommissionsvorsitzender Guido Adler, ohne jedoch ins Detail zu gehen. Besonders ausführlich hatte sich die Kommission mit der Rolle von Friedhelm Herrmann befaßt – und war zu einem eindeutigen Ergebnis gekommen: Von den Fälschungen am Max-Delbrück-Centrum müsse Herrmann seit dem Sommer 1995 gewußt haben. Daß er selber gefälscht habe, sei ihm zwar noch nicht nachzuweisen, doch nach dem einhelligen Eindruck der Kommission müsse er sehr wohl „beteiligt gewesen sein".[34]

Nach diesen nun erheblich umfangreicheren und substantielleren Anschuldigungen überschlugen sich die Ereignisse: In Lübeck forderte die Medizinische Hochschule ihre Professorin Marion Brach auf, „Konsequenzen zu ziehen", was diese auch tat, indem sie ihren Lehrstuhl bis auf weiteres verließ[35]; in Freiburg wies Roland Mertelsmann jede Beteiligung an Forschungsfälschungen zurück und ersuchte seine Universität, zur Klärung der Vorwürfe ebenso eine Kommission einzusetzen, was diese daraufhin und auf Ersuchen des Stuttgarter Wissenschaftsministeriums ebenfalls tat[36]; in Bonn kündigte die Deutsche Forschungsgemeinschaft die Einsetzung einer weiteren, international besetzten Kommission an, die die Kontrollmechanismen des Wissenschaftsbetriebes unter die Lupe nehmen und Vorschläge zu ihrer Verbesserung erarbeiten solle[37]. Und in Stuttgart zog Wissenschaftsminister Klaus von Trotha „die Notbremse" und suspendierte Friedhelm Herrmann am 25. Juni für zunächst drei Monate vom Dienst; die Schwere der Vorwürfe und das gefährdete Ansehen der Ulmer Universität hätten diesen Schritt notwendig gemacht.[38] Herrmann durfte damit nicht nur seine Dienstgeschäfte nicht weiterführen, sondern auch keinerlei Einnahmen mehr aus der Privatliquidation beziehen, die wie bei den meisten leitenden Medizinern auch bei ihm deutlich über seinem Professorengehalt lagen.

Herrmann selbst hatte kurz zuvor in einer ausführlichen Stellungnahme an das Ministerium erneut alle Anschuldigungen zurückgewiesen und statt dessen Marion Brach weiterbelastet: Sie habe auch ihre Habilitationsschrift mit gefälschten Daten manipuliert. Diese „subtilen" Fälschungen habe er seinerzeit nicht erkannt. Brach, so Herrmann, habe ihn getäuscht, das müsse er „heute schmerzhaft erkennen".[39] Dies war die erste einer Reihe von Einlassungen, mit denen nun vorübergehend eine ganz andere Dimension des Fälschungsskandals in den Vordergrund rückte: die zwischenmenschliche.

„Ein Netz aus Sex, Gewalt und Intrigen"

Daß die beiden der größten Betrugs- und Fälschungsserie in der Geschichte der deutschen Wissenschaft beschuldigten Forscher nicht nur professionell, sondern auch privat ein Paar gewesen waren, hatte Medien und Öffentlichkeit von Beginn an fasziniert. *Science and love* – die erst recht in dieser Ausprägung überaus seltene Verbindung war für viele nicht nur von hohem Reiz, sondern auch zumindest *ein* Ansatzpunkt zum Verständnis des gesamten Skandals.

Im Verlaufe des Sommers 1997 wurden nun immer neue angebliche Details dieser Verbindung bekannt. Zu verdanken war dies vor allem Marion Brach. Sie hatte schon zuvor ihr berufliches und privates Verhältnis zu Friedhelm Herrmann in einem umfangreichen Bericht protokolliert, der nun vom Münchner *Focus*-Magazin vor der Öffentlichkeit ausgebreitet wurde.[40] In diesem „intimen Geständnis" erzählte Brach von einem wahren „Netz aus Sex, Gewalt und Intrigen", das sie und Herrmann verbunden habe und durch das es zu den Fälschungen gekommen sei. Herrmann kam in dieser Darstellung der Part des gebieterischen Vorgesetzten und Initiators zu, ihr selbst der der gehorsamen Untergebenen und Ausführenden. Im Frühjahr 1993, so Brach, sei sie von Herrmann angewiesen worden, bei einer Studie „die Experimente erst gar nicht durchzuführen", sondern die erwarteten Ergebnisse einfach in das Manuskript einzuarbeiten. Auch solle sie „ein Bildchen erstellen". Brach: „Ich habe dies weisungsgemäß erledigt."

Noch publikumswirksamer war freilich Brachs Schilderung der privaten Beziehung zu Herrmann. Auch sie hatte demnach ganz im Zeichen der gemeinsamen Arbeit gestanden. Bei Herrmann habe das Verlangen nach Anerkennung, „das Beeindrucken von Fachkollegen" wie eine „Droge" gewirkt, ja sei geradezu sein „Lebenselixier" gewesen. Privat habe es denn auch nur wenige Gespräche gegeben, „die um etwas anderes kreisten". Ende 1995, so Brach weiter, habe sie die Beziehung beenden wollen – und dies sei der Einstieg in ein Psycho-Drama der besonderen Art gewesen. Immer wieder habe Herrmann mit Schreckensmeldungen über tödliche Krankheiten, an denen er bald sterben werde, die Trennung verhindern wollen. Einen „todkranken, depressiven und verzweifelten Menschen" habe sie einfach „nicht allein lassen können" – bis die Mutter des Forschers sie über dessen Hypochondrie aufgeklärt habe. „Ach Gott, Marion, das glaub doch nicht, der ist schon mit 16 an einem Tumor gestorben." Als sie vor dem gemeinsamen Umzug nach Ulm die Trennung forciert habe, habe Herrmann gedroht, zuerst sie, dann seine beiden Kinder aus erster Ehe und schließlich sich selbst umzubringen. In Ulm sei sie dann erst gar nicht mehr mit Herrmann zusammengezogen, nachdem er sie weiterhin bedroht und auch geschlagen habe.

Herrmann äußerte sich weit weniger spektakulär. Stärker als zuvor machte er nun aber deutlich, daß die Anschuldigungen Brachs in seinen Augen nichts als ein persönlicher Racheakt seien.[41] Tatsächlich sei sie die Schuldige, die ihn und seinen guten Namen für die eigene Karriere benutzt habe. Sie habe die Fälschungen begangen und ihn nun zum Opfer einer Hetzkampagne gemacht. Mit verheerenden Folgen: Seine Privatsphäre sei zerstört, er bekomme Drohbriefe und üble Anrufe. Auch gesundheitlich gehe es ihm schlecht. „Ich bin einfach fertig", so Herrmann gegenüber der *Südwest Presse*.

Aber auch die Journalisten selbst suchten nun verstärkt nach persönlichen und psychologischen Erklärungen für die Forschungsfälschungen. Ihr besonderes Interesse galt Friedhelm Herrmann, der geradezu als Musterbeispiel einer gespaltenen Persönlichkeit vorgestellt wurde[42]: Auf der einen Seite der herrische, selbstsüchtige Wissenschaftler, der seine Doktoranden gerne als „Bauerntölpel" tituliert und zu Laborknechten degradiert habe, „die nach seinem Gusto zu funktionieren hatten, wenn er mit eisenbeschlagenen Schuhen in die Abteilung marschierte" – auf der anderen Seite der freundliche und menschliche Arzt am Krankenbett, der sehr verständnisvoll mit seinen Patienten umgegangen sei. „Zerrissen hat ihn der Spagat zwischen Krankenbett und Labor, der nicht auszuhalten ist, wenn die Sucht nach öffentlicher Anerkennung das Lebenselixier ist", resümierte der Reporter der *Stuttgarter Zeitung* und deutete damit, ganz im Sinne von Marion Brach, einen Grund für die Manipulationen an.

Doch auch Marion Brach erfuhr eine kritische Betrachtung. Sie sei in vielfacher Hinsicht Herrmanns *alter ego* gewesen: „Auch sie von brennendem Ehrgeiz geplagt, auch sie publikationswütig. Für die [...]

C-3-Professorin gab es kein schöneres Weihnachtsgeschenk als einen Satz neuer Daten von ihren ‚Pipettierknechten'."

Wie viele dieser nun halb genüßlich, halb erstaunt und entsetzt aufgenommenen Details der Wahrheit entsprachen und vor allem, wie sehr sie zu den spektakulären Forschungsfälschungen beigetragen hatten, ließ sich freilich weder im Sommer 1997 noch danach ausmachen. Und ob es jemals auszumachen ist, muß offen bleiben. Diejenigen, die von Beginn an darauf gesetzt hatten, konnten sich durch sie allerdings in ihrer Annahme bestätigt fühlen: Für sie lag der Schlüssel zum größten Fälschungsskandal der deutschen Wissenschaft nun erst recht im Zwischenmenschlichen. Eine Annahme, die manchem in der deutschen Wissenschaft nicht ungelegen sein konnte, lenkte sie doch von möglichen wissenschaftsimmanenten Hintergründen ab.

„Fälschungen in beispiellosem Umfang"

Die Arbeit der Untersuchungskommissionen ging derweil weiter. 28 manipulierte Studien hatte man bis Mitte Juni gezählt. Anfang Juli waren daraus bereits 32 geworden.[43] Dies bedeutete jedoch nicht nur eine quantitative Erhöhung. Angesichts der vier zuletzt ausgemachten Manipulationen war man sich nun sicher, daß auch Friedhelm Herrmann selbst gefälscht hatte. Alle vier fraglichen Arbeiten waren in den beiden Jahren 1996 und 1997 in Ulm entstanden, und zwar teilweise nach dem Weggang von Marion Brach nach Lübeck. In einem Fall, so wurde der Ulmer Dekan Adler konkret, habe Herrmann Versuchsergebnisse für eine Studie frei erfunden.[44]

Im August trat die Affäre in ihre vorerst letzte entscheidende Phase. Gleich zu Beginn des Monats, am 4., traf sich die Gemeinsame Kommission im Bonner Wissenschaftszentrum zu ihrer zweiten Sitzung.[45] Zu ihr waren auch Friedhelm Herrmann und Marion Brach geladen worden, um sich zu den immer schwereren Beschuldigungen zu äußern. Doch die beiden Forscher erschienen nicht.

Am Ende dieses Tages hatten sich weitere Verdachtsmomente erhärtet. Friedhelm Herrmann hatte offenbar auch seine Bewerbungen um die Professuren am Max-Delbrück-Centrum und an der Ulmer

Universität manipuliert. Auf seinen Publikationslisten waren zahlreiche Arbeiten als „in Druck" angegeben, die tatsächlich später gar nicht oder in anderen und weniger angesehenen Journalen als den angekündigten erschienen waren.

Vor allem aber hatte sich die Zahl der offensichtlich manipulierten Arbeiten ein weiteres Mal erhöht. Mindestens 37 mußten nun als eindeutig oder höchstwahrscheinlich gefälscht gelten. Dies ließ die Kommission in einer am folgenden Tag veröffentlichten Erklärung deutliche Worte finden: „Die Kommission kommt zu dem Schluß, daß Professor Herrmann und Professor Brach über einen langen Zeitraum in ihren wissenschaftlichen Arbeiten Ergebnisse und Aussagen in beispiellosem Umfang gefälscht haben."[46] Herrmann selbst sei in mindestens drei Fällen „für Fälschungen allein verantwortlich". Diese zentrale Anschuldigung erläuterte der Kommissionsvorsitzende Wolfgang Gerok später so: „Die Kommission zieht diesen Schluß vor allem aus der Tatsache, daß Fälschungen nachgewiesen sind oder Arbeiten unter Fälschungsverdacht stehen, die entstanden sind, bevor Frau Brach zur Arbeitsgruppe Herrmann stieß, und daß Fälschungen und Datenmanipulationen in Arbeiten vorgenommen wurden, die entstanden sind, als Frau Brach nicht mehr bei der Arbeitsgruppe war."[47] Aus der großen Zahl der bisher aufgedeckten Fälschungen, so Gerok weiter, ergebe sich zwingend, daß auch die gesamten übrigen Arbeiten der beiden Forscher nicht als zuverlässig gelten könnten und überprüft werden müßten.

Zweifel an der Schuld der beiden Krebsforscher seien nun nicht mehr erlaubt, befand tags darauf die *Südwest Presse*. „Wer über Jahre weg derart dreist und massiv Daten türkt, Ergebnisse vortäuscht und auf der Jagd nach Ruhm und Forschungsgeld Ideen klaut, verdient kein Pardon", kommentierte das Blatt weiter und forderte den Wissenschaftsminister zu raschem Handeln auf: „Friedhelm Herrmann kann nicht an der Universität bleiben."[48]

Dies sah man im Wissenschaftsministerium offenbar ähnlich. Zwei Tage nachdem der offizielle Zwischenbericht der Kommission eingegangen war, leitete Minister von Trotha ein förmliches Disziplinarverfahren gegen Friedhelm Herrmann ein. Der Verdacht habe sich erhärtet, daß der Professor seine Dienstpflicht schuldhaft verletzt habe.

Bestätige er sich auch im disziplinargerichtlichen Verfahren, könne Herrmann aus dem Landesdienst entfernt werden.[49] Vorerst bezog sich das Disziplinarverfahren lediglich auf fünf Fälschungsfälle, die die Gemeinsame Kommission schon im Juni nach Stuttgart gemeldet hatte; es solle jedoch, so das Ministerium, auch auf die seitdem ermittelten Fälschungen ausgeweitet werden – eine Ankündigung, die Monate später noch für Streit sorgen sollte.

Mit dem Zwischenbericht der Gemeinsamen Kommission waren die Enthüllungen allerdings noch nicht beendet: Am 27. August legte auch die Untersuchungskommission der Freiburger Universität unter dem Vorsitz von Prof. Dr. Albin Eser, dem Direktor des Max-Planck-Instituts für Ausländisches und Internationales Strafrecht, ihren Bericht vor[50]: Sie hatte zu den bisher bekannten 37 manipulierten Publikationen ein Dutzend weitere „fälschungsverdächtige Arbeiten" entdeckt, die während der Freiburger Zeit von Friedhelm Herrmann und Marion Brach verfaßt und publiziert worden waren. Und noch weit mehr waren in Freiburg auf den Weg gebracht worden. Insgesamt war man nun bei annähernd 50 manipulierten Studien angelangt – von denen nicht weniger als 28 zumindest teilweise in Freiburg entstanden und später in Berlin und Ulm abgeschlossen worden waren.

Mindestens ebenso interessant wie die Ermittlung der manipulierten Arbeiten waren die Feststellungen der Freiburger Kommission zu ihrem zweiten Untersuchungsgegenstand: der möglichen Beteiligung und Verantwortung des Genforschers Roland Mertelsmann und anderer Freiburger Wissenschaftler an den Fälschungen. Sie warfen über den konkreten „Fall Herrmann/Brach" hinaus einen kritischen Blick auf – an anderer Stelle noch ausführlicher zu schildernde – fragwürdige Praktiken innerhalb des Wissenschaftsbetriebs.

Immerhin war der Name Mertelsmann in 25 der 28 zumindest teilweise in Freiburg entstandenen manipulierten Arbeiten als Mitautor von Friedhelm Herrmann und Marion Brach aufgeführt, sieben weitere Freiburger Wissenschaftler waren insgesamt 32mal genannt. Eine aktive Beteiligung an den Fälschungen konnte die Kommission zwar weder bei Mertelsmann noch bei seinen Kollegen feststellen, auch eine Mitwisserschaft sei ihnen „nicht zweifelsfrei nachzuweisen". Alleine aus der Mitautorschaft könne sich aber eine Mitverantwortung an den manipulierten Arbeiten ergeben. Dies gelte auch, „wie namentlich im Falle von Professor Mertelsmann, bei bloßer ‚Ehrenautorschaft'." Zudem sei Mertelsmann auch wegen seiner Stellung als Leiter der Klinischen Abteilung und der dort betriebenen Forschung „nicht von jeder Mitverantwortung (im Sinne eines Einstehens für Versäumnisse) an den in seinem Bereich geschehenen Fälschungen freizustellen".[51] Dies war, wie die *Stuttgarter Zeitung* treffend kommentierte, „kein Freispruch" für den renommierten Freiburger Krebsforscher.[52]

Am 29. August zog schließlich auch die Deutsche Forschungsgemeinschaft Konsequenzen. Nach dem Bericht des von Generalsekretär Dr. Reinhard Grunwald geleiteten Unterausschusses sah der Hauptausschuß der Förderorganisation den „Verdacht erheblichen wissenschaftlichen Fehlverhaltens so verdichtet, daß Maßnahmen angezeigt sind"[53]. Diese Maßnahmen betrafen zunächst die Mitwirkung in den Gremien der DFG: Der Hauptausschuß schlug dem Senat der Förderorganisation vor, Herrmanns ruhende Mitgliedschaft zu beenden; auch solle geprüft werden, Herrmann und Brach das aktive und passive Wahlrecht für weitere Mitgliedschaften und, was noch schwerer wog, die Fachgutachterwahlen zu entziehen. Zudem sollten beide zumindest zeitweise keinen Förderantrag mehr stellen können.

Darüber hinaus forderte die DFG die beiden Forscher auf, ihre gefälschten Veröffentlichungen samt und sonders zu widerrufen. Der wichtigste Beschluß galt freilich den für die Krebsspezialisten bewilligten Fördermitteln. Zumindest in je einem Fall hatten Herrmann und Brach Gelder der DFG für ihre Manipulationen mißbraucht, soviel stand nun fest. Logische Konsequenz: Die Fördergelder sollten zurückgezahlt, die rechtlichen Voraussetzungen für eine Rückforderung umgehend geprüft werden. Dies hatte im übrigen zuvor bereits auch die Krebshilfe für ihre Fördergelder beschlossen.

Wie schon die Freiburger Kommission richtete auch die Forschungsgemeinschaft den Blick vom konkreten Fall aus auf Grundsätzliches: Mit Sorge sah sie vor allem die berufliche Zukunft der Nachwuchswissenschaftler aus den Projektgruppen von Herrmann und Brach. Um sie vor (weiteren) negativen Folgen zu schützen, sollten nun alle Mitarbeiter nach ihrem eigenen Beitrag an der Vorbereitung und Veröffentlichung der manipulierten Studien befragt werden

– aber auch danach, inwieweit ihnen die Manipulationen bekannt gewesen seien.

So hatten also Ende August 1997, fünfeinhalb Monate nach dem offiziellen Bekanntwerden der ersten Forschungsfälschung, alle betroffenen Wissenschaftseinrichtungen ihre Untersuchungen vorerst abgeschlossen beziehungsweise, wie das Stuttgarter Wissenschaftsministerium, erste Schritte gegen die beiden beschuldigten Krebsforscher eingeleitet. Für Friedhelm Herrmann war dies der Moment, zum Gegenangriff überzugehen.

Eine Flut von Klagen, eine Entlassung und ein vorläufiges Ende

Bis auf ein erstes kurzes Dementi noch im März, die Reaktionen auf die ersten Presseberichte im Mai und seine ausführliche Stellungnahme vom Frühsommer hatte sich Herrmann bisher insgesamt recht bedeckt gehalten, und auch dabei hatte eher die eigene Verteidigung im Vordergrund gestanden. Dies änderte sich nun. Am 4. September kündigte Rechtsanwalt Holger Zuck von der Stuttgarter Kanzlei Zuck & Quaas im Namen des Forschers umfangreiche juristische Gegenwehr an[54]: Man wolle einen „Widerruf unwahrer Tatsachenbehauptungen" auf dem Klageweg erreichen. Die Klage richte sich zunächst gegen die Deutsche Forschungsgemeinschaft, sie solle später aber auch auf die diversen Untersuchungskommissionen sowie auf Rektor und Mediziner-Dekan der Universität Ulm ausgeweitet werden. Sie alle sollten ihre Behauptungen widerrufen, Herrmann habe selbst gefälscht, zum Fälschen verleitet oder sei ein Mitwisser.

Zugleich wies Herrmanns Anwalt erneut Marion Brach die Verantwortung für die Fälschungen zu. Außer ihren Anschuldigungen gebe es keine Beweise für Manipulationen seines Mandanten. Da müsse man die Glaubwürdigkeit der Forscherin schon stark hinterfragen; sie befinde sich offensichtlich in einer „psychischen Ausnahmesituation". Die entscheidende Frage sei, wer ein Motiv gehabt habe, zu fälschen. „Herrmann hatte als C-4-Professor seine Karriereleiter schon erklommen", sagte Zuck, „Frau Brach hat sich erst 1996, also zum Zeitpunkt der Manipulationen, habilitiert."

Bei bloßen Widerruf-Klagen wollten es Herrmann und seine Anwälte freilich nicht belassen. Sie kündigten darüber hinaus auch eine Schadensersatzforderung an. Begründung: Auch wenn Herrmanns Unschuld erwiesen werde, sei er als Forscher und Mediziner ruiniert. Und selbst wenn das Land ihn auf seiner Stelle beließe, werde er wohl gezwungen, seine Entlassung zu beantragen, da das Arbeitsklima zu sehr gestört sei. Somit entstehe Herrmann ein „kapitaler Vermögensschaden". Höhe der Schadensersatzforderung deshalb: Zehn Millionen Mark, bemessen an einem Jahreseinkommen von 500 000 Mark.

Während die Auseinandersetzung um die eine Hauptperson damit in eine neue Phase eintrat, kam die um die andere wenig später zumindest zu einem ersten Abschluß: Mitte September verlor Marion Brach ihren Lübecker Lehrstuhl endgültig.[55] Sie, bei der die Dinge schon aufgrund ihres eigenen Geständnisses klar lagen, wurde aus dem Öffentlichen Dienst entlassen. Wochen zuvor hatte ihr nahender Abgang von der (deutschen) akademischen Bühne bereits für politische Aufregung gesorgt: Für den Rücktritt von ihrem Lehrstuhl hatte die Professorin eine Abfindung von 100 000 Mark gefordert. Schleswig-Holsteins Wissenschaftsministerin Gisela Böhrk (SPD) war bereit zu zahlen. Erst Ministerpräsidentin Heide Simonis kippte die Übereinkunft mit ihrem Veto. So wurde Brach also ohne Abfindung entlassen. Gut sechs Monate nach dem Beginn seiner Aufdeckung hatte der größte Betrugs- und Fälschungsfall in der deutschen Wissenschaft eine erste personelle Konsequenz gefordert.

Und damit endete im Frühherbst 1997 vorerst der Gang der Ereignisse, jedenfalls soweit es die beiden Hauptpersonen und den Hauptstrang der Handlung betraf. Zwei-, dreimal machten in den folgenden Wochen und Monaten Nebendarsteller von sich reden, fanden Nebenhandlungen ihre Fortsetzung: Ende Oktober räumte der Freiburger Genforscher Roland Mertelsmann als ehemaliger Co-Autor und Vorgesetzter von Friedhelm Herrmann seine Mitverantwortung dafür ein, daß bei den in Freiburg manipulierten Studien „in bedrückender Weise alle internen und externen Kontrollmechanismen versagt" hätten[56]; Mitte Dezember legte die von der Deutschen Forschungsgemeinschaft eingesetzte Kommission „Selbstkontrolle in der Wissenschaft“ ihre – noch ausführlich zu schildernden – „Vorschläge zur Sicherung guter wissenschaftlicher Praxis“ vor[57]; Mitte Januar 1998 schließlich entbrannte ein kurzer heftiger Streit zwischen Wolfgang Gerok, dem Vorsitzenden der Gemeinsamen Kommission, und dem baden-württembergischen Wissenschaftsminister von Trotha, in dem der Emeritus dem Minister unnötige zeitliche Verzögerungen beim Disziplinarverfahren gegen Friedhelm Herrmann vorhielt und sein Unverständnis darüber ausdrückte, „daß ein Mann, der so unter Verdacht steht, noch immer volles Gehalt erhält“, was der kritisierte Minister beides als „abwegig und ignorant“ zurückwies[58].

Friedhelm Herrmann selbst ließ erst beinahe ein halbes Jahr später wieder von sich hören – und zwar mit einer Erklärung, die nach Ansicht vieler Beteiligter längst überfällig war: Am 16. Juni 1998 verzichtete er auf seinen Posten als Leiter der Abteilung Innere Medizin III am Ulmer Universitätsklinikum, den er trotz Suspendierung und Disziplinarverfahren formell noch immer innehatte. Auch seine C-4-Professorenstelle stellte Herrmann zur Verfügung und ließ sich rückwirkend zum 1. Juni 1998 ohne Bezüge beurlauben.[59] Dies bedeute aber „selbstverständlich kein Schuldeingeständnis“, erklärte der Anwalt des Mediziners, Holger Zuck, am folgenden Tag; Herrmann habe sich vielmehr noch vor Abschluß seines Disziplinarverfahrens zum Verzicht entschlossen, weil er durch die Fälschungsvorwürfe ohnehin „wissenschaftlich ein toter Mann“ sei, der derzeit keine Chance auf Drittmittel oder Publikationen habe.[60]

Das Stuttgarter Wissenschaftsministerium und die Ulmer Universität reagierten erleichtert auf Herrmanns Entscheidung. Minister von Trotha mußte sich damit nicht länger kritischen Fragen nach der Gehaltsfortzahlung für Herrmann stellen, die inzwischen auch bereits den Landtag beschäftigt hatte.[61] Und die Ulmer Hochschule konnte nun Herrmanns Chefarztstelle und Professur neu ausschreiben.[62]

Und auch den vorläufigen Schlußpunkt setzte Friedhelm Herrmann selbst – mit einem weiteren Paukenschlag in dem an Paukenschlägen wahrlich nicht armen Skandal[63]: Am 26. August 1998 quittierte der Krebsforscher den Landesdienst und beantragte beim Stuttgarter Wissenschaftsministerium seine Entlassung, der am 16. September entsprochen wurde. Bedeutsam war dieser Schritt nicht zuletzt deshalb, weil mit Herrmanns Entlassung auch das gegen ihn anhängige Disziplinarverfahren eingestellt wurde. Dies war freilich nicht der eigentliche Hintergrund des unerwarteten Entlassungsantrags. Ihm vorausgegangen war vielmehr ein Vorschlag der Ulmer Staatsanwaltschaft: Sollte Herrmann den Dienst quittieren, könne auch das gegen ihn eingeleitete Ermittlungsverfahren eingestellt werden. Und auch dieser Vorschlag hatte einen Hintergrund, der nicht ohne Pikanterie war: Die Ermittlungsbehörden waren zu dem Schluß gekommen, daß Herrmann nur sehr schwer nachzuweisen wäre, er habe sich seine Anstellung an der Ulmer Universität erschwindelt – und zwar selbst dann, wenn die Fälschung von Forschungsstudien eindeutig erwiesen wäre. Nach bisheriger Rechtsprechung, so der Leiter der Ulmer Staatsanwaltschaft, Friedrich Menz, treffe Herrmann in diesem Punkt „nur eine geringe Schuld", da der Arzt schon vor seiner Ulmer Zeit in einem anderen Bundesland – in Berlin – als C-4-Professor angestellt gewesen sei.

Aller juristischer Sorgen entledigt ist Friedhelm Herrmann nach dieser unerwarteten Wendung freilich nicht: Weiterhin anhängig und in seinem Ausgang für den Krebsforscher völlig unabsehbar ist das zweite Ermittlungsverfahren, das die Berliner Staatsanwaltschaft seit dem Januar 1998 gegen ihn führt. In ihm geht es um jene gefälschten Anträge und Studien, mit denen sich Herrmann Forschungsfördergelder der DFG, der Deutschen Krebshilfe und der Thyssen-Stiftung erschlichen haben soll. Sollte die Staatsanwaltschaft in diesen Punkten Anklage erheben, könnte dies für Friedhelm Herrmann weit gravierendere Folgen haben als alle glücklich abgewendeten Anklagebemühungen der Ulmer Staatsanwaltschaft.

Und dies ist also der Stand der Dinge im Frühherbst 1998. Friedhelm Herrmann ist von seinem Domizil bei Ulm weggezogen und soll inzwischen in einer süddeutschen Großstadt – die Rede ist von München – als Arzt in einer Gemeinschaftspraxis arbeiten.[64] Marion Brach hat Deutschland verlassen und soll in New York eine Professur angetreten haben.[65] Eberhard Hildt, der mutige Molekularbiologe, arbeitet weiterhin an seiner Habilitation und kann nur hoffen, daß ihm aus seinem Verhalten nicht doch noch berufliche Hindernisse erwachsen.

Und auch die anderen beteiligten Wissenschaftler sind wieder in ihren Forschungs- und Lehralltag zurückgekehrt, den dieser oder jener nun freilich mit anderen Augen betrachten dürfte. Als nächstes haben nun wieder die Juristen das Wort.

Der idealtypische Fall

Für das Phänomen Betrug und Fälschung in der deutschen Wissenschaft und dessen Betrachtung ist der „Fall Herrmann/Brach" gleich in mehrfacher Hinsicht besonders gut geeignet, ja geradezu der idealtypische Fall.

Dies gilt erstens für das Phänomen im engeren Sinne: Angefangen von gefälschten Labordaten und nach Belieben geschönten Abbildungen über frei erfundene Untersuchungsergebnisse bis hin zu gestohlenen Ideen anderer Forscher und dem Mißbrauch einer wissenschaftlichen Vertrauensstellung sind in ihm die wichtigsten und weitverbreitetsten Spielarten von Betrug und Fälschung in der Wissenschaft zu entdecken, denen unsere Betrachtung gilt. Zudem sind sie im biomedizinischen Bereich angesiedelt, der – wie noch zu zeigen sein wird – auch hierzulande am häufigsten von Manipulationen aller Art betroffen ist.

Zweitens weisen die großangelegten Manipulationen der beiden Krebsforscher gleich auf eine ganze Reihe von wissenschaftsimmanenten Mechanismen und Hintergründen hin, die wir hier nur kurz benennen und an anderer Stelle umso ausführlicher beleuchten wollen: Ganz offensichtlich haben Herrmann und Brach manipuliert, um Fördermittel zu erlangen. Ebenso haben sie manipuliert, um Untersuchungsergebnisse als erste zu publizieren. Und sie haben manipuliert, um ihr wissenschaftliches Ansehen und damit ihre Karriere weiter zu fördern. Daß daneben auch die persönlich-private Dimension eine gewisse Rolle spielte, steht dem nicht entgegen. Auch ihr werden wir in unserer Betrachtung noch des öfteren begegnen. Überbewerten aber wollen wir sie bereits hier nicht.

Drittens hat der Fall die unzulänglichen Schutzvorkehrungen und Kontrollmechanismen des Wissenschaftsbetriebs im allgemeinen und des deutschen Wissenschaftsbetriebs im speziellen schonungslos aufgedeckt. Auch davon wird noch ausführlicher zu reden sein, so daß hier der Hinweis genügen mag: Weder hochkarätig besetzte Gutachtergremien internationaler Fachjournale noch die Bewilligungsausschüsse der größten Förderorganisationen noch die Berufungskommissionen mehrerer Hochschulen haben die Manipulationen der beiden Forscher entdeckt – obwohl sie doch zumindest zu einem erheblichen Teil sehr wohl zu entdecken waren, wie später die diversen Untersuchungskommissionen feststellten.

Über all dies hinaus ist der „Fall Herrmann/Brach" nicht zuletzt der *Paukenschlag*, der das deutsche Wissenschaftssystem aufrüttelte und endlich dazu brachte, sich mit dem Phänomen Betrug und Fälschung und dem eigenen Anteil daran zu befassen. Ohne die spektakulären Manipulationen der beiden Krebsforscher hätte die deutsche Wissenschaft diese selbstkritische Auseinandersetzung wohl noch lange gescheut. Insofern kann sie, aber auch die kritische Öffentlichkeit, Friedhelm Herrmann und Marion Brach sogar in gewisser Weise dankbar sein.

Die Dimensionen des Falles zu bewerten, ist vor allem eine Sache des Maßstabes. Ob es dergleichen tatsächlich „in der Nachkriegszeit weltweit noch nirgendwo gegeben" hat, wie Wolfgang Gerok befand[66], ist zu bezweifeln. Mit den spektakulärsten Fällen aus dem anglo-amerikanischen Wissenschaftssystem aber kann der Fälschungsskandal durchaus mithalten. Und ohnehin außer Frage steht, daß er den bisher größten und gravierendsten Fall von Wissenschaftsbetrug und -fälschung in Deutschland markiert.

Nur eines ist der „Fall Herrmann/Brach" *nicht*: Er ist nicht die erste Fälschung „im Herzen der deutschen Wissenschaft", nicht der erste großangelegte, systematische Forschungsbetrug hierzulande. Dieses „Privileg" gebührt anderen.

Siebzig Jahre Forschungsfälschung in Deutschland

Vom „Fall Ernst Rupp" zum „Karlsruher Benzol-Fall"

Die Geschichte von Betrug und Fälschung in der deutschen Wissenschaft beginnt spätestens im Berlin und München der zwanziger Jahre mit einem Fall, den wir nach seiner Hauptperson den „Fall Ernst Rupp" nennen wollen. Bereits er enthält zahlreiche Ingredienzen, die siebzig Jahre später bei Friedhelm Herrmann und Marion Brach für Staunen und Entsetzen sorgen sollten.

Freilich hatte es jedoch auch davor noch in Deutschland Forscher gegeben, die die Regeln des wissenschaftlichen Anstandes mehr oder minder schwer verletzt hatten. Zwei von ihnen zählten zu den Koryphäen der deutschen Wissenschaft, einer genießt gar unsterblichen Ruhm.

Haeckel und Einstein: Die idealistischen Vorläufer

In der zweiten Hälfte des vorigen Jahrhunderts war er einer der geachtetsten Gelehrten Deutschlands, in einer Person glühender Verfechter und Kronzeuge der Evolutionstheorie: Ernst Haeckel, jener Jenaer Zoologieprofessor, der gerne auch als ‚deutscher Darwin' tituliert wird. Er veröffentlichte 1874 eine Reihe alsbald berühmter Zeichnungen, nach denen die Embryonen zahlreicher Wirbeltier-Arten in einer gewissen Entwicklungsphase gleich aussehen – für Haeckel Teil einer langen Beweiskette, in der am Ende alle Glieder die *eine* These untermauern sollten: die von der direkten Abstammung des Menschen vom Affen. Doch die eindrucksvollen Schautafeln waren manipuliert: Statt der Embryonen von Mensch, Fisch, Lurch, Schildkröte, Schwein und anderen Wirbeltieren zeigten sie lediglich einen einzigen Embryo, den Haeckel je nach Bedarf ausgestaltet hatte: Mal hatte er die Köpfe vergrößert, dann wieder verkleinert, mal die Schwanzansätze verkürzt oder verlängert, ganze Körperteile hinzugefügt oder weggelassen, mal den Menschen-Embryo mit dem von Affe und Fisch kombiniert.[67]

Die Frage, wie diese Manipulationen zu bewerten sind, ist in der Wissenschaftsgemeinde bis heute umstritten. Daß der Jenaer Naturforscher gefälscht hat, steht außer Zweifel. Haeckel selbst gestand auf entsprechende Vorwürfe schon Anfang dieses Jahrhunderts Fälschungen ein, bezifferte sie aber auf „sechs oder acht Prozent" der Zeichnungen – und zwar nur auf jene, „bei denen das vorhandene Beobachtungsmaterial so unvollständig und ungenügend ist, daß man [...] gezwungen ist, die Lücken mit Hypothesen zu füllen und die Glieder durch vergleichende Synthesen darzustellen", was im übrigen allgemeiner wissenschaftlicher Brauch sei.[68] Inzwischen steht längst fest, daß Haeckel weit stärker manipuliert hat.[69] Dennoch, und ungeachtet unablässiger Angriffe, galt und gilt der ‚deutsche Darwin' bis heute nicht als Wissenschaftsbetrüger – sondern eher als idealistischer Schwindler, der im Stile Newtons für eine Idee manipulierte, von deren Richtigkeit er überzeugt war. Dabei kommt ihm vor allem zugute, daß seine Ansichten durchaus einen wahren Kern enthielten: Tatsächlich existieren bei Tieren und Menschen gemeinsame Entwicklungslinien, denen nun die Molekulargenetik auf der Spur ist. Nach ihren Erkenntnissen sind etwa jene Gene, die die Vorder- und Hinterseite eines Embryos bestimmen, bei allen Wirbeltieren gleich aufgebaut.[70] Haeckels gefälschte Zeichnungen von 1874 sind übrigens bis heute in den meisten Biologielehrbüchern zu finden.

Die zweite Berühmtheit, die sich im Dienste einer Idee über die wissenschaftlichen Anstandsregeln hinwegsetzte, war kein Geringerer als Albert Einstein. Verglichen mit dem Ernst Haeckels war sein ‚Vergehen' zwar weitaus harmloser, ja geradezu geringfügig. Immerhin aber muß sich auch der wohl bedeutendste Wissenschaftler dieses Jahrhunderts den Vorwurf gefallen lassen, experimentelle Ergebnisse geschönt zu haben: 1915, als bereits renommierter Professor der theoretischen Physik, führte Einstein mit seinem holländischen Kollegen Wander Johannes de Haas an der Physikalisch-Technischen Reichsanstalt in Berlin ein Experiment zum Problem des Magnetismus durch.

Damit wollten sie beweisen, daß die magnetischen Eigenschaften des Eisens von den Elektronenströmen in den Atomen hervorgerufen werden. Schon bald traten jedoch Probleme auf: Bei der genauen Bestimmung eines Zahlenwertes, der nach der damaligen physikalischen Theorie exakt 1,0 betragen sollte, erhielten Einstein und de Haas in zwei Meßreihen stark abweichende Werte. Der eine entsprach fast genau der theoretischen Annahme, der andere lag beinahe um die Hälfte darüber. Nun hätten weitere Meßreihen folgen müssen, um das eine oder das andere Resultat zu verifizieren. Doch Einstein und de Haas verkürzten die Beweisführung: Sie unterdrückten den überhöhten Wert, verwendeten allein jenes Ergebnis, das nicht nur weit besser zur Theorie, sondern auch zu ihrer eigenen Vorstellung der Praxis paßte, und gelangten schließlich an ihr Ziel. Ironie der Wissenschaft: Gut ein Jahrzehnt später ergaben die Experimente anderer Physiker, daß der fragliche Zahlenwert tatsächlich nicht 1,0 beträgt, sondern genau das Doppelte, mithin also der unterdrückte Meßwert erheblich realistischer war. Was freilich die Nachwelt nicht hindert, besagtes magnetisches Phänomen bis heute als „Einstein-de-Haas-Effekt" zu bezeichnen.[71]

Nur wenige Monate nach dem Berliner Experiment sah sich Einstein in einem zweiten Fall weit schwereren Vorwürfen als dem des Schönens eines Meßwertes ausgesetzt. Kaum hatte er im November 1915 seine *Allgemeine Relativitätstheorie* veröffentlicht, bezichtigte der berühmte Göttinger Mathematikprofessor David Hilbert seinen noch berühmteren Physikerkollegen des Plagiats: Einstein habe aus einem von ihm zeitgleich verfaßten Papier abgeschrieben; er, Hilbert, sei der Urheber der Relativitätstheorie. Den schlüssigen Beweis dafür blieb Hilbert jedoch trotz aller Bemühungen schuldig. Inzwischen ist unstrittig, wovon die Welt ohnehin seit jeher ausging: Der Schöpfer der Relativitätstheorie hieß Einstein, die Vorwürfe Hilberts waren falsch. Neueste Forschungen lassen eher den gegenteiligen Schluß zu, daß nämlich Hilbert mit seiner Arbeit von Einsteins umwälzenden Werk profitierte.[72]

Zu unsterblichem Ruhm auch als Wissenschaftsbetrüger ist Einstein also nicht gelangt. Dennoch ist sein Name auch noch in anderer Hinsicht untrennbar mit der Geschichte der Forschungsfälschung hierzulande verknüpft. Mit einer seiner Arbeiten nämlich gab er, wenngleich unbeabsichtigt, den Anstoß zum „Fall Rupp" – dem ersten, oder zumindest dem ersten bekanntgewordenen[73], Fall von Wissenschaftsbetrug in Deutschland, bei dem nicht mehr von harmlosem Daten-Schönen und erst recht nicht mehr von Mogeln für eine Idee die Rede sein konnte.

Der „Fall Ernst Rupp"

Dr. Ernst Rupp[74] war Anfang der zwanziger Jahre ein begabter Jungphysiker mit allen Aussichten auf eine vielversprechende akademische Karriere. Bereits während seines Studiums an der Göttinger Universität hatte er mit diversen Arbeiten auf sich aufmerksam gemacht; nun, nach der Promotion, schien ihm der Weg zum Assistenten und von dort aus auf eine Professur offen zu stehen. Doch die ersehnten akademischen Weihen blieben ihm versagt. So sehr sich Rupp bemühte – er erhielt keine Anstellung an einer Universität. Über die Gründe läßt sich nur spekulieren: Vielleicht war schlicht keine geeignete Stelle vakant, vielleicht ließ aber auch etwas an der Persönlichkeit und dem Auftreten des jungen Physikers Universitäten und Ministerialbeamte vor einer Einstellung zurückschrecken – jene „großsprecherische[n] Reden und bombastische[n] Titel über belanglose Arbeiten"[75] etwa, über die später zahlreiche Kollegen berichteten. Enttäuscht trat Rupp schließlich in die Forschungsabteilung des Elektrokonzerns AEG in Berlin ein. Die Industrie betrachtete er jedoch von Anfang an nur als Zwischenstation, sein Ziel blieb die Universität, an die er durch eine aufsehenerregende Forschungsarbeit doch noch gelangen wollte. Die Gelegenheit dazu schien schon bald gekommen.

Im Frühjahr 1926 hatte Albert Einstein in einer Arbeit neue Überlegungen zur Natur der Lichtstrahlung vorgelegt. Ob diese eher Wellencharakter hatte oder aber korpuskularer Natur ist – diese Frage hatte die Physiker seit Jahrhunderten immer wieder beschäftigt. Zu ihrer Lösung hatte Einstein ein aufwendiges Experiment entwickelt und beschrieben, selber jedoch nicht durchgeführt. Dies übernahm nun Rupp.

Nur drei Monate später überraschte der junge Industriephysiker die Fachwelt mit der Mitteilung, er habe das von Einstein angeregte Experiment durchgeführt und dabei die Interferenz des von Elektronenstrahlen ausgesandten Lichts und also den Wellencharakter der Lichtstrahlung nachgewiesen. Die Nachricht aus dem AEG-Forschungslabor in Reinickendorf sorgte natürlich für Aufsehen – brachte Rupp jedoch nicht die erwarteten Angebote aus der akademischen Welt ein, sondern zunächst und vor allem das Mißtrauen seiner Forscherkollegen. Insbesondere an der Münchner Universität, an der gleich zwei Nobelpreisträger der Physik lehrten, war die Skepsis groß. Einer der beiden ausgezeichneten, Prof. Dr. Wilhelm Wien, beauftragte denn auch sogleich zwei seiner Mitarbeiter, Rupps Experiment zu wiederholen.

Vier Jahre gingen ins Land. Dann, die Physikergemeinde hatte sich längst anderen Fragen zugewandt, meldeten sich Walter Gerlach und Eduard Rüchardt, die beiden Mitarbeiter Wiens, mit einem nicht weniger aufsehenerregenden Vorwurf zurück. Trotz intensivster Bemühungen und modernster Apparate war es ihnen nicht gelungen, das von Einstein skizzierte Experiment überhaupt durchzuführen; die technischen Hürden waren zu hoch. Für Gerlach und Rüchardt stand deshalb fest: Rupps Arbeit war entweder fehlerhaft – oder aber, *horribile dictu*, erfunden.

Was folgte, war ein wissenschaftliches Katz- und Maus-Spiel, das nicht weniger als fünf Jahre andauerte und sich so oder ähnlich später in zahlreichen Fällen wiederholen sollte. Wie nahezu – wenn auch nicht ausnahmslos – alle des Betruges verdächtigten Forscher, ließ Rupp diese gravierendste aller Anschuldigungen nicht auf sich sitzen. Schon nach kurzer Zeit legte er weitere Versuchsbeschreibungen und schließlich eine Reihe von Photographien vor, denen zahlreiche weitere folgen sollten. Sie alle sollten die Interferenz des von den Elektronenstrahlen ausgesandten Lichtes endgültig beweisen. Auf der Gegenseite suchten Gerlach und Rüchardt ihre These von der Nicht-Durchführbarkeit des Experiments zu untermauern und Rupps jeweils neue vermeintliche Beweisstücke zu entkräften. Dabei stießen sie schließlich auf eine weitere Laune des Wissenschaftsschicksals: Ihr berühmter Kollege Einstein nämlich hatte bei dem von ihm beschriebenen Versuchsaufbau einen kleinen, aber folgenschweren Denkfehler begangen, indem er einen Spiegel falsch angeordnet hatte. Rupp aber hatte sich an eben diesen falschen Versuchsaufbau gehalten und dennoch die erwarteten Ergebnisse erzielt, die er nun auch noch mit Photographien belegen wollte.

Damit war der Fall für Gerlach und Rüchardt klar. In einem Beitrag für die maßgeblichen *Annalen der Physik* teilten sie ihren Fachkollegen das vernichtende Urteil mit, daß Ernst Rupp den Einsteinschen Versuch niemals durchgeführt und seine Ergebnisse und Beweise schlichtweg erfunden beziehungsweise gefälscht habe. Noch bevor Rupp sich erneut wehren konnte, wurden weitere Hinweise bekannt, die auch einige seiner früheren Forschungen in zweifelhaftem Licht erscheinen ließen.

Nun gab Rupp sich geschlagen: In einer Zuschrift an die *Zeitschrift für Physik* gestand er die ihm vorgeworfenen Fälschungen samt und sonders ein. Dies allein war bereits spektakulär, mehr noch aber Rupps Begründung für seine Manipulationen: Sie seien die Folge einer Erkrankung, stellte der Physiker fest – und präsentierte dazu gleich ein psychiatrisches Gutachten seines Arztes. Dieser attestierte ihm einen „mit psychogenen Dämmerzuständen verbundenen seelischen Schwächezustand" und führte weiter aus: „Während dieser Erkrankung und durch sie bestimmt, hat er [Rupp] ohne sich dessen bewußt zu sein, Mitteilungen über physikalische Phänomene [...] veröffentlicht, die den Charakter von ‚Fiktionen' an sich tragen. Es handelt sich um den Einbruch von traumartigen Zuständen in das Gebiet seiner Forschertätigkeit."[76] Damit war die Karriere des Dr. Ernst Rupp unwiderruflich beendet.

Auch mehr als sechzig Jahre später ist der „Fall Ernst Rupp" von einiger Bedeutung, und zwar nicht nur als der mit hoher Wahrscheinlichkeit erste Fall von systematischem Wissenschaftsbetrug in Deutschland. Seine Dimensionen erscheinen auch im Vergleich mit vielen der folgenden Betrugs- und Fälschungsfälle bemerkenswert, und Rupps ebenso spektakulärer wie skurriler Erklärungsversuch sucht bis heute seinesgleichen. Eben dies waren vermutlich auch die Gründe, warum der Fall später sogar Eingang in die Romanliteratur fand: Als der englische Politiker, Physikprofessor und Literat Charles

Percy Snow – hierzulande vor allem durch seinen Essay *Die zwei Kulturen* bekannt – 1960 einen Betrugsfall in Cambridge schilderte, orientierte er sich teilweise bis ins Detail an jenen Fälschungen, die sich gut ein Vierteljahrhundert zuvor in Berlin abgespielt hatten.[77]

Wissenschaftssoziologisch war der „Fall Rupp" schließlich geradezu ein Lehrstück, belegte er doch eindrucksvoll, daß selbst die mit dem Nimbus der besonderen Exaktheit und Unbestechlichkeit versehene Physik anfällig für Manipulationen war. Zwar konnten die deutschen Physiker durchaus darauf verweisen, daß letztlich das Postulat von der unbedingten Reproduzierbarkeit aller naturwissenschaftlichen Ergebnisse zur Überführung des Fälschers geführt und so seine Gültigkeit bewiesen habe. Doch bis dahin hatte es fast ein ganzes Jahrzehnt gedauert.

Der „Fall Franz Moewus"

Im selben Jahr 1935, in dem die Fälschungen des Dr. Ernst Rupp aus den AEG-Forschungslaboratorien in Berlin-Reinickendorf endgültig enttarnt wurden, hob sich nur wenige Kilometer entfernt der Vorhang zum „Fall Franz Moewus" – einem wissenschaftlichen Betrugsdrama in zahlreichen Akten, das zunächst an diversen deutschen Hochschulen und Forschungseinrichtungen, später dann in Australien und schließlich in den USA spielte, wo es nach beinahe zwei Jahrzehnten seinen dramatischen Höhepunkt und Abschluß fand. In seiner ganzen Tragweite publik wurde dieser Fall freilich erst nochmals dreieinhalb Jahrzehnte später im Jahre 1990[78], und bis heute ist er außerhalb der Fachwelt fast gänzlich unbekannt. Bei ihm stand erstmals jene Wissenschaft im Mittelpunkt, die nachfolgend immer wieder von Betrugs- und Fälschungsfällen betroffen war: die Biologie im allgemeinen und jener ihrer Forschungszweige, der sich mit den Bausteinen des Lebens befaßt, im speziellen – die Molekularbiologie.

Unter denen, die sich ab Ende der dreißiger Jahre auf die erregende Suche nach den genetischen Informationen und ihrer Bedeutung für die Organismen machten, galt Franz Moewus lange als einer der Wegbereiter und ersten Protagonisten. Mehr noch: Im Laufe seines Wissenschaftlerlebens veröffentlichte er eine Reihe von Arbeiten, die ihn beinahe auf eine Stufe mit Francis Crick, James Watson und Maurice Wilkens, den späteren Entdeckern der DNA-Struktur, gestellt hätten – hätten sie nicht einen entscheidenden Fehler gehabt: Sie waren zu großen Teilen gefälscht oder gar frei erfunden.

Moewus' bevorzugtes Forschungs- und Fälschungsobjekt waren einfache Grünalgen der Art *Chlamydomonas eugametos*. Über ihre Fortpflanzung entwickelte Moewus Anfang der dreißiger Jahre schon als junger Student und Doktorand der Biologie an der Berliner Humboldt-Universität und später als Stipendiat am renommierten Kaiser-Wilhelm-Institut für Biologie eine aufsehenerregende Theorie. Er vertrat die Auffassung, daß auch Grünalgen sich durch Paarungen männlicher und weiblicher Keimzellen fortpflanzten. Damit widersprach er der herrschenden Meinung, die zwar auch von einer Paarung ausging – jedoch zwischen undifferenzierten Zellen, bei denen keine geschlechtlichen Unterschiede festzustellen seien. Als Beweis für seine Theorie führte Moewus eigene Experimente an, bei denen er Grünalgenarten gekreuzt und die Geschlechtsausprägungen festgestellt habe. Diese Unterschiede hatte es tatsächlich jedoch nie gegeben. Moewus hatte einfach den einen Teil der Keimzellen für männlich und den anderen für weiblich erklärt und jeweils mit einem Plus und einem Minus markiert, um die vermeintlichen Geschlechtsunterschiede auch möglichst sichtbar zu dokumentieren.

Vorerst blieben seine Manipulationen jedoch unentdeckt, und Moewus konnte ungestört weiterfälschen. Ebenfalls am Kaiser-Wilhelm-Institut für Biologie fertigte er 1936 eine Forschungsarbeit an, nach der die Algenpaarungen durch chemische Faktoren in der Umgebung ihrer Keimzellen beeinflußt würden, die er ‚Sexualstoffe' nannte. Nicht zuletzt diese Arbeit führte dazu, daß Moewus sich mit finanzieller Hilfe der Pharmaindustrie an der Universität Erlangen habilitieren konnte und schließlich eine Professur in Heidelberg erhielt. Wissenschaftlich waren die Aussagen über die ‚Sexualstoffe' jedoch ebenso haltlos wie die folgenden Experimente, mit denen Moewus als Professor *seine* Theorien weiterführte: Danach sollte das Geschlechtsleben der Grünalgen entscheidend von ihren gelben und roten Farbstoffen, den Karotinoiden, beeinflußt werden; sie sorgten für die Ausbildung der männlichen und weiblichen Merkmale sowie für ihre gegenseitige Anziehung. In beiden Fällen hatte Moewus seine Arbeiten nicht einmal sonderlich aufwendig gefälscht – und blieb dennoch fürs erste unbehelligt.

All dies sollte jedoch nur die Vorstufe zu einem weitaus größeren und bedeutsameren Forschungswerk sein, das Moewus kurz vor dem Ausbruch des Zweiten Weltkriegs und in der Anfangsphase des Krieges durchführte und in einer Reihe von Publikationen beschrieb. Ihnen zufolge hatte er die *Chlamydomonas*-Alge in ihre Bausteine zerlegt und dabei nicht weniger als 70 Gene ermittelt, was an sich schon beachtlich war. Doch Moewus hatte noch mehr getan. In seinen Beiträgen beschrieb er ausführlich, wie er jedes einzelne Gen unter die Lupe genommen, seine morphologische, physiologische und biochemische Funktion bestimmt und so ihr Zusammenwirken im fertigen Organismus rekonstruiert hatte. „Dieses Ergebnis war spektakulär. Es zeigte zum ersten Mal, daß sich jeder Organismus auf der Basis von Informationen entwickelt, die in den Genen enthalten sind“, faßt Federico di Trocchio zusammen: „Viele waren damals von der Stichhaltigkeit dieser Theorie überzeugt und arbeiteten in der gleichen Richtung, aber Moewus war der erste, der vollständige und erschöpfende Resultate erzielt hatte.“[79]

Auch dieses Verdienst gründete freilich auf umfangreichen Manipulationen: Viele der von ihm beschriebenen Experimente zur Gen-Analyse hatte Moewus entweder überhaupt nicht durchgeführt oder aber so beschrieben, wie es seinen Wunschvorstellungen entsprach – und nicht etwa der Realität. Seine Kollegen im In- und Ausland entdeckten den Betrug jedoch auch dieses Mal nicht. Sie zollten Moewus ihre Hochachtung, und vermutlich wäre der Heidelberger Professor bereits zu diesem Zeitpunkt ein veritabler Nobelpreis-Kandidat gewesen, hätte nicht das Deutsche Reich kurz zuvor die Welt in den Krieg gestürzt.

Fast anderthalb Jahrzehnte später schien es dann endgültig so weit zu sein: Moewus lebte und arbeitete inzwischen in Australien, nachdem er seine Forschungen im zerstörten Nachkriegsdeutschland nicht hatte fortsetzen können. Am Botanischen Institut der Universität von Sydney erreichte ihn 1953 die ehrenvolle Einladung zu einer Vortragsreihe durch die renommiertesten amerikanischen Universitäten – für den Algenforscher ein sicheres Zeichen, daß die höchste aller Auszeichnungen zum Greifen nah war. Doch als Moewus Anfang 1954 in den USA eintraf, kam alles ganz anders.

Inzwischen nämlich waren erste Zweifel an der Authentizität seiner Arbeiten laut geworden, hatten Wissenschaftler erfolglos versucht, die Gen-Analysen aus seiner Heidelberger Professorenzeit zu wiederholen, und daraus ihre Schlüsse gezogen. Moewus hatte die Zweifler entweder nicht bemerkt oder nicht ernst genommen. Nun sah er sich ihnen umso heftiger ausgesetzt. Ob an der Columbia-, Pennsylvania- oder Cornell-Universität – wo immer er im Frühjahr 1954 Vorträge hielt oder einige seiner aufsehenerregenden Experimente wiederholte, warfen ihm Kollegen Fälschungen vor. War seine Glaubwürdigkeit schon jetzt schwer erschüttert, so war es mit ihr endgültig aus, als Moewus wenig später im weltberühmten biologischen Forschungslaboratorium von Woods Hole *in flagranti* als Betrüger entlarvt wurde. Hier versuchte er, ein Experiment zur unterschiedlichen Beweglichkeit von Grünalgen zu manipulieren, indem er einen Teil der Algen statt in destilliertem Wasser in einer Jodlösung hielt und so unbeweglich machte. Dies vor den Augen exzellenter Fachkollegen zu tun, war entweder Ausdruck ungetrübter Selbstsicherheit – oder aber tiefster Verzweiflung angesichts der endlich erkannten Gefahr, Name und Prestige zu verlieren. Der Täuschungsversuch jedenfalls flog auf. In einer filmreifen Szene stellte eine junge amerikanische Biologin Moewus vor versammeltem Auditorium zur Rede und bezichtigte ihn des Betrugs. Damit war das Schicksal des Algenforschers besiegelt – und nicht nur das wissenschaftliche.

Die Biologen in aller Welt reagierten entsetzt auf die Nachricht von den tollkühnen Fälschungen ihres Kollegen und griffen zu ihrer stärksten Waffe: der Ächtung. Moewus wurde völlig isoliert, konnte weder zu irgendeiner Universität Kontakt aufnehmen noch in Fachorganen publizieren. Mühsam versuchte er dann, sich und seine Frau durch Arbeit in einem privaten Labor über Wasser zu halten; dort begann er auch wieder mit Experimenten an *seinen* Algen. Als seine gesamten Bestände dann jedoch bei einem Unglücksfall vernichtet wurden, war es mit den Kräften des gerade Fünfzigjährigen vorbei. Mitte 1959 erlitt

Moewus einen tödlichen Herzanfall. Lange Zeit einer der phantasievollsten und unverfrorensten Fälscher in der Geschichte der deutschen Wissenschaft, hatte er seine Fälschungen am Ende mit dem Leben bezahlt.

Der „Fall Robert Gullis"

Der Fall Franz Moewus war für seine Disziplin nur der Anfang. Von allen Wissenschaften ist es die weitverzweigte Biologie, in der sich nicht nur in den USA, sondern auch hierzulande die meisten Betrugs- und Fälschungsfälle ereigneten und ereignen. Dafür gibt es allem Anschein nach eine ganze Reihe von Gründen, über die an anderer Stelle zu berichten sein wird. Vorerst soll der Befund genügen, daß auch in der deutschen Wissenschaft Biochemiker, Embryologen, Molekulargenetiker und andere Vertreter der Biowissenschaften offensichtlich häufiger Studien und Experimente, Daten und Ergebnisse fälschen oder erfinden als ihre Kollegen aus anderen Fachgebieten. Dies gilt gleichermaßen für die weniger gravierenden wie für die besonders spektakulären Fälle.

Zu letzteren gehört zweifelsohne der „Fall Robert Gullis". Er unterschied sich von den bisher geschilderten und noch zu schildernden Fällen dadurch, daß in seinem Mittelpunkt kein deutscher, sondern ein ausländischer Forscher stand, genauer gesagt: ein britischer. Entscheidender als die Nationalität der Hauptperson ist für unsere Betrachtung freilich, daß sich der nach ihr benannte Fall in einer Forschungseinrichtung in Deutschland und also innerhalb des deutschen Wissenschaftssystems abspielte, und zwar zwischen 1974 und 1977 am Max-Planck-Institut für Biochemie in Martinsried in der Nähe von München.[80]

Seitdem das Institut 1973 gegründet und rasch über Deutschland hinaus bekanntgeworden war, befaßte sich dort eine Arbeitsgruppe junger Wissenschaftler intensiv mit Neurotransmittern – jenen im Gehirn produzierten Substanzen, welche die Funktionen des Denkorgans ebenso entscheidend beeinflussen wie seine Disfunktionen und etwa für das Entstehen von Schizophrenie mitverantwortlich sind.

Was heute zumindest zu großen Teilen erforscht zu sein scheint, war vor zwei Jahrzehnten noch weitgehend unbekannt. Umso aufmerksamer registrierten die Biochemiker in Martinsried die Forschungsarbeiten des jungen Robert Gullis, der soeben an der *University of Birmingham* promoviert hatte. Für seine Dissertation hatte Gullis Experimente durchgeführt, nach denen die Produktion der Neurotransmitter durch Zugabe beziehungsweise Entzug bestimmter Substanzen beeinflußt werden konnte. Dies erschien den Max-Planck-Forschern derart vielversprechend, daß sie Gullis zu einem zweijährigen Forschungsaufenthalt nach Martinsried einluden.

Der junge Engländer kam und enttäuschte seine deutschen Kollegen tatsächlich nicht. Im Gegenteil: Gullis gelangen binnen weniger Monate eine Reihe aufschlußreicher Experimente, deren Ergebnisse er gemeinsam mit seinem Gruppenleiter Dr. Bernd Hamprecht und einigen Mitarbeitern im weltweit angesehenen englischen Wissenschaftsmagazin *nature* und anderen Fachblättern veröffentlichte. Besonderes Aufsehen erregte die Mitteilung, daß ein für die Entstehung und Verminderung von Angst bedeutsamer Neurotransmitter – das zyklische Guanosinmonophosphat – in den Hirnzellen durch Zugabe geringer Morphindosen verstärkt produziert wird, hohe Dosen seine Produktion jedoch hemmen.

Ende 1976 kehrte Gullis nach England zurück, und seine Martinsrieder Kollegen verabschiedeten ihn in dem sicheren Gefühl einer für beide Seiten überaus produktiven Zusammenarbeit. Schon bald wurden sie jedoch eines Besseren belehrt. Als sie nämlich Gullis' Experimente zu wiederholen versuchten, um sie für ihre eigenen Forschungen weiterzuverwenden, machten sie eine anfangs nur verwirrende Feststellung: Kein einziges Experiment und Resultat ließ sich in der von Gullis beschriebenen Form reproduzieren. Als dies auch anderen Arbeitsgruppen des Instituts nicht gelang, wurde aus der Verwirrung ein beunruhigender Verdacht.

Immerhin: Gullis sollte Gelegenheit erhalten, den Verdacht Lügen zu strafen. Auf mehr oder minder drängende Bitten kehrte er im Februar 1977 nach Martinsried zurück, um seine Hauptexperimente vor den Augen seiner ehemaligen Kollegen zu wiederholen. Doch auch dieses Mal blieben die vorherigen Ergebnisse allesamt aus – und nun sagte Gruppenleiter Hamprecht dem jungen Engländer auf den Kopf zu, Experimente und Ergebnisse glatt erfunden zu haben. Gullis machte erst gar keine Anstalten, den Betrug abzustreiten, und wurde von den Institutsmitarbeitern zu einem öffentlichen Eingeständnis verpflichtet.

Dieses Eingeständnis erschien kurz darauf wiederum in *nature* – und trug deutliche Parallelen zu dem des Berliner Physikers Ernst Rupp, der ein halbes Jahrhundert zuvor seine aufsehenerregenden Experimente zur Interferenz von Elektronenstrahlen ebenfalls frei erfunden hatte. Anders als Rupp legte Gullis zwar kein psychiatrisches Gutachten vor, bemühte aber doch so etwas wie „höhere Gewalt in psychischer Hinsicht“[81] zur Erklärung seines Betrugs. Wörtlich schrieb Gullis: „Die publizierten Kurven und Meßwerte sind reine Produkte meiner Phantasie, und während meiner kurzen Karriere als Forscher habe ich eher meine Hypothesen veröffentlicht als experimentell ermittelte Resultate. Der Grund lag darin, daß ich von meinen Ideen so überzeugt war, daß ich sie einfach niederschrieb.“[82]

Die ‚kurze Karriere‘ des Robert Gullis war damit beendet. Am Max-Planck-Institut in Martinsried hallte sein Betrug freilich noch längere Zeit nach: Aus Schaden zumindest aufmerksam geworden, diskutierten die Biochemiker praktisch als erste ihrer Zunft hierzulande über die Rolle von Co-Autoren bei wissenschaftlichen Veröffentlichungen; schließlich hatte Gullis die gefälschten Aufsätze allesamt mit mehreren Kollegen publiziert, die zwar die Anerkennung mit ihm teilten, offenbar aber kaum in seine Experimente eingeweiht gewesen und zu keinem Zeitpunkt mißtrauisch geworden waren. Die Kontrollmechanismen am Institut jedenfalls hatten versagt, und letztlich war der Betrug nur ans Licht gekommen, weil Gullis nach England zurückgekehrt war. „Wer weiß“, fragte denn auch bereits Albrecht Fölsing, „wie lang wohl die Lügenbeine gewesen wären, wenn Gullis in München geblieben wäre und seine Kollegen weiterhin vorzüglich bedient hätte?“[83]

Vorerst wurden diese Fragen in Martinsried nur in Ansätzen und ohne sonderliches Eingeständnis eigener Schuld diskutiert; langfristig aber hatten sie offensichtlich doch Wirkung, wie sich vielleicht am deutlichsten zwanzig Jahre später in einem noch erheblich gravierenderen Fall zeigen sollte: Als im Frühjahr 1997 der erste Fälschungsverdacht gegen Friedhelm Herrmann und Marion Brach aufkam, war es bekanntlich ein Forscher des Münchner Instituts, der als erster davon informiert wurde. Daß er entschlossen handelte und so die Aufdeckung des bisher größten Betrugsfalls in der deutschen Wissenschaft einleitete, war zweifellos vor allem Ausdruck seiner eigenen Redlichkeit. Zumindest teilweise erscheint es jedoch auch wie die schließlich angenommene Lehre aus dem „Fall Gullis".

Der „Fall Hasko Paradies"

Für Robert Gullis war die Karriere als Wissenschaftler wegen seiner Fälschungen bereits beendet, bevor sie richtig begonnen hatte. Nicht so bei einem anderen Vertreter seines Fachgebietes mit dem beziehungsreichen Namen Hasko Paradies. Im Gegenteil: Just zur selben Zeit, in der Gullis in Martinsried mit jenen Manipulationen begann, die seinen akademischen Aufstieg unmöglich machen sollten, war Paradies in West-Berlin auf dem Höhepunkt seiner Wissenschaftler-Karriere angelangt – und zwar ebenfalls durch Betrug und Fälschung.[84]

Paradies, Doktor der Biologie und Chemie, hatte sich ab 1970 einen Namen mit Forschungsarbeiten zur Kristallisierung der biologisch äußerst bedeutsamen Transfer-Ribonukleinsäure *(t-RNA)* gemacht. Als geradezu sensationell galten seine Photographien von der Röntgenstrukturanalyse einzelner *t-RNA*-Kristalle; sie waren die ersten ihrer Art und wurden in den wichtigsten internationalen Fachblättern veröffentlicht. Ihnen vor allem hatte es Paradies auch zu verdanken, daß er nun, 1974, auf eine Professur am Institut für Pflanzenphysiologie und Zellbiologie der Freien Universität (FU) Berlin berufen wurde.

Als Professor hielt sich Paradies mit weiteren Forschungsarbeiten und Publikationen zurück, was zwar angesichts seiner aufsehenerregenden Veröffentlichungen aus den Jahren zuvor auffallend, jedoch nicht derart ungewöhnlich war, daß es kritische Fragen provoziert hätte. Dann aber, mehr als acht Jahre nach seiner Berufung, überraschte die *Berliner Morgenpost* Ende Januar 1983 auf der Titelseite ihre Leser mit der Frage „Falscher Professor an der FU?"[85] Im Innenteil berichtete das Blatt sodann ausführlich über einen Vorgang, „der bislang einmalig in der Geschichte der Freien Universität ist"[86]: Ein Hochschullehrer der Biologie – der Name Hasko Paradies blieb vorerst ungenannt – stehe im Verdacht, „sich seine Professur mit wissenschaftlich nicht haltbaren Arbeiten erschlichen zu haben. Gegen ihn wird der Vorwurf des wissenschaftlichen Betruges und der arglistigen Täuschung erhoben".

Was war geschehen? Ein knappes Jahr zuvor, im März 1982, hatte Paradies in den USA Fachkollegen über seine *t-RNA*-Forschungen berichtet. Dabei war – offenbar zwar zum ersten Mal, doch sogleich in massierter Form – der Vorwurf des Betrugs aufgekommen: Der deutsche Kollege habe die hochkomplexe Transfer-Ribonukleinsäure in Wirklichkeit gar nicht kristallisiert, seine spektakulären Röntgenstrukturbilder stammten lediglich von einem einfach zu kristallisierenden Protein. Paradies hatte die Vorwürfe zwar energisch zurückgewiesen, jedoch nicht verhindern können, daß sich die US-Forscher an den Präsidenten der Freien Universität, den angesehenen Literaturwissenschaftler Prof. Dr. Eberhard Lämmert, wandten: Er möge doch bitte die wissenschaftliche Qualifikation des Herrn Paradies überprüfen. Lämmert hatte sich tatsächlich nicht lange bitten lassen, drei unabhängige Gutachter eingesetzt und ihnen eine ebenso lapidare wie konsequente Maxime auf den Weg mitgegeben: „Wenn es um das wissenschaftliche Ansehen der Universität geht, müssen strenge Maßstäbe gesetzt werden."

In den folgenden Monaten hatten die drei Gutachter – ein britischer Biochemiker, ein Forscher der FU und ein von Paradies benannter Professor der Heidelberger Universität – einzeln die wichtigsten Forschungsarbeiten ihres Berliner Kollegen unter die Lupe genommen. Am Ende waren alle drei zu demselben vernichtenden Urteil gekommen: Die umstrittenen Röntgenstrukturanalysen stammten tatsächlich von einem sehr viel einfacheren Protein, die fraglichen Untersuchungen an der Transfer-Ribonukleinsäure hatte Paradies in Wahrheit gar nicht durchgeführt. Wie zur Bestätigung hatten im Herbst 1982 auf einer Konferenz in Uppsala dann auch noch schwedische Wissenschaftler Paradies Betrug vorgeworfen – und erneut war der FU-Professor den gegenteiligen Beweis schuldig geblieben.

Dieses schier erdrückende Paket an belastenden Aussagen und Beurteilungen hatte die Freie Universität Anfang 1983 schließlich an den Berliner Wissenschaftssenator weitergeleitet, der nun über die Einleitung eines Disziplinarverfahrens gegen den Landesbeamten Paradies entscheiden mußte. Zeitgleich hatte sich zum ersten Mal in der Geschichte der deutschen Wissenschaft auch die Politik für einen Fälschungsfall interessiert – und zwar in Gestalt einer kleinen Anfrage der CDU im Berliner Abgeordnetenhaus, die vor allem die näheren Umstände von Hasko Paradies' Berufung an die FU und die wissenschaftliche Aussagekraft seiner Promotion geklärt wissen wollte.

Dies war also der Stand der Dinge, als Ende Januar 1983 durch die Berichterstattung der Berliner Presse erstmals nicht nur ein kleiner Kreis eingeweihter Wissenschaftler und Leser von Fachzeitschriften, sondern eine größere Öffentlichkeit von einem Fälschungsfall in der deutschen Wissenschaft erfuhr. In den darauffolgenden Wochen berichteten die *Berliner Morgenpost* und andere Blätter gleich mehrfach über die Prüfung der Affäre durch die Senatswissenschaftsverwaltung. Auch für diese bestand offenbar kein Zweifel an den Fälschungen. Hasko Paradies mußte nun ernstlich mit dem Verlust seiner Professur und der Entlassung aus dem Beamtenverhältnis rechnen – mit allen finanziellen und rechtlichen Konsequenzen.[87]

Mitte April 1983 sorgte dann eine überraschende Entwicklung erneut für Schlagzeilen: Offensichtlich bemüht, die Affäre ohne weitere Untersuchungen und Publizität zu beenden, hatten Paradies und die Senatswissenschaftsverwaltung einen Vergleich geschlossen: Der Biologieprofessor erklärte sich bereit, selbst seine Entlassung aus dem Beamtenverhältnis zu beantragen – und die Freie Universität verpflichtete sich im Gegenzug, seinen wissenschaftlichen Manipulationen nicht weiter nachzugehen.[88] Auf den ersten Blick schien diese Lösung vor allem für Hasko Paradies von Vorteil zu sein. Tatsächlich aber kam sie auch der Universität erheblich entgegen: Sie ersparte ihr nicht nur weiteres Aufsehen in Medien und Öffentlichkeit, sondern auch das Problem der Beweisführung und andere juristische Unwägbarkeiten, die eine Klärung vor Gericht mit sich gebracht hätte – und mit denen später andere Hochschulen in ähnlichen Fällen schmerzliche Erfahrungen machen mußten, wie noch zu berichten sein wird.

Einen Monat nach der rechtlich-politischen Lösung folgte schließlich auch der wissenschaftliche Schlußstrich, als die seinerzeit an der Untersuchung beteiligten Gutachter und drei weitere renommierte Biochemiker in *nature* die Fälschungen ihres ehemaligen Berliner Kollegen detailliert aufführten und belegten.[89] Der Kreis hatte sich geschlossen.

Wie bereits bei einigen der vorangegangenen Fälle blieb freilich auch hier ein leicht bitterer Nachgeschmack: Wer wollte, konnte auch den „Fall Paradies" durchaus als Beleg dafür ansehen, daß keine Fälschung auf Dauer vor dem Postulat der unbedingten Reproduzierbarkeit wissenschaftlicher Ergebnisse bestehen kann. Ebensogut ließ sich der Fall jedoch auch als Schlaglicht auf die Lücken in der wissenschaftlichen Kontrolle betrachten. Immerhin hatten sich sowohl die weltweit führenden biologischen Fachpublikationen als auch die Berufungskommission einer der größten und angesehensten deutschen Universität täuschen lassen. Und bis die Fälschungen des Hasko Paradies aufgedeckt und bewiesen worden waren, hatte es erneut über ein Jahrzehnt gedauert.

Vom „Braunschweiger Chemie-Fall" zum „Uniklinik-Fall"

Der „Fall Hasko Paradies" markierte einen Einschnitt. Mit ihm endete vorerst die Reihe der spektakulären Betrugs- und Fälschungsfälle in der deutschen Wissenschaft. Ob bei dem Berliner Biologieprofessor, seinem Heidelberger Fachkollegen Franz Moewus drei Jahrzehnte zuvor, beim vielversprechenden Nachwuchsforscher Robert Gullis oder in den anderen Fällen seit der Mitte der zwanziger Jahre: Immer waren es entweder hochangesehene Wissenschaftler oder aber vermeintlich bedeutsame Forschungsergebnisse gewesen, die im Mittelpunkt gestanden hatten. In den meisten Fällen war sogar beides zusammengekommen, und umso höher waren die Wellen gewesen, die die geschönten, gefälschten oder frei erfundenen Experimente, Studien und Publikationen zumindest in der Fachwelt geschlagen und in ihren Details letztlich erst bekannt gemacht hatten.

Qualitativ also auf höchstem Niveau, waren die Manipulationen quantitativ zugleich durchaus in engem Rahmen geblieben: Von absoluten Einzelfällen konnte zwar nicht die Rede sein, doch vergingen immerhin immer wieder Intervalle von einigen Jahren, in denen sich keinerlei Betrügereien und Fälschungen auftaten oder – wenn doch – zumindest nicht aufgedeckt wurden.

Beides änderte sich ab Mitte der achtziger Jahre: Quantitativ nahm die Zahl der Betrugs- und Fälschungsfälle von nun an zu. Qualitativ nahm ihr wissenschaftlicher Gehalt zugleich ab. Zum quantitativen Ausmaß lassen sich, wie bereits einleitend erläutert, keine exakten Angaben machen; allein die Zahl der offiziell und inoffiziell bekanntgewordenen Fälle weist jedoch auf einen zunächst geringen, später dann aber spürbareren Anstieg hin, und hinter diesem dürfte sich nach nahezu einhelliger Einschätzung zudem eine deutlich höhere Dunkelziffer als zu früheren Zeiten verbergen.

Deutlich genauer fällt dagegen der qualitative Befund aus: Statt renommierter Professoren oder überaus begabter Talente waren es ab der Mitte der achtziger Jahre vor allem einfache Doktoranden oder Diplomanden, die die Regeln des wissenschaftlichen Anstandes verletzten. Und statt um aufsehenerregende, ja gar Nobelpreis-verdächtige Ergebnisse und Publikationen zu den Schlüsselfragen der Wissenschaft ging es nun in erster Linie um wesentlich niedriger angesiedelte Dissertationen oder kleinere Veröffentlichungen in Fachzeitschriften. Anders ausgedrückt: Betrug und Fälschung wurden allmählich gewöhnlicher – ein deutliches Indiz für bestimmte Mechanismen des Großforschungsbetriebes, die zwar auch zuvor bereits existiert hatten, nun aber wesentlich schärfer griffen; von ihnen wird noch ausführlich zu berichten sein.

Den deutschen Hochschulen und Forschungseinrichtungen kamen diese Veränderungen zumindest in einer Hinsicht entgegen – und zwar in ihrem Bemühen, die Manipulationen in ihren Instituten und Labors vor der Öffentlichkeit so weit wie möglich geheimzuhalten und in eigener Regie zu ahnden. Manipulierte Diplomarbeiten und fälschende Examenskandidaten lassen sich nun einmal erheblich leichter vor kritischen Blicken und Fragen verbergen als gefälschte Standardwerke und betrügende Koryphäen. Daß jedenfalls, wie im „Fall Hasko Paradies“, Tageszeitungen von Rang über unseriöse, dem Ansehen der Wissenschaft überaus schädliche Praktiken berichten konnten, sollte sich für längere Zeit nicht mehr wiederholen. Und für eine offene und selbstkritische Debatte in den eigenen Reihen sahen die Hochschulen und Forschungseinrichtungen nun erst recht keinen Anlaß. So sind unterm Strich die meisten jüngeren Betrugs- und Fälschungsfälle in der deutschen Wissenschaft nicht nur weit weniger spektakulär, sondern auch in ihren Einzelheiten weit weniger bekanntgeworden als jene in den Jahrzehnten zuvor – und lassen sich weit schlechter rekonstruieren.

Einer dieser nur in Umrissen rekonstruierbaren, für den Wissenschaftsbetrieb und seine Mechanismen jedoch überaus typischen Fälle ereignete sich Ende der achtziger Jahre an der Technischen Universität Braunschweig.[90] Dort fälschte ein Doktorand am Institut für Organische Chemie das Laborjournal, in dem er den Fortgang und die Resultate der Experimente festhielt, die er für seine Dissertation durchführte. Einige der darin beschriebenen Experimente hatten in Wirklichkeit niemals stattgefunden, bei anderen waren die Resultate mehr oder minder grob gefälscht. Die Manipulationen blieben vorerst unentdeckt, so daß der Chemiker im Herbst 1990 die Doktorwürde erlangen konnte. Unmittelbar danach kamen seinem Doktorvater und Institutsdirektor jedoch erste Zweifel, und noch im Frühjahr 1991 wurde der Betrug offenbar. Die Hochschule setzte daraufhin ein ebenso kompliziertes wie langwieriges internes Verfahren in Gang, um ihrem ehemaligen Doktoranden den akademischen Grad wieder abzuerkennen. Bis es soweit war, dauerte es immerhin nicht weniger als drei Jahre – in denen freilich keinerlei Informationen über den Vorfall an die Öffentlichkeit drangen.

So wie in Braunschweig war es in einem anderen Fall auch im Fachbereich Physik einer süddeutschen Universität ein Doktorand, der Anfang der neunziger Jahre Daten für seine Dissertation manipulierte, ohne zunächst jedoch aufzufallen. Auch hier kostete es die Hochschule einige Zeit und Mühe, den einmal verliehenen Doktorgrad wieder zu entziehen. Bis heute ist sie übrigens peinlichst bemüht, den Betrugsfall unter Verschluß zu halten. Sie lehnt nicht nur jede Stellungnahme zu den von einem Hochschulmitarbeiter vertraulich mitgeteilten Informationen über den Fall ab, sondern weigert sich sogar, die bloße Existenz des Betrugs zu bestätigen.[91]

Ähnlich verhält sich ein bundesweit angesehenes Forschungszentrum, das ebenfalls Anfang der neunziger Jahre von einem Betrugsfall betroffen war und auf ganz eigene Weise reagierte.[92] Hier fälschte ein Mitglied einer Arbeitsgruppe die Ergebnisse mehrerer Versuchsreihen, um seine Resultate zur Grundlage der weiteren Forschungsschritte zu machen. Als die Manipulationen entdeckt wurden, fügte es sich für das Forschungszentrum glücklich, daß das Beschäftigungsverhältnis des Mitarbeiters befristet war und ohnehin in Kürze auslief. Vermeintlich diplomatische Lösung des Falls: Der Mitarbeiter erhielt zwar keinen neuen Vertrag – mußte aber auch keine weiteren rechtlichen oder finanziellen Sanktionen gewärtigen.

Ein weiterer Fall, mit dem wir die Reihe fürs erste beenden wollen, ereignete sich ebenfalls zu Beginn der neunziger Jahre in einem großen süddeutschen Universitätsklinikum.[93] Dort unternahm ein soeben promovierter Mediziner eine Reihe von Laborexperimenten, über deren Ergebnisse er 1993 in mehreren Veröffentlichungen berichtete. Als die fraglichen Experimente kurz darauf von anderen Labormitarbeitern wiederholt wurden, ergaben sich nicht nur stark abweichende, sondern teilweise sogar genau entgegengesetzte Meßwerte. Zudem fiel nun auf, daß der Mediziner bei der Beschreibung seiner Experimente technische Geräte angegeben hatte, die zu dieser Zeit in seinem Laboratorium überhaupt noch nicht vorhanden gewesen waren. Daraufhin zur Rede gestellt, konnte der Mediziner seine Meßwerte tatsächlich nicht schlüssig belegen und wurde schließlich aus dem Labor entlassen. Wie beim zuvor geschilderten Fall schlossen jedoch auch hier beide Seiten eine Vereinbarung, die ihnen gleichermaßen Vorteile verschaffen beziehungsweise weitere negative Konsequenzen vermeiden sollte. Tatsächlich aber scheint dabei der junge Mediziner besser abgeschnitten zu haben, während sich das Klinikum zumindest eine gewisse Portion Naivität ankreiden lassen muß: Der Mediziner sicherte seinem bisherigen Arbeitgeber zu, die fraglichen Versuchsbeschreibungen und Meßwerte in keiner Form weiterzuverwenden, so daß der gesamte Vorfall und speziell der Name des Klinikums auch auf diesem Wege nicht nach außen bekannt werden konnte. Im Gegenzug ließ das Klinikum seinen Mitarbeiter ohne weitere Schritte ziehen, und da auch auf anderen Wegen zunächst nichts an die Fachkreise – und erst recht nicht an die Öffentlichkeit – gelang, fand der Mediziner problemlos eine Anstellung an einem anderen süddeutschen Universitätsklinikum.

Damit war der „Uniklinik-Fall" freilich noch nicht beendet. Nur wenig später kam es während einer Fachtagung in den USA zu einem peinlichen Nachspiel: Im Beisein seines früheren Laborleiters und anderer ehemaliger Kollegen präsentierte der Mediziner einem internationalen Fachpublikum eben jene manipulierten Meßwerte, von deren weiterem Gebrauch er zuvor ausdrücklich Abstand genommen hatte. Nun fiel die Reaktion härter aus: Der frühere Laborleiter informierte den neuen Arbeitgeber des Mediziners, dem daraufhin erneut gekündigt wurde. Und auch dies war noch nicht das Ende, strengte der Mediziner nun doch gegen seinen früheren Vorgesetzten einen Rechtsstreit an. Ob und mit welchem Ergebnis dieser Streit ausgegangen ist, entzieht sich, wen wundert's, auch hartnäckigen Nachforschungen.

Der „Karlsruher Benzol-Fall"

Die Phase der gewöhnlicheren Wissenschaftsmanipulationen war nicht von langer Dauer. Bereits in der ersten Hälfte der neunziger Jahre endete sie wieder. Nicht, daß es Fälle wie die oben beschriebenen nicht auch weiterhin gegeben hätte. Doch daneben ereigneten sich nun in rascher Folge gleich mehrere spektakuläre Betrugs- und Fälschungsfälle, die endlich auch Schlagzeilen machten – und dies nicht nur in der Fachwelt, sondern weit darüber hinaus in Medien, Öffentlichkeit und sogar in der Politik.

Letzteres gilt vor allem für einen Fall, der sich 1992 und 1993 in Baden-Württemberg abspielte, aber erst Anfang 1995 aufgedeckt wurde. Dieser Fall, den wir den „Karlsruher Benzol-Fall" nennen wollen, brachte eine neue Dimension mit sich, und zwar im Hinblick auf die möglichen Folgen wissenschaftlicher Manipulation:

Wann immer Wissenschaftler Forschungsarbeiten und -ergebnisse fälschen und erfinden, wird vor allem die Wissenschaft selbst geschädigt – in ihrem Selbstverständnis und Selbstwertgefühl, auch in ihrem öffentlichen Ansehen, wenn die Fälschungen publik werden, vor allem aber in ihrem Fortschritt. Geschädigt wird, wir haben es bereits betont, zumeist auch die Allgemeinheit der Steuerzahler, wird doch Forschung an deutschen Hochschulen und außeruniversitären Zentren größtenteils aus öffentlichen Geldern finanziert. Dies beides ist sozusagen der Normalfall, so anormal er auch sein mag.

Darüber hinaus sind freilich auch Konsequenzen ganz anderer Art möglich. Im medizinischen Bereich etwa können gefälschte Forschungen fatale Auswirkungen haben, die anders als die korrigierbaren Studien selbst mitunter irreversibel sein können. Zwar ist es in Deutschland bisher noch nicht soweit gekommen wie in den USA, wo gefälschte Studien in den siebziger und achtziger Jahren die Behandlung von geistig behinderten Kindern oder von Brustkrebs im Frühstadium zumindest für kurze Zeit stark beeinflußten.[94] Immerhin aber spielten sich hierzulande gleich mehrere Fälschungsfälle im besonders sensiblen Bereich der Krebsforschung ab, und wären etwa die Manipulationen des Robert Gullis nicht so rasch aufgedeckt worden, hätten seine Neurotransmitter-Untersuchungen sehr wohl die Behandlung von Angstpatienten in eine falsche Richtung lenken können. Und auch im „Fall Herrmann/Brach" bestand zumindest für kurze Zeit die, allerdings unbegründete, Befürchtung, daß hier mit manipulierten Forschungen bei Krebskranken falsche Hoffnung geweckt worden sein könnte.

Neben der Medizin ist es sodann die Politik, in der manipulierte Forschungsarbeiten und -ergebnisse zu nachhaltigen Fehlentscheidungen führen können. Dies gilt vor allem für die immer zahlreicheren Felder, in denen die Politik zur Legitimation ihres Handelns auf den Rat der Wissenschaft angewiesen ist und diesen von sich aus sucht. Von diesen Feldern wiederum sind zweifellos all jene besonders sensibel, in denen es um die Gefährdung beziehungsweise den Schutz von Umwelt und Gesundheit geht. Und eben dies machte der „Karlsruher Benzol-Fall" besonders deutlich.

Im Mittelpunkt des Falles stand zunächst ein an sich Unbeteiligter: der baden-württembergische Umweltminister Harald B. Schäfer (SPD). Er präsentierte im November 1993 die Ergebnisse einer Schadstoffuntersuchung, die die Karlsruher Gesellschaft für Umweltmessungen und Umwelterhebungen (Umeg) seit Beginn des vorangegangenen Jahres in den Großstädten des Landes durchgeführt hatte. Dabei waren, so der Minister, „erschreckend, ja dramatisch hohe Benzolwerte“[95] festgestellt worden: An 61 von 90 Meßstationen lag die Konzentration des fast ausschließlich aus Benzinmotoren stammenden, überaus krebserregenden Benzols deutlich über dem Grenzwert von 15 Mikrogramm je Kubikmeter Luft, im Zentrum Stuttgarts waren sogar 62 Mikrogramm gemessen worden. Für Schäfer waren diese Werte allemal Anlaß, für drastische Maßnahmen bis zur Einschränkung des Autoverkehrs zu plädieren. Zugleich übte er scharfe Kritik an der Bundesregierung, die zu wenig zur Verkehrs- und Benzolreduzierung tue. Weite Unterstützung fand Schäfer dabei in der Bevölkerung, die auf die besorgniserregenden Benzolwerte in ihren Städten höchst beunruhigt reagierte.

Beides, die politische Kritik des Ministers wie die Beunruhigung der Bevölkerung, war durchaus berechtigt: Das Thema Benzol war bereits seit langem ein politischer Zankapfel zwischen dem Bund und einer Reihe von Ländern, wie sich nicht zuletzt in den zähen Verhandlungen der Umweltminister über die neue Bundesimmissionsschutzverordnung und die darin enthaltenen Grenzwerte für Luftschadstoffe zeigte. Und auch an der Gefährlichkeit des Benzols, das zu den kanzerogensten Stoffen zählt und bereits in kleinsten Mengen Krebs auslösen kann, bestand seit geraumer Zeit kein vernünftiger Zweifel. So weit, so gut! Nur leider waren ausgerechnet die alarmierenden Messungen des Karlsruher Umeg-Labors ein denkbar schlechter Hebel, um den erneuten Forderungen nach einer umweltpolitischen Lösung des Problems Nachdruck zu verleihen: Denn sie waren schlicht und ergreifend gefälscht.

Ihren Ausgangspunkt hatten die Fälschungen bereits Ende der achtziger Jahre genommen: Zu dieser Zeit entwickelte ein Mitarbeiter der Umeg gemeinsam mit Forschern der Universität Karlsruhe ein neues, besonders kostengünstiges Verfahren zur Messung des Benzolgehaltes in der Luft.[96] Die Hochschule war von dem Projekt derart angetan, daß sie dem jungen Umeg-Wissenschaftler anbot, sein Verfahren im Rahmen einer Dissertation zu vertiefen und weiterzuentwickeln. Während der theoretische Teil der Doktorarbeit offenbar rasch abgeschlossen war, ließ die Überprüfung der Annahmen in der

Praxis noch auf sich warten. Anfang 1992 schien dann die Gelegenheit dazu gekommen zu sein, als das Stuttgarter Umweltministerium die zu 52 Prozent in Landesbesitz befindliche Umeg mit besagten Benzolmessungen in den Großstädten des Landes beauftragte.

Dabei aber ereignete sich Unvorhergesehenes: Die gemessenen Benzolwerte lagen durchweg deutlich unter denen, die der Umeg-Forscher für seine Berechnungen angenommen hatte. Erwiesen sie sich als korrekt, stellten sie das gesamte Projekt eines neuen und ungleich exakteren Meßverfahrens und nicht zuletzt den Doktortitel der Karlsruher Universität in Frage. So weit wollte es der junge Wissenschaftler freilich nicht kommen lassen. Seine Antwort war eine überaus drastische Manipulation der Wirklichkeit: In einem ersten Schritt unterschlug er nicht weniger als 52 Auswertungsprotokolle, die *seine* Berechnungen besonders deutlich nach unten korrigiert hätten, in einem zweiten erhöhte er die gemessenen Werte dann durchweg um ein glattes Drittel. Doch so gravierend die Fälschungen auch waren, so unentdeckt blieben sie. Zwei angesehene Professoren der Karlsruher Universität bewerteten die Dissertation des Umeg-Forschers mit „sehr gut", der frischgebackene Doktor stieg zum Laboratoriumsleiter auf, und Minister Schäfer schlug wenig später mit den gefälschten Benzolwerten Alarm.

Schäfer war es auch, der, freilich unbeabsichtigt, die Aufdeckung des Falles einleitete. Um seine Forderungen nach einer energischeren Benzolreduzierung zu bekräftigen, beauftragte er die Umeg 1994 mit Nachfolgemessungen. Diese fanden ohne den neuen Laborleiter der Gesellschaft statt – und ergaben in allen Großstädten des Landes deutlich niedrigere Benzolkonzentrationen als im Jahr zuvor. Zunächst konnte sich weder die Umeg noch das Ministerium die Differenzen erklären. Erst im Januar 1995 gelangte die Umeg über die fehlenden Auswertungsprotokolle der ersten Meßreihe auf die Spur ihres Laborleiters, der nach anfänglichem Zögern die Fälschungen schließlich eingestand.

So kam es, daß Harald B. Schäfer Anfang Februar 1995 ein zweites Mal in Sachen Benzolbelastung vor die Öffentlichkeit treten mußte. Sämtliche Werte der ersten Benzoluntersuchung, so der Minister, seien um ein Drittel erhöht worden – für Schäfer ein „dreistes Ganovenstück auf dem Rücken des Umweltschutzes", das vor allem das

Vertrauen in die Wissenschaft, „auf die die Politik bei ihren Entscheidungen zuverlässig bauen können muß", tief erschüttere.[97]

Damit hätte der „Karlsruher Benzol-Fall" eigentlich ein Ende haben können. Statt dessen begann nun seiner politischen Konsequenzen zweiter oder, wie sich später herausstellte, gar dritter Teil: In ihm versuchten die politischen Widersacher Schäfers daraus Kapital zu schlagen, daß der Umweltminister seine Forderung nach einer schärferen Verkehrspolitik mit gefälschten Daten untermauert hatte. Vor allem Verkehrsminister Hermann Schaufler (CDU) nutzte die Gelegenheit, den ungeliebten Kabinettskollegen in die Schranken zu weisen; bereits geplante Pilotversuche für Fahrverbote für Autos ohne Katalysator wurden abgesagt. Daß Schäfer im Falle der gefälschten Daten ebenfalls Opfer und keineswegs Täter war, geriet dabei ebenso aus dem Blick wie die Tatsache, daß auch die Meßwerte der zweiten Untersuchung teilweise deutlich überhöhte Benzolkonzentrationen ergeben hatten, das Problem also unabhängig aller Fälschungen sehr wohl existierte.

Ihre nachhaltigste politische Wirkung hatten die manipulierten Benzolwerte jedoch schon zuvor gehabt. Noch vor der Aufdeckung des Falles und dem folgenden Schlagabtausch hatten sich nämlich die Umweltminister von Bund und Ländern auf eine neue Bundesimmissionsschutzverordnung geeinigt und darin unter anderem festgelegt, daß der Grenzwert für die Benzolbelastung von 15 Mikrogramm bis 1998 auf 10 Mikrogramm pro Kubikmeter Luft sinken soll. Daß die Ministerrunde entgegen mancher Expertenmeinung nicht einen noch niedrigeren Grenzwert beschloß, lag dabei offensichtlich nicht zuletzt an den baden-württembergischen Meßwerten.[98] Von ihnen ausgehend, lag ein Grenzwert von 10 Mikrogramm weit unter jeder Gefährdung und machte noch niedrigere und politisch kaum durchsetzbare Grenzwerte überflüssig. So hatte ein Wissenschaftsfälscher am Ende ein Stück bundesdeutscher Umweltpolitik mitgeschrieben.

Der „Karlsruher Benzol-Fall" war freilich nicht der einzige spektakuläre Fall, in dem deutsche Wissenschaftler in der ersten Hälfte der neunziger Jahre mit Betrug und Fälschung in Zusammenhang gebracht wurden – und ebensowenig der letzte vor dem „Fall Herrmann/Brach". Schlagzeilen machten ab 1993 zwei weitere Fälle, die nach ihren Hauptpersonen als „Fall Wolfgang Lohmann" und „Fall Guido Zadel" bekannt wurden. Von den vorangegangenen Fällen unterscheiden sie sich jedoch gleich in mehrfacher Hinsicht: Seit den erfundenen Experimenten des Berliner Physikers Ernst Rupp Mitte der zwanziger Jahre galten gerade in den Natur- und Biowissenschaften alle Betrügereien und Fälschungen über kurz oder lang als einwandfrei erwiesen. Wie Rupp oder später Robert Gullis und zumindest indirekt auch Hasko Paradies hatten zudem alle Wissenschaftsbetrüger und -fälscher nach anfänglichem Leugnen ihre Manipulationen eingestanden. Bei dem Biochemiker Wolfgang Lohmann und dem Chemiker Guido Zadel aber ist das, was anfangs erwiesen schien, nun Gegenstand komplizierter juristischer Auseinandersetzungen, haben beide Hauptpersonen jeden Fälschungsvorwurf zurückgewiesen, sprechen nun die Gerichte das letzte Wort. Deshalb wollen wir uns mit ihnen gesondert befassen. Zunächst aber soll unser Blick einer weiteren Spielart wissenschaftlicher Manipulation gelten, die zwar zumeist deutlich weniger spektakulär auftritt als die klassische Variante „Betrug und Fälschung" – aber auch weitaus häufiger.

Die gestohlenen Ideen

Vom klassischen Plagiat zur Wissenschaftsspionage

Herr Professor A., Lehrstuhlinhaber für Sprachwissenschaften an einer westdeutschen Universität, war aufs höchste irritiert. Soeben hatte er die neueste Veröffentlichung des Kollegen B. gelesen und darin Passagen entdeckt, die ihm überaus bekannt vorkamen. Kein Zweifel: Er selbst hatte den dort geschilderten Wandel im Gebrauch einiger aus dem Finanzwesen stammender Begriffe bereits vor mehr als einem Jahrzehnt untersucht und anschließend in einem kurzen Aufsatz beschrieben. Das Ganze war eher ein Randgebiet seiner Forschertätigkeit, ja beinahe eine Liebhaberei gewesen und auch in Fachkreisen nicht sonderlich beachtet worden. Es jetzt bei einem jüngeren Kollegen wiederzufinden, der die damaligen Erkenntnisse nicht nur ausführlich wiedergegeben, sondern zudem in einen größeren Kontext gestellt hatte, hatte A. daher zunächst sehr gefreut. Doch die Freude währte nicht lange: An keiner Stelle der aktuellen Publikation nämlich waren A.'s Vorarbeiten auch als solche gekennzeichnet; weder durch die obligatorischen Anführungszeichen noch durch eine Namensnennung noch durch eine Fußnote oder aber einen Literaturhinweis hatte G. deutlich gemacht, daß er sich wesentlich auf frühere Überlegungen eines Kollegen gestützt hatte. Statt dessen hatte er sie in weiten Teilen einfach abgeschrieben – und als seine eigenen ausgegeben.[99]

Nicht minder unangenehm überrascht war der junge Forscher Y., als er im Buch eines Fachkollegen die Ergebnisse seiner eigenen, gerade erst beendeten Forschungsarbeit entdeckte. Er selbst hatte die Resultate noch nicht publiziert, sie wohl aber der Deutschen Forschungsgemeinschaft berichtet, von der er ein Stipendium erhalten hatte. Ob der Herr Kollege etwa im Auftrag der DFG seinen, Y.'s, Stipendienantrag und auch den Fortgang seiner Arbeiten begutachtet und so von den Ergebnissen erfahren habe, wollte der beunruhigte

Jungforscher nun von der Förderorganisation wissen. Diese konnte beides nur bejahen – und mußte nach einer eilends anberaumten Prüfung feststellen, daß der Gutachter die Anträge und Forschungsberichte für seine eigenen Zwecke ausgewertet und weiterverwendet hatte.[100]

Zwei Fälle aus den letzten Jahren; zwei von vielen. Auch in der deutschen Wissenschaft ist der Diebstahl von Ideen, *vulgo*: das Plagiat, beileibe keine Seltenheit. Im Gegenteil: Von allen Spielarten wissenschaftlicher Manipulation ist diese mit an Sicherheit grenzender Wahrscheinlichkeit die am weitesten verbreitete. Statistiken liegen zwar auch hier nicht vor, und auch die Zahl derjenigen Plagiatsfälle, die Aufsehen erregt haben oder erregen, hält sich in Grenzen. Doch zumindest letzteres sollte nicht verwundern und kann keineswegs als Gegenbeweis herhalten. Es zeigt vielmehr, daß die deutschen Hochschulen und Forschungseinrichtungen auch bei Plagiaten um strengste Geheimhaltung und Schadensabwicklung unter Ausschluß der Öffentlichkeit bemüht sind. Und es zeigt ein charakteristisches Merkmal des Ideendiebstahls: Er spielt sich fast immer überaus unspektakulär ab.

Und doch weist einiges darauf hin, daß auch hierzulande deutlich mehr Forschungsergebnisse unbefugt übernommen, sprich: abgeschrieben, gefälscht oder gar frei erfunden werden. Schon die inoffiziellen Informationsquellen sprudeln in Sachen Plagiat weitaus kräftiger als bei der Forschungsfälschung; mehr Professoren, wissenschaftliche Mitarbeiter, aber auch Studenten kennen aus ihrer näheren oder weiteren Umgebung konkrete Fälle oder Vorwürfe und sind bereit, zumindest hinter vorgehaltener Hand darüber zu berichten. Auch wer sich auf die Suche nach richterlichen Entscheidungen macht, wird beim Stichwort Plagiat schneller und umfassender fündig.[101] Und hinter diesen so am Ende doch, wenn auch nur indirekt bekanntgewordenen Fällen verbirgt sich eine ungleich höhere Zahl an Ideendiebstählen, die bisher unentdeckt geblieben sind und es größtenteils für immer bleiben werden. Gerade beim Plagiat, darin sind sich kritische Beobachter des Wissenschaftsbetriebes einig, wird die Dunkelziffer zum Problem. Für den Bonner Juristen Prof. Dr. Wolfgang Löwer, einen der angesehensten deutschen Wissenschaftsrechtler, etwa ist sie der Hauptgrund, „warum wir das gesamte Ausmaß von Betrug und Fälschung in der Wissenschaft überhaupt nicht kennen können“[102]. Welchen Stellenwert der Ideendiebstahl jedoch hat, konnte Löwer nicht zuletzt in seiner eigenen Tätigkeit feststellen: Als rechtlicher Beistand der Universität Bonn war er seit der Mitte der achtziger Jahre mit fünf Betrugsfällen befaßt. Von diesen fünf waren vier Plagiate.

Plagiat ist dabei nicht gleich Plagiat. Daß fremde wissenschaftliche Überlegungen und Erkenntnisse unbefugt übernommen und als die eigenen ausgegeben werden, ist der allen gemeinsame Tatbestand, und daß sie vor allem das geistig-ideelle Urheberrecht und damit den Anspruch auf wissenschaftliche Anerkennung verletzen, ist der von allen angerichtete Schaden. Dazwischen aber existieren zahlreiche Definitionsfeinheiten, denen auch in Deutschland gerade die Rechtsprechung und -literatur beständig weitere hinzufügt.[103] Unsere Betrachtung soll sich auf einen Unterschied beschränken, der in wissenschaftssoziologischer Hinsicht weit führt: Wir wollen unterscheiden zwischen der unbefugten Übernahme bereits veröffentlichten, also einem weiteren Kreis zugänglich gemachten Gedankengutes, und der unbefugten Übernahme noch unpublizierten Gedankengutes durch Ausnutzen einer wissenschaftlichen Vertrauensstellung. Die erste Variante läßt sich als „klassisches Plagiat“ bezeichnen; bei der zweiten wird das Plagiat zur „Wissenschaftsspionage“[104].

Das klassische Plagiat oder: Die hohe Kunst des Abschreibens

Beim „klassischen Plagiat“ treten endlich jene Vertreter der deutschen Wissenschaft in Erscheinung, die sich bislang eher vornehm zurückgehalten haben: die Geistes- und Sozialwissenschaftler. Manipulierte Ergebnisse bei sozialwissenschaftlichen Umfragen oder frei erfundene Archivalien bei historischen Studien sind das einzige, was sie zum Kapitel Forschungsfälschung beitragen können[105], und selbst dies nur der Theorie nach, denn tatsächliche Fälle sind hiervon zumindest nicht bekannt. Beim „klassischen Plagiat“ aber können sie aus dem vollen schöpfen, ja sind buchstäblich in ihrem Element: Noch stärker als die Naturwissenschaften fußen die Geistes- und Sozialwissenschaften auf dem ehernen Prinzip der Schriftlichkeit; noch mehr als in anderen Disziplinen entsteht in ihnen neues Wissen durch die Fortschreibung des alten; noch eher als alle ihre Kollegen stehen die Geistes- und Sozialwissenschaftler wie Zwerge auf den Schultern ihrer Vorgänger-Riesen. Die Urmasse des „klassischen Plagiats", das in vielerlei Formen vorliegende gedruckte Wort, ist auch ihr Lebenselixier; und die Technik, das Übernehmen, Paraphrasieren und Zitieren fremder Gedanken ist ihr tagtägliches Handwerkszeug, das nun nur einen Schritt weitergeführt wird – einen zwar entscheidenden, aber eben nur einen.

Und so schreiben sie also ab[106]: Der Göttinger Universitätsprofessor etwa, der schon Ende der fünfziger Jahre umfangreiche Forschungsergebnisse eines Mitarbeiters ohne Quellenangabe wörtlich in seine eigenen kolonialwirtschaftlichen Veröffentlichungen übernahm. Oder der Erziehungswissenschaftler an einer bayerischen Hochschule, der sich für sein Buch über die nationalsozialistische Pädagogik großzügig der bereits sechzehn Jahre zuvor erschienenen Untersuchungen eines Kollegen bediente, diese aber als seine eigenen ausgab. Der bereits genannte Sprachwissenschaftler, der den aus wissenschaftlicher Liebhaberei entstandenen Aufsatz eines Kollegen über den gewandelten Sprachgebrauch finanztechnischer Begriffe geschickt in sein eigenes Werk einbaute, gehört ebenso dazu wie der Romanist, der seine Überlegungen zur Sozialgeschichte der nordafrikanischen Literatur aus Aufsätzen ausländischer Fachkollegen kompilierte. Und auch der Soziologe, der zentrale theoretische Grundannahmen seiner Diplomarbeit aus den längst vergessenen Aufsätzen eines aus Nazi-Deutschland emigrierten Sozialforschers abschrieb, ist hier zu finden, ebenso der Historiker, der unverhofft im Nachlaß eines Fachkollegen entdeckte Vorarbeiten wortwörtlich in seine Dissertation übernahm, ohne auf ihren Ursprung hinzuweisen, oder sein bereits etablierter Fachkollege, der für ein später auch publiziertes Vortragsmanuskript ausführlich auf Veröffentlichungen seiner wissenschaftlichen Mitarbeiter zurückgriff, diese jedoch mit keinem Wort erwähnte.

Die Reihe ließe sich fortsetzen, würde sich jedoch rasch in der Wiederholung des Immergleichen erschöpfen. Am „klassischen Plagiat" ist wenig Spektakuläres – und eben dies erschwert seine Aufdeckung so sehr. „Gerade Geistes- und Sozialwissenschaftler, die abschreiben, haben gute Chancen, unentdeckt zu bleiben", weiß Dr. Josef Lange, der Generalsekretär der Hochschulrektorenkonferenz, „vor allem, wenn sie sich mit entlegeneren Fragen befassen."[107] Dies liegt zunächst gewiß an der fortschreitenden Fragmentisierung auch der Geistes- und Sozialwissenschaften, die uns an anderer Stelle noch ausführlicher beschäftigen wird – aber auch an einem nicht zu übersehenden Desinteresse der Wissenschaftlergemeinschaft an ihren Gegenständen und Erkenntnissen, und damit auch an ihren Manipulationen. „Insbesondere Naturwissenschaftler nehmen Plagiate ihrer schöngeistigen Kollegen oft nicht ernst", erläutert der Bielefelder Wissenschaftssoziologe Prof. Dr. Peter Weingart, „weil sich damit in ihren Augen nur ein einzelner persönlich bereichert, nicht aber die Wissenschaft als solche in die Irre geführt wird wie etwa bei der handfesten Fälschung von Experimenten."[108] Wobei sie freilich übersehen, daß das Plagiat zumindest in einer Hinsicht durchaus schwerwiegender ist als die Fälschung – in der nämlich, daß hierbei Wissenschaftler ganz persönlich geschädigt werden.

Doch nicht nur die Vertreter der ‚anderen Kultur', sondern auch viele Geistes- und Sozialwissenschaftler selbst nehmen das Plagiat nicht sonderlich ernst oder sind jedenfalls nicht bereit, es als Form wissenschaftlichen Betruges anzusehen. Was die Aufdeckung von Plagiaten und die Auseinandersetzung mit ihnen ebenso nicht gerade erleichtert.

So ist es zumeist reiner Zufall, daß Plagiate überhaupt entdeckt werden – in der Regel nur dadurch, daß der Plagiierte selbst seine Überlegungen und Gedanken bei Kollegen wiederfindet. Dann aber nehmen die Dinge häufig einen Gang, der bei Forschungsfälschungen nur selten zu beobachten ist: Das Plagiat landet vor Gericht, wird Gegenstand richterlicher Entscheidungen. Nicht immer geht dabei die Initiative vom Geschädigten aus, der auf die Erfüllung des Tatbestandes und die rechtlichen Sanktionsmöglichkeiten setzt, die zumindest auf den ersten Blick zuhauf vorzuliegen scheinen. Zuweilen suchen auch Plagiatoren die juristische Auseinandersetzung, überzeugt davon, daß es gerade in ihrem Fall einen größeren Ermessensspielraum gibt. Was sich in den Naturwissenschaften nicht reproduzieren läßt, ist als Betrug ausgemacht; was dagegen in den Geistes- und Sozialwissenschaften unerlaubt reproduziert wurde, läßt sich nicht immer mit gleicher Sicherheit sagen. So das Kalkül.

Vor diesem Hintergrund mußten sich die deutschen Gerichte in den vergangenen Jahrzehnten in einer ganzen Reihe von Verfahren mit „klassischen Plagiaten" befassen: Schon 1957 ging der Fall jenes Göttinger Universitätsprofessors, der Forschungsergebnisse eines Mitarbeiters ohne Quellenangabe in seine eigenen kolonialwirtschaftlichen Veröffentlichungen übernommen hatte und daraufhin aus dem Hochschuldienst entlassen worden war, durch mehrere Instanzen. Bereits dieser Fall offenbarte die ganzen Unwägbarkeiten einer juristischen Auseinandersetzung: In erster Instanz wurde die Klage des Wissenschaftlers in Bausch und Bogen abgeschmettert. Das Gericht bestätigte vielmehr das Plagiat und sanktionierte die Entlassung. In zweiter Instanz aber stellte das zuständige Disziplinargericht das gesamte Verfahren ein. Begründung: Bei der Übernahme der Forschungsergebnisse habe es sich lediglich um ein fahrlässiges Dienstvergehen gehandelt.[109]

Auch der Fall des Erziehungswissenschaftlers, der die Erläuterungen eines Kollegen zur nationalsozialistischen Pädagogik ohne Quellenangabe übernommen hatte, wurde zur Gerichtssache. Hier hatte der plagiierte Wissenschaftler zunächst eine interne Aufklärung des Vorfalls zu erreichen versucht, sich dann aber, nachdem seine Bemühungen erfolglos geblieben waren, mit einem Rundschreiben an seine Fachkollegen gewandt. Dagegen erhob der nun des Plagiats öffentlich beschuldigte Wissenschaftler Unterlassungsklage. Seine Version: Er habe die betreffenden früheren Veröffentlichungen des Kollegen selbst nicht gekannt, sondern vielmehr für sein Buch einige Seminararbeiten ausgewertet, in denen diese Veröffentlichungen offenbar ohne Zitierung verwendet worden seien. Dieser Behauptung wollte das Gericht jedoch keinen Glauben schenken und wies die Unterlassungsklage ab.[110]

Ebenfalls vor Gericht landete einer der ganz wenigen Fälle, in denen ein Vertreter der nicht geistes- oder sozialwissenschaftlichen Fächer auf klassische Weise plagiierte. Er ist zudem bemerkenswert, weil er mit einer gehörigen Portion Skurrilität aufwarten kann: Im Mittelpunkt des Falls stand ein Mathematik-Professor an einer nordrhein-westfälischen Hochschule. Er hatte Anfang der achtziger Jahre seine Habilitationsschrift zu weiten Teilen aus einer Monographie abgeschrieben, die ein russischer Kollege kurz zuvor in seiner Muttersprache veröffentlicht hatte. Wie von dem sprachkundigen Habilitanden nicht anders erwartet, blieb das Plagiat zunächst unbemerkt. Jahre später aber, der Mathematiker war längst in Amt und Würden, wurde jene hilfreiche Monographie aus dem Russischen ins Englische übersetzt und damit auch einem größeren Kollegenkreis zugänglich – was selbst nüchterne Juristen als „ausgesprochenes Pech"[111] für den Plagiator bezeichnen. Nun jedenfalls blieb nicht lange verborgen, wie leicht der Mathematiker die Hürde der Habilitation hatte überwinden können. Das zuständige Wissenschaftsministerium handelte rasch und entzog dem Mathematiker die Lehrbefugnis. Für die Juristen war dieser Fall eindeutig: Die Klage des Mathematikers gegen den Entzug der *venia legendi* wurde in zwei Instanzen abgewiesen.[112] Gäbe es eine Auszeichnung für den größten Pechvogel in Sachen Wissenschaftsbetrug, wäre er wohl einer der chancenreichsten Kandidaten.[113]

Doch nicht einmal die juristischen Auseinandersetzungen konnten dafür sorgen, daß diese und andere Plagiatsfälle in der deutschen Wissenschaft über den Kreis der unmittelbar Beteiligten hinaus bekannt und diskutiert wurden. Öffentliche Aufmerksamkeit zogen im Grunde nur zwei Fälle auf sich, und genau sie landeten erst gar nicht vor Gericht.

Der erste dieser beiden Fälle war der des Chemikers Prof. Dr. Horst Gentsch, der Ende 1983 wegen eines Plagiats als Rektor der Universität-Gesamthochschule Essen zurücktreten mußte.[114] Im Grunde fiel auch Gentsch unter die Kategorie „Pechvogel". Sein Plagiat war zwar offenkundig, doch gewissermaßen von minderer Qualität: Gentsch hatte Teile seiner Antrittsrede als Rektor zum Thema „Chemie und Leben – Reiz der Erkenntnis – Probleme der Praxis" ohne Quellenangabe aus einem populärwissenschaftlichen Aufsatz übernommen, der zwei Jahre zuvor in der Zeitschrift des *Verbandes der Chemischen Industrie* erschienen war. Streng genommen war weder der plagiierte Beitrag noch die darauf gründende Antrittsrede ein wissenschaftliches Werk;

auch hatte sich Gentsch durch das Plagiat weder persönlich noch wissenschaftlich bereichert. Beides hinderte jedoch eine ansehnliche Anzahl von Professoren der Essener Hochschule nicht daran, bald nach dem Bekanntwerden des Plagiates den Rücktritt ihres Rektors zu fordern. Offiziell wurde die Rücktrittsforderung mit der Sorge um den möglichen Schaden für Hochschule und Rektorenamt begründet – tatsächlich aber spiegelten sich in ihr vor allem die seit Jahren ausgetragenen Grabenkämpfe rivalisierender Hochschullehrergruppen wider. Daß so das eigentliche Plagiat instrumentalisiert wurde, war offensichtlich, konnte den Rektor jedoch nicht retten. Nur gut zweieinhalb Monate nach seiner Amtsübernahme trat Horst Gentsch Mitte Dezember 1983 zurück – eine zumindest für deutsche Verhältnisse bisher einmalig drastische Konsequenz wissenschaftlichen Fehlverhaltens, die denn auch überregional Schlagzeilen machte.[115]

Damit war der „Fall Gentsch" freilich noch nicht abgeschlossen. In Wissenschaftsjournalen und in den Leserbriefspalten der überregionalen Presse wurde in den folgenden Wochen kontrovers diskutiert, ob der Rücktritt des Rektors angemessen gewesen sei oder nicht. Dieser publizistische Nachhall war vor allem deshalb bemerkenswert, weil er nicht nur unterschiedliche Einschätzungen des Gentschen Plagiats zutage förderte, sondern auch den Umgang der deutschen Wissenschaft mit Manipulationen ganz anderer Art: Zu verdanken war dies dem Rektor der Universität Mannheim, Prof. Dr. Gerd Roellecke, der von 1972 bis 1974 auch Präsident der Westdeutschen Rektorenkonferenz (WRK) gewesen war. Der für seine Scharfzüngigkeit bekannte Jurist hielt den Rücktritt seines Rektorenkollegen Gentsch für nicht angemessen – schließlich toleriere die deutsche Wissenschaft auch ganz andere Dinge: etwa als Präsidenten einer ihrer großen Organisationen „einen smarten Herrn [...], der sich mit weit mehr geschmückt hat als mit einem fremden Aufsatz, der behauptet hat, er sei [...] habilitiert und auf einen Lehrstuhl berufen worden, obwohl beides nicht stimmt"[116]. Gemeint war der Präsident des Deutschen Akademischen Austauschdienstes, der Romanist Dr. Hansgerd Schulte, der seine Bewerbung um den DAAD-Chefposten nach Roelleckes Ansicht erheblich manipuliert hatte und dennoch von den Rektoren und Präsidenten der deutschen Hochschulen „in Kenntnis aller Umstände" für vier Amtszeiten an die Spitze der Wissenschaftsorganisation gewählt worden war. „Diese skandalöse Wahl bedeutet übrigens, daß Herr Gentsch in der Westdeutschen Rektorenkonferenz nichts zu befürchten gehabt hätte", bemerkte Gerd Roellecke denn auch sarkastisch: „Die Mehrheit dort nimmt sogar an geschönten Lebensläufen keinen Anstoß."

Gerade verglichen mit dem „Fall Gentsch" – und auch mit dem „Fall Schulte" – ging es bei dem anderen „klassischen Plagiat", das in Deutschland für Aufsehen sorgte, um weit wissenschaftlichere Inhalte und Fragen: um die nämlich, ob eine angesehene Professorin ihre Karriere der allzu großzügigen Aneignung fremden Gedankengutes verdankte. Für die Schlagzeilen aber sorgte auch hier eine andere Dimension: die menschliche, oder besser: die zwischenmenschliche Dimension, die dieser Fall auf überaus seltene Weise mit der wissenschaftlichen verband. Die Rede ist vom „Fall Ströker".

Der „Fall Ströker"

Es waren einmal zwei Professorinnen der Philosophie. So oder ähnlich prosaisch könnte die Schilderung des Falles Ströker beginnen. Denn was sich zu Beginn der neunziger Jahre an der Universität zu Köln abspielte, hätte, je nach Betrachtungswinkel, auch einen hervorragenden Plot für einen Wissenschaftskrimi abgegeben – oder aber für eine jener mit reichlich Intrigenspiel gewürzten Burlesken auf akademischem Terrain, wie sie deutsche Romanautoren und Filmschaffende neuerdings gleich reihenweise hervorbringen.[117] Wenn denn die ganze Angelegenheit nicht einen mehr als ernsten Kern gehabt hätte.

Die besagten Professorinnen hießen Elisabeth Ströker und Marion Soreth und lehrten beide bereits seit Anfang der siebziger Jahre am Philosophischen Seminar der Kölner Universität. Daß die eine – Elisabeth Ströker – dabei die höchste Besoldungsstufe C-4 erklommen und zahlreiche universitäre Ämter bis hin zur Dekanin der Philosophischen Fakultät bekleidet hatte und darüber hinaus als Expertin für Leben und Werk des Philosophen Edmund Husserl fachlich in aller Welt hohes Ansehen genoß, während der anderen – Marion Soreth –

all dies verwehrt geblieben war, wurde später als der eigentliche Grund für die folgenden Auseinandersetzungen angesehen. Widerlegen läßt sich dieses nicht, von den Protagonistinnen eingestanden wurde es jedoch auch nicht. Fest steht nur, daß sich hinter der Fassade des geregelten Nebeneinanders Animositäten zu entwickeln begannen, langsam und heimlich zunächst, dann immer schneller und offener bis zum Eklat.

Der kam zum Beginn des Wintersemesters 1990/91, als Frau Professor Soreth die wissenschaftliche Qualifikation und Reputation ihrer Kollegin in einer für die hiesigen akademischen Gepflogenheiten unerhörten Weise angriff. Im Eigenverlag veröffentlichte sie eine 400 Seiten starke *Kritische Untersuchung von Elisabeth Strökers Dissertation*, in der sie der Husserl-Forscherin nichts Geringeres als großangelegten Betrug vorwarf[118]: Ströker habe den Großteil ihrer 1953 verfaßten Dissertation aus anderen Werken abgeschrieben, so etwa aus Bertrand Russels *Einleitung in die mathematische Philosophie* oder aus den Werken Ernst Cassirers. Letztere, so zählte Soreth akribisch auf, habe Ströker in mehr als 260 Passagen übernommen, jedoch nur in sieben Fußnoten als Beleg angeführt. Darüber hinaus hätten ihre Erörterungen in Anlage und Stil über weite Strecken „mit Wissenschaft nichts zu tun". Soreths Anschuldigungen mündeten in einem in die Form eines Dissertationsgutachtens gekleideten Verdikt: Strökers Dissertation „hätte auch dann nur das Prädikat ‚völlig wertlos' verdient, wenn nicht mehr als die Hälfte bloßes Plagiat wäre". Im Nachwort ging Soreth dann noch weiter: Die Kollegin Ströker würde „der Ethik der Wissenschaften und der Verantwortung gegenüber diesen sowie den Steuerzahlern am besten Genüge tun, wenn sie die Finger von der Wissenschaft ließe"[119].

Die dermaßen Angegriffene rang für einige Tage offensichtlich mit der Fassung, sagte ihre Lehrveranstaltungen ab und meldete sich krank. Dann aber ging Elisabeth Ströker zum Gegenangriff über: In einer Erklärung wies sie die Attacke ihrer Kollegin als „buchstäblich hinterrücks" und von „blindem Haß" diktiert zurück. Mit der ihr eigenen „Böswilligkeit" gehe es Soreth offenbar nur darum, ihren, Strökers, „öffentlichen Ruf zu schädigen" und ihre „materielle Existenz zu vernichten". Sie selbst wolle auf „billige Selbstrechtfertigung" verzichten und auch den zu erwartenden „Schmähungen und Diskriminierungen aus der weiteren Medienwelt" nicht entgegentreten. Vielmehr solle sich die Justiz mit der Angelegenheit befassen. Den ersten Schritt dazu tat Ströker selbst, indem sie eine einstweilige Verfügung gegen Soreths Buch beantragte, das inzwischen in den Buchläden rund um das Kölner Philosophikum zum heimlichen Beststeller avanciert war. Die einstweilige Verfügung konnte Ströker zwar nicht erreichen – ihre Kontrahentin mußte lediglich die zitierten Passagen ihres Nachwortes streichen –, dafür aber einen ersten Erfolg in ihrem eigenen Seminar: Auf Anweisung des Institutsdirektors wurde das Werk der Kollegin Soreth nicht in die Seminarbibliothek aufgenommen.

Zur gleichen Zeit wurde auch die Philosophische Fakultät der Kölner Universität tätig. Sie setzte eine Kommission unter dem Vorsitz von Dekan Prof. Dr. Jürgen Lennerz ein, die Strökers Dissertation genauestens unter die Lupe nehmen sollte. Zumindest mit seiner eigenen Einschätzung hielt Lennerz nicht lange hinterm Berg: Sollten die Beschuldigungen zutreffen, so der Sprachwissenschaftler, werde Frau Ströker „wohl ihre Konsequenzen ziehen"[120].

Ob solche Konsequenzen jedoch überhaupt notwendig waren, konnte sich freilich nicht in Köln entscheiden, sondern nur wenige Kilometer rheinaufwärts, an der Bonner Universität. Sie hatte Elisabeth Ströker fast vier Jahrzehnte zuvor promoviert – und zwar mit dem Prädikat „herausragend" –, an ihr war es daher auch, Ströker eventuell den Doktortitel abzuerkennen, was wiederum die Voraussetzung für den Entzug der akademischen Lehrerlaubnis und damit der Professur durch das Düsseldorfer Wissenschaftsministerium gewesen wäre. Auch in Bonn nahm man die Vorwürfe so ernst, daß die Philosophische Fakultät eine Kommission zur Überprüfung der Dissertation einsetzte. Hoffnungen auf ein rasches Ergebnis setzte der Dekan jedoch sogleich ein Ende: „Die Arbeit liegt 37 Jahre zurück, da kommt es auf ein paar Monate mehr oder weniger nicht an."[121]

Tatsächlich vergingen mehrere Monate, in denen sich die Auseinandersetzung zunehmend verlagerte: Statt zwischen den beiden Professorinnen Ströker und Soreth spielte sie sich nun zwischen Ströker und ihrer Universität ab. Die Philosophin warf ihrer Fakultät und namentlich Dekan Lennerz vorschnelles Handeln und Kompetenzüberschreitung vor; Lennerz wiederum versuchte nun auch öffentlich, die umstrittene Kollegin zur Aufgabe ihres Lehrstuhls zu bewegen, zum Teil offenbar bereits im Vorgriff auf die Ergebnisse der von ihm geleiteten Expertenkommission, zum Teil aber auch aus Sorge um den Lehrbetrieb, der durch die Absage der Strökerschen Lehrveranstaltungen erheblich beeinträchtigt war. Nicht eben entspannt wurde die Situation durch die Wellen, die der Fall nun auch in der Kölner Studentenschaft schlug: Während die Gegner der Professorin mit Behagen verfolgten, wie Strökers „wohlgepflegter Nimbus ins Wanken" geriet[122], riefen ihre Anhänger zu einer Demonstration „für Frau Ströker", „für eine saubere Uni; gegen Dozentenschweine" und „für Niveau und Anstand" auf und bezeichneten Marion Soreth als „Niete" und „Mörderin", womit der Aufruf kurzzeitig auch ins Visier der Staatsanwaltschaft geriet.[123]

Den Tiefpunkt erreichte das Verhältnis zwischen Ströker und ihrer Universität schließlich, als die Kommission der Philosophischen Fakultät Anfang März 1991, viereinhalb Monate nach dem Plagiatsvorwurf, ihre Ergebnisse vorlegte: Für sie stand eindeutig fest, daß Ströker für ihre Doktorarbeit „Fremdes abgeschrieben" habe. Ihre Dissertation bestehe „zu großen Teilen aus als solchen nicht gekennzeichneten wörtlichen und sinngemäßen Entlehnungen". Daher, so das eigentliche Urteil, wäre die Arbeit „weder damals noch heute von der Philosophischen Fakultät der Universität zu Köln als Dissertation angenommen worden".

Wer nun freilich dachte, Elisabeth Ströker werde wegen des offensichtlichen Plagiats ihren Doktortitel und darüber auch ihre Professur verlieren, hatte die Rechnung ohne die Expertenkommission der Bonner Universität gemacht. Denn diese beließ der Philosophin ihre akademischen Weihen, und nur auf sie kam es an. Dazu bedienten sich die Gutachter gleich mehrerer Kunstgriffe, die auf den ersten Blick Ströker entlasteten, tatsächlich aber eher dazu angetan waren, die Umstände ihrer Promotion und damit auch die akademischen Standards in der deutschen Wissenschaft der fünfziger Jahre in ein schales Licht zu tauchen: Zunächst machten die Gutachter statt zeitloser wissenschaftlicher Gepflogenheiten die formaljuristischen Vorschriften an eine Dissertation aus dem Promotionsjahr 1953 zum alleinigen Maßstab – und diesen habe Ströker mit der Nennung aller Hilfsmittel im Anhang ihrer Schrift sehr wohl Genüge getan.[124] Darüber hinaus sei ihr auch deshalb nichts vorzuwerfen, weil ihre Doktorväter die verwendeten Texte sehr gut gekannt hätten, „so daß sie auch durch ungekennzeichnete Zitate und Übernahmen daraus nicht getäuscht worden sein können"; und schließlich stehe die Dissertation „in der Tradition der neukantianischen Wissenschaftstheorie, deren vermeintlich unzureichend zitierte Repräsentanten [...] ihrerseits mit Zitatangaben zurückhaltend waren".

Der Rest ist schnell erzählt: Mit dem Bonner Votum im Rücken nahm Elisabeth Ströker ihre Lehrveranstaltungen wieder auf und erhielt nun auch Unterstützung durch ihre Fachkollegen an den anderen deutschen Hochschulen, die sich bislang in der Mehrzahl aus der Affäre herausgehalten hatten. Nicht zuletzt unter diesem Eindruck gab nun auch die Universität zu Köln ihre Versuche auf, die Professorin zur Aufgabe ihres Postens zu bewegen. Und während Ströker so ihre Arbeit noch mehrere Jahre fortsetzen konnte, erlebte ihre Kontrahentin Marion Soreth einige Monate voller persönlicher Schmähungen, bevor sie in den Ruhestand trat. Das Blatt hatte sich endgültig gegen die Angreiferin gewendet.

Auch gut sieben Jahre und mehrere spektakuläre Betrugsfälle später verdient der Fall Ströker noch immer eine ausführliche Würdigung, und zwar nicht nur wegen seiner persönlichen Dimensionen. Geradezu zum Lehrstück machte ihn das Verhalten der Gutachterkommission der Universität Bonn. Wie sie die eigentlich entscheidende Frage, ob nämlich Elisabeth Ströker sich des Plagiats schuldig gemacht hatte oder nicht, überging und stattdessen nach Rechtfertigungsgründen suchte, warum ihr auch bei einem eindeutigen Plagiat der Doktortitel nicht aberkannt werden müsse – so viel an akademischer Chuzpe nötigt dem Betrachter beinahe schon wieder Respekt ab. Bei nüchternerer Betrachtung ist er freilich eher geneigt, dem Wissenschaftssoziologen Peter Weingart zuzustimmen: Für ihn ist der „Fall Ströker" ein Musterbeispiel dafür, „wie höchst konservativ und unwillig sich die deutsche Wissenschaft mit Betrug und Fälschung in ihren Reihen auseinandersetzt"[125].

Das Plagiat als „Wissenschaftsspionage“

Um es mit einem bisweilen als altmodisch belächelten Begriff auszudrücken: So wie alle Spielarten des Wissenschaftsbetrugs ist auch das „klassische Plagiat“ in höchstem Maße *unfair* – ein klarer Verstoß gegen Regeln und Normen korrekten wissenschaftlichen Verhaltens. Zumindest in einem Punkt ist es sogar unfairer als das Erfinden von Meßergebnissen oder Fälschen von Versuchsbeschreibungen, da bei ihm auch Personen unmittelbar geschädigt werden. Verglichen mit der anderen Form des Plagiats, der „Wissenschaftsspionage“, aber erscheint es so, als ginge es beim „klassischen Plagiat“ geradezu gesittet zu:

Fast immer sind es entweder Professoren, die von Professoren abschreiben, Etablierte also, die von Etablierten profitieren. Oder es ist der Nachwuchs, der sich mit den Gedanken und Erkenntnissen größerer Namen schmückt. Plagiator und Plagiierter stehen somit zumindest auf der gleichen Stufe der wissenschaftlichen Karriereleiter. Da das nun abgeschriebene Werk bereits zuvor unter seinem Namen veröffentlicht wurde, hat der Plagiierte zudem wenigstens die Chance, als dessen Urheber bekannt zu werden und die wissenschaftliche Originalität für sich in Anspruch zu nehmen. Und er hat einen konkreten Ansatzpunkt, um juristische Schritte einzuleiten und seine Ansprüche notfalls gerichtlich durchzufechten. Dies alles soll das „klassische Plagiat“ in keinster Weise beschönigen – wohl aber die Unterschiede zur „Wissenschaftsspionage“ verdeutlichen. Von allen unfairen Formen wissenschaftlichen Betruges ist sie vielleicht die unfairste.

Bei der „Wissenschaftsspionage“ befinden sich Plagiator und Plagiierter in denkbar unterschiedlichen Ausgangspositionen: Der Plagiator übernimmt unbefugt noch nicht publizierte Gedanken oder Ergebnisse eines anderen, in deren Kenntnis er – und zumeist nur er – aufgrund einer besonderen Vertrauensstellung gelangt ist. Diese Vertrauensstellung bekleidet er, weil er zumindest zu den Etablierten, wenn nicht gar zu den Großen seines Faches zählt. Der Plagiierte dagegen steht fast immer einige Stufen tiefer auf der Karriereleiter, ja oft erst am Beginn seiner wissenschaftlichen Laufbahn. Da die nun plagiierten Gedanken oder Ergebnisse noch nicht unter seinem Namen publiziert wurden, hat er zudem kaum Chancen, seine Urheberschaft anzumelden und die wissenschaftliche Originalität in Anspruch zu nehmen. Und er genießt, wie noch zu zeigen sein wird, so gut wie keinen Rechtsschutz. Doch selbst wenn er ihn genösse, würde er ihn nicht unbedingt in Anspruch nehmen. Sich als Adept gegen die Riege der Etablierten zu stellen, erfordert gerade in der Wissenschaft in beträchtlichem Maße Mut und Standfestigkeit und kann, von allen juristischen Unwägbarkeiten abgesehen, leicht die eigene Karriere zerstören, bevor sie eigentlich begonnen hat. Vor allem deshalb werden auch hierzulande nur sehr wenige Fälle von „Wissenschaftsspionage" öffentlich bekannt – während hinter vorgehaltener Hand sehr wohl eingeräumt wird, daß es sich hierbei um eine recht geläufige Variante wissenschaftlichen Betruges handelt.[126]

Immerhin zeigen jedoch auch die wenigen in Deutschland öffentlich bekanntgewordenen Fälle das mögliche Spektrum auf: Die gewissermaßen einfachste Form der „Wissenschaftsspionage" ist die, daß Hochschullehrer als Betreuer von Dissertationen, Diplom- oder sonstigen Examensarbeiten unbefugt Gedankengänge oder Ergebnisse ihrer Doktoranden, Diplomanden oder Studierenden übernehmen. Zu beobachten ist dies vornehmlich in den Natur- und Biowissenschaften, was daran liegen dürfte, daß in ihnen häufiger als in den Geistes- und Sozialwissenschaften bereits in Examensarbeiten wissenschaftlich oder aber materiell verwertbare Resultate entstehen.

So wertete zum Beispiel Mitte der siebziger Jahre ein Biologie-Professor der Bonner Universität eine von ihm betreute, jedoch noch nicht veröffentlichte Dissertation über sogenannte *Eimeria-tenella-Untersuchungen* für eine eigene Abhandlung zum selben Thema großzügig aus. Daß wesentliche Teile seiner Studie nicht von ihm stammten, erwähnte der Wissenschaftler mit keinem Wort, und auch an den wörtlich übernommenen Passagen blieb er jeden Hinweis auf die Arbeit seiner Doktorandin schuldig; lediglich in einer Fußnote verwies er darauf, daß über besagte Untersuchungen demnächst in einer Dissertation ausführlich berichtet werde, ohne aber einen Zusammenhang zu seiner Arbeit herzustellen.[127] Ähnliche Fälle werden unter dem Siegel der Vertraulichkeit von der Medizinischen Fakultät einer norddeutschen Universität und einem Universitätsklinikum im Süddeutschen berichtet.

Daß es bereits bei dieser Form der „Wissenschaftsspionage" nicht immer „nur" um wissenschaftliche, sondern auch um damit verbundene handfeste finanzielle Interessen geht, zeigt ein Fall, der sich zu Beginn der neunziger Jahre in Heidelberg ereignete[128]: Drei Jahre lang hatte hier ein begabter Doktorand der Physik am Max-Planck-Institut für Astrophysik an seiner Dissertation gearbeitet. Seine Ergebnisse waren von höchstem Interesse für die Forschung – aber auch für die Industrie. Der Jungphysiker hatte ein neuartiges Verfahren zur Gewinnung von *Fullerenen*, kugelförmigen Kohlenstoffmolekülen, aus einem Staubgemisch entwickelt. Dafür winkten nun nicht nur wissenschaftliche Meriten, sondern auch einträgliche Einnahmen aus Patentrechten. Tatsächlich wurde die Dissertation mit der besten Note bewertet, doch „versilbern" ließ sie sich nicht – zumindest nicht von ihrem Verfasser selbst. Denn direkt nach dem Abschluß der Dissertation hatte bereits der Doktorvater, ein Professor des Max-Planck-Instituts, das vielversprechende Verfahren zum Patent angemeldet – und zwar unter seinem eigenen Namen. Beinahe noch mehr als das Verhalten des Wissenschaftlers selbst befremdete dabei seine an Zynismus grenzende Begründung: Die Dissertation sei nun einmal keine eigenständige wissenschaftliche Leistung gewesen, sondern unter seiner Anleitung entstanden. Und: Wichtig sei alleine die Idee und wer sie formuliere – nicht aber, wer sie verifiziere.

Bei der zweiten Form der „Wissenschaftsspionage" begegnen wir zum ersten Mal jenen Türhütern des modernen Wissenschaftsbetriebes, den Gutachtern. Sie, die auch in der deutschen Wissenschaft gerne als *peers* tituliert werden, was zusätzlich Renommee und Noblesse suggeriert, finden für ihre „Spionage" ausgezeichnete Bedingungen vor: Ausgesprochene Spezialisten die sie sind, stellen sie ihre Fachkenntnis und Urteilskraft in den Dienst der Wissenschaft, um die Ideen und Arbeiten anderer zu begutachten. Häufig sind sie die ersten, die von den neuen Projekten ihrer Forscherkollegen erfahren – und fast immer die einzigen, die sich darüber ein Urteil erlauben können. Mit ihm entscheiden sie über Aufstieg, Ansehen und die weitere Arbeit der Begutachteten. Wahrlich eine Machtstellung, die auf hohem Vertrauen gründet, besondere Integrität verlangt, manchen Versuchungen aussetzt – und die auch hierzulande mitunter zum eigenen

Vorteil genutzt wird. Vor allem wenn es um die Veröffentlichung von Forschungsergebnissen und um die Vergabe von Fördergeldern für neue Forschungsprojekte geht, kommen die Gutachter zum Zuge. Aus beiden Bereichen sind denn auch in der deutschen Wissenschaft Fälle bekanntgeworden, in denen aus Begutachtungen „Ideendiebstähle" wurden. Auch sie waren in den Natur- und Biowissenschaften angesiedelt, in denen die weitaus meisten Fachzeitschriften publiziert und der größte Teil der staatlichen und privaten Fördergelder vergeben werden.

Zu Beginn der achtziger Jahre beschäftigte etwa die Klage eines Lehramtskandidaten für das Fach Biologie gleich mehrere Instanzen bis hinauf zum Bundesgerichtshof[129]: Der angehende Biologielehrer hatte in seiner Staatsexamensarbeit den Aufbau und das Gewebe einer bestimmten Schachtelhalmsorte analysiert. Seine Ergebnisse waren von solch hoher Qualität, daß die Arbeit zur Veröffentlichung in einer wissenschaftlichen Schriftenreihe geeignet schien. Tatsächlich zeigte schon bald der Herausgeber einer angesehenen Reihe Interesse. Vor der Veröffentlichung sollte die Staatsexamensarbeit jedoch nochmals von einem seiner Mitarbeiter begutachtet werden. Auch der Mitarbeiter erkannte die Qualität der vorgelegten Ergebnisse sogleich – und wollte daran partizipieren. Sich als Ideendieb zu befleißigen, lag ihm zunächst jedoch fern. Stattdessen schwebte ihm ein zwar ebenfalls zweifelhafter, jedoch offenbar nicht gänzlich unüblicher Handel vor: Er schlug dem Biologen vor, auf der Grundlage seiner Untersuchungen zusätzliche Auswertungen durchzuführen, für die er dann bei der Publikation als Mitverfasser der Arbeit genannt werden wollte. Der Biologe lehnte dies jedoch ab und verlangte das Manuskript seiner Arbeit zurück.

Wie in ähnlichen Fällen hätte die unerfreuliche Angelegenheit damit eigentlich ihr Ende finden können, wenn nicht der Gutachter seine Kenntnis der vielversprechenden Arbeit nun doch zur „Wissenschaftsspionage" genutzt hätte: Wenig später veröffentlichte nämlich er als alleiniger Autor in derselben Schriftenreihe eine Arbeit, die sich ebenfalls mit dem Aufbau und Gewebe besagter Schachtelhalme befaßte – und die in Gliederung und Inhalt der des Lehramtskandidaten fast zur Gänze entsprach. Nur einige wenige neue Auswertungen waren hinzugekommen, und zwar exakt jene, die der Gutachter dem angehenden Biologielehrer nach der ersten Durchsicht des Manuskripts vorgeschlagen hatte. Daß er zudem jeden Hinweis auf die Staatsarbeit als Grundlage seiner Publikation unterließ, rundete das Bild ab.

Als der Biologe daraufhin den Gutachter wegen Verletzung des Urheberrechts an seiner Arbeit verklagte, mußte er erfahren, welchen unzulänglichen Schutz nach deutschem Recht Begutachtete genießen. Denn so offensichtlich die Entsprechungen zwischen seinen Schachtelhalm-Untersuchungen und denen des Gutachters waren, so unterschiedlich fielen die richterlichen Bewertungen dazu aus. In letzter Instanz lehnte der Bundesgerichtshof die Klage schließlich ab. Nicht zu Unrecht spricht die Juristin Stefanie Stegemann-Boehl hier von einem „erstaunlichen Ergebnis“[130].

In einem anderen Fall, der nicht vor Gericht landete, übernahm der *peer* einer biomedizinischen Fachzeitschrift aus einem von ihm begutachteten Aufsatz eines Kollegen Forschungsdaten für seine eigene Arbeit. Damit freilich nicht genug: Um sicherzustellen, daß nur er von den Daten profitierte, versuchte er, die Arbeit des Kollegen zu stoppen – indem er der Fachzeitschrift von der Veröffentlichung des Aufsatzes abriet. Eher durch Zufall wurde dieser Fall von „Wissenschaftsspionage“ aufgedeckt, und nur mit größter Mühe konnte der Gutachter dazu gebracht werden, die übernommenen Daten nicht weiterzuverwenden.[131]

Bereits in diesen beiden Fällen war der Schaden für die begutachteten Forscher groß, und zwar weit über die Verletzung ihres Urheberrechts hinaus. In beiden Fällen wurde die Publikation ihrer Arbeiten durch den Gutachter verhindert oder zumindest in der geplanten Form zunichte gemacht – und es sind, wie noch ausführlich zu zeigen sein wird, gerade die Publikationen, die mittlerweile auch im deutschen Wissenschaftssystem über Karrieren entscheiden.

Noch größer aber ist der Schaden in den Fällen, in denen Gutachter bei der Vergabe staatlicher oder privater Fördermittel ihre Vertrauensposition mißbrauchen, indem sie Förderanträge von Forscherkollegen für eigene Arbeiten auswerten und zugleich blockieren oder gar ablehnen, um selbst daraus Kapital zu schlagen. Der Antragsteller, der gerade, aber nicht nur zu Beginn seiner Forscherlaufbahn existentiell von Fördermitteln abhängig ist, wird so um die Möglichkeit gebracht, seine Forschungen überhaupt erst zu realisieren. Der Gutachter dagegen, als Etablierter zumeist in puncto Forschungsmittel und -infrastruktur besser gestellt, kann eben dies nun sogar aus eigener Kraft tun. Oder er kann sich, was beinahe ebenso absurd wie perfide erscheinen mag, durchaus aber Realität ist, mit den ausspionierten Ideen des anderen selbst um Fördermittel bewerben – in der Hoffnung, an einen weniger eigennützigen Gutachter zu geraten.

Vor diesem Hintergrund hatte der eingangs genannte Jungforscher, der von der Deutschen Forschungsgemeinschaft ein Stipendium erhalten hatte und nun wesentliche Ergebnisse seiner damit finanzierten Arbeiten in der Publikation seines Gutachters entdeckte, nachgerade Glück gehabt. Daß er seine Forschungen zumindest noch hatte durchführen können, bevor ihre Resultate vorzeitig und unbefugt veröffentlicht wurden, war nicht nur psychologisch von großem Vorteil. Auf diese Weise konnte er auch bei der folgenden außergerichtlichen Klärung der Angelegenheit seine Urheberschaft zweifelsfrei dokumentieren.[132] Das Gleiche galt für zwei weitere Antragsteller, denen ähnliches widerfuhr.[133]

Zumindest in zwei Fällen aber haben bislang Gutachter die Förderung von Forschungsarbeiten anderer verhindert, um sie anschließend selbst durchzuführen. Der erste Fall ereignete sich zu Beginn der neunziger Jahre in einer einer politischen Partei nahestehenden Stiftung[134]: Bei ihr hatte sich ein Doktorand in einem sozialwissenschaftlichen Fach um ein zweijähriges Promotionsstipendium beworben. Nachdem er auf seinen Antrag hin beinahe ein Jahr lang ohne Bescheid geblieben war, erfuhr er eher durch Zufall von einer noch druckfrischen Publikation eines Hochschullehrers, die sich nicht nur mit exakt der Fragestellung befaßte, die er in seinem Antrag formuliert hatte, sondern sich auch noch auf die dort detailliert aufgeführten Materialien stützte. Der Verdacht des Doktoranden, daß es sich bei dem Autor um den Gutachter seines Stipendienantrags handelte, bestätigte sich rasch. Dieser hatte die Entscheidung über den Förderantrag in der Bewilligungskommission hinausgezögert und in der Zwischenzeit seine eigene Untersuchung durchgeführt. So wie andere Fälle gelangte jedoch auch dieser nicht an die Öffentlichkeit –

nicht zuletzt deshalb, weil der Doktorand mit einem leicht variierten Thema schließlich doch noch ein Stipendium erhielt und inzwischen promoviert ist.

Der zweite Fall wurde dagegen sehr wohl öffentlich bekannt und ist in den letzten Monaten Gegenstand zahlreicher Untersuchungen und Diskussionen, und zwar als Teil eines viel komplexeren Falles. Auch Friedhelm Herrmann und Marion Brach haben – so hat es Brach eingestanden und so haben es diverse Untersuchungskommissionen für glaubwürdig konstatiert – ihre Vertrauensstellung als *peers* für eigene Zwecke ausgenutzt[135]: Als Gutachter der Kölner Thyssen-Stiftung lehnten sie Mitte 1993 den Antrag eines holländischen Krebsforschers auf Fördermittel ab, um ihn wenig später bei derselben Stiftung als ihren eigenen Förderantrag einzureichen, praktisch wortwörtlich abgeschrieben und lediglich ins Deutsche übersetzt. So unglaublich es klingt – der Coup glückte: Zwei andere Gutachter der Stiftung empfahlen bedenkenlos die Förderung, und die Thyssen-Stiftung stellte insgesamt 260 000 Mark für das neueste Projekt des erfolgreichen Forscherduos bereit. Als diese und die anderen Manipulationen der beiden Krebsforscher bekannt wurden, waren davon bereits 200 000 Mark ausgezahlt. Wenn schon nicht der erste, so ist der „Fall Herrmann/Brach" doch auch in puncto „Plagiat" und „Wissenschaftsspionage in Deutschland" der geradezu idealtypische Fall.

Das letzte Wort haben die Richter

In Sachen Guido Zadel und Wolfgang Lohmann

Der Dame Justitia und ihren Helfern sind wir im Laufe unserer Betrachtung schon das ein oder andere Mal begegnet – doch eben längst nicht so häufig, wie es bei einem Thema wie Betrug und Fälschung eigentlich zu erwarten wäre. Gewiß: Mit einer ganzen Reihe von Plagiatsfällen haben wir Richter und Staatsanwälte bereits befaßt gesehen. Ausgerechnet bei der gleichsam klassischen Variante der Forschungsfälschung aber mußten wir die Justiz bisher schmerzlich vermissen: Wann immer seit den Tagen des Berliner Jungphysikers Ernst Rupp Experimente, Ergebnisse und Veröffentlichungen gefälscht, geschönt oder schlichtweg erfunden wurden, blieb die Justiz außen vor. Was keineswegs in erster Linie in den Lücken oder der komplizierten Anwendung des Rechts begründet war, die eine juristische Ahndung unmöglich gemacht hätten. Sie gab und gibt es auch, wovon noch zu sprechen sein wird. Entscheidender aber war, daß der Justiz erst gar keine Gelegenheit zum Eingreifen gegeben wurde. Richter und Staatsanwälte herauszuhalten, Anklageschriften und Urteilssprüche zu vermeiden – eben dies war ja über Jahrzehnte hinweg das oberste Bestreben sowohl der geschädigten Hochschulen und Forschungsinstitute als auch und erst recht der verdächtigten, überführten oder geständigen Wissenschaftsfälscher und -betrüger. Nicht zuletzt aus Angst vor öffentlichem Aufsehen waren beide Seiten auf das höchste bemüht, die peinlichen Angelegenheiten in eigener Regie und in aller Stille zu beenden, und gingen dabei selbst eher schale Kompromisse ein, als die Auseinandersetzung und Klärung vor Gericht zu suchen.

Dies änderte sich ab Anfang der neunziger Jahre in zunächst zwei spektakulären Fällen, in denen eben diese lange vermiedene Klärung vor Gericht energisch betrieben wurde beziehungsweise noch immer betrieben wird. Die Tatsache allein zeigt bereits, daß sich die beiden zugrundeliegenden Fälle deutlich von all den vorangegangenen unterscheiden: Seit den zwanziger Jahren galten alle klassischen Forschungsfälschungen über kurz oder lang als einwandfrei erwiesen und unstrittig, hatten nicht zuletzt die Fälscher selbst ihre Manipulationen eingestanden. Die beiden Fälle, denen nun unser Blick gilt, sind dagegen alles andere als unstrittig. In beiden stehen sich die Parteien, beschuldigende Hochschulen auf der einen und beschuldigte Wissenschaftler auf der anderen Seite, diametral und unversöhnlich gegenüber. Hier wie dort sind zudem die Anschuldigungen zu schwer und die unter Fälschungsverdacht geratenen Forschungen zu spektakulär, in einem Fall darüber hinaus auch die strittigen rechtlichen Fragen zu grundsätzlich, als daß eine Klärung außer Gericht möglich gewesen wäre.

All dies macht die nachfolgend geschilderten juristischen Auseinandersetzungen für unsere Betrachtung bereits überaus bedeutsam. Zusätzlich zeigen beide aber auch exemplarisch, worum es überhaupt geht beziehungsweise gehen kann, wenn Richter „in Sachen Forschungsfälschung" das letzte Wort sprechen – und worum nicht.

In Sachen Guido Zadel

Bei der Prüfungsrechtskammer des Verwaltungsgerichts Köln ist seit Anfang 1997 ein Verfahren anhängig, das die zuständigen Richter wohl nicht nur wegen der Anzahl und des Umfangs der nach Hunderten Seiten zählenden Verfahrensakten möglichst lange vor sich herschieben möchten.[136] Auf den ersten Blick geht es um einen zwar unangenehmen und wohl auch ungewöhnlichen, aber nur schwerlich als unlösbar vorstellbaren Streit: Die Rheinische Friedrich-Wilhelms-Universität Bonn will dem Chemiker Guido Zadel den Doktorgrad ihrer Mathematisch-Naturwissenschaftlichen Fakultät wieder entziehen, wogegen Zadel klagt.

Dahinter steht freilich weitaus mehr – die Frage nämlich, ob eine naturwissenschaftliche Entdeckung, die noch vor kurzem als überaus bedeutsam gefeiert wurde, in Wirklichkeit nur auf arglistiger Täuschung beruht. Genau dies wirft die Universität ihrem Absolventen vor, und genau dies streitet dieser ab. Sollte sich der Vorwurf als berechtigt erweisen, hätte die deutsche Wissenschaft einen aufsehenerregenden Betrugs- und Fälschungsfall mehr zu verzeichnen, der, vorbehaltlich weiterer Aufdeckungen, sogar für sich in Anspruch nehmen könnte, der gravierendste Fall vor dem „Fall Herrmann/Brach" gewesen zu sein. Sollte sich der Vorwurf als unberechtigt herausstellen, wäre die aussichtsreiche Karriere eines begabten Chemikers mit falschen Anschuldigungen ruiniert worden, müßte sich eine der altehrwürdigsten Hochschulen des Landes kritische Fragen zu ihrem Umgang mit brisanten Anschuldigungen und ihrer Ermittlungsarbeit auf besonders heiklem Terrain gefallen lassen.

Was nun die Richter beschäftigt und derart konträr enden kann, läßt sich zwangsläufig nur zu kleinsten Teilen anhand von Fakten schildern. Es begann im Februar 1994 mit einer spektakulären Erfolgsmeldung. Unter dem Titel „Enantioselektive Reaktionen im statischen Magnetfeld" veröffentlichte das Fachblatt *Angewandte Chemie* die Forschungsergebnisse einer Arbeitsgruppe am Institut für Organische Chemie und Biochemie der Bonner Universität, der offensichtlich ein wissenschaftlicher Coup gelungen war: Die Entstehung von Molekülen durch bestimmte chemische Reaktionen lasse sich durch ein starkes Magnetfeld steuern, lautete – stark vereinfacht – das Ergebnis aufwendiger Laborexperimente.[137] Hauptexperimentator der Arbeitsgruppe um Prof. Dr. Eberhard Breitmaier war der Diplom-Chemiker Guido Zadel gewesen, der die Forschungen im Rahmen seiner Dissertation durchgeführt und im September 1993 den Doktortitel erhalten hatte. Die Bedeutung seiner Untersuchungen hatte als erste die Deutsche Forschungsgemeinschaft erkannt und mit Fördergeldern gewürdigt, damit die Experimente in einem Forschungsprojekt fortgeführt werden konnten. Nun, nach der Publikation in der *Angewandten Chemie*, reagierte auch die Fachwelt mit Begeisterung. Von einer der „bedeutendsten Entdeckungen der letzten Jahre", die ähnlich „revolutionär wie die Entdeckung der Röntgenstrahlen" sei, war die Rede, und sogar das Etikett „nobelpreisverdächtig" haftete dem jungen Chemiker und seinen Experimenten bald an[138] – und blieb auch im Lichte der späteren Ereignisse daran haften, nun freilich mit ganz anderem Beigeschmack.

Um die Elogen zu verstehen, ist ein Rückblick auf den größten und folgenschwersten deutschen Pharmaskandal notwendig: Ende der fünfziger und Anfang der sechziger Jahre kamen hierzulande mehrere Tausend Säuglinge mit schweren Mißbildungen an Armen und Beinen zur Welt – verheerende Folge des Medikaments Contergan, das als „Schlafmittel des Jahrhunderts, unschädlich wie Zuckerplätzchen" auf den Markt gebracht worden und vor allem bei Schwangeren sehr beliebt gewesen war.[139] Die genaue Ursache für die Mißbildungen wurde erst Jahre später entdeckt: So wie jedes durch chemische Synthese entstandene Molekül lag auch der Contergan-Wirkstoff Thalidomid in der Arznei in zwei gleich häufig vertretenen Formen vor. Sie werden als „linksdrehende" und „rechtsdrehende" Moleküle bezeichnet, weil sie sich wie Schrauben in die eine oder andere Richtung drehen.[140] Daß beide Formen existieren, wußten Chemiker schon lange, doch erst mit dem Contergan-Skandal zeigte sich auch, daß jede Form eine andere Wirkung entfaltete: Die rechtsdrehenden Moleküle hatten tatsächlich Schlaflosigkeit und Unwohlsein der Schwangeren gemindert, die linksdrehenden dagegen das Wachstum der Embryonen beeinträchtigt. Seitdem müssen von jedem Medikament rechts- und linksdrehende Varianten gesondert getestet werden – für die Pharmaindustrie ein aufwendiges und kostspieliges Unternehmen. Und genau dies schien die Entdeckung des Guido Zadel nun wesentlich abzukürzen, versprach sie doch nicht weniger, als das Gleichgewicht der beiden Molekülvarianten aufzuheben. Durch ein starkes Magnetfeld, so die Bonner Forscher, ließen sich chemische Reaktionen so beeinflussen, daß entweder deutlich mehr links- als rechtsdrehende Moleküle entständen oder umgekehrt. Weitergedacht bedeutete dies, daß Medikamente ohne schädliche Nebenwirkungen einfacher und schneller hergestellt werden konnten. So war es nur konsequent, daß auch die Pharmaindustrie die Forschungsergebnisse in den höchsten Tönen lobte und eine an den Experimenten beteiligte Karlsruher Firma sogleich ein internationales Patent anmeldete.

Auf die große Begeisterung folgte freilich schon bald das große Entsetzen: Am 21. Juni 1994 erhielt die *Angewandte Chemie* einen Widerruf Eberhard Breitmaiers, den das Blatt wenig später publizierte.[141] Darin distanzierte sich der Bonner Chemieprofessor in seinem eigenen Namen und in dem der seinerzeitigen Mitautoren „von allen experimentellen Ergebnissen" der spektakulären Veröffentlichung vom Februar. Sie seien, davon müsse man leider ausgehen, „durch konsequente und besonders geschickt getarnte Manipulation zustande" gekommen – und zwar durch Manipulationen des Hauptexperimentators: Guido Zadel.

Spätestens von diesem Punkt an kann sich der der Unparteilichkeit verpflichtete Beobachter gefahrlos nur noch auf ein dürres Daten- und Fakten-Gerüst stützen. Wie es zu dem Widerruf Eberhard Breitmaiers kam, womit der Chemieprofessor den schweren Vorwurf der Manipulation gegen seinen Mitarbeiter begründete und wie dieser darauf antwortete – all dies ist bereits zu sehr Argumentation und zudem überaus strittig, als daß es nicht eine fein säuberlich getrennte Darstellung erforderte. Daher zunächst in der zwangsläufigen Kürze der weitere Gang der Dinge:

Noch im Juni 1994 setzte die Mathematisch-Naturwissenschaftliche Fakultät der Bonner Universität ein „Anhörungskomitee" unter der Leitung ihres Dekans ein, um die „Vorwürfe einer Täuschungshandlung bei wissenschaftlichen Experimenten" zu prüfen und die „Entscheidung über weitere Konsequenzen" durch den Fakultätsrat vorzubereiten. Die von der Forschungsgemeinschaft bewilligten Drittmittel für die Fortführung der Zadelschen Experimente wurden vom Arbeitsgruppenleiter Breitmaier gesperrt, Zadel selbst schließlich Anfang Juli von Breitmaier entlassen.[142] Durch erste Presseberichte erfuhr ab Mitte des Monats auch eine breitere Öffentlichkeit von den Vorgängen und Vorwürfen an der Bonner Universität.[143]

Bis zum nächsten offiziellen Schritt vergingen danach fast anderthalb Jahre: Als Konsequenz aus den internen Ermittlungen beschloß der Rat der Bonner Mathematisch-Naturwissenschaftlichen Fakultät im Januar 1996, Guido Zadel den Doktorgrad zu entziehen. Ein ausführlicher Bescheid darüber ging Zadel Ende März zu. Gegen diesen Bescheid mit dem nun auch förmlichen Vorwurf der Täuschung legten Zadel und sein Rechtsbeistand, der Kölner Anwalt Johannes Latz, postwendend Widerspruch ein. Als dieser schließlich Ende 1996 von der Bonner Fakultät als unbegründet zurückgewiesen wurde, reichten Zadel und Latz ihre Klage vor der Prüfungsrechtskammer des Kölner Verwaltungsgerichts ein.

Soweit die offizielle Seite. Dahinter türmen sich diametral entgegengesetzte Einlassungen beider Parteien, gegenseitige Beschuldigungen und allerlei Anstrengungen, die jeweils eigene Sicht der Dinge als die wahre erscheinen zu lassen. In dieses Dickicht werden, wenn überhaupt, nur die Richter des Kölner Verwaltungsgerichts und eventueller weiterer Instanzen Licht bringen können. Der Chronist muß sich damit begnügen, die Positionen gegenüberzustellen.

Die Bonner Universität stützt den Vorwurf der Manipulation und damit den Beschluß zur Entziehung des Doktorgrades auf drei Indizien.[144] Alle drei wurden bereits von Eberhard Breitmaier in seinem Widerruf für die *Angewandte Chemie* zumindest benannt und später erweitert. Indiz Nummer eins: Das Zadelsche Experiment habe sich von keinem anderen Forscher reproduzieren lassen: weder von mehr als einem Dutzend Arbeitsgruppen rund um die Welt sogleich nach der Publikation der Ergebnisse, noch von anderen Mitgliedern der Bonner Arbeitsgruppe nach dem Aufkommen des Fälschungsverdachts, noch bei Kontrollversuchen an anderen Hochschulen in der Phase der Ermittlungen. Von einem „offensichtlichen Wunder" spricht sarkastisch Prof. Dr. Wolfgang Löwer, der Rechtsberater der Universität; immer wenn der Herr Zadel nicht anwesend sei, funktioniere auch sein Experiment nicht.

Zadel und Anwalt Latz widersprechen entschieden[145]: Zum einen habe sich das Experiment sehr wohl von Dritten wiederholen lassen, und zwar sogar in einem notariell beaufsichtigten Versuch, den Zadel Anfang 1995 auf eigene Kosten in einer Düsseldorfer Schule durchführen ließ. Zum anderen sei die Universität einem grundsätzlichen Denkfehler aufgesessen: Die Steuerung chemischer Reaktionen durch ein Magnetfeld sei mitnichten ein Naturgesetz, das in jedem Fall reproduzierbar sein müsse, sondern ein technisches Verfahren; bei einem solchen zeige der erste geglückte Versuch, daß es möglich sei. Darüber hinaus würden Zadels Ergebnisse inzwischen auch von mehreren Chemikerkollegen zumindest auf theoretischem Wege für möglich gehalten. Und im übrigen habe Zadel nie behauptet, daß sein Experiment jederzeit wiederholbar sei, sondern vielmehr in seiner Dissertation eine ganze Reihe von Fehlschlägen dokumentiert. Schon daher könne von arglistiger Täuschung keine Rede sein.

Das wiederum will die Hochschule nicht gelten lassen: Den Hinweis auf die dokumentierten Fehlschläge hält sie für rein taktisch, und zu dem notariell beaufsichtigten Versuch fällt ihr der freilich bemerkenswerte Satz ein, ein Notar werde auch David Copperfield bescheinigen, er könne Lokomotiven verschwinden lassen.[146] Woraufhin wiederum Zadel und Latz von einer kaum noch zu überbietenden Ignoranz und erstaunlichen fachlichen Mängeln bei den hochdotierten Bonner Chemieprofessoren sprechen. Und so weiter und so weiter. Schon auf den ersten Schlagabtausch folgen also eine Menge kleinerer Scharmützel und allerlei auch persönlicher Schärfen. Sie weiter zu verfolgen, wäre reizvoll, würde aber den Blick auf die größeren Zusammenhänge versperren. Zurück also zu diesen.

Als zweites Indiz für die angeblichen Manipulationen führt die Bonner Universität die Aussage eines Tatzeugen an. Ein Mitarbeiter der Arbeitsgruppe Breitmaier habe beobachtet, wie Zadel das von ihm gewünschte Endprodukt bereits vor der magnetischen Bestrahlung in die Ausgangsflüssigkeit getropft habe. Dies sei zwar erst während der Fortführung der ursprünglichen Experimente geschehen, müsse jedoch auch für die Zeit von Zadels Dissertation angenommen werden, in der der Chemiker weitgehend unbeaufsichtigt gearbeitet habe. Zadel und Anwalt Latz widersprechen auch hier energisch. Nicht nur, daß sie dem Belastungszeugen jede Glaubwürdigkeit absprechen. Ihrerseits erheben sie nun schwere Vorwürfe gegen die Bonner Hochschule: Bei dem angeblich verfälschten Versuch sei Zadel in eine Falle gelockt worden. Um ihn zu überführen, habe man die Ausgangsstoffe und Endprodukte zuvor manipuliert und so das belastende Ergebnis vorsätzlich produziert. An diesem Punkt angelangt spricht der Rechtsbeistand der Hochschule von „fortschreitendem Realitätsverlust" der Gegenseite, und der Reigen von Unterstellungen und Beschuldigungen beginnt von neuem.

Schließlich das dritte Indiz, das die Hochschule gegen Zadel anführt, und dies besonders gerne: ein angebliches Geständnis. Zadel selbst habe bereits bei den ersten Befragungen durch seinen Vorgesetzten Breitmaier vor Zeugen mehrere Manipulationen eingestanden. Auch dies wollen Zadel und sein Anwalt nicht gelten lassen: Das vermeintliche Geständnis sei unter hohem psychischen Druck in einer

„tribunalartigen Unterredung" zustande gekommen, vor allem aber von Zadel wenig später widerrufen worden. Daß es die Hochschule dennoch weiter anführe, passe nur zu gut zu einem Untersuchungsverfahren, in dem entlastende Aussagen Zadels nicht gewürdigt, Gespräche mit Entlastungszeugen nicht dokumentiert und belastende Akten an Dritte weitergegeben worden seien, nicht jedoch an den Beschuldigten selbst. Spätestens an dieser Stelle nun beginnt der Rechtsberater der Hochschule nachhaltige Zweifel am Rechtsverständnis seines Juristenkollegen von der Gegenseite zu äußern, ist die Bühne bereitet für einen weiteren Schlagabtausch, an dem auch die Richter noch ihre Freude haben werden.

Vollends undurchsichtig wird die Angelegenheit durch eine These, die Zadel und sein Anwalt als eine mögliche Erklärung für die Anschuldigungen anbieten: Es sehe beinahe so aus, als bestände zwischen den Bonner Chemieprofessoren und der Industrie eine Abmachung, die Zadelschen Forschungsergebnisse zu unterdrücken und den gesamten Komplex der Magnetchemie nicht weiter zu verfolgen. Grund: Zadels Experimente hätten Hinweise auf mögliche gesundheitliche Risiken durch Kernspintomographen geliefert, die bekanntlich ebenfalls mit starken Magnetfeldern arbeiteten. Daß die Karlsruher Firma, die an den Bonner Experimenten beteiligt war, daraus später erst ein Patent anmeldete und dann wieder zurückzog, eben mit Kernspintomographen ihr Geld verdiene, sei doch kein Zufall. „Abenteuerlich", lautet dieses Mal der Kommentar der Bonner Universität, und auch aus Karlsruhe folgt das Dementi auf dem Fuß. Beweisen können Zadel und Anwalt Latz ihre These nicht, halten aber dennoch daran fest. Die spektakulären Manipulationsvorwürfe – ein Akt der Verschwörung?

Ob die Kölner Verwaltungsrichter in diesem Punkt für Klarheit sorgen werden, scheint fraglich. Wahrscheinlicher ist vielmehr, daß sie sich mit der Verschwörungsthese nicht einmal befassen werden. Und Gleiches dürfte für viele andere der gegenteiligen Einlassungen und gegenseitigen Beschuldigungen der beiden Parteien gelten. Wenn es um die Entziehung des Doktorgrades von Guido Zadel geht – und nur dieser wird in Köln verhandelt – dürften eher andere Fragen im Mittelpunkt stehen: Die etwa, ob Zadel seine fehlgeschlagenen Versuche tatsächlich ordnungsgemäß dokumentiert hat, womit der Manipulationsverdacht an Gewicht verlieren würde. Interessieren dürfte die Richter ebenso, ob Zadels Dissertationsschrift von derartigem Gehalt war, daß er auch ohne den Abschnitt über die „enantioselektiven Reaktionen im statischen Magnetfeld" die Doktorwürde verdient hätte, wie dies der Chemiker und sein Anwalt behaupten. Wenn ja, dann könnte ihm der Titel selbst bei einer erwiesenen Manipulation nur schwerlich entzogen werden.

Nur eine Frage wird vor den Schranken des Gerichts nicht geklärt werden, ja nicht einmal eine sonderlich große Rolle spielen: die Frage nach der wissenschaftlichen Wahrheit: Ob sich rechts- und linkshändige Moleküle in einem starken Magnetfeld tatsächlich bevorzugt herstellen lassen – dies zu klären, ist nicht Sache der Justiz.

Wann sich die Kölner Richter mit der Sache Zadel befassen werden, ist noch nicht abzusehen. Das Gericht selbst will sich nicht festlegen; frühestens 1999 vermutet Anwalt Latz, und Rechtsprofessor Löwer auf der Gegenseite sieht selbst dies noch skeptisch.

Vermutlich früher werden sich die Richter einer anderen Kammer mit einem weiteren Aspekt derselben Angelegenheit befassen: Im Dezember 1997 reichte Zadel vor dem Bonner Landgericht erhebliche Schadensersatz- und Schmerzensgeldforderungen nach: Glatte 200 000 Mark Schmerzensgeld soll jener Belastungszeuge zahlen, der Zadel bei Manipulationen beobachtet haben will. Und auf mehr als eine halbe Million Mark Schadensersatz hat der Chemiker das Land Nordrhein-Westfalen als Anstellungskörperschaft der Bonner Universität und damit auch seiner eigenen Person verklagt: Über 400 000 Mark seien ihm bisher alleine an Gehalt entgangen, da er seit dem Aufkommen des Manipulationsverdachts keine Anstellung gefunden habe; hinzu kommen die Kosten für Anwalt und jenes notariell beaufsichtigte Düsseldorfer Experiment, das die Anschuldigungen widerlegen sollte.

Sollten die Richter der Schmerzensgeldzahlung stattgeben, hätte dies vor allem für Zadels ehemaligen Doktorvater Breitmeier, Rechtsprofessor Löwer, für den ehemaligen Dekan der Bonner Mathematisch-Naturwissenschaftlichen Fakultät und andere an der Untersuchung beteiligte Wissenschaftler erhebliche finanzielle Folgen. Denn von ihnen könnte sich das Land sein Geld zurückholen.

Für Guido Zadel dagegen wäre jedoch auch die halbe Million Mark nur ein vergleichsweise schwacher Trost. Denn selbst wenn sich im Kölner Hauptverfahren alle Anschuldigungen gegen ihn als haltlos erweisen sollten, wäre ihm eine berufliche Zukunft als Chemiker aller Wahrscheinlichkeit nach auch weiterhin verbaut. Dies dürfte weniger daran liegen, daß selbst bei vollständiger Rehabilitation immer etwas von Fälschungsvorwürfen hängen bleibt, und sei es nur im Unterbewußtsein von Personalchefs oder Forscherkollegen. Weit schwerer dürfte wiegen, daß Zadel seit 1994 kein Labor mehr von innen gesehen, keine Pipette mehr berührt, kein Experiment mehr in eigener Regie durchgeführt hat – für einen Forscher eine halbe Ewigkeit. Der immer rasantere Fortschritt der Wissenschaften macht eine Wiedereingliederung ins System nahezu unmöglich.

In Sachen Wolfgang Lohmann

Weit grundsätzlichere Fragen als die Angelegenheit Zadel wirft das zweite Verfahren auf, das derzeit vor deutschen Gerichten anhängig ist. Wie grundsätzlich sie sind, zeigt allein, welche Richter sich nun damit befassen: Niemand anderes als das Bundesverfassungsgericht in Karlsruhe wird in dem Rechtsstreit zwischen der Justus-Liebig-Universität Gießen und dem daselbst tätigen Biophysiker Prof. Dr. Wolfgang Lohmann das tatsächlich letzte Wort sprechen, nachdem sich zuvor bereits drei Verwaltungsgerichtsinstanzen bis hinauf zum Bundesverwaltungsgericht daran versucht haben.

Um wissenschaftliche Wahrheit ist es, dies vorweg, auch in diesem Verfahren bisher nicht gegangen und wird es auch im Urteilsspruch der Karlsruher Verfassungshüter nicht gehen. Im Mittelpunkt stehen vielmehr die beiden folgenden, nicht gerade unbedeutenden Streitpunkte: Wie weit geht die als Grundrecht geschützte Freiheit der Forschung im allgemeinen und eines beamteten Professors im speziellen? Und was darf eine Hochschule tun, wenn ihr Zweifel an der Echtheit von Forschungsergebnissen dieses Professors kommen?

So wie die Angelegenheit Zadel läßt sich auch die Angelegenheit Lohmann nur anhand weniger Daten und Fakten schildern, die völlig überlagert werden von konträren Positionen und Argumenten. Im Ton, dies zur Ehrenrettung, geben sich die beiden Prozeßparteien hier deutlich zivilisierter als jene im Bonner Rechtsstreit; in der Sache dagegen prallen sie genauso unversöhnlich aufeinander.

Auch die Gießener Ereignisse begannen, wie so viele der hier geschilderten, mit einer spektakulären Publikation[147]: Die Zeitschrift *Naturwissenschaften* veröffentlichte 1988 einen Aufsatz, in dem Wolfgang Lohmann eine überaus vielversprechende Methode zur Früherkennung von Hautkrebs aus pigmentierten Hautzellen beschrieb. Schon durch eine einfache Bestrahlung mit einer Hochdrucklampe ließen sich bösartige Melanome von gutartigen Muttermalen unterscheiden, erläuterte der international angesehene Gießener Biophysiker. Umfangreiche Testserien hätten gezeigt, daß die Tumorgeschwülste ein charakteristisches Fluoreszenzlicht abgäben. Die Vorteile einer solchen Methode lagen auf der Hand: Das bisher gängige Verfahren, Gewebe verdächtiger Hautpartien herauszuschneiden und dann auf die oft tödlichen Melanome zu untersuchen, sei überholt, und auch kosmetische Verunstaltungen und das bange Warten der Patienten auf das Untersuchungsergebnis könnten vermieden werden.

Die Kunde aus Gießen verfehlte ihre Wirkung nicht. Nationale wie internationale Fachjournale gingen ausführlich auf Lohmanns Forschungsergebnisse ein, und auch in der überregionalen Tagespresse fand die neue Hoffnung im Kampf gegen den „schwarzen Krebs" große Beachtung.[148] Nur an Lohmanns eigener Hochschule verflog die anfängliche Begeisterung über den öffentlichkeitsträchtigen Auftritt des Professors bald. Im Frühjahr 1990, rund zwei Jahre nach der aufsehenerregenden Publikation, kamen erste Zweifel an Lohmanns wissenschaftlicher Seriosität auf, als einer seiner Mitarbeiter dem Dekan des Fachbereichs Physik von merkwürdigen Beobachtungen berichtete: Ihm seien erhebliche Diskrepanzen zwischen den veröffentlichten und den tatsächlichen Meßwerten aufgefallen, und zwar nicht nur in jener einen, sondern auch in anderen Hautkrebs-Publikationen Lohmanns. Hier müsse die Hochschule eingreifen.

Dies sah der Dekan genauso. Zur Klärung der Vorwürfe gegen Lohmann – und um nichts anderes handelte es sich ja – setzte er eine Kommission ein, die aus sieben Professoren des Physik-Fachbereichs bestand. Sie war im wahrsten Sinne des Wortes eine *ad hoc*-Kommission – und eben dieses Attribut sollte bei den späteren Auseinandersetzungen um ihre Arbeit von Bedeutung sein.

Zunächst deutete freilich nichts auf Auseinandersetzungen hin, fand sich Wolfgang Lohmann durchaus zur Kooperation mit der Kommission bereit. In dem Maße aber, in dem neue Ungereimtheiten auftauchten, war es damit bald vorbei: Zunächst waren die Untersuchungsunterlagen von 82 Testpersonen unauffindbar, dann mußte der Biophysiker einräumen, daß ein von ihm geschilderter Fall, „der seine Untersuchungsmethode besonders eindrucksvoll bestätigt hatte, auf falschem Datenmaterial beruhte“[149], und am Ende reduzierte Lohmann die Zahl der für seine Publikation ausgewerteten Untersuchungen von über 200 auf rund 150, waren also sogar für ihn selbst 50 Fälle nun nicht mehr aussagekräftig.

Den sieben Kommissionsmitgliedern genügte dies. Für sie stand fest: Hier konnte weder von einwandfreiem Datenmaterial noch von aussagekräftigen Untersuchungsergebnissen die Rede sein, und damit war auch ihre Publikation hinfällig. In einer als „Appell an das wissenschaftliche Gewissen der Beteiligten“ deklarierten Entschließung forderten sie Lohmann auf, weitere Aussagen über die Fluoreszenz-Erkennbarkeit pigmentierter Tumore zu unterlassen und seine bisherigen Publikationen dazu zu korrigieren.[150]

Damit wiederum war für Wolfgang Lohmann der Bogen überspannt. Spätestens durch die Entschließung der Kommission, im Grunde nun aber bereits durch ihre Existenz, sah er sich in seiner immerhin grundgesetzlich garantierten Forschungsfreiheit eingeschränkt und verklagte seine Hochschule. Von ihr *ad hoc* und ohne gesetzlich festgeschriebene Grundlage eingesetzte Organe hätten nicht das Recht, wissenschaftliche Kritik zu üben. Wenn überhaupt, so Lohmann, müsse ein Diskurs unter Kollegen die fachliche Kontroverse klären. Und wenn die Universität tatsächlich den Verdacht einer Manipulation habe, müsse sie eben ein offizielles Disziplinarverfahren beantragen.

Ende Februar 1993 befaßte sich das Verwaltungsgericht Gießen mit der Klage des Professors – und damit begann, was Dr. Michael Breitbach, der damalige Leiter der Rechtsabteilung und heutige Kanzler der Justus-Liebig-Universität, noch Jahre später „eine Kette nicht nachvollziehbarer richterlicher Entscheidungen" nennt[151]. Denn die Gießener Richter gaben Wolfgang Lohmann in allen Punkten recht[152]: Nicht nur die Aufforderungen, sondern bereits die Einsetzung der *ad-hoc*-Kommission erklärten sie für rechtswidrig. Durch beides werde Kläger Lohmann „in seinem Recht auf Freiheit der Forschung im Sinne des Artikels 5 Absatz 1 Satz 2 des Grundgesetzes verletzt". Der Universität untersagten die Richter, mit der Kommission überhaupt ein Organ der akademischen Selbstverwaltung zur Aufklärung der Angelegenheit zu betrauen, der Kommission selbst bescheinigten sie, daß sie nicht befugt sei, „sich mit den Forschungsangelegenheiten des Klägers zu befassen" und sich „eine Zuständigkeit angemaßt" habe, „die ihr nicht zukommt". Wolle die Universität den Vorgang aufgreifen, sei hierzu ein Disziplinarverfahren einzuleiten.

Für die Gießener Universität waren die Dinge damit im wahrsten Sinne des Wortes auf den Kopf gestellt[153]: Sie sah in dem Richterspruch „einen tiefgreifenden Eingriff in den Aufgaben- und Verantwortungsbereich der Akademischen Selbstverwaltungsorgane". Die akademische Selbstverwaltung habe geradezu die Pflicht, begründeten Zweifeln an der Qualität der Forschungsergebnisse von Mitgliedern der Hochschule nachzugehen – schon alleine aus wissenschaftsethischer und -politischer Verantwortung gegenüber den Studierenden und der Öffentlichkeit. Dabei könne sie sich ihrerseits voll und ganz auf das Grundrecht der Forschungsfreiheit stützen. Der vom Gericht gewiesene Weg des Disziplinarverfahrens sei dagegen genau der falsche, denn bei ihm stehe die Frage der subjektiven Schuld einer Person zur Debatte. Der Universität aber sei es von Beginn an nur um den „objektiven Wahrheitsgehalt von publizierten Daten" gegangen. Von den hierzu geäußerten Zweifeln sehe man im übrigen keinen Anlaß, Abstand zu nehmen, da das Gericht ja nicht entschieden habe, ob die publizierten Daten Lohmanns richtig oder falsch seien.

Auch dieser abschließende Seitenhieb konnte freilich nicht verbergen, daß das Urteil eine eindeutige Schlappe für die Liebig-Universität bedeutete – oder einen „K.o.-Sieg" für Wolfgang Lohmann, wie dessen Anwalt frohlockte.[154] Die Hoffnungen der Hochschule ruhten nun auf dem Verwaltungsgerichtshof Kassel, vor dem sie Berufung einreichte – und damit endgültig juristisches Neuland betrat. Schon Wolfgang Lohmanns Klage war alles andere als ein gewöhnlicher Vorgang gewesen. Nun aber ließ erstmals eine deutsche Hochschule gerichtlich darüber befinden, welche Schritte sie gegen einen ihrer Professoren einleiten dürfe, der unter dem Verdacht der Publikation inkorrekter Daten stand. Doch die damit verbundenen Hoffnungen wurden enttäuscht. Auch die obersten hessischen Verwaltungsrichter sahen Wolfgang Lohmann in seiner Forschungsfreiheit eingeschränkt und bestätigten das Urteil der Gießener Vorinstanz.[155] Mit der Frage, ob der Biophysiker inkorrekte Daten publiziert hatte oder nicht, befaßten sich auch die Kasseler Richter nicht, was die Hochschule nun bereits etwas ausführlicher bedauerte, da sie sich in ihren Zweifeln an Lohmanns Resultaten durch einen klinischen Kontrollversuch inzwischen vollauf bestätigt sah.[156] Zumindest eines ließ die ansonsten erneut herb enttäuschte Universitätsspitze jedoch auch dieses Mal weiter hoffen: Wegen des grundsätzlichen Charakters des Rechtstreits hatten die obersten hessischen Verwaltungsrichter ausdrücklich eine Revision bei den obersten Verwaltungsrichtern der Republik zugelassen, die die Hochschule nun beschritt.

So hatte sich im Dezember 1996 als nächstes also das Bundesverwaltungsgericht in Berlin mit der Angelegenheit Lohmann zu befassen. Und hier nun konnte die Gießener Hochschule zumindest einen „Teilerfolg“ erzielen[157]: Zwar entsprach das Urteil im Tenor dem der beiden vorangegangenen, wurde die Revision erneut zurückgewiesen – doch mit einer signifikanten Einschränkung: Anders als ihre Gießener und Kasseler Kollegen erklärten die Bundesverwaltungsrichter nicht bereits die Einsetzung der *ad-hoc*-Kommission für rechtswidrig. Vielmehr habe die Hochschule dazu grundsätzlich das Recht gehabt. Allzu sehr freuen konnten sich Uni-Kanzler Breitbach und seine Mitstreiter darüber freilich nicht. Denn den gewährten Freiraum schränkte das Gericht sogleich wieder ein: Die Kommission hätte nur dann auch tätig werden dürfen, wenn Lohmann auch „subjektiv der Vorwurf der bewußten Fälschung von Forschungsergebnissen“ hätte gemacht werden müssen. Gefälschte Forschungsarbeiten nämlich seien von der Forschungsfreiheit nicht geschützt. Solange die Fälschungen jedoch nicht erwiesen seien, sei auch alle Kommissionsarbeit unzulässig.

Realitätsfremd, lautete dieses Mal der Kommentar der Hochschule.[158] Daß das Gericht zunächst die Klärung einer subjektiven Schuld verlange, bevor die objektive Echtheit von Forschungsergebnissen untersucht werden dürfe, sei „weder praktikabel noch wissenschaftsfreundlich". Vielmehr müsse zunächst festgestellt werden, ob tatsächlich falsche Daten veröffentlicht worden seien, bevor man überhaupt an die Frage der Schuld herangehen könne. Letzter Strohhalm, an den sich die Gießener Universität nur allzu gerne klammerte, war nun das Bundesverfassungsgericht.

Wann die Verfassungshüter hier nun das letzte Wort sprechen werden und vor allem, wie dieses Wort aussehen wird, ist nicht abzusehen. Daß sie die Verfassungsbeschwerde der Hochschule überhaupt angenommen und inzwischen sowohl die Bundes- als auch die hessische Landesregierung zu einer Stellungnahme aufgefordert haben, ist angesichts der Flut bereits im Vorfeld abgewiesener Verfassungsbeschwerden schon ein Erfolg für die Hochschule und wird von dieser auch entsprechend herausgestellt.[159]

Doch ganz gleich, ob die Hochschule oder ihr Professor als Sieger aus dem Rechtsstreit hervorgehen wird: Der Karlsruher Urteilsspruch wird weit über die Angelegenheit Lohmann hinaus Einfluß auf die künftige Interpretation der Forschungsfreiheit nach Artikel 5 des Grundgesetzes haben: Verantwortung der Hochschule vor Schutz des Professors oder umgekehrt – die Alternative ist klar formuliert. Und da beide Parteien sich auf das gleiche Grundrecht berufen, werden die Verfassungsrichter eine von ihnen im Genuß dieses Rechts zumindest einschränken.

Und nicht zuletzt dürfte vom Urteil des Verfassungsgerichts auch der weitere juristische Fortgang des bisher größten deutschen Betrugs- und Fälschungsskandals abhängen: Als die Stuttgarter Anwaltskanzlei Zuck & Quaas im September 1997 im Namen ihres Mandanten Prof. Dr. Friedhelm Herrmann eine ganze Flut von Klagen gegen die Untersuchungskommissionen ankündigte, die in den Monaten zuvor die Publikationen des Krebsforschers überprüft und dabei die schweren Fälschungsvorwürfe erhoben hatten, begründete sie dies vor allem mit der fehlenden rechtlichen Arbeitsgrundlage für die Kommissionen. Und dabei wiederum bezog sie sich ausdrücklich auf die bisherigen Urteile in der Angelegenheit Lohmann, die die Tätigkeit und Entschließungen hochschuleigener Kommissionen für unzulässig erklärt hatten.[160] Inwieweit dieser Bezug jedoch berechtigt ist oder ob bei Friedhelm Herrmann nicht doch eher der vom Bundesverwaltungsgericht geforderte „subjektive Vorwurf der bewußten Fälschung" angebracht ist – dies wird eine zentrale Frage für die damit befaßten Richter sein.

Spätestens mit dem „Fall Herrmann/Brach" wird dann auch die klassische Forschungsfälschung endgültig zu einer Sache für die deutschen Gerichte werden. Und hinter ihr warten bereits weitere Klagen gegen Fälschungsanschuldigungen auf juristische Klärung, die in den Wochen und Monaten nach dem „Paukenschlag" des größten deutschen Forschungsskandals aufgekommen sind.

Nach dem Paukenschlag

Jüngste Fälschungsfälle und -vorwürfe

Nach dem Bekanntwerden des „Falles Herrmann/Brach" war in der deutschen *scientific community* vieles nicht mehr so wie zuvor. Viele Jahre lang innerhalb der deutschen Wissenschaft verdrängt und außerhalb kaum bekannt, waren Betrug und Fälschung seit dem Frühjahr 1997 mit einem Schlag ein Thema. Den kleinen und großen Unredlichkeiten der Wissenschaftler, die bis dahin verschwiegen, bestritten oder mit dem Deckmäntelchen falsch verstandener Kollegialität bedeckt wurden, war nun die geballte Aufmerksamkeit von Medien und Öffentlichkeit gewiß. Ja, die Wissenschaft als Ganzes sah sich und ihre Praktiken nun einer überaus kritischen Prüfung unterzogen. „Jetzt kommen endlich die kleinen faulen Tricks zur Sprache", konstatierte Rolf Andreas Zell bereits Ende Juli 1997 in der *Zeit* durchaus befriedigt.[161] Ausgehend vom bisher größten Fälschungsskandal in der Geschichte der deutschen Wissenschaft, der auch in dieser Hinsicht eine Menge passender Beispiele bereit hielt, erfuhr nun auch ein größeres Publikum außerhalb der Labore und Hörsäle von Erfindungen wie etwa der Co-Autorenschaft, bei der der angebliche Mitautor tatsächlich oder nur vorgeblich keine Kenntnis von der publizierten Arbeit hat, vom „Glätten von Kurven", vom schamhaften Weglassen gemessener „Ausreißer" oder vom bei weitem nicht unüblichen Verzicht auf eigentlich gebotene Kontrollversuche.[162]

Doch nicht nur von den „kleinen faulen Tricks" war nun plötzlich verstärkt zu lesen und hören, sondern auch von den großen Manipulationen. Während der „Fall Herrmann/Brach" seinen Gang nahm und beinahe täglich neue Details bekannt wurden, ging gleich eine ganze Reihe von Fällen, in denen Wissenschaftler Studien und Resultate abgeschrieben, geschönt, gefälscht oder erfunden hatten oder zumindest im Verdacht standen, dieses getan zu haben, durch die Medien. Das war nicht verwunderlich: Ist die Aufmerksamkeit auf ein

Thema erst einmal geweckt, entwickelt sie rasch magnetische Kräfte, wie sich gerade bei diesem speziellen Thema in den USA bereits vor Jahren deutlich gezeigt hat.[163] Auch mag der „Fall Herrmann/Brach" mit seinen zuvor schier unvorstellbaren Dimensionen und mit den darin verwickelten prominenten Namen zumindest in dieser einen Hinsicht befreiend gewirkt haben, daß andere Forscher nun mit ihrer Kenntnis anderer Fälle nicht mehr glaubten, hinterm Berg halten zu müssen. Mehrere der seit dem Sommer 1997 bekanntgewordenen Fälschungsfälle und -vorwürfe haben sich denn auch vor dem „Fall Herrmann/Brach" ereignet oder beziehen sich darauf.

Die höhere Zahl der ans Licht gekommenen Fälle und Vorwürfe bedeutete freilich nicht automatisch, daß auch die Zahl der *tatsächlichen* Betrügereien und Fälschungen seit dem Frühjahr 1997 zugenommen hatte. Derartige Trends ließen sich erstens schon wegen des bekanntermaßen nicht vorhandenen oder aber völlig unzulänglichen empirischen Materials nicht formulieren. Ein Zweites aber kommt hinzu, und dies wiegt vielleicht noch schwerer: Neben solchen Fällen, die durch offizielle Untersuchungen oder ein Eingeständnis eindeutig erwiesen waren oder vorbehaltlich einer juristischen Entscheidung eindeutig zu sein schienen, machten nun erstmals verstärkt auch offensichtlich haltlose, zumeist von rein persönlichen Motiven bestimmte „Fälle" die Runde. Allem Anschein nach witterten zumindest einige Wissenschaftler im Gefolge des „Falles Herrmann/Brach" die Chance zum Großreinemachen in ihrer eigenen Umgebung – Trittbrettfahrer gewissermaßen, die die spektakulären Verfehlungen der beiden Krebsforscher und das damit entfachte öffentliche Interesse für ihre Zwecke ausnutzen wollten. So machte sich mancherorts eine besondere Art der Auseinandersetzung unter den Forschern breit: Nicht mehr die fachliche Argumentation, sondern die Denunziation ungeliebter Kollegen war nunmehr das Instrument des Streits.

Auch diese vermeintlichen „Fälle" verdienen freilich ihre Beachtung. Selbst wenn die erhobenen Vorwürfe haltlos waren oder es sind, illustrieren sie noch immer auf ihre Art jenen Niedergang der Sitten in der deutschen Wissenschaft, von denen im Zusammenhang mit den Ursachen für Betrug und Fälschung noch ausführlich die Rede sein wird. Vor allem aber bleibt auch hier ein letzter Rest an Skepsis angebracht, läßt sich durchaus nicht mit absoluter Sicherheit sagen, daß alle erhobenen Vorwürfe, mögen sie noch so persönlich motiviert sein, auch wirklich jeder Grundlage entbehren. Ebenso ist möglich oder kann zumindest nicht ausgeschlossen werden, daß sich Forscher, die zu Recht kritisiert und angegriffen werden, mit dem Hinweis auf bösartigen Kollegenneid nur geschickt aus der Affäre ziehen wollen.

Doch so plötzlich und tiefgreifend all diese Veränderungen seit dem Frühjahr 1997 auch waren – zumindest eines blieb beinahe unverändert. Mochten die großen Wissenschaftsorganisationen nun durchaus offener als vor dem „Fall Herrmann/Brach" mit Fälschungsfällen und -vorwürfen umgehen – freilich nicht so offen, wie sie es sich selbst bescheinigen, was noch zu beleuchten sein wird –, so war und ist der Umgang der einzelnen Hochschulen und Forschungseinrichtungen mit dem Thema nach wie vor zurückhaltend und inkonsequent: Wenn es um das unredliche Verhalten von Wissenschaftlern in anderen Einrichtungen geht, ist der Ruf nach Offenheit und Konsequenzen laut und deutlich zu vernehmen, lauter und deutlicher sogar als in der Vergangenheit. Gerät dagegen ein Mitarbeiter der eigenen Einrichtung unter Verdacht, setzt man zumeist doch lieber auf das bewährte Prinzip der wissenschaftlichen *omerta*. Getreu dem Motto: Immer nur zugeben, was die Öffentlichkeit ohnehin schon weiß. Was es nicht unbedingt leichter macht, Substantielles von Haltlosem zu trennen.

Unter Raubmilben

Zu jenen Betrugs- und Fälschungsvorwürfen, die nicht in erster Linie wissenschaftlich motiviert zu sein scheinen und bei denen persönliche Anwürfe die fachliche Klärung erschweren, gehören die gegen den Mediziner Dr. Martin Schata.

Schata ist Professor im Fachbereich Medizin an der privaten Universität Witten-Herdecke und Vorsitzender des Deutschen Allergie- und Asthmabundes e. V. (DAAB). Dem Allergologen wurden erstmals im September 1997 Manipulationen zu Lasten des Steuerzahlers vorgeworfen. Das Magazin *Focus* meldete damals, Schata werde von anderen Forschern bezichtigt, er habe in den letzten Jahren für „fiktive Studien" an Raubmilben 240 000 Mark aus dem Forschungshaushalt des Bundes kassiert.[164] Das Blatt berief sich dabei auf den Geschäftsführer eines Fachlabors. Dieses habe entgegen den Angaben von Schata keine Aufträge für Analysen über Raubmilben erhalten. Schata hielt mit einer Rechnung des Labors über 53 000 Mark, ausgestellt für den fraglichen Zeitraum, dagegen. Zwar konnte Schata wenig später eine einstweilige Verfügung gegen *Focus* durchsetzen, womit dem Blatt die Behauptung oder Wiederholung der Vorwürfe untersagt wurde – doch die Vorwürfe selbst waren in der Welt.[165] Sie waren zudem nicht die ersten: Bereits Anfang 1997 hatten, wiederum laut *Focus*, Kollegen des Mediziners angebliche „schwere Fehler" in Schatas Milbenstudie bemängelt[166]: Schata befaßt sich darin mit „Faeces", dem „Kot" von Raubmilben. Die Tiere haben jedoch einen blind endenden Darmtrakt und verfügen lediglich über eine sogenannte „Uropore", durch die eine urinähnliche Flüssigkeit ausgeschieden wird. Schatas Argument: Der Fachbegriff „Faeces" bezeichne laut Nachschlagewerk jede Ausscheidung, gleichgültig, ob es sich dabei um Kot oder Urin handele.

An der Universität Witten/Herdecke nahm man die Vorwürfe dennoch ernst und setzte einen Untersuchungsausschuß ein. Der kam zu einem eindeutigen Ergebnis: „Der Vorwurf gegenüber Herrn Prof. (CS) Dr. Martin Schata, er habe möglicherweise Forschungsgelder für ‚fiktive Studien' mißbraucht, ist haltlos", erklärte die Hochschule in einer Stellungnahme, in der auch von einer „Medienkampagne" die Rede ist.[167]

Hintergrund der massiven Angriffe auf Schata ist offenbar ein methodischer und fachlicher Streit unter den Vertretern der noch relativ jungen Wissenschaftsdisziplin Allergologie. Dabei geht es nicht zuletzt um die geldwerte Frage, welche Lehrmeinung sich in der Wissenschaft durchsetzt – und welche Wissenschaftler geschäftstüchtig genug sind, um ihr Wissen und Renommee auf dem millionenschweren Markt für Allergiker-Produkte zu Geld zu machen. Schon jetzt gibt es mehrere angebliche und echte Prüfsiegel, mit denen Produkte wie etwa Matratzen oder Staubsauger besonders für Allergiker empfohlen werden. Die Wissenschaftler, die hinter den Normen und Tests für diese Prüfsiegel stehen, verdienen daran ausnehmend gut. Entsprechend hellhörig werden sie, wenn ein anderer ebenfalls in diesem Segment zu arbeiten beginnt. So kann nicht verwundern, daß alle an den Vorwürfen gegen

Schata beteiligten Wissenschaftler direkt oder indirekt an der Entwicklung oder dem Vertrieb solcher Prüfsiegel beteiligt sind.

Die Auseinandersetzungen zwischen Schata und seinen Kritikern waren zunächst durch eine „Leserzuschrift" im Fachblatt *Allergo Journal* ausgefochten worden[168], dessen Mitherausgeber, Prof. Karl-Christian Bergmann, Leiter der Allergie- und Asthmaklinik Wilhelm Gronemeyer in Bad Lippspringe, zu den Wortführern der Schata-Kritiker gehört. Dabei tauchte freilich gleich mehrfach Verwunderliches auf: Durchaus ungewöhnlich war zunächst, daß besagte „Leserzuschrift" von Bergmann selbst, also keinem Leser, sondern einem Mitherausgeber des Blattes, stammte. Seine Vorwürfe wurden zudem prompt auch in der *Münchner Medizinischen Wochenschrift* aufgegriffen[169], die im selben Verlag wie das *Allergo Journal* erscheint. Und schließlich ist Bergmann selbst Co-Autor einer Studie über Raubmilben; diese war zu dem Ergebnis gekommen, Raubmilben seien Träger eines eigenen Allergens. Bereits ein Jahr zuvor war jedoch Martin Schata zu einem entgegengesetzten Resultat gelangt: Ein eigenes Allergen tragen Raubmilben danach nicht, allerdings fressen sie andere Milben und übernehmen so, vereinfacht ausgedrückt, deren Allergene. Nun warf Schata der konkurrierenden Studie Bergmanns vor, ihre Basis von gerade einmal fünf Probeseren halte keinem internationalen Standard stand.

Vor diesem Hintergrund haben sich seit dem Herbst 1997 auch die Gerichte gleich mehrfach mit den Vorwürfen gegen Schata befaßt. Über die einstweilige Verfügung gegen *Focus* hinaus konnte der Mediziner auch seinen Kritikern die Behauptung untersagen lassen, angesichts seiner Forschungen erhebe sich der Verdacht des Wissenschaftsbetrugs.[170] Verwaltungsgerichts-Entscheidungen zur Sache sowie die Verfahren über die von Schata angekündigten Schadensersatzklagen stehen noch aus.

Psychologischer Ausnahmezustand

Noch weit stärker persönlich motiviert als die Manipulationsvorwürfe gegen Martin Schata sind die gegen den Freiburger Mediziner Prof. Dr. Jens Rasenack. Hier wird jede fachliche Auseinandersetzung durch persönliche Anwürfe zunichte gemacht. Nicht zu unrecht spricht denn auch ein indirekt Beteiligter an dieser Auseinandersetzung von einem „psychologischen Ausnahmezustand“[171].

Jens Rasenack ist leitender Oberarzt der Abteilung Innere Medizin II der Freiburger Medizinischen Universitätsklinik. Sein ehemaliger Doktorand Bernhard Hiller, der seit August 1993 in Rasenacks Arbeitsgruppe forschte, wirft ihm Unredlichkeit, Betrug und Lüge vor. Beide hatten gut drei Jahre lang über die sogenannte „serologisch negative Hepatitis B“ geforscht. In dieser Zeit will Hiller bemerkt haben, daß Rasenacks Daten hauptsächlich auf Kontaminationen und Fehlern beruhen. „Und daß Rasenack das weiß, sie aber trotzdem veröffentlicht und für Forschungsanträge verwendet. Er [Hiller] geht im Streit, ohne eine Doktorarbeit zu schreiben.“[172]

Was den Fall besonders heikel und aufsehenerregend macht, ist die Tatsache, daß Hiller seine Vorwürfe gegen Rasenack im Internet auf einigen Dutzend Seiten publiziert hat[173] und sich dabei auch in der Wortwahl nicht sonderlich zurückhaltend zeigte. Rasenack, der „edle hochwohlgeborene Herr Professor“[174], sei ein „Lügner“ und „Betrüger“, der „schlampige Forschung“ betreibe. Aber nicht nur bei seinem ehemaligen Professor, auch unter seinen Doktorandenkollegen wittert Hiller vorsätzlich unethisches und unwissenschaftliches Verhalten und Stiefelleckerei: „Natürlich gibt es auch einen Doktoranden, der seine Chance erkannt hat. Er kennt alle Mängel der Forschung zur serologisch negativen Hepatitis [...], aber er weiß auch, was sein Chef von ihm wünscht. Das präsentiert er ihm dann auch; sollte mal was anderes rausgekommen sein, wird ihm oder dem Chef schnell eine (unsinnige) Erklärung einfallen, die er dann mit dem Brustton der Überzeugung bei Seminaren etc. vertreten wird. Oder das Ergebnis übergehen, gegebenenfalls auch lügend. [...] Daß es sich bei der serologisch negativen Hepatitis um einen Betrugsfall handelt, würde er nie sagen.“

Angesichts dieser Vorwürfe sah sich die Freiburger Universität zum Handeln gezwungen. Anfang November 1997 forderte sie Hiller auf, die „beleidigenden und verleumderischen Äußerungen“ im Internet binnen zwei Tagen zu entfernen. Dem kam Hiller nicht nach, sondern erstattete seinerseits Anzeige gegen Prof. Rasenack wegen des Verdachts auf Untreue und Betrug; durch die Vorspiegelung falscher und die Unterdrückung korrekter Tatsachen habe er sich „Leistungen von Einrichtungen zur Förderung der wissenschaftlichen Forschung rechtswidrig zu seinem Vorteil verschafft“[175]. Einen Tag später wiederholte Hiller seine Betrugs- und Fälschungsvorwürfe auch gegenüber dem Herausgeber des Journals *Lancet*, in dem Rasenack die angegriffenen Forschungsergebnisse publiziert hatte. Ihm gegenüber sprach Hiller von einer „fraudulent publication“[176].

Diesem und den anderen Vorwürfen widersprachen bald jedoch nicht mehr Rasenack und seine ebenfalls beschuldigten Doktoranden. Noch im November beauftragte das Freiburger Universitätsklinikum den angesehenen Hepatitis-B-Forscher Prof. Dr. Wolfgang Gerlich, Leiter des Instituts für Medizinische Virologie an der Universität Gießen, mit einer fachlichen Stellungnahme zu den Vorwürfen. Er kam rasch zu einem eindeutigen Urteil. Die fachlichen Vorwürfe Hillers seien „unhaltbar“ und zum Teil „völlig abwegig“[177]. Nicht zuletzt durch diese Expertise gestützt, erstattete Jens Rasenack Mitte Dezember 1997 Anzeige gegen Hiller wegen Beleidigung und Verleumdung.[178] Hiller revanchierte sich mit einer Anzeige gegen Rasenack und zeigte später auch Gutachter Wolfgang Gerlich an – wegen uneidlicher Falschaussage. Doch trotz dieser vielfältigen Anstrengungen auf beiden Seiten: Bis Anfang Juli 1998 wurden sämtliche Ermittlungen der Staatsanwaltschaften eingestellt, die juristische Auseinandersetzung verlief im Sande. Was Bernhard Hiller freilich nicht von seiner Sicht der Dinge abbrachte: Eine Einladung zu einer geplanten Anhörung lehnte er ab. Weil das Gremium lediglich mit Professoren besetzt sei, handele es sich um einen „Schauprozeß“[179]. Und Hillers Internet-Seiten waren im Herbst 1998 unverändert geschaltet.

Bedauerlicher Irrtum

Deutlich substantieller als die bisher geschilderten Vorwürfe scheinen jene gegen den Mediziner Dr. Thomas Lenarz zu sein. Lenarz ist Professor an der Klinik für Hals-, Nasen- und Ohrenheilkunde (HNO) an der Medizinischen Hochschule Hannover (MHH). Er soll wissenschaftliche Pionierleistungen für sich in Anspruch genommen haben, die in Wirklichkeit anderen zustehen. Zumindest in einem Fall ist diese Art von Plagiat von der Hochschule des Mediziners auch eingeräumt worden.

„Seit 1984 werden an der Klinik für Hals-, Nasen-, Ohrenheilkunde der MHH taube Patienten, die ein geschädigtes Innenohr besitzen, mit einem ‚Cochlear Implant' versorgt. Über 950mal wurde die künstliche Hörschnecke bereits eingesetzt." So begann eine Pressemitteilung, die die MHH im September 1996 verbreitete.[180] Darin hieß es weiter: „Voraussetzung für eine erfolgreiche Operation: Der Hörnerv muß zumindest teilweise funktionsfähig sein. Ist dieser Nervenstrang jedoch geschädigt [...], ist die akustische Rehabilitation nur mittels Elektrodenplazierung direkt an der Einmündung der Hörnerven im Hirnstamm möglich. Gemeinsam konnten jetzt die Professoren Dr. Thomas Lenarz von der HNO-Klinik und Dr. Madjid Samii, Neurochirurgie der MHH, erstmals eine solche Hirnstammprothese implantieren." Die so beschriebene Operation markierte einen großen medizinischen Erfolg für die interdisziplinäre Zusammenarbeit zwischen Neurochirurgie und HNO an der angesehenen Hochschule – so schien es jedenfalls.

Doch die Erfolgsmeldung hatte einen Fehler: Lenarz und Samii waren nicht die ersten Mediziner, die die elektronische Innenohrprothese in Deutschland eingesetzt hatten. Schon vier Jahre zuvor war die Operation vom damaligen leitenden Oberarzt der HNO-Klinik an der MHH, Prof. Dr. Roland Laszig, und seinem Kollegen Prof. Dr. Wolf-Peter Sollmann vom Klinikum Braunschweig erstmals erfolgreich durchgeführt worden. Sie zeigten sich denn auch höchst erstaunt, als sie von der vermeintlichen Pioniertat aus Hannover erfuhren: Laszig, zwischenzeitlich an die Freiburger Universität gewechselt, erstattete Anzeige gegen Lenarz; dieser habe sich im Frühjahr 1996 sogar noch in Freiburg den korrekten Verlauf einer solchen Operation erläutern lassen. Auch Lenarz Kollege Samii ging auf Distanz. Gegenüber der *Hannoverschen Allgemeinen Zeitung* (HAZ) erklärte er, daß er von besagter Presseerklärung nichts gewußt habe und dazu auch niemals seine Einwilligung erteilt hätte.[181]

Zwei Monate nach der vermeintlichen Erfolgsmeldung reagierte die Pressestelle der MHH Ende November 1996 mit einer „Richtigstellung"[182]: Die tatsächlichen Erst-Operateure wurden namentlich genannt, und im Hinblick auf die erste Erklärung schließt der Text mit den Worten: „Unsere damalige Pressemitteilung basierte ausschließlich auf den Angaben von Prof. Lenarz. Wir bedauern den Irrtum."

Bis dahin auf zwei Presseerklärungen und einige wenige Berichte in der Lokalpresse beschränkt, wäre die ganze Angelegenheit nun wahrscheinlich im Sande verlaufen, wenn nicht der Medizinjournalist Dirk E. Hans im Juli 1997 im *Spiegel* weitere Vorwürfe gegen Lenarz erhoben hätte[183]: Der Mediziner, so hieß es nun, habe „einen ausgeprägten Hang zur Selbstdarstellung" und liebe zweifelhafte PR-Aktionen, etwa in Zusammenarbeit mit dem privaten Fernsehsender RTL; dahinter stehe „fehlgeleiteter Geltungsdrang". Mit „angeblichen Erfolgsmeldungen" stoße er „allerdings inzwischen auf wachsenden Unmut im Kollegenkreis." So habe sich Lenarz anläßlich eines HNO-Kongresses in Sydney damit gebrüstet, seit Mai 1996 zwölf Hirnstammimplantate eingesetzt zu haben, obwohl solche Operationen in Deutschland höchstens ein dutzendmal jährlich durchgeführt würden. Und schließlich solle Lenarz „bei mindestens fünf Patienten" Behandlungsmethoden eingesetzt haben, zu denen die notwendige Zustimmung der Ethik-Kommission an der MHH nicht eingeholt worden sei. Auch die Verwendung von klinisch weder erprobten noch zugelassenen Implantaten wurden dem HNO-Professor angekreidet; er habe seine Patienten vor der Operation obendrein nicht über diese neuen Implantate informiert.

Aus der Luft gegriffen waren auch diese Vorwürfe nicht. Geraume Zeit bevor der *Spiegel*-Bericht erschien, hatte sich auch bereits die Leitung der Hannoveraner Hochschule mit ihnen befaßt. Zwar sah Rektor Prof. Dr. Karl Martin Koch nach Gesprächen mit Lenarz „keinen Grund zu dienstrechtlichen Konsequenzen", stellte immerhin aber fest: „[...] der Kollege war ungenau und hat das auch eingeräumt"[184]. So hätten die Recherchen innerhalb der Hochschule ergeben, daß Lenarz seit dem Mai 1996 nicht wie von ihm selbst behauptet bei zwölf Patienten Stammhirnimplantate zur Wiedererlangung der Hörfähigkeit eingesetzt hatte, sondern lediglich bei fünf Patienten. Der Rektor ermahnte Lenarz denn auch, bei seinen Angaben und vor allem bei öffentlichen Äußerungen größere Exaktheit walten zu lassen: „Wir haben ihm jetzt gesagt, daß wir sein Verhalten in Zukunft nicht tolerieren", so Koch. Und: Man erwarte, daß sich der Mediziner künftig „im Bereich der Regeln" bewege.

Gefälschte Hundebilder

Unter offensichtlich nicht unbegründetem Fälschungsverdacht steht auch der Düsseldorfer Mediziner Dr. Meinolf Goertzen – jedenfalls, sofern der gerichtlich einstweilen sanktionierte Entzug einer akademischen Lehrbefugnis und ein Verfahren zum Entzug einer Habilitation als Beleg dafür anzusehen sind.

Goertzen war Arzt an der Düsseldorfer Universitätsklinik und bis zum Oktober 1996 als Privatdozent der Hochschule tätig. Die Vorwürfe gegen ihn sind nicht neu: Bereits seit 1995, so berichtet *nature*-Korrespondentin Alison Abbott, seien sie innerhalb der Düsseldorfer Heinrich-Heine-Universität bekannt gewesen.[185] Doch obwohl bereits rasch massive rechtliche Schritte gegen den Mediziner eingeleitet wurden, drang bis zum Sommer 1997 davon nichts an die Öffentlichkeit – ein typisches Beispiel für den schonenden Umgang vieler Hochschulen und Forschungseinrichtungen mit ihrem unter Verdacht geratenen Lehrpersonal. Der Düsseldorfer Rektor Prof. Dr. Gert Kaiser hat das abwartende Verhalten der Hochschulleitung mit der Fürsorgepflicht gegenüber dem Kollegen begründet: „Das ist mir sehr ernst: Der junge Kollege hat eine Familie, ist Vater und ist daher womöglich auch nicht nur in seinem wissenschaftlichen Ruf, sondern womöglich in seiner Existenz bedroht. Bevor nicht ein endgültiger Schulderweis vorliegt, solange habe ich mit der Unschuld des Kollegen zu rechnen."[186]

Goertzen wird vor allem vorgeworfen, er habe eine seiner wissenschaftlichen Arbeiten gleich zweimal mit falschen beziehungsweise manipulierten Abbildungen versehen. Im Mai 1995 hatte Goertzen als Erstautor im *Journal of Bone and Joint Surgery (JBJS)* einen Artikel veröffentlicht, der sich mit dem Einfluß hochenergetischer Röntgenstrahlung auf die Verpflanzung von Kreuzbändern im Kniegelenk von Hunden beschäftigte. Ziel dieser Bestrahlung ist es, das transplantierte Kreuzband zu reinigen. Als Prof. Dr. Zdenek Halata, ein Fachkollege an der Universität Hamburg, diesen Beitrag las, war er auf das höchste erstaunt, stellte die beigefügte, angeblich von Goertzen stammende elektronenmikroskopische Aufnahme doch eindeutig seine eigene dar. Er selbst hatte sie bereits 1989 angefertigt und Goertzen zu Lehrzwecken überlassen. Zudem bemerkte Halata, daß in dem Beitrag statt eines tierischen, wie in der Bildlegende behauptet, ein menschliches Kreuzband abgebildet war.

Mit den Vorwürfen konfrontiert, zog Goertzen das beanstandete Bild zurück und reichte ein neues ein, das Ende 1995 im *JBJS* als *erratum* veröffentlicht wurde. „Das war aber wiederum eine Fälschung: Es handelte sich um ein von Goertzen bereits einige Jahre zuvor verwendetes Bild, das zudem manipuliert war: Es waren Propriorezeptoren eingefügt worden, die wiederum der Hildesheimer Pathologe Prof. K.-F. Bürrig als Bestandteil einer seiner Arbeiten wiedererkannt hatte"[187], stellten die *Ophthalmology Online-News* fest. Zudem soll der Düsseldorfer Arzt das von Halata stammende Bild schon früher einmal bei einer Veröffentlichung als eigene Aufnahme ausgegeben haben. „Auch andere elektronenmikroskopische Abbildungen publizierte er mehrfach mit unterschiedlichen Beschreibungen", ergänzte Alison Abbott, „eine davon gab Goertzen sogar einmal als nicht bestrahlte, das andere Mal als bestrahlte Verpflanzung aus."[188] Und weiter: „Auch die Zahl der Hunde, die Goertzen angibt, stimmt nicht mit der an der Universität registrierten Tierzahl überein."

Nachdem diese schwerwiegenden Vorwürfe erst einmal erhoben waren, kamen weitere Ungereimtheiten ans Licht: Zwei der drei Co-Autoren des fraglichen Artikels erklärten, sie seien weder über die Versuche noch über die Veröffentlichungen ihres Kollegen Goertzen näher informiert gewesen, der beanstandete Artikel sei ihnen überhaupt nicht bekannt gewesen. Der dritte Co-Autor, Prof. Klaus-Peter Schulitz, gab an, er habe bei dem Text nur eine Ehren-Autorschaft übernommen. Schulitz ist Direktor der Orthopädischen Klinik an der Düsseldorfer Universität.

Die Aufarbeitung des Falls durch die Hochschule erfolgte zunächst in aller Stille: Im Oktober 1996 wurde Goertzen von der Medizinischen Fakultät die Lehrerlaubnis als Privatdozent entzogen; seinen Antrag auf Aussetzung des sofortigen Vollzugs lehnte das Verwaltungsgericht Düsseldorf im April 1997 ab[189]. Parallel dazu läuft derzeit das Verfahren zum Entzug der Habilitation. Die dienstrechtlichen Ermittlungen wurden zwischenzeitlich eingestellt, weil Goertzen am 30. September 1998 auf eigenen Antrag hin aus dem Dienstverhältnis als beamteter Akademischer Oberrat ausgeschieden ist. Die Entlassungsurkunde war ihm bereits im Februar 1998 überreicht worden. Weiterhin anhängig ist dagegen das Hauptverfahren vor dem Verwaltungsgericht, in dem Goertzen gegen den Widerruf seiner Lehrbefugnis klagt.

Goertzen streitet alle gegen ihn erhobenen Vorwürfe vehement ab[190]: Wegen der beim Verwaltungsgericht liegenden Klage gegen die „inkorrekten Vorwürfe" und dem damit zusammenhängenden „laufenden Verfahren können wir deshalb keine weiteren Stellungnahmen abgeben und bauen deshalb auf eine neutrale Klärung durch die deutschen Rechtsgremien." Nicht nur er selber, sondern auch Klinikdirektor Schulitz hätten den Rechtsweg beschritten. Schulitz freilich bestätigt diese Darstellung nicht: „Warum hätte ich klagen sollen? Mir wird doch keine Fälschung vorgeworfen."[191] Goertzen weiter: „Alle beteiligten Mitarbeiter des interdisziplinären multizentrischen Forschungsprojektes verwehren sich gegen die rein berufspolitisch motivierten Vorwürfe." Gegenüber *nature* hatte der Arzt erklärt, die von ihm eingereichten Bilder seien lediglich zur Illustration seiner Forschungsarbeiten gedacht gewesen und insofern irrelevant für die Beurteilung des wissenschaftlichen Gehalts. Die für Außenstehende nicht nachvollziehbare Zahl der Versuchshunde komme dadurch zustande, daß er viele Versuche bei privaten Firmen in den Vereinigten Staaten habe durchführen lassen; dort seien aber die entsprechenden Unterlagen leider nicht mehr vorhanden. Auch dies zu überprüfen, ist nun zunächst Sache der Anwälte und Richter.

Ein reuiger Sünder

Nicht nur offenbar begründet, sondern bereits eindeutig erwiesen sind schließlich die Fälschungsvorwürfe, die im Frühsommer 1997 im Gefolge des „Falls Herrmann/Brach" gegen einen in der Schweiz tätigen deutschen Neuropathologen publik wurden. Ihn wollen wir aus einer Reihe von Gründen hier nur als X. bezeichnen – nicht zuletzt deshalb, weil er die ihm zur Last gelegten Fälschungen nicht nur eingeräumt, sondern zur Aufklärung „seines" Falles wesentlich beigetragen und sich so deutlich von vielen seiner Kollegen abgehoben hat und nun einen beruflichen Neuanfang versucht.[192]

Die Fälschungen, um die es hier geht, begannen Anfang der neunziger Jahre während X.'s Arbeit am Max-Planck-Institut für Psychiatrie in Martinsried; dort war der Neuropathologe bis zum Frühjahr 1993 tätig, bevor er in die Schweiz wechselte.[193] Bei seinen Kollegen galt der Wissenschaftler als fleißig und produktiv: Über 40 Publikationen gingen für die Zeit zwischen 1991 und 1996 auf sein Konto. Die meisten befaßten sich mit der Entschlüsselung immunologischer Prozesse bei Krankheiten wie beispielsweise der Alzheimer-Krankheit oder Multipler Sklerose.

Die produktive Forschungstätigkeit endete jäh im März 1996: X. wurde fristlos gekündigt, nachdem er gestanden hatte, in seinen Veröffentlichungen molekularbiologische Daten und Forschungsergebnisse gefälscht, in einem Fall von einer Kollegin gestohlen oder einfach erfunden zu haben. Einen ersten Verdacht hatte es bereits ein Jahr zuvor gegeben, weil X. nicht exakt nachweisen konnte, wo und wann er seine molekularbiologischen Analysen von Immunzellen tatsächlich durchgeführt hatte. Dem Wissenschaftler war das Fälschen relativ leicht gefallen: Beruflich pendelte er regelmäßig zwischen Deutschland und der Schweiz, hinzu kamen längere Aufenthalte an anderen Forschungseinrichtungen im In- und Ausland. Wo seine Präparate und Analysen nun genau entstanden waren, fragte offenbar keiner der mit ihm arbeitenden Wissenschaftler.

Konfrontiert mit den Anschuldigungen, räumte X. die Fälschungen unumwunden ein und sprach von einem „Trauma", nahm die Schuld auf sich und gab sich geläutert: „Ich habe für mein damaliges Verhalten keine Erklärung." Durch seine Offenheit und das Einräumen der Verantwortung habe er aber einen deutlichen Schlußstrich unter seine Vergangenheit als wissenschaftlicher Fälscher ziehen wollen. Die betroffenen Wissenschaftseinrichtungen zeigten sich erkenntlich: Zwar wurden die unmittelbar betroffenen Fachkollegen und Co-Autoren von X. informiert, auch wurden Publikationen mit seiner Beteiligung in mehreren Fachjournalen widerrufen – doch an die Öffentlichkeit gelangte von alledem nichts; es sollte noch über ein Jahr vergehen, ehe auch diese Fälschungen ans Licht kamen. Im Gegenzug zu der Zurückhaltung der Wissenschaftseinrichtungen verzichtete X. im übrigen auf seine weitere akademische Karriere und zog seine bereits eingereichte Habilitationsschrift zurück. Für Prof. Dr. Hubert Markl, den Präsidenten der Max-Planck-Gesellschaft, ist er gerade damit „wahrlich schon genug bestraft, ohne daß es weiterer Schritte bedurft hätte."[194] Heute arbeitet X. als Krankenhausarzt.

Nicht alle Spuren seiner Fälschungen sind jedoch getilgt: Eine der Veröffentlichungen, für die X. Daten gefälscht oder erfunden hatte, war ein im Februar 1996 im Fachjournal *Glia* erschienener Text[195]. Ein *abstract* dieses Textes ist auch im Frühjahr 1998 noch als *original article* auf den *Glia*-Seiten im Internet zu finden. Und auch einen Verweis auf den in der Print-Ausgabe des Journals 1997 veröffentlichten Widerruf suchte man noch im Herbst 1998 im Internet vergebens.

Der zweite große Fall

Verglichen mit dem „Fall Herrmann/Brach" waren jedoch selbst die Fälschungen des Neuropathologen X. und erst recht die anderen in den Monaten nach dem „Paukenschlag" aufgekommenen Manipulationsfälle und -vorwürfe von weit geringerer Güte. Dies galt für ihren wissenschaftlichen Gehalt und ihre finanzielle Dimension, aber auch etwa für die Anzahl der betroffenen Publikationen oder das Renommee der direkt oder indirekt beteiligten Wissenschaftler. Und auch das öffentliche Interesse, das sie erweckten, war vergleichsweise bescheiden und vor allem kurzlebig; im Spiegel der Medienaufmerksamkeit erschienen selbst die spektakuläreren unter ihnen entweder als Lokalposse oder aber als Eintagsfliege.

Im Frühjahr 1998 wurde jedoch ein weiterer Fälschungsfall publik, der rasch als *der zweite* große Skandal in der deutschen Wissenschaft innerhalb eines Jahres für Schlagzeilen sorgte und mehr als einmal in die Nähe des „Falles Herrmann/Brach" gerückt wurde.

Öffentlich ins Rollen kam der sogenannte „Kölner Fall" beinahe auf den Tag genau ein Jahr, nachdem der erste Verdacht im „Fall Herrmann/Brach" die Ulmer Universität erreicht hatte. Am 9. März 1998 veröffentlichte die Max-Planck-Gesellschaft (MPG) in München eine ebenso kurze wie brisante Pressemitteilung: „Mitarbeiter des Max-Planck-Instituts für Züchtungsforschung in Köln haben kürzlich in einer Arbeitsgruppe des Instituts Datenmanipulationen in einem Forschungsprojekt über hormongesteuerte Zellteilung in Pflanzen aufgedeckt", teilte die Organisation mit.[196] Auch von ersten Hintergründen und Konsequenzen war bereits zu lesen: Die Anstellungsverhältnisse des zuständigen wissenschaftlichen Projektleiters „und der technischen Angestellten, die Meßergebnisse manipuliert hatten", seien „einvernehmlich beendet worden". Das betroffene Institut werde „alles daran setzen, den Fall aufzuklären", schloß die Mitteilung; Untersuchungen, ob bereits veröffentlichte Forschungsarbeiten korrigiert werden müßten, seien bereits angelaufen.

In diesen wenigen Sätzen deutete noch kaum etwas darauf hin – doch schon bald wurden weitere Einzelheiten bekannt[197], die eine Reihe von Parallelen zum „Fall Herrmann/Brach" aufzeigten. Mit einer nicht unbedeutenden Ausnahme freilich: Die Kölner Fälschungen waren weder von einem international renommierten Professor noch von einer aufstrebenden Habilitandin begangen worden – sondern anscheinend von einer technischen Laborassistentin, und zwar im Alleingang. Und hinter ihnen stand weder die Absicht, mit allen Mitteln und notfalls betrügerisch Fördergelder zu erlangen, konkurrierenden Arbeitsgruppen und Publikationen zuvorzukommen oder die eigenen Berufungschancen zu verbessern – sondern Motive, die offenbar eher im psychopathologischen Bereich zu suchen waren. Die Laborangestellte sei vermutlich geistig verwirrt, wurde dies in den kommenden Wochen umschrieben[198], und die rund 40 Jahre alte Frau selbst stützte diese Umschreibungen indirekt, als sie über einen Anwalt mitteilte, „mit Blick auf ihren Gesundheitszustand weise sie den Vorwurf einer schuldhaften Manipulation zurück"[199].

Ansonsten aber war vieles mit den spektakulären Fälschungen von Friedhelm Herrmann und Marion Brach vergleichbar: So wie dort mit der Krebsforschung und Molekularbiologie, war hier mit der Gentechnik und Pflanzenzüchtung ein besonders zukunftsträchtiges Forschungsgebiet betroffen – noch dazu eines, das gegen starkes öffentliches Mißtrauen gerade erst in Deutschland Fuß zu fassen begonnen hatte.[200] So wie die Arbeiten der beiden Krebsforscher waren auch die, an denen die Kölner Laborassistentin beteiligt war, von hohem wissenschaftlichen Erkenntnisgewinn und in international angesehenen Fachjournalen veröffentlicht worden: Erst im Dezember 1997 hatte *nature* eine Arbeit nicht nur publiziert, sondern sogar mit einem Gastkommentar gewürdigt, die den Nachweis für die über Jahre hinweg angezweifelte Existenz eines Enzyms in Tabakpflanzen und für seine bedeutende Rolle beim Wachstum der Pflanzen zu erbringen schien[201] – nun erwies sich gerade diese als „sensationell" gewürdigte Studie als gefälscht. Neben ihr standen in den nächsten Wochen mehr als 30 Arbeiten zumindest unter Fälschungsverdacht, und damit nahm der „Kölner Fall" auch quantitativ ähnliche Ausmaße wie der „Fall Herrmann/Brach" an[202]. So wie bei jenem offenbarte sich hier zudem erneut die Wirkungslosigkeit der Schutz- und Kontrollmechanismen, intern wie extern: Der zuständige Laborleiter, ein angesehener junger englischer Wissenschaftler, hatte zwar allem Anschein nach weder etwas mit den Fälschungen zu tun noch von ihnen gewußt, hatte sie jedoch auch nicht bemerkt – und war vor allem ersten Verdachtsmomenten von Mitarbeitern nicht konsequent nachgegangen, was nun zur Auflösung seines Vertrages geführt hatte.[203] Doch nicht nur der Kölner Laborleiter, sondern auch die Herausgeber, Redakteure und nicht zuletzt die *peers* solch renommierter Fachzeitschriften wie *nature, Science* oder den *Proceedings of the National Academy of Science* hatten die gefälschten Studien nicht als solche erkannt.[204] Und schließlich: So wie ein Jahr zuvor der Freiburger Genforscher Roland Mertelsmann, geriet auch jetzt ein überaus renommierter Wissenschaftler in den Sog der Affäre: Mehrere der offenbar gefälschten Arbeiten trugen auch den Namen von Prof. Dr. Jozef Schell, dem zuständigen Abteilungsleiter und Direktor des Kölner Instituts; der gebürtige Belgier, der eben erst den als eine Art Nobelpreis geltenden Preis der japanischen Stiftung für Wissenschaft und Technologie zugesprochen bekommen hatte, mußte sich nun kritische Fragen nach seiner eventuellen Mit-

oder Ehrenautorschaft sowie nach der Verletzung seiner wissenschaftlichen Aufsichtspflicht gefallen lassen.[205]

Was diesen Fall von den in den Monaten zuvor bekannt gewordenen Fällen und Vorwürfen abhob, waren jedoch nicht nur die auffälligen Parallelen zum „Fall Herrmann/Brach" – sondern auch und vor allem, wie die deutsche Wissenschaft mit ihm umging: Die Kölner Vorkommnisse waren die ersten, die entsprechend den Verfahrensordnungen und Ehrenkodizes untersucht wurden, die sich die größten Wissenschaftsorganisationen hierzulande nach dem „Paukenschlag" gegeben hatten. Noch im Frühjahr 1997 hatten die Manipulationen der beiden Ulmer Krebsforscher überaus schmerzhaft das Fehlen festgelegter Regeln für den Umgang mit wissenschaftlichem Fehlverhalten aufgezeigt, so daß *ad hoc* eingesetzte und gerade deshalb angreifbare Untersuchungskommissionen die Untersuchung der großangelegten Manipulationen übernehmen mußten. Nun, ein Jahr später, konnte – oder vielmehr: mußte, und zwar weitaus eher, als sie gehofft hatte – die Max-Planck-Gesellschaft als erste Wissenschaftsorganisation ihre Verhaltensregeln anwenden und auf ihre Wirksamkeit überprüfen. Damit war der „Kölner Fall" nicht zuletzt auch der erste, an dem sich der Grundsatz „Selbstkontrolle vor Aufsicht", mit dem Hochschulen und Wissenschaftsorganisationen jahrzehntelang im Verborgenen eine systematische Auseinandersetzung mit Forschungsbetrug und -fälschung unterbunden hatten, nun auch offiziell und in aller Öffentlichkeit beweisen mußte.

Die Verfahrensordnung, die nun zur Anwendung kam, war im November 1997 vom Senat der Max-Planck-Gesellschaft verabschiedet worden und sieht ein – an dieser Stelle nur kurz zu skizzierendes – zweistufiges Verfahren vor: Kommt in einem Institut der MPG der Verdacht wissenschaftlicher Manipulation auf, wird er zunächst in einer Vorprüfung von einem der Vizepräsidenten der Organisation untersucht. Kann der Verdacht in diesem internen Vorverfahren nicht bereits abschließend geklärt werden, wird ein Untersuchungsausschuß aktiv, dem sowohl leitende Mitglieder der MPG als auch – als beratende Experten sowie an der Spitze – externe Mitglieder angehören. Hält dieser externe Untersuchungsausschuß die Manipulationen für erwiesen, legt er seine Ergebnisse dem Präsidenten der Gesellschaft vor und unterbreitet ihm Vorschläge für Gegenmaßnahmen.[206]

Mit der Vorprüfung der Kölner Vorkommnisse wurde noch im März der Psychologe Prof. Dr. Franz Weinert betraut. Weinert, Direktor des MPI für Psychologische Forschung in München und zuständiger Vizepräsident der Gesellschaft, kündigte an, die Untersuchung werde „so schnell wie möglich, aber auch so gründlich wie nötig" erfolgen. Rücksichten auf besonders prominente Beteiligte, womit im Grunde nur Institutsdirektor Schell gemeint sein konnte, schloß er aus: „Es wird keine Tabus geben."[207] In den folgenden Wochen nahm Weinert die umfangreichen Meßprotokolle aus dem Kölner Labor sowie die angeblich manipulierten Studien unter die Lupe und befragte vor Ort Jozef Schell und weitere Mitarbeiter des Instituts. Über Fortgang und mögliche Ergebnisse seiner Untersuchungen drang dabei zunächst nichts nach außen, und allein die Menge der zu begutachtenden Laboraufzeichnungen und Publikationen ließ Spekulationen aufkommen, die Vorprüfung könne sich erheblich in die Länge ziehen.[208] Dann aber nahmen die Dinge überraschend schnell ihren Lauf.

Bereits Mitte Juni 1998 legte Weinert MPG-Präsident Hubert Markl seinen Untersuchungsbericht vor – einen Bericht, der zwar eindeutige Schlußfolgerungen enthielt, jedoch keinen eindeutigen Schlußstrich bedeuten sollte[209]: Nach Weinerts Untersuchungen gingen die Manipulationen im Kölner MPI für Züchtungsforschung alleine auf das Konto der inzwischen entlassenen technischen Laborantin. Was sie über Jahre hinweg zu den Fälschungen bewogen hatte, konnte freilich auch der Münchner Psychologieprofessor nicht klären. Eine Mitverantwortung wies der Bericht auch dem zuständigen Projektleiter zu, der selbst angesichts konkreter Verdachtsmomente auf Kontrollversuche verzichtet habe. Vor diesem Hintergrund, so Weinert, sei die Trennung von beiden Mitarbeitern „sehr zu Recht" erfolgt.

Auch in der im Laufe der Voruntersuchung immer mehr in den Vordergrund gerückten Frage kam der Vorprüfungsbericht zu einer eindeutigen Aussage: Institutsdirektor Jozef Schell wurde auf ganzer Linie vom Verdacht des wissenschaftlichen Fehlverhaltens entlastet – und die Max-Planck-Gesellschaft schätzte das Interesse der *scientific community* völlig zu Recht ein, als sie gerade diese Entlastung in den

Mittelpunkt ihrer offiziellen Verlautbarung stellte, ja beinahe zu deren einzigem Gegenstand machte[210]: Schell, so betonte der Untersuchungsbericht, sei nicht nur zu keiner Zeit an den aufgedeckten Manipulationen beteiligt gewesen – was ihm in dieser Form freilich auch niemals vorgeworfen worden war –, sondern habe auch seine wissenschaftliche Aufsichtspflicht in keinster Weise grob vernachlässigt. Es habe, so befand der Bericht in gewissem Gegensatz zu seinen den zuständigen Projektleiter betreffenden Schlußfolgerungen, keine konkreten Verdachtsmomente gegeben, die Schells Argwohn hätten wecken müssen, und noch weniger habe Schell selbst Äußerungen des Argwohns etwa von Mitarbeitern unterdrückt.[211] Darüber hinaus räumte der Bericht auch den nach der Verwicklung von Roland Mertelsmann in den „Fall Herrmann/Brach" besonders intensiv diskutierten Vorwurf der „inakzeptablen Ehrenautorschaft" aus: Schell habe seinen Namen auf keinerlei Forschungsstudien gesetzt oder setzen lassen, an denen er nicht selbst wesentlichen wissenschaftlichen Anteil gehabt habe. Zusammenfassendes Urteil der Vorprüfung: „Der Direktor am Kölner Max-Planck-Institut für Züchtungsforschung, Prof. Jozef Schell, hat wissenschaftlich korrekt gearbeitet."[212]

Im übrigen, so konnte Vizepräsident Weinert seinem Präsidenten mitteilen, sei das Ausmaß der Kölner Datenfälschungen deutlich geringer als verschiedentlich spekuliert worden war. War in Fachjournalen zwischenzeitlich von 30 manipulierten Veröffentlichungen die Rede gewesen, machte der Untersuchungsbericht nun „nur 11 Original-Publikationen" mit manipulierten Meßergebnissen aus. Bei den übrigen zehn Arbeiten handele es sich um Review-Beiträge oder Buchkapitel, in denen die manipulierten Experimente „lediglich zitiert oder kommentiert"[213] worden seien.

Damit hätte der „Kölner Fall" eigentlich abgeschlossen werden können. Den Verfahrensregeln der MPG war Genüge getan worden, die Manipulationsvorwürfe waren geklärt, die Verantwortlichkeiten eindeutig benannt, die Untersuchungsergebnisse in der Sache unstrittig. Und dennoch war die Angelegenheit noch nicht ausgeräumt. Zum einen für die Max-Planck-Gesellschaft selbst nicht: Zusammen mit den Untersuchungsergebnissen präsentierte MPG-Präsident Hubert Markl auf der Jahreshauptversammlung seiner Organisation Ende Juni 1998 in Weimar die Mitteilung, daß der Vorprüfungsbericht zusätzlich dem Vorsitzenden des externen Untersuchungsausschusses, dem ehemaligen Vorsitzenden des Bundesgerichtshofes, Prof. Dr. Walter Odersky, zur Prüfung vorgelegt werde, obwohl dies nach den eindeutigen Schlußfolgerungen nicht erforderlich gewesen wäre. Markl und die MPG begründeten den unerwarteten Schritt mit dem „erheblichen öffentlichen Interesse an dieser Angelegenheit“[214], was freilich eher eine positive Umschreibung darstellte. Tatsächlich offenbarte die Einleitung der zweiten Untersuchungsphase – und nichts anderes bedeutete die Einschaltung Oderskys – vor allem, wie schwer die Forschungsorganisation von den Vorfällen in ihrem Kölner Institut getroffen war. „Die mangelnde Sorgfalt bei den Experimenten soll nun bei der Aufarbeitung der Affäre wettgemacht werden“, kommentierte denn auch die *FAZ* – nicht ohne anzumerken, daß auch damit die mangelnden Schutz- und Kontrollmechanismen und andere grundsätzliche Probleme, die der Fall aufgezeigt habe, nicht gelöst würden.[215]

Erst recht nicht mit dem Vorprüfungsbericht beendet war der „Kölner Fall“ auch für Jozef Schell. So wie seine Organisation zeigte sich auch der international angesehene Pflanzenforscher von den Datenfälschungen in seiner Abteilung schwer getroffen. Ihm sei „das Schlimmste“ zugestoßen, „was einem Forscher und einem Institut passieren kann“, hatte er bereits unmittelbar nach Bekanntwerden der Manipulationen in einem Brief an Kollegen geschrieben.[216] Wenig später räumte er zumindest eine „formale Verantwortung“[217] an den Manipulationen ein – und zog aufgrund eben dieser persönliche Konsequenzen: Noch während die Voruntersuchung andauerte, bat Schell MPG-Präsident Markl, ihn von seinen Aufgaben als Abteilungsleiter und Co-Direktor des Kölner Instituts zu entbinden. Zudem schlug der 63jährige Forscher vor, ihn nicht erst, wie ursprünglich vorgesehen, mit 67 Jahren, sondern zum frühstmöglichen Zeitpunkt zu pensionieren. Beidem stimmte Markl nach längerer Überlegung zu, und so wurde auf der Weimarer Jahrestagung der MPG bekannt, daß bereits ein Nachfolger für Schell gesucht und Schell selbst schon mit 65 Jahren in den Ruhestand gehen werde.[218] Auch diese Maßnahmen zeigten durchaus, wie schwer die Max-Planck-Gesellschaft von den Kölner Vorkommnissen getroffen war.

Dies änderte sich selbst dann nicht grundlegend, als Anfang Juli 1998 auch Prof. Dr. Walter Odersky, der Vorsitzende des externen Untersuchungsausschusses, die Ergebnisse der Vorprüfung für völlig hinreichend und keine weiteren Maßnahmen für notwendig befand.[219] Intern konnte die Max-Planck-Gesellschaft die Manipulationen damit endgültig als geklärt betrachten. Der öffentliche Vertrauensverlust in die Organisation selbst, in das Kölner Institut für Züchtungsforschung und nicht zuletzt in die Anwendung der Gentechnik bei der Pflanzenzüchtung aber, so befürchtete Hubert Markl, könne noch lange andauern.

Mit diesem pessimistischen Ausblick endete im Sommer 1998 der vorerst letzte bekannt gewordene Fall von Betrug und Fälschung in der deutschen Wissenschaft. Gut sieben Jahrzehnte lagen zwischen ihm und den erfundenen Experimenten des begabten Jungphysikers Ernst Rupp im Berlin der zwanziger Jahre. Gut sieben Jahrzehnte, in denen die deutsche Wissenschaft weit häufiger mit Betrug und Fälschung Bekanntschaft machte, als ihr lieb sein konnte und als sie zuzugeben bereit war. Gut sieben Jahrzehnte, in denen sich das Phänomen immer wieder aufs neue von seinen unterschiedlichsten Seiten zeigte. Gut sieben Jahrzehnte schließlich auch, in denen die Fragen nach den Ursachen und Hintergründen dieses Phänomens immer wieder aufs neue verdrängt wurden. Gerade letzteres war im Lichte der jeweils nachfolgenden Fälschungsfälle bis hin zum „Fall Herrmann/Brach" besonders verhängnisvoll, aus der Sicht der auf Verdrängung und Verharmlosung bedachten Wissenschaft jedoch auch besonders konsequent. Denn sobald die Frage nach den Ursachen und Hintergründen für Betrug und Fälschung in der Wissenschaft gestellt wird, rückt früher oder später die Wissenschaft selbst mitsamt ihren Strukturen und Strukturfehlern in den Mittelpunkt der Betrachtung.

ZWEITER TEIL

Hintergründe und Mechanismen

Die Milieutheorie

Der moderne Wissenschaftsbetrieb als Nährboden

Die Szene ist wohlvertraut und in Gerichtssälen sehr wohl Realität, auch wenn sie durch unzählige Fernsehfilme amerikanischer wie deutscher Provenienz längst zum Klischee verkommen scheint: Die Beweisaufnahme ist geschlossen, Zeugen und Gutachter sind gehört, nun stehen die abschließenden Plädoyers der Anklage und der Verteidigung auf der Tagesordnung. Sie könnten unterschiedlicher nicht sein: Für den Staatsanwalt spricht aus der Tat lediglich eines – die kriminelle Energie, mit der der Angeklagte bewußt und ohne Rücksicht auf die Folgen gegen Recht und Gesetz verstoßen habe. Empfindliche Bestrafung sei hierauf die einzig richtige Antwort. Der Verteidiger kann das Vergehen seines Mandanten nicht wegdiskutieren, zu eindeutig ist die Beweislage. Wohl aber macht er andere Gründe dafür aus: Keine innere Veranlagung habe den Angeklagten zur Tat getrieben, sondern das Milieu, in dem er gelebt und das auf vielfältigste Weise auf ihn eingewirkt habe. Das Maß an individueller Schuld reduziere sich so erheblich, und erheblich geringer müsse auch die Bestrafung ausfallen.

Warum fälschen und betrügen Forscher? Was bringt sie dazu, gegen die Regeln des wissenschaftlichen Anstandes, gegen das Ethos ihrer Zunft und – zumindest vielfach, wenngleich nicht immer, wie noch zu zeigen sein wird – gegen Recht und Gesetz zu verstoßen? Jahre-, ja jahrzehntelang haben Wissenschaftsorganisationen und Wissenschaftler in Deutschland diese Frage von sich aus nicht nur nicht systematisch diskutiert, sondern nicht einmal ernsthaft gestellt. Was angesichts ihres generellen Umgangs mit unserem Thema nur konsequent war: Wer das bloße Vorhandensein eines Phänomens leugnet, braucht auch nicht über dessen mögliche Ursachen nachzudenken.

Allenfalls auf Nachfragen von außen waren einige wenige Repräsentanten der *scientific community* bereit, sich mit der Frage nach dem

„Warum?“ zu befassen. Und für sie war die Angelegenheit eindeutig: Wolfgang Frühwald nannte im Juni 1996 in einem Interview „wirkliche kriminelle Energie“ als Ausgangspunkt und Triebfeder für „Betrug und Fälschung“, ja verwendete beide Begriffe praktisch synonym, fügte zugleich jedoch relativierend hinzu, beides sei „in der Wissenschaft überaus selten vertreten, erheblich seltener jedenfalls als in anderen Berufsfeldern“[1]. Nach demselben Muster antwortete auch sein Nachfolger als DFG-Präsident, der Münchner Biochemiker Ernst Ludwig Winnacker, wenige Tage vor seinem Amtsantritt im Dezember 1997 auf die Frage nach den aktuellen Fälschungsskandalen: „Es wird immer kriminelle Energie geben, die ein System nie ganz beherrschen kann.“[2] Und gleich auf die Natur des Menschen rekurrierte Max-Planck-Präsident Hubert Markl – mit einem eher skurril anmutenden Analogieschluß: „Es gibt Pfarrer, die Kinder schänden; es gibt Journalisten, die lügen; es gibt Richter, die das Recht beugen. Warum soll es nicht auch Wissenschaftler geben, die betrügen?“[3] Auch diese Sätze fielen Ende 1997. Selbst nach dem „Fall Herrmann/Brach“ richteten die Spitzenvertreter der deutschen Wissenschaft bei der Ursachenforschung ihren Blick also lediglich auf eines – auf das Individuum und seine individuelle Schuld.

Ganz anders ihre amerikanischen Kollegen. Zwar gab und gibt es auch jenseits des Atlantiks Wissenschaftler, die in abgeschriebenen, geschönten, gefälschten oder frei erfundenen Forschungen einzig und allein das Resultat krimineller Energie sehen.[4] Ja, häufiger als hierzulande werden in den USA auch psychopathologische Erklärungsversuche bemüht, bis hin zu der Theorie jenes Harvard-Professors, der nach Feldstudien an inhaftierten Kleinkriminellen das Verhalten fälschender Forscher auf eine „Fehlentwicklung der Moralität“ zurückzuführen versuchte, die er für „wahrscheinlich genetisch bedingt“ hielt.[5] Doch dies waren und sind Ausnahmen, und umstrittene überdies. Wesentlich verbreiteter und akzeptierter ist die Erkenntnis, daß alle tiefergehenden Erklärungsversuche für Betrug und Fälschung – und damit auch alle Schutzvorkehrungen dagegen – nicht zuerst das Individuum im Blick haben sollten, sondern das Milieu, in dem es tätig ist. Oder in den Worten des Wissenschaftsphilosophen Paul

K. Feyerabend, die gleichsam das Motto für unsere Betrachtung darstellen könnten: „Nicht der einzelne Wissenschaftler, sondern die Wissenschaft selbst muß unter die Lupe genommen werden."[6]

Der Durchbruch gelang dieser *Milieutheorie* zwar erst mit Hilfe von außen, des US-Repräsentantenhauses nämlich, das nach einer Reihe spektakulärer Fälschungsfälle 1981 einen Ausschuß zum Thema „Betrug in der biomedizinischen Forschung" einsetzte und beauftragte, „die institutionellen Verhältnisse" zu beleuchten, „die auch angesehene Wissenschaftler zu solchen Extremen wie der Datenfälschung veranlassen"[7]. Danach aber wandten sich in rascher Folge und mit einer Fülle von Tagungen und Publikationen auch die Organisationen der Wissenschaft diesen „institutionellen Verhältnissen" zu.[8] Und ihnen folgten die Medien, folgte die Literatur und schließlich auch der Film.[9]

Doch dies war im Grunde schon der zweite Schritt. Den ersten war die US-Wissenschaft selbst und bereits deutlich früher gegangen, als sie schon in den sechziger Jahren ihre eigene Entwicklung nach 1945 selbstkritisch zu diskutieren begann und dabei exakt jene Schattenseiten entdeckte, die sie später nun in Beziehung zu Betrug und Fälschung setzten.[10] Und Amerika wäre eben nicht Amerika, wenn nicht auch diese Diskussion unter einem Schlagwort vonstatten gegangen wäre. Es stammte von Derek J. De Solla Price, einem erfolgreichen Wissenschaftler und begnadeten Wissenschaftsskeptiker, war bereits eingangs der sechziger Jahre geprägt worden und bezeichnete besagte Schattenseiten ebenso einfach wie treffend als *diseases of science*.[11]

Diese *Krankheiten* der Wissenschaft lassen sich klar benennen, und ebenso auch die Wege, die von ihnen zu Betrug und Fälschung führen. Beide sollen an dieser Stelle nur skizziert werden; wir werden ihnen im anderen Kontext ausführlicher begegnen. Der mit dem Bau der Atombombe noch vor 1945 begonnene und in den beiden Jahrzehnten danach explosionsartig betriebene Ausbau der US-Wissenschaft zur *Big Science*, der im Regierungsauftrag und mit Regierungsgeldern finanzierten Großforschungsmaschinerie[12]; der rapide Anstieg der Zahl der im *unendlichen Unternehmen Wissenschaft* tätigen Personen, die sich alle zehn Jahre verdoppelte[13]; die immer größere Abhängigkeit der

Forscher von ihren staatlichen Geldgebern, der damit einhergehende Verlust ihrer intellektuellen Unabhängigkeit und die immer umfassendere Kontrolle des bürokratischen Apparates, der zur Verteilung der Forschungsgelder errichtet wurde[14]; schließlich der enorme Anstieg der Forschungsgelder selbst und die damit verbundenen Verlockungen, aber auch Erwartungen von Politik, Medien und Gesellschaft[15]: All dies hatte in den USA bereits in den sechziger Jahren ein System etabliert, in dem der Wettbewerb und die Konkurrenz der Forscher untereinander immer härter und die moralischen Kriterien wissenschaftlicher Arbeit immer lockerer wurden. Beides verschärfte sich noch, als ab Mitte der siebziger Jahre die Steigerungsraten der Forschungsausgaben zurückgefahren wurden und mit dem rapiden Anstieg der Forscherzahl nicht mehr Schritt halten konnten.[16]

Gleichsam zum Synonym für dieses auch als Wissenschafts*betrieb* bezeichnete System ist das Prinzip des *Publish or Perish* geworden, mit dem die Bekanntheit eines Forschers, seine Konformität mit den als finanzierungswürdig erachteten und vorgegebenen Forschungsprojekten und vor allem seine anhand quantitativer Faktoren wie der Zahl der Publikationen nachzuweisende bisherige Arbeit über die Gewährung oder Verweigerung weiterer Finanzmittel entscheidet – und damit auch über die Fortsetzung oder Beendigung seiner Forscherkarriere.[17]

In einem solchen *Milieu* sind Betrug und Fälschung eine immanent angelegte und oft nur allzu konsequente Erscheinung. Ein Mittel zum Zweck. Wobei die Ausgangspositionen und Absichten für den Einsatz dieses Mittels ebenso verschieden sind wie das Mittel selbst: Für die einen ist es gewissermaßen das letzte Mittel. Sie fälschen und betrügen, um überhaupt erst Zutritt zum Milieu zu erhalten oder um es nicht wieder und für immer verlassen zu müssen. Dies sind in erster Linie, aber nicht nur, jüngere Wissenschaftler, auf die Federico di Trocchios Satz vom Forscher, der „vom System selbst gedrängt [wird], zum Delinquenten zu werden, wenn er überleben will"[18], besonders zutrifft. Andere plagiieren Förderanträge oder Manuskripte Dritter und nutzen und stärken so ihre im Milieu bereits erreichte Position. Dies gilt vor allem für die machtvollen *peers* der Förderorganisationen, Berufungskommissionen und Fachjournale. Manche betrügen nur für sich und ihr eigenes Fortkommen im Milieu, andere treibt die existentielle Abhängigkeit ganzer Arbeitsgruppen vom nächsten Forschungserfolg zur gewissermaßen *fürsorglichen Fälschung*.

Doch so unterschiedlich Ausgangspositionen, Absichten, Akteure und Aktionen auch sind: Hier wie dort ist es das System, das Milieu, das zum Einsatz von Betrug und Fälschung verleitet, das diesen Einsatz belohnt und das überdies seine Aufklärung und Ahndung erschwert, ja oft fast unmöglich macht.

Vieles von dem hier Beschriebenen gilt freilich nicht mehr nur für das amerikanische Wissenschaftssystem. So sehr sich Wissenschaftler und Wissenschaftsorganisationen hierzulande noch immer gegen die Erkenntnis sträuben: Vieles läßt sich auch auf Deutschland und das deutsche Wissenschaftssystem übertragen. Nicht alles zwar, aber doch manches, und gewiß das Entscheidende. Die Dimensionen mögen kleiner sein, die Entwicklungen mögen sich langsamer vollziehen, die gleichen Mechanismen nicht gleich hart greifen. Das Ergebnis aber ist dasselbe: Auch in der deutschen Wissenschaft lassen sich die *deseases of science* ausmachen. Auch in der deutschen Wissenschaft sind Betrug und Fälschung zur milieubedingten, immanent angelegten und oft nur konsequenten Erscheinung geworden. Dies läßt sich an bisher aufgedeckten Fällen festmachen – vor allem, aber eben nicht nur am „Fall Herrmann/ Brach" – , jedoch auch an Entwicklungen, die bisher noch nicht zu Fällen geführt haben, doch jederzeit dazu führen können. Hier wie dort gilt: Die schon von Max Weber konstatierte *Amerikanisierung* der deutschen Wissenschaft ist auch in Sachen Betrug und Fälschung weit fortgeschritten.

Wenn wir nun also im folgenden die *Milieutheorie* auf die deutsche Wissenschaft übertragen, soll und darf freilich der individuelle Faktor nicht völlig außen vor bleiben. Betrug und Fälschung sind, wie auch in der US-Diskussion stets mitgedacht wurde, immer Taten von Individuen und bei aller Milieubedingtheit auch davon abhängig, ob die Individuen zu ihnen bereit sind oder nicht. Sonst wären im Extremfall alle Wissenschaftler, die in dem beschriebenen Milieu leben und arbeiten, Fälscher und Betrüger. Doch dieser individuelle Faktor ist nicht das Entscheidende – und schon gar nicht gleichzusetzen mit jener „kriminellen Energie", hinter der sich hiesige Wissenschaftler und Wissenschaftsorganisationen bei der Ursachenforschung gerne zurückziehen. Wenn das Milieu zu Betrug und Fälschung verleitet, wenn es sie belohnt und ihre Ahndung erschwert, rückt selbst das stärkste Individuum in den Hintergrund und das Milieu in den Vordergrund. Daß das, was Betrug und Fälschung erklärt, sie nicht zugleich entschuldigt, braucht dabei nicht erst erwähnt zu werden, so wie es generell nicht darum gehen kann, Entschuldigungen zu suchen – sondern Erklärungen.

Viele der nun zu beschreibenden Erklärungen verdienten eine eigene und weit ausführlichere Betrachtung. Für den Moment und für unser Thema ziehen wir jedoch die thesenhafte Darstellung und Zuspitzung vor. Denn die Diskussion über den kurzen Weg von den *Krankheiten* des deutschen Wissenschaftssystems zu Betrug und Fälschung hat gerade erst begonnen.

Wer zuerst kommt, mahlt zuerst

Der irrwitzige Wettlauf um Forschungsgelder

Ein immer schnellerer Wettlauf, in dem die Konkurrenz zwischen den Teilnehmern immer größer wird – und mit ihr auch die Versuchung, die Konkurrenten mit unerlaubten Mitteln auszustechen, um als erster ins Ziel zu kommen: Das ist das Bild, das dem US-System der *Big Science* am nächsten kommt. Aber eben dieses Bild trifft heute auch auf die deutsche Wissenschaft zu. Und die beiden wichtigsten Gründe dafür sind dieselben wie jenseits des Atlantiks.

Auch hierzulande erlebten Wissenschaft und Forschung nach 1945 einen rapiden Ausbau, der sich mit dem in den USA durchaus vergleichen läßt, wenn man die unterschiedliche Größe der beiden Länder mit einrechnet. Anfang der fünfziger Jahre waren an den westdeutschen Hochschulen und in Wirtschaft und Industrie kaum mehr als 50000 Personen forschend tätig.[19] Bis Anfang der achtziger Jahre hatte sich ihre Zahl bereits mehr als vervierfacht.[20] Heute arbeitet in Deutschland rund eine halbe Million Wissenschaftler und Forscher, davon 300000 in Wirtschaft und Industrie, 120000 an den Hochschulen und 80000 an außeruniversitären Forschungseinrichtungen.[21] Eindrucksvoll auch der spezielle Blick auf die Hochschulen, die uns besonders interessieren: 1950 forschten und lehrten an den westdeutschen Hochschulen rund 5500 Professoren – und damit ebenso viele oder wenige wie 1920 in ganz Deutschland –; 1995 waren es rund 35000.[22] Daß es zur Betreuung der 1,8 Millionen Studierenden, zur Ausbildung des wissenschaftlichen Nachwuchses und zur Forschung noch deutlich mehr sein müßten, steht auf einem anderen Blatt. Festzuhalten bleibt für den Moment: Auch in Deutschland haben sich Wissenschaft und Forschung innerhalb weniger Jahrzehnte von einer Berufung einiger weniger zu einem Beruf vieler und „von einer allein oder in kleinen Gemeinschaften betriebenen gelehrten

Arbeit weithin zu großbetrieblichen Arbeits- und Organisationsformen"[23] gewandelt.

Doch während die Zahl der Wettläufer immer weiter und immer schneller stieg, blieben die Start- und Preisgelder für ihren Wettlauf immer weiter dahinter zurück. Natürlich: Dank Wirtschaftswunder und Bildungsexpansion stiegen auch die Investitionen in Wissenschaft und Forschung lange an, wenngleich nicht derart wie in den USA. Doch seit weit mehr als einem Jahrzehnt ist damit Schluß, nimmt die Unterfinanzierung der deutschen Wissenschaft und Forschung immer dramatischere Züge an – von Politik und Wirtschaft forciert oder zumindest nicht unterbunden, von der Öffentlichkeit noch immer kaum oder nur dann zur Kenntnis genommen, wenn nach der jährlichen Veröffentlichung der internationalen Vergleichszahlen publizitätsträchtig darum gestritten wird, ob Deutschland bei den Forschungsausgaben nun hinter Japan, den USA und Frankreich auf Platz vier oder auch noch hinter Schweden, der Schweiz und Finnland auf Platz sieben liegt.[24] Ob bei der Wirtschaft, die noch immer der größere Geldgeber ist, oder beim Staat – überall zeigten die Investitionskurven in den letzten Jahren deutlich nach unten; unterm Strich wird heute gerade einmal soviel für Forschung und Entwicklung ausgegeben wie Anfang der achtziger Jahre.[25] Dabei werden Politik und Wirtschaft nicht müde, die Bedeutung von Bildung, Wissenschaft und Forschung als Schlüssel für die Zukunft des rohstoffarmen Landes und die internationale Wettbewerbsfähigkeit des vielzitierten *Standortes Deutschland* zu beschwören. Die Realität steht dazu in groteskem Gegensatz.

Besonders prekär ist die Lage an den Hochschulen, die nach wie vor „das Fundament des Forschungssystems"[26] bilden. Dabei könnten gerade die deutschen Hochschulforscher einen Trumpf ausspielen, den ihre US-Kollegen nicht besitzen und der von den Spitzenrepräsentanten der deutschen Wissenschaft immer wieder als entscheidender Vorzug des hiesigen Systems und als wesentlicher Grund für seine geringe Anfälligkeit für Betrug und Fälschung angepriesen wird: die staatlich garantierte Grundausstattung der Hochschulen nämlich, die den unerbittlichen Kampf um andere Geldquellen gar nicht erst aufkommen lasse.[27] Doch dieser Trumpf ist längst keiner mehr. Die

Grundausstattung wird ihrem Namen immer weniger gerecht. In manchen Bundesländern sind die Hochschuletats innerhalb weniger Jahre um ein Drittel geschrumpft, und auch die Wissenschaftsausgaben des Bundes wurden – der Errichtung und umtriebigen Arbeit eines *Zukunftsministeriums* zum Trotz – um mehrere hundert Millionen Mark zusammengestrichen.[28] Über anderthalb Milliarden Mark fehlen Jahr für Jahr allein für den Bau und die Sanierung von Hörsälen und Bibliotheken, aber eben auch von Forschungsinstituten und Labors – und für den Austausch vieler Forschungsgeräte, die fast museumsreif sind.[29] Und eine letzte Zahl: Um zumindest die Arbeitsbedingungen wiederherzustellen, die Mitte der siebziger Jahre herrschten, müßten sofort neun Milliarden Mark in die Hochschulen hineingepumpt werden, und ein nicht geringer Teil davon in die Hochschulforschung. Und diese neun Milliarden sind nicht in Sicht.[30]

Für den einzelnen Forscher bedeutet all dies zweierlei: Schon der Wettlauf um die staatliche Grundausstattung wird immer wichtiger und immer härter, in Berufungs- und Bleibeverhandlungen mit Hochschulen und Wissenschaftsministerien, aber auch in der täglichen Auseinandersetzung mit den Kollegen in Fakultät, Institut und Labor. Vor allem aber beginnt für ihn ein zweiter und noch härterer Wettlauf: der um Forschungsgelder aus anderen Quellen, um Fördermittel Dritter, kurz: um *Drittmittel*. Sie kommen vom Staat, von öffentlichen Fördereinrichtungen, Wissenschaftseinrichtungen oder aus der Wirtschaft, werden für einzelne, gezielte und befristete Projekte gewährt und sind eigentlich als Ergänzung der Grundausstattung gedacht, treten aber immer öfter an ihre Stelle.

Besonders groß ist der *run* der Forscher auf die Gelder, die über die Förderorganisationen der Wissenschaft vergeben werden. Allen voran die Deutsche Forschungsgemeinschaft mit ihrem Etat von inzwischen rund zwei Milliarden Mark sieht sich einem ständig anwachsenden Ansturm ausgesetzt. Pro Monat gehen in ihrer Bonner Zentrale über 1500 Förderanträge ein. Seit 1990 hat sich die Zahl der Anträge fast verdoppelt, alleine von 1996 auf 1997 stieg sie um über 20 Prozent. Die Mittel aber stiegen nur um fünf Prozent, was die DFG gegenüber den Hochschulen zwar zu einer „Insel der Seligen“[31] machte, sie mit der Antragsflut aber nicht Schritt halten ließ. Gerade vier von zehn Anträgen konnten 1997 noch bewilligt werden, 1990 waren es noch fast sechs von zehn.[32] Und auch die Förderorganisationen blieben nicht von kurzfristigen Kürzungen verschont: Für 1998 senkte der Bundestag die zuvor zugesicherte Erhöhung der DFG-Mittel kurzerhand von fünf auf 3,9 Prozent herab. Anderen Organisationen erging es ähnlich. Logische Folge all dessen: Die Chancen des einzelnen Forschers auf Förderung werden immer geringer, die Fördersummen gehen zurück – und der Wettlauf zu anderen Fördertöpfen entbrennt umso heftiger. Eine Spirale, die sich fortan immer weiter und weiter dreht.

Dies soll als erster Blick hinter die Kulissen des deutschen Wissenschaftsbetriebs genügen. An seinem Ende läßt sich folgendes, erstes *Krankheitsbild* diagnostizieren: Der Wettlauf um Forschungsgelder wird immer härter, und zwar sowohl um die staatliche Grundausstattung als auch und erst recht um die Drittmittel. Das hat vielfältige Folgen, die uns auf verschiedenen Wegen zu Betrug und Fälschung führen: Zum einen hat die Arbeit des Forschers eine neue, fragwürdige Gewichtung bekommen. Forschungsfinanzierung ist heute ebenso wichtig wie Forschung selbst, ja im Grunde sogar noch wichtiger. Wetteiferten die früheren Forschergenerationen vor allem darum, wer eine Entdeckung als erster machte beziehungsweise veröffentlichte, muß es dem heutigen Forscher zuallererst darum gehen, die Finanzierung seiner Forschungen zu sichern, und zwar wiederum als erster und bevor ihm die immer zahlreicheren Konkurrenten die immer geringeren Fördergelder vor der Nase wegschnappen. Deutlichster Beweis für diese Entwicklung ist die Herausbildung des *Forschungsmanagers*, der einen Großteil seiner Tätigkeit damit verbringen muß, Förderquellen zu eruieren und Förderanträge zu schreiben, für die eigentliche Forschung aber immer weniger Zeit hat.[33] Was schon für sich Mechanismen in Gang setzen kann, die in Betrug und Fälschung enden.

Der immer härtere Wettlauf um Fördergelder birgt zudem die Gefahr fortschreitender Qualitätsminderung in sich. Die zunehmende Abhängigkeit von Drittmitteln bedeutet nicht zuletzt auch eine zunehmende Abhängigkeit von den über die Vergabe entscheidenden Begutachtungs- und Bewilligungsgremien – und von den von ihnen favorisierten Forschungsfragen, die durch die Vergabepraxis zur Richtschnur gemacht werden. In den USA hat dies neben allem anderen auch zur Dominanz mittelmäßiger Wissenschaftler über ihre kreativen Kollegen geführt.[34] Und auch für Deutschland ist inzwischen zu befürchten, daß die Orientierung an einer immer kalkulierbareren Förderpraxis zum Sieg des wissenschaftlichen *mainstreams* über die wissenschaftliche Originalität führt und Forscher ihre Kreativität den Antragsbedingungen unterordnen.[35] Daß mit der wachsenden Bedeutung der Begutachtungs- und Bewilligungsgremien zudem auch unter den Gutachtern die Gefahr von Betrug und Fälschung wächst, haben wir bereits am Beispiel von Friedhelm Herrmann und Marion Brach gesehen, die in zumindest einem Fall ihre *peer*-Rolle mißbrauchten und Förderanträge konkurrierender Forscher für ihre eigenen Zwecke ausschlachteten.

Weitaus virulenter ist diese Gefahr freilich bei den Antragstellern selbst. Wer immer stärker von Drittmitteln abhängig ist und diese mit immer höherem Zeit- und Arbeitsaufwand gegen immer mehr Konkurrenten erkämpfen muß, gerät zusehends in Versuchung oder unter Druck, dies mit unerlaubten Mitteln zu tun. Sprich: mit gefälschten, geschönten oder erfundenen Angaben in Förderanträgen oder Publikationen, die auch in der Forschungsförderung eine immer wichtigere Rolle spielen. Ein großer Teil der bisher hierzulande aufgedeckten Betrugs- und Fälschungsmanöver hatte denn auch genau dieses Ziel: die Erlangung von Fördergeldern vor anderen. Friedhelm Herrmann und Marion Brach sind auch hier ein Beispiel, allerdings nur eines unter mehreren.

Und diese Entwicklung hat ihren Höhepunkt noch längst nicht erreicht: Die Abhängigkeit deutscher Forscher von Drittmitteln wird in den nächsten Jahren aller Voraussicht nach noch größer werden – und der Wettlauf zu den Finanztöpfen damit noch schärfer.[36] Die Rolle der Gutachter wird noch wichtiger werden – und die Gefahr ihres Mißbrauchs damit weiter wachsen. Die Frage der Forschungsfinanzierung wird noch mehr Zeit und Energie der Forscher in Anspruch nehmen, während für die Forschung selbst immer weniger übrig bleiben wird. Das Ja oder Nein der Bewilligungsgremien wird immer häufiger nicht mehr nur über die Arbeit einzelner Forscher entscheiden, sondern über die ganzer Arbeitsgruppen, womit denn auch diese Arbeitsgruppen *in toto* anfälliger werden für Manipulationen und die Gefahr der *fürsorglichen Fälschung* auch hierzulande wachsen wird. Und schließlich wird der Wettlauf immer weniger nur ein nationaler Wettlauf sein. Forschung ist längst zum globalen Unternehmen geworden, in denen Forschergruppen aus allen Kontinenten mit immer höherem Aufwand um Fördergelder wetteifern. Bestes Beispiel ist auch hier die biomedizinische Forschung, die Wolfgang Frühwald unlängst als „erstes total globalisiertes Fach in der Geschichte der Wissenschaft" beschrieben hat: „Dort macht der Russe in Wladiwostock genau das gleiche wie der Amerikaner in San Diego und der Deutsche in München, und diese Arbeitsgruppen sind sich in einem Abstand von maximal drei Wochen auf den Fersen. Einen solchen Konkurrenzdruck hat es in der Wissenschaft zuvor niemals gegeben."[37] Und es zählt allein der Sieg. Anders als etwa beim olympischen Wettlauf gibt es beim Wettlauf der Wissenschaftler zwar eine Gold-, aber keine Silber- und erst recht keine Bronzemedaille.[38] *Wer zuerst kommt, mahlt zuerst.* Das gilt für den Wettlauf in der Forschung selbst, aber auch und erst recht für den in der Forschungsfinanzierung.

Publish or Perish in Deutschland

Publikationslisten, gemolkene Daten und Ehrenautoren

Eine zweite *Krankheit* des hiesigen Wissenschaftsbetriebs steht in enger Verbindung mit dem immer irrwitzigeren Wettlauf um Fördergelder, aber nicht nur mit ihm, weshalb sie denn hier auch gesondert betrachtet werden soll: So wie in den USA wird auch in Deutschland wissenschaftliche Leistung immer stärker quantitativ und immer weniger qualitativ bewertet. Oder anders: Qualität wird in zunehmendem Maße aufgrund von Quantität beurteilt. Und auch das wichtigste Bewertungskriterium ist hier wie dort dasselbe – nämlich die Zahl der wissenschaftlichen Veröffentlichungen, die ein Forscher vorweisen kann. Sie spielt auch im deutschen Wissenschaftsbetrieb in immer mehr Schlüsselsituationen eine immer größere Rolle: bei der Beantragung von Fördergeldern, aber auch bei Berufungen oder etwa bei Wahlen in manch hohes Amt der Wissenschaftsszene. *Publish or Perish* gilt also auch hierzulande – zwar nicht derart existentiell wie jenseits des Atlantiks, aber gewiß in einem Maße, das bedenklich ist. Und das uns auf vielerlei Weise zu unserem Thema führt.

Als der Biochemiker Ernst-Ludwig Winnacker im Januar 1998 sein Amt als Präsident der Deutschen Forschungsgemeinschaft antrat, erhielt er neben vielen anderen Glückwunschschreiben eines der besonderen Art. Absender war der Chef eines deutschen Universitätsklinikums, ein angesehener Wissenschaftler in den besten Jahren. Er legte seinen guten Wünschen für den neuen Präsidenten ein umfangreiches Dokument bei – das Verzeichnis seiner eigenen mehr als 1000 wissenschaftlichen Veröffentlichungen, verbunden mit dem in Frageform kaschierten Hinweis, diese stattliche Leistung empfehle ihn doch sicherlich zu Höherem.[39] Ein höchst skurriles und zweifellos seltenes Beispiel – aber doch eines, das zeigt, welche Formen der Glaube an die Aussagekraft der großen Zahl in der deutschen Wissenschaft inzwischen angenommen hat.

Dieser Glaube wird dem einzelnen Wissenschaftler inzwischen bei jeder sich bietenden Gelegenheit regelrecht eingeimpft. Beispiel Forschungsförderung: Alle großen Fördereinrichtungen erbitten von ihren Antragstellern eine umfassende Auflistung ihrer Publikationen. Dabei müßten im Grunde jene Veröffentlichungen genügen, die in unmittelbarem Zusammenhang mit dem zur Förderung beantragten Projekt stehen, allenfalls noch ergänzt um solche, die zuvor von derselben Einrichtung gefördert wurden. Ähnlich geht es bei Berufungen zu: Keine Bewerbung um eine Professur ohne ein detailliertes Verzeichnis aller bisher publizierten Schriften. Obwohl auch hier die Beschränkung auf jene Arbeiten sinnvoller wäre, die der Bewerber selbst für seine wichtigsten hält und die ihn für die vergebene Stelle prädestinieren. Statt dessen aber wird das gesamte *Œuvre* zum Kriterium für die Förderung der künftigen Arbeit oder das Erklimmen der nächsten Karrierestufe gemacht.

Dahinter steht freilich nicht in erster Linie der berechtigte Wunsch von Bewilligungs- und Berufungskommissionen, sich ein möglichst umfassendes Bild von der bisherigen Arbeit eines Antragstellers oder Bewerbers zu machen. Entscheidender ist die immer weiter ausufernde Expansion des Wissenschaftsbetriebs und die damit einhergehende Überforderung der Kommissionen, und mitunter trägt auch eine gewisse Bequemlichkeit das ihre dazu bei. Je mehr Förderanträge sich in der Geschäftsstelle einer Förderorganisation stapeln, je weniger Zeit den Fachreferenten für die inhaltliche Begutachtung bleibt, desto mehr Gewicht erhalten Kriterien wie die äußere Gestaltung eines Antrags – oder eben der schnell zu erfassende Umfang einer Publikationsliste. Schon hier tritt Quantität an die Stelle von Qualität, ja werden beide gleichgesetzt. Es gilt der Grundsatz *Viele Veröffentlichungen machen einen Forscher zu einem guten Forscher, wenige zu einem schlechten* – und dieser Grundsatz wird mit jedem so zustande gekommenen Bewilligungsbescheid bekräftigt. Gleiches ist bei den *peers* zu konstatieren, den eigentlichen Schlüsselfiguren im Fördergeschäft. So mancher Gutachter gibt inzwischen zu, im Zweifelsfall nach der Devise „Volle Liste, guter Forscher, alles in Ordnung" zu entscheiden.[40] Und besonders oft und gerne von dicken Schriftenverzeichnissen leiten lassen sich die Berufungskommissionen an den Hochschulen und in den Ministerien, zumal ihr fachlicher Sachverstand nicht selten hinter denen der Fachreferenten und -gutachter zurückbleibt.

Eine ähnliche Gleichung läßt sich auch auf der anderen Seite aufmachen: Je größer die Konkurrenz im Wettlauf um Fördermittel und Stellen ist, desto wichtiger wird es für den einzelnen Wissenschaftler, sich schon vorab in ein gutes Licht zu rücken. Neben immer aufwendigeren Bewerbungsmappen wird so auch die voluminöse Publikationsliste zum äußeren Wettbewerbsvorteil.

Neben der reinen Zahl der Publikationen gewinnen jedoch auch andere quantitative Kriterien im deutschen Wissenschaftsbetrieb immer stärker an Gewicht. Allen voran der sogenannte *science citation index* und der *journal impact factor* entscheiden in zunehmendem Maße über die Gewährung von Drittmitteln oder die Besetzung von Professuren – jene im *Institute for Scientific Information* in Philadelphia entwickelten und mit hohem Aufwand betriebenen statistischen Verfahren also, mit denen die Wichtigkeit wissenschaftlicher Veröffentlichungen danach bewertet wird, wie oft sie von anderen Wissenschaftlern und in anderen wissenschaftlichen Zeitschriften zitiert werden.[41] Dies läßt sich für den einzelnen Forscher und seine Publikationen veranstalten, aber etwa auch für einzelne Fachjournale. Bei beiden gilt erneut: Qualität wird durch Quantität bewertet. Viele Zitate machen einen Artikel zu einem guten Artikel und damit seinen Verfasser zu einem guten Forscher, wenige Zitate zu einem schlechten; viele Zitate machen eine Zeitschrift zu einer guten, wenige zu einer schlechten.

Noch ohne an Betrug und Fälschung zu denken, läßt sich gegen ein solches Addieren „in der Tradition des Gefechts: gezählt werden die ‚Einschläge'"[42] manches einwenden: Zu sehr hängt die Häufigkeit, mit der Artikel oder Journale zitiert werden, nicht nur von diesen selbst ab, sondern etwa auch von der Zahl der Forscher, die sich für die darin behandelten Themen interessieren; zu unterschiedlich sind die Publikationsrhythmen in den Fachwissenschaften; zu groß ist schließlich die Gefahr, daß Gutachter und Berufungskommissionen ihre Verantwortung auf die jeweiligen Journale abwälzen.[43] Doch den Siegeszug der *Impact*-Faktoren können diese Einwände nicht aufhalten.

Je mehr Veröffentlichungen, je höher der *Impact*-Faktor, desto größer die Chancen auf Fördergelder, Professuren und Ämter – und auf das mit alledem verbundene Ansehen und finanzielle Auskommen. Dieses Diktum haben die meisten Wissenschaftler auch hierzulande längst verinnerlicht und handeln danach. Mit Folgen, die ebenso vielfältig wie fatal sind: Daß das Publizieren in all seinen noch zu beleuchtenden Erscheinungsformen immer mehr Zeit und Energie eines Hochschulprofessors in Anspruch nimmt und dabei neben der eigentlichen Forschung vor allem die akademische Lehre zusehends auf der Strecke bleibt, sei hier nur am Rande bemerkt, auch wenn es langfristig vielleicht besonders gravierende Konsequenzen haben wird.[44] Daß durch die Verknüpfung von Publikationsmenge und Mittelbewilligung der wissenschaftliche *mainstream* weiter verfestigt wird und gerade jüngere Wissenschaftler erheblich unter dem *Nur wer hat, dem wird gegeben* zu leiden haben, das als Motto für diese Vergabepraxis dienen könnte, sei an dieser Stelle ebenfalls nur angedeutet; wir werden uns in anderem Zusammenhang noch damit zu befassen haben.

Für den Moment wichtiger in unserem Kontext ist, daß der Publizier*zwang* – und um nichts anderes handelt es sich – zu einer Publikationsflut ungeheuren Ausmaßes geführt hat, die immer noch weiter steigt. Schätzungen zufolge erscheinen weltweit mittlerweile an jedem Tag fast 20000 wissenschaftliche Veröffentlichungen.[45] Alleine in der Biotechnologie werden Monat für Monat über 10000 neue Forschungsergebnisse publiziert.[46] Wie viele Fachzeitschriften und Artikeldienste heute rund um den Globus erscheinen, vermag niemand genau zu beziffern; Schätzungen reichen bis weit über 100000 hinaus, wovon über die Hälfte in den Bio- und Naturwissenschaften angesiedelt sein dürfte. Und gerade auf diesen Feldern kommen beinahe täglich weitere hinzu – darunter zahlreiche höchst mittelmäßige Journale, die nur dank des schier unendlichen Nachschubs ebenso mittelmäßiger Beiträge und den dafür nicht selten abverlangten Druckkostenzuschüssen entstehen und überleben können. Auch hier das Beispiel Biowissenschaften: „Wer sich zum Beispiel einmal Publikationen aus der Biomedizin anschaut, die bei nicht so renommierten Zeitschriften erschienen sind, kriegt buchstäblich graue Haare“, sagt die Hamburger Biomedizinerin Prof. Dr. Ulrike Beisiegel: „Das ist Schrott, das sind unfertige Produkte – und sie werden trotzdem publiziert."[47] Und die Zahl der *papers* und *journals* nimmt weiter zu. Gewiß, die Informationsflut ist ein globales Problem, nicht nur das der deutschen Wissenschaft und Wissenschaftler, und schon gar nicht das der deutschen Wissenschaftszeitschriften, die seit jeher nicht die Bedeutung angloamerikanischer Blätter hatten und heute noch weniger haben.[48] Aber die deutsche Wissenschaft und ihre Wissenschaftler tragen das ihre dazu bei – mit einer Verwilderung der Publiziersitten, die die althergebrachte Funktion der Publikation als Güteprüfung und -siegel wissenschaftlicher Arbeit[49] zunehmend *ad absurdum* führt.

Diese Verwilderung der Publiziersitten ist das eigentliche Problem: Im Bemühen um lange Publikationslisten und hohe *Impact*-Faktoren, unter Druck wie aus eigenem Antrieb, greifen auch deutsche Forscher inzwischen zu fast jedem Mittel. Der offene Betrug, die Veröffentlichung gefälschter oder erfundener Forschungsergebnisse zu diesem Zweck, wie wir sie im „Fall Herrmann/Brach" gesehen haben, ist dabei zumindest bislang eher noch die Ausnahme. Weiter verbreitet und kaum in Frage gestellt sind dagegen andere Praktiken, die im direkten Umfeld unseres Themas stehen und zeigen, wie fließend die Übergänge zu Betrug und Fälschung sind.

Als erste Unsitte greift das *Melken* von Forschungsergebnissen zunehmend um sich. Immer mehr Wissenschaftler präsentieren die Resultate und Daten eines Forschungsprojekts nicht mehr zusammenhängend in einem Aufsatz, sondern unterteilen sie in zahlreiche kleine Einzelergebnisse und verfassen zu jedem dieser Einzelergebnisse einen Einzelaufsatz. Dies verlängert in jedem Fall die Publikationsliste und erhöht fast immer auch den eigenen *Citation Index*, denn selbst bei Zeitschriften mit niedrigem *Journal Impact Factor* macht's am Ende die Masse. *Least publishable unit* ist der wissenschaftliche Terminus für diese Praxis. Andere Bezeichnungen sind deutlicher: Als „Salamitaktik" kritisiert Wolfgang Frühwald das *Melken* der Ergebnisse und warnt davor, daß so „ein größerer Zusammenhang verzerrt, wenn nicht gar verfälscht" werden kann – „auch wenn die einzelnen Befunde aus dem Zusammenhang gelöst ‚richtig' erscheinen"[50]. Als *Graphorröe*, als „wissenschaftlichen Schreibdurchfall", verspottet schließlich Hubert Markl die Anstrengungen, das Immergleiche in immer neuen Variationen in den Veröffentlichungskreislauf einzuspeisen.[51] Erkannt ist das Problem also sehr wohl – in den Griff zu bekommen dagegen offenbar nicht.

Noch verbreiteter – und zudem näher am Tatbestand des Betrugs – ist die Praxis der *Co-* und *Ehrenautorschaft*, mit der Wissenschaftler als Autoren von Publikationen genannt werden, an denen sie nur ein geringes oder sogar gar kein eigenes Zutun gehabt haben, für die sie keine Verantwortung übernehmen können und es im Zweifelsfall auch gar nicht wollen. Ein außerhalb des Wissenschaftsbetriebs kaum zu vermittelndes, aber durchaus gängiges Phänomen. An nicht wenigen deutschen Hochschulen, Universitätsklinika und Forschungseinrichtungen lassen sich Lehrstuhlinhaber, Chefärzte und Laborleiter wie selbstverständlich bei jeder Veröffentlichung ihrer Mitarbeiter als *Mit-*Autoren nennen[52], und nicht selten verlängern solche Wissenschaftler die Autorenzeilen der Aufsätze, die lediglich eine einzige Zelle oder ein Serum zu einem aufwendigen Forschungsprojekt beigsteuert haben[53]. Auch so ist es zu verstehen, daß Friedhelm Herrmann innerhalb weniger Jahre nicht weniger als 389 Publikationen vorweisen konnte. Gerade sein Fall zeigte auch die besondere Gefahr der *Co-* und *Ehrenautorschaften*: Vielfach können die, die als Mitautoren einer Publikation genannt werden, die Aussagen und Ergebnisse dieser Publikation in ihrer Gesamtheit gar nicht mitvertreten, ja sie kennen sie mitunter nicht einmal. Was schon an sich befremdlich ist – erst recht aber dann, wenn sich besagte Publikation als manipuliert entpuppt und sich die unbeteiligt-beteiligten Co- und Ehrenautoren peinliche Fragen nach ihrer Mitverantwortung gefallen lassen müssen. So geschehen bei den beiden renommierten Genforschern Roland Mertelsmann in Freiburg und – im zweiten großen Fälschungsfall am Max-Planck-Institut für Züchtungsforschung – Jozef Shell in Köln.[54]

So wie das *Melken* von Forschungsergebnissen steht auch die *Co-* und *Ehrenautorschaft* hierzulande durchaus in der Kritik. Doch auch sie blieb bislang ungehört. Zu groß sind die Vorteile, die alle Beteiligten daraus ziehen: Den Namen des angesehenen Klinikchefs in die Autorenzeile zu setzen, verlängert nicht nur dessen eigene Publikationsliste; auch der Assistent, der eigentliche Autor, profitiert davon, kann er sich doch im Glanze des renommierten Ziehvaters sonnen.[55] Und ansonsten gilt das Prinzip der Gegenseitigkeit: *Nennst du mich, nenne ich dich.* Hauptsache, die Publikationsliste wird länger und der *Impact*-Faktor erhöht sich.

Und auch diese Entwicklung ist längst noch nicht an ihr Ende gekommen. Im Gegenteil: So wie der Publizierzwang wird sich auch die Publikationsflut noch weiter verstärken – und mit ihr die Verwilderung der Publiziersitten. Denn über allem schwebt das Internet mit seinen schier unerschöpflichen Publikationsmöglichkeiten: Niemand, der hier noch über die Qualität einer Publikation entscheidet, niemand, der dem *Melken* von Daten und der Namensnennung von *Ehrenautoren* Einhalt gebietet. Nicht nur die Unterscheidung zwischen Wichtigem und Belanglosem wird so künftig noch schwieriger werden als bisher – sondern auch die zwischen Wahrem und Falschem.[56]

Lehrstuhl oder Sozialhilfe

Aufstiegsrituale und Absturzgefahren für den Nachwuchs

Zur Abwechslung zunächst die Wirkung und dann die Ursache: Ein großer Teil der bisherigen Betrugs- und Fälschungsfälle in der deutschen Wissenschaft wurde von jungen Wissenschaftlern begangen, die erst am Beginn ihrer wissenschaftlichen Karriere standen. Dies gilt für die Mehrzahl der aufgeflogenen Manipulationen seit den achtziger Jahren. Ob beim „Karlsruher Benzol-Fall", beim sogenannten „Uniklinik-Fall" oder etwa beim „Chemie-Fall" an der Technischen Universität Braunschweig: hier wie dort waren es Doktoranden und Assistenten, die Forschungsergebnisse schönten, fälschten oder gar erfanden und damit zumeist die Doktorwürde – gewissermaßen das Eintrittsbillet für die Karriere im Wissenschaftsbetrieb – zu erlangen suchten.[57] Folgt man der bevorzugten Argumentation deutscher Wissenschaftsorganisationen und -repräsentanten, so müßte man angesichts dieses Tatbestandes bei den Jungforschern ein deutlich erhöhtes Maß an krimineller Energie vermuten. Tatsächlich aber waren die meisten der von ihnen verübten Manipulationen etwas ganz anderes – nämlich die logische Antwort auf die immer härteren Aufstiegsbedingungen und immer größeren Absturzgefahren, denen sich der wissenschaftliche Nachwuchs hierzulande ausgesetzt sieht. Diese Aufstiegsrituale und Absturzgefahren lassen sich als eine weitere *Krankheit* des deutschen Wissenschaftsbetriebs schildern – und anders etwa als der Wettlauf um Drittmittel oder die Verwilderung der Publiziersitte ist sie in Deutschland sogar noch deutlicher ausgeprägt und tiefer verwurzelt als in den USA und anderswo.

„Forschen auf Deutsch" lautete der auf den ersten Blick unverfängliche Titel eines schmalen Bandes, in dem Anfang der neunziger Jahre ein Jungforscher unter dem Pseudonym Siegfried Bär Lust und Leid in deutschen Hochschullaboratorien und Forschungsinstituten beschrieb und dabei nicht zuletzt der Odyssee des Forschernachwuchses beträchtlichen Raum widmete.[58] Seine Schilderung der Jungforscher als unmündige, unterbezahlte und überarbeitete Geschöpfe, die praktisch das Dasein von Leibeigenen fristen, löste in der Wissenschaftsszene die unterschiedlichsten Reaktionen aus. Die Etablierten schüttelten halb verwundert, halb erbost den Kopf oder schwiegen das ketzerische Büchlein tot. Bei Studierenden, Doktoranden und Assistenten dagegen fand Bärs „Machiavelli für Forscher – und solche die es noch werden wollen" begeisterte Zustimmung und reißenden Absatz.[59] Und das zu Recht: Denn der unversehens zum Erfolgsautor gewordene Jungforscher hatte zwar manches überspitzt und vereinfacht – im Grunde aber den Leidensweg des akademischen Nachwuchses in deutschen Landen treffend beschrieben.

Dieser Leidensweg ist seit jeher und heute erst recht vor allem eines: lang. Schon zwischen dem ersten Studienabschluß und der Promotion mindestens zwei, mitunter aber auch vier oder fünf Jahre, und erst dann, mit Anfang oder sogar Mitte Dreißig, beginnt das Assistenten-Dasein, das eines fernen Tages zur Habilitation führt – jenem höchsten und urdeutschen akademischen Befähigungsnachweis, der für viele längst zum Symbol für die verkrusteten Strukturen des hiesigen Hochschulsystems geworden ist.[60] Bis er diesen letzten und schwierigsten Härtetest bestanden hat, ist der deutsche Nachwuchswissenschaftler im Durchschnitt bereits gut vierzig Jahre alt – von Nachwuchs also keine Spur mehr.[61] Und während dieser gesamten Zeitspanne, die gut und gerne zehn Jahre umfassen kann, ist seine berufliche und materielle Existenz alles andere als gesichert und sorgenfrei. In der Regel muß er sich von einem nicht gerade üppig dotierten Zeitvertrag zum nächsten hangeln – und schon dies begründet jene allumfassende Abhängigkeit des Jungforschers von seinem Professor, seinem Institutsleiter oder seinem Klinikchef, die rasch zum prägendsten Merkmal seiner Existenz werden kann.[62]

Nicht minder groß als die materielle ist die fachliche Abhängigkeit. Gerade in den uns besonders interessierenden biomedizinischen Fächern sind die Arbeitsgruppen streng hierarchisch strukturiert, hat der Professor gewissermaßen die Richtlinienkompetenz in allen Fragen der Forschung, werden die Nachwuchswissenschaftler oftmals in die Rolle stromlinienförmiger Adlaten gedrängt. Dies muß nicht immer so weit gehen wie in der Arbeitsgruppe von Friedhelm Herrmann und Marion Brach, in der selbst Assistenten zu „Pipettierknechten" degradiert wurden.[63] Den Part selbständiger, kritischer Kollegen aber können Jungforscher auch in weniger entwürdigenden Szenarien längst nicht immer übernehmen.

Gerade in der medizinischen Forschung kommen zwei weitere Faktoren hinzu, die den ohnehin auf den Jungforschern lastenden Erfolgsdruck noch erheblich verschärfen. Nicht wenige von ihnen sehen sich in den klinischen Arbeitsgruppen erstmals mit den Anforderungen selbständiger wissenschaftlicher Tätigkeit konfrontiert, für die ihre bisherige Hochschulausbildung allein keine geeignete Grundlage vermittelt hat.[64] Und sie sind eingebunden oder besser: eingespannt in den klinischen Alltag, der den größten Teil ihres Zeitpensums beansprucht und Forschungsarbeiten in den Abend oder auf das Wochenende verbannt.[65]

Angesichts dieser vielfältigen Abhängigkeiten und Beanspruchungen gerät schon die eigene Forschungstätigkeit mancher Jungforscher nicht selten ins Stocken, können Termine nicht eingehalten werden, rückt das Ende des nächsten Zeitvertrages näher, ohne daß das festgelegte Arbeitspensum erledigt ist. Doch mit der eigenen Forschungstätigkeit ist es nicht immer getan: Mitunter wird der Nachwuchs vom Vorgesetzten auch für dessen eigene Tätigkeit eingespannt, kommt so zum selbst gesetzten Erfolgsdruck die Erwartungshaltung des Klinikchefs oder Laborleiters hinzu. Und die ist nicht selten unrealistisch. Immer wieder, sagt die Hamburger Biochemikerin Ulrike Beisiegel, höre sie von jungen Doktoranden, deren Doktorvater einen *abstract* auf einem Kongreß präsentieren wolle und sie deshalb auffordere, „doch mal schnell übers Wochenende dafür die Daten zu liefern". Was schon aus Zeitgründen zumeist unmöglich ist und den Doktoranden in ein ausgewachsenes Dilemma stürzt. „Entweder er läuft Gefahr, seinen Betreuer zu verärgern, oder aber er versucht, das Unmögliche doch noch möglich zu machen."[66]

Und während all dessen ist der Wettlauf um die Posten und Positionen nach dem Doktoranden- oder Assistenten-Dasein bereits voll entbrannt. Auch hier wird die Konkurrenz immer größer – und die

Gefahr des beruflichen, finanziellen und privaten Absturzes oftmals zum ständigen Begleiter. Der Weg zum Lehrstuhl ist weit, der zur Sozialhilfe nicht. Wer sich der wissenschaftlichen Laufbahn einmal verschrieben hat, hat im Falle eines Scheiterns außerhalb der Welt der Hochschulen und Forschungslabors kaum noch Chancen.[67]

Daß all dies einmal mehr einen Wissenschaftler-Typus hervorbringt, der sich eher der Anpassung als der Abweichung, eher dem *mainstream* denn der Originalität verpflichtet fühlt, sei hier nur angedeutet. Erheblich wichtiger ist erneut der kurze Weg von der *Krankheit* des Systems zum Phänomen von Betrug und Fälschung. Und der ist in diesem Fall noch kürzer und direkter als beim Wettlauf um Fördergelder oder Publikationen: Wo der selbstgesetzte und von außen herangetragene Erfolgsdruck immer größer wird, wo die Abhängigkeiten zahlreich, die Aufstiegsrituale mühsam und die Absturzgefahren allgegenwärtig sind – da werden Betrug und Fälschung mitunter gar nicht erst zur hin- und hergewendeten Versuchung. Da sind sie im Extremfall vielmehr der verzweifelt ergriffene Rettungsanker, das gleichsam letzte Mittel im Kampf.

Aufmerksamkeit erwünscht

Wissenschaft als Showbetrieb

Gerade die zuletzt beschriebene *Krankheit* des deutschen Wissenschaftsbetriebes, die Aufstiegsrituale und Absturzgefahren für den Forschernachwuchs, sind ein altes und tief verwurzeltes Problem. Aber auch der Wettlauf um Fördergelder und die Verwilderung der Publiziersitten sind an sich keine neuen Erscheinungen, sondern haben vielmehr in den letzten Jahren jene Zu- und Überspitzung erfahren, die sie für unser Thema von Interesse gemacht haben.

Jüngeren Ursprungs ist hingegen ein Phänomen, das sich zugleich als weitere *Krankheit* des hiesigen Wissenschaftsbetriebes und als besonders augenfälliger Beleg für seine zunehmende *Amerikanisierung* beschreiben läßt: Auch in Deutschland wird Wissenschaft immer mehr zu einem Show- und Medienbetrieb. Dies gilt für die Wissenschaft selbst und ihre interne Kommunikation, aber auch für ihr Auftreten nach außen. Und hier wie dort droht daraus zumindest die Gefahr von Betrug und Fälschung zu erwachsen.

Bleiben wir zunächst beim Einzug der Show in den Wissenschaftsbetrieb selbst. Gewiß: Geschickte Selbstdarsteller hat es in der deutschen Wissenschaft auch zu früheren Zeiten gegeben. Und die Aussicht, ein bewunderter oder beneideter Star zu werden, mag neben allem anderen auch hierzulande Forscher schon immer beflügelt haben – zu Höchstleistungen ebenso wie zu Manipulationen aller Art. Heute aber ist es für einen Wissenschaftler beinahe zur Notwendigkeit geworden, nicht nur immer mehr Forschungsergebnisse zu erzielen, sondern diese und darüber auch sich selbst immer besser zu vermarkten.[68] Die Selbstinszenierung als weiteres Mittel, um sich aus dem übergroßen Heer der Kollegen und Konkurrenten abzuheben. Nicht zuletzt der Stil bestimmt den Marktwert, und mehr und mehr macht der Forscher schneller Karriere, der „sich selbst ganz großartig findet“[69] und dieses auch nach außen zu vermitteln weiß. Aber auch der Betrieb braucht die Selbstinszenierung und heizt darüber die der Wissenschaftler weiter an. Herausgeber von Fachjournalen und Kongreßveranstalter müssen sich ebenso inmitten und gegenüber einer immer größeren Konkurrenz Gehör verschaffen – und wie ließe sich dies besser bewerkstelligen als mit Hilfe großer Namen und Auftritte. Nichts ist so erfolgreich wie der Erfolg, und wer einen nicht nur im Labor, sondern auch am Vortragspult erfolgreichen Hauptredner engagiert, kann fast immer sicher sein, daß von dessen Ruhm und Anerkennung auch etwas für sich selbst abfällt.[70]

Goldene Zeiten für geschickte Selbstdarsteller also, und es ist mehr als nur billige Schwarzseherei, wenn davor gewarnt wird, daß damit auch der Inszenierung vermeintlicher Forschungsergebnisse die Bühne bereitet wird. Besonders zu befürchten ist dies einmal mehr für die Biowissenschaften, in denen es etwa nach Meinung von Ulrike Beisiegel auch hierzulande nur ein kurzer Weg von der Selbstinszenierung zur Manipulation ist. „Hier sind immer mehr Jungdynamiker anzutreffen, und sie alle merken: Je mehr sie bluffen, desto besser kommen sie an. Und das ist die erste Stufe zur Unredlichkeit. Zuerst übertreibt man nur ein wenig und spielt die eigenen Daten hoch. Dann merkt man, daß man damit noch besser ankommt, und auf die erste Unredlichkeit folgt die zweite und so weiter."[71] Fazit der Hamburger Biochemikerin: Der Übergang zu Betrug und Fälschung ist schon hier und heute fließend.

Der gleiche Mechanismus läßt sich auch für das Verhältnis von Wissenschaft und Öffentlichkeit ausmachen[72]. Dieses Verhältnis ist nicht erst seit heute von einem gegenseitigen Erwartungsdruck bestimmt. Die Wissenschaft erwartet von der Öffentlichkeit Zustimmung zu ihrer Arbeit, vor allem aber deren Finanzierung. Im Gegenzug erwartet die Öffentlichkeit von der Wissenschaft Fortschritt, so zum Beispiel und nicht zuletzt bei der Bekämpfung von Krebs und anderen Menschheitsgeißeln. Was sich auf den ersten Blick banal anhören mag, gewinnt angesichts der *Krankheiten* des Wissenschaftsbetriebs sehr wohl an Brisanz: Je härter der Wettlauf um Fördermittel ist und je geringer diese ausfallen, umso mehr geraten Wissenschaftler in Versuchung oder unter Druck, Ergebnisse zu präsentieren, die den Erwartungen der Öffentlichkeit entsprechen – nicht aber der Realität. Dies umso mehr, wenn sich die Öffentlichkeit ihrer stärker werdenden Rolle bewußt wird und die zunehmende Abhängigkeit der Wissenschaft von ihren Finanztöpfen gezielt nutzt, ihre Erwartungen deutlicher zu formulieren oder gar hochzuschrauben. Nicht zu vergessen bei alledem sind die Medien, die zwischen beiden Seiten stehen und von beiden zur Artikulation der gegenseitigen Erwartungen genutzt werden, diese Erwartungen im eigenen Kampf um Auflagen und Einschaltqouten jedoch ebenfalls anheizen – und sogar eigenen Erwartungsdruck ausüben. Wohlgemerkt: vor allem auf die Wissenschaft.

In den USA, aber auch in Europa hat das Kalkül, über die Medien größere öffentliche Aufmerksamkeit und über diese höhere Fördermittel zu erhalten, bereits zur Präsentation geschönter, gefälschter oder erfundener Forschungsresultate geführt.[73] Die deutsche Wissenschaft ist davon bisher offenbar verschont geblieben, zumindest ist kein Fall dieser Art bekannt geworden. Auch der „Fall Herrmann/Brach" eignet sich hier nicht als Lehrstück, weil die beiden Krebsforscher Aufmerksamkeit und Forschungsgelder direkt über Förderorganisationen und Fachjournale zu erlangen suchten und erlangten, ihre Manipulationen denn auch in diesem Umfeld begingen und den Weg über Medien und Öffentlichkeit nicht einschlugen beziehungsweise einzuschlagen brauchten.

Gleichwohl ist es kein Zufall, daß sich die beiden spektakulärsten Fälschungsfälle in der Geschichte der deutschen Wissenschaft, der „Fall Herrmann/Brach" und die Manipulationen am Max-Planck-Institut für Züchtungsforschung in Köln, genau in jenen Forschungsgebieten ereigneten, in denen die Aufmerksamkeit und die Erwartungshaltung von Medien und Öffentlichkeit besonders stark sind. Und kritische Beobachter gehen bereits jetzt davon aus, daß der Tag nicht mehr fern ist, an dem diese Erwartungshaltung auch hierzulande ganz direkt zu Betrug und Fälschung führen wird.[74]

Betrug und Fälschung leicht gemacht

Die verhängnisvolle Unübersichtlichkeit der Wissenschaft

Auf vielerlei Weise also sind abgeschriebene, geschönte, gefälschte oder frei erfundene Forschungsergebnisse auch hierzulande die Konsequenz des modernen Wissenschaftsbetriebes und seiner *Krankheiten*. Doch damit nicht genug: Dieselben *Krankheiten* führen nicht nur zu Betrug und Fälschung – sie erleichtern sie auch und erschweren überdies ihre Aufdeckung. Was von immenser Bedeutung ist: Je einfacher die handwerkliche Seite der Manipulation zu bewerkstelligen ist, je niedriger zudem die Gefahr der Entdeckung ausfällt, desto größer wird die Bereitschaft, dem Druck oder der Versuchung nachzugeben, desto eher werden auch noch vorhandene Hemmschwellen überschritten. Betrug und Fälschung werden am Ende so zum gut kalkulierbaren Risiko – im wahrsten Sinne des Wortes leicht gemacht durch ein System, „das auf dem besten Wege ist, selbstreferentiell zu werden“[75], und dessen interne Schutzmechanismen längst kollabiert sind.

Auch dieses letzte zu beschreibende Problem ist zunächst und vor allem ein Problem der immer ausufernderen Expansion des Wissenschaftsbetriebes. So wie in den USA ist Wissenschaft auch in Deutschland im wahrsten Sinne des Wortes zur *endless frontier*, zum unendlichen Unternehmen geworden, quantitativ wie qualitativ. Die Fragmentisierung des Wissens schreitet immer weiter voran und führt zur Herausbildung immer kleinerer Forschungsgebiete, deren Zahl sich längst nicht mehr genau beziffern läßt. Schätzungen jedenfalls gehen in die Tausende. Logische Folge: Das unendliche Unternehmen wird immer unüberschaubarer – und immer unverständlicher. In manchen der fragmentisierten Forschungsgebiete hat die Spezialisierung des einzelnen Forschers inzwischen einen Grad erreicht, daß selbst die Kollegen der eigenen Arbeitsgruppe seiner Arbeit fachlich nicht mehr in allen Punkten folgen können. Schon immer waren

Forscher Spezialisten auf ihrem jeweiligen Fachgebiet. Inzwischen aber ist mancher von ihnen auf seinem Gebiet der einzige Spezialist, und zwar weltweit. Was es ihm im Falle eines Falles erheblich erleichtert, beispielsweise den immer härteren Kampf um staatliche Fördergelder mit geschönten Projektskizzen und Antragsunterlagen zu führen, deren Richtigkeit oder Unrichtigkeit die Gutachter der Förderorganisationen gewiß immer weniger zu beurteilen vermögen.

Was hier nur angedeutet ist, läßt sich anhand der unendlichen Flut der wissenschaftlichen Veröffentlichungen besonders deutlich aufzeigen: der Zusammenbruch des Gutachterwesens als wichtigste Kontrollinstanz der Wissenschaft. Auch dies ist zunächst ein Problem der *großen Zahl:* Sowohl die Menge der publizierten Beiträge als auch die der Publikationen steigt beständig weiter an. Vier Millionen biomedizinischer Fachartikel jährlich, zehntausende neuer Forschungsergebnisse pro Tag, über 100000 Fachjournale weltweit, davon alleine mehr als 60000 in den Natur- und Biowissenschaften – die Dimensionen sprengen jede Vorstellungskraft und machen die Wahrscheinlichkeit manipulierter Veröffentlichungen längst nur noch zur mathematischen Übung. Daß sich von den immer zahlreicheren Fachjournalen immer mehr erst gar kein System der *peer review* leisten oder leisten können, daß gerade bei kleineren Blättern der Herausgeber auch den Part des Gutachters übernimmt und bei der Durchsicht der eingereichten Manuskripte nicht nur jede fachliche Kompetenz vermissen läßt, sondern zumeist den ökonomischen Erfolg oder das schlichte ökonomische Überleben über alle inhaltlichen Erwägungen stellt – das ist die offenkundigste qualitative Seite des Problems. Sie macht es für jeden halbwegs geschickten Betrüger gleichsam zum Kinderspiel, gefälschte Daten und Resultate in den Publikationskreislauf einzuspeisen.

Weitaus alarmierender aber ist, daß selbst die Gutachtersysteme angesehener Zeitschriften inzwischen immer häufiger kollabieren, wie hierzulande gerade die beiden spektakulärsten Fälschungsfälle gezeigt haben.[76] Und dieser Kollaps wird von den Journalen und ihren *peers* inzwischen auch bereitwillig zugegeben. So konstatierte etwa ein renommierter Botaniker, der auf Einladung von *nature* eine der am Kölner Max-Planck-Institut für Züchtungsforschung manipulierten

Forschungsstudien begutachtet und zur Veröffentlichung empfohlen hatte: „Wenn jemand fälscht, hast du keine Möglichkeit, das zu erkennen."[77] Auch dies ist zunächst die direkte Folge der fortschreitenden Fragmentisierung der Wissenschaft, die selbst den hochspezialisierten Gutacher „schnell zum wissenschaftlichen Analphabeten" macht, „sobald die Grenzen seiner Subspezialisierung überschritten sind"[78].

Zur inhaltlichen Überforderung hinzu kommt freilich ein zweites Phänomen, das von immer mehr Gutachtern beklagt und als nicht zu unterschätzende Gefahr angesehen wird: Die zu begutachtenden Beiträge werden immer zahlreicher und umfangreicher, was zur logischen Folge hat, daß für das einzelne Manuskript immer weniger Zeit und Sorgfalt aufgebracht werden kann. Für die Virologin Karin Mölling etwa läßt sich nur so erklären, warum hochangesehenen Gutachtern bei Veröffentlichungen von Friedhelm Herrmann schlichtweg entgangen ist, was nach dem Bekanntwerden des Skandals praktisch auf den ersten Blick ersichtlich war – daß nämlich ein und dieselbe Abbildung als Beleg für völlig unterschiedliche Meßreihen aufgeführt wurde.[79] Um wieviel geringer ist da erst das Risiko, daß noch weniger auffällige Manipulationen vor der Publikation entdeckt werden?!

Mindestens ebenso stark wie die *peers* der Fachjournale leiden auch die Fachgutachter der Förderorganisationen unter dem Problem der *fehlenden Zeit*. Ja, im Grunde leiden sie noch stärker darunter. Während ein einzelner Fachartikel noch halbwegs überschaubar ist, kann ein einziger Förderantrag leicht mehrere hundert Seiten umfassen. Und Anträge zur Finanzierung ganzer Forschungsgruppen sind in der Begutachtung noch weit aufwendiger. Eine solche *große Begutachtung* kann für die beteiligten Wissenschaftler sehr wohl das Durcharbeiten mehrerer Aktenordner bedeuten. „Man kann in einem solchen Antrag nicht jede Seite lesen, das geht gar nicht", räumt die Biochemikerin Ulrike Beisiegel aus eigener Erfahrung ein[80] – und schätzt sich zu Recht glücklich, auf diese Weise noch nicht das Opfer eines geschickten Betrügers geworden zu sein, der die Zeitnöte der *peers* für sich zu nutzen weiß. Andere Gutachter hatten da weniger Glück.

Das Phänomen der *fehlenden Zeit* leistet Betrug und Fälschung freilich noch in ganz anderem Zusammenhang Vorschub: Auch an deutschen

Hochschulen und in Forschungsinstituten werden zahlreiche Experimente aus Zeitgründen nur einmal durchgeführt, werden ihre Ergebnisse sogleich akzeptiert und veröffentlicht. Dahinter steht dieses Mal weniger die zeitliche Überforderung der Forscher als vielmehr der immer größere Druck, der Konkurrenz zuvorzukommen, frei nach dem bereits zitierten Motto, daß zuerst mahlt, wer zuerst kommt. Gerade an den chronisch unterfinanzierten deutschen Hochschulen kommt zur fehlenden Zeit immer häufiger auch das *fehlende Geld* hinzu, das die Wiederholung besonders aufwendiger Experimente verhindert. Und dabei, darüber herrscht allseits Einigkeit, dürfte sich so mancher manipulierte Versuch schon durch schlichtes Wiederholen als solcher enttarnen lassen.[81]

Schon auf diese Weise können Wissenschaftsbetrüger und -fälscher also von den *Krankheiten* des hiesigen Wissenschaftsbetriebs profitieren. Und vollends erleichtert werden ihnen Manipulationen aller Art durch die rasante technische Entwicklung dieses Betriebes. Mit dem Computer bekommen sie ein Werkzeug an die Hand, mit dem sich Experimente im wahrsten Sinne des Wortes per Tastendruck manipulieren und die Manipulationen zugleich bis zur Unkenntlichkeit tarnen lassen. „Eine Reaktionsbande, die man nicht haben will, digitalisiert man eben weg" – dieser lakonische Umgang mit den neuen technischen Möglichkeiten hat sich nach Einschätzung von Prof. Dr. Werner Franke vom Deutschen Krebsforschungszentrum in Heidelberg inzwischen in vielen Forschungslabors breit gemacht.[82] Vor allem jüngeren Doktoranden sei diese Haltung bereits „in Fleisch und Blut übergegangen". Bei nicht wenigen Wissenschaftlern ist andererseits nur eine sehr geringe oder gar keine Sensibilität für das Mißbrauchspotential der Computer vorhanden – was es Fälschern ebenfalls umso leichter macht.

Und über alledem steht auch hier das Internet. Nicht nur, daß es die Veröffentlichung geschönter, gefälschter oder frei erfundener Forschungsergebnisse ohne jede *peer review* möglich macht – auch der Diebstahl fremder Ideen aus dem schier unendlichen Fundus des *world wide web* ist ein leichtes Unterfangen. Und die Gefahr, jemals entdeckt zu werden, ist dabei denkbar gering.

Alles in allem also schöne Zeiten für Betrüger und Fälscher – und miserable für jene, die ihnen nachspüren. Das System überlistet sich selbst und führt in letzter Konsequenz die eigenen Grundlagen *ad absurdum*.

Über die meisten der hier beschriebenen *Krankheiten* wurde in der deutschen Wissenschaft lange Zeit nur höchst sporadisch diskutiert. Der Patient versuchte seine Gefährdung zu verdrängen, wenn er sie denn überhaupt als solche erkannte. Natürlich gab es frühe Warnungen vor einer unkontrollierbaren Flut wissenschaftlicher Veröffentlichungen, und ebenso früh stand die Situation des akdemischen Nachwuchses in der Kritik. Doch die Diskussionen darüber fanden zu keiner Zeit auf breiter Front statt. Und schon gar nicht ging es in ihnen auch um jene kurzen Wege, die von den *Krankheiten* des Systems zu Betrug und Fälschung führen. Wie schon festgestellt: So wie das Phänomen selbst blieben auch seine Hintergründe bewußt mißachtet. Auch dies änderte sich erst nach dem „Fall Herrmann / Brach", als sich vor allem ein Gremium aufmachte, über die spektakulären Fälschungen der beiden Krebsforscher hinaus grundsätzlichere Aufklärungsarbeit zu leisten. Und erst mit ihr kam auch die Debatte über wirkungsvollere Schutzmechanismen und Sanktionen gegen Betrug und Fälschung in der deutschen Wissenschaft richtig in Gang.

DRITTER TEIL

Schutzvorkehrungen und Sanktionen

Die heilsame Wirkung des Schocks

Deutschlands Wissenschaft auf der Suche nach Schutz

Es war eine hochkarätige Runde. Die dreizehn Wissenschaftler, die sich an diesem 17. September 1997 auf Einladung der Deutschen Forschungsgemeinschaft im Bonner Wissenschaftszentrum trafen, waren aus allen Himmels- und Fachrichtungen zusammengekommen, ein jeder für sich vielfach ausgewiesen in seiner Wissenschaft und in Fragen der Wissenschaft allgemein, allesamt Repräsentanten renommierter Forschungsinstitute, Hochschulen und Wissenschaftsorganisationen und – *in toto* – ein durchaus repräsentatives Abbild der modernen Wissenschaft und ihrer inneren Ordnung[1]:

Den weitesten Weg hatte an diesem Vormittag Prof. Dr. Lennart Philipson hinter sich, der vom *Skirball Institute of Biomolecular Medicine* an der *New York University* nach Bonn gekommen war. Vom *Institut Suisse de Recherches Expérimentales sur le Cancer* in Epalinges bei Lausanne war Prof. Dr. Bernhard Hirt angereist, vom nationalen französischen Großforschungszentrum INSERM in Paris der Neuroendokrinologe Prof. Dr. Claude Kordon.

So wie bei den ausländischen Teilnehmern der Runde waren auch bei ihren deutschen Kollegen die Bio- und Naturwissenschaftler in der deutlichen Überzahl: Von der Neurologischen Universitätsklinik in Tübingen war Prof. Dr. Johannes Dichgans nach Bonn gereist, vom Max-Planck-Institut für Hirnforschung in Frankfurt am Main Prof. Dr. Wolf Singer. Und auch die beiden einzigen Wissenschaftlerinnen der Runde kamen aus den Biowissenschaften: Prof. Dr. Ulrike Beisiegel von der Medizinischen Universitätsklinik in Hamburg und Prof. Dr. Sabine Werner vom Max-Planck-Institut für Biochemie in Martinsried bei München. Die Physik war mit Prof. Dr. Siegfried Großmann von der Universität Marburg und Prof. Dr. Björn H. Wiik, dem Direktor des Deutschen Elektronen-Synchrotron DESY in Hamburg, ebenso doppelt vertreten wie die Chemie mit Prof. Dr. Gerhard Ertl vom Fritz-

Haber-Institut der Max-Planck-Gesellschaft in Berlin und Prof. Dr. Cornelius Weiss von der Fakultät für Chemie der Universität Leipzig, der als Vizepräsident der Hochschulrektorenkonferenz (HRK) zugleich der – inoffizielle – Repräsentant der deutschen Hochschulen war.

Die Welt der Nicht-Bio- und Naturwissenschaften war in der Bonner Runde lediglich durch zwei Teilnehmer repräsentiert, doch sagte diese zahlenmäßige Unterlegenheit nichts über den bedeutenden Part aus, den beide spielen sollten. Für juristischen Sachverstand sorgte Prof. Dr. Eberhard Schmidt-Aßmann vom Institut für deutsches und europäisches Verwaltungsrecht an der Universität Heidelberg, und die Sache der Geisteswissenschaften vertrat ein Gelehrter, der dazu wie kein zweiter prädestiniert war: Prof. Dr. Wolfgang Frühwald, angesehener Germanist und auch an der Spitze der DFG ein unermüdlicher Fürsprecher der ‚anderen Kultur'. Nicht jedoch als Germanist, sondern als Präsident der größten Forschungsförderorganisation war Frühwald auch der Initiator der Runde, und als solcher übernahm er nun auch den Vorsitz.[2]

Unter anderen, erfreulicheren Umständen hätten diese elf Herren und zwei Damen zweifellos die interessantesten Gespräche über die Wissenschaft im allgemeinen und im besonderen führen können. Doch die Umstände ihres Treffens waren alles andere als erfreulich: Nicht die Perspektiven der Forschung an der Schwelle zum neuen Jahrtausend oder die ewig aktuelle Frage nach dem Mit-, Neben- oder Gegeneinander der beiden Wissenschaftskulturen hatten sie an diesem spätsommerlichen Mittwochmorgen zusammengeführt, sondern der bis dato größte Betrugs- und Fälschungsskandal in der Geschichte der deutschen Wissenschaft: der „Fall Herrmann/Brach". Hinter verschlossenen Türen ging es dabei weniger um die alles andere als erfreulichen Details des Skandals – mit denen sich ja bereits eine Vielzahl lokaler und nationaler Untersuchungskommissionen befaßte – als vielmehr um die Frage, wie sich ähnliches künftig verhindern ließe.

Während die Arbeit dieser Kommission erst begann, war die einer anderen bereits so gut wie abgeschlossen: Bei der Max-Planck-Gesellschaft, der bedeutendsten außeruniversitären Forschungsförderorganisation, hatte sich in den Monaten zuvor ebenfalls eine Arbeitsgruppe mit dem Thema Betrug und Fälschung in der Wissenschaft befaßt. Den versammelten Experten unter Vorsitz des Juristen, MPG-Vizepräsidenten und Institutsdirektors Prof. Dr. Albin Eser war es dabei weniger um Schutzvorkehrungen im Vorfeld gegangen als darum, wie auf Betrugs- und Fälschungsfälle sowie Verdachtsmomente wirkungsvoll reagiert werden könne. Eingesetzt worden war die Kommission noch vor Bekanntwerden des „Falls Herrmann/Brach“, und bei ihrer Arbeit konnte sie durchaus auf Vorarbeiten anderer deutscher Wissenschaftsorganisationen zurückgreifen, die – wie wir noch sehen werden – jetzt eine reichlich verspätete Wirkung zeigen sollten. Ihre eigentliche Bedeutung und ein hohes Maß an wissenschaftsinterner und öffentlicher Aufmerksamkeit aber erhielt die Max-Planck-Kommission erst jetzt, nach und durch den „Paukenschlag“. Auch davon wird noch zu berichten sein.[3] Zunächst aber muß unser Blick der Kommission gelten, die nun am 17. September 1997 in Bonn ans Werk ging.

Ein doppelter Auftrag

Die „Internationale Kommission“[4] der DFG war die bis dahin stärkste Waffe der deutschen Wissenschaft im Kampf gegen Betrug und Fälschung in den eigenen Reihen. Ihre Initiatoren, allen voran Wolfgang Frühwald und das Präsidium der Forschungsgemeinschaft, verfolgten mit ihr zwei Ziele: ein offizielles – und ein höchst inoffizielles, das gleichwohl ebenso eindeutig und in der Gewichtung nicht weniger bedeutsam war. Zum einen und offen ausgesprochen sollte die Kommission vor allem die Schutzvorkehrungen und daneben auch die Reaktions- und Sanktionsmöglichkeiten innerhalb des deutschen Wissenschaftssystems gegen Betrug und Fälschung unter die Lupe nehmen und erkennbare Schwachstellen ausbessern. Und zum anderen – und eben nicht *expressis verbis* formuliert – sollte sie die Unabhängigkeit und Selbstkontrolle der deutschen Wissenschaft im Umgang mit Betrug und Fälschung sichern und jeder Einmischung von außen einen Riegel vorschieben.

Beide Anliegen, auch das inoffizielle, wurden bereits zweieinhalb Monate vor dem Bonner Treffen deutlich, als Wolfgang Frühwald am 27. Juni 1997 auf der Jahrespressekonferenz der DFG die Einsetzung der Kommission bekanntgab.[5] Bei dieser Gelegenheit verkündete er nämlich auch gleich den Auftrag der dreizehn Kommissionsmitglieder – und zwar in einer Weise, die ihnen ihre Marschrichtung bereits unmißverständlich vorgab: Aufgabe der Kommission sei es, „die Verfahren der Selbstkontrolle der Wissenschaft [zu] überprüfen und gegebenenfalls [zu] schärfen“[6], stellte Frühwald klar. Ausgehend vom konkreten Fall werde sie sich hierzu unter anderem „mit folgenden von der Wissenschaft und der Öffentlichkeit zu Recht gestellten Fragen befassen müssen: Warum sind die hier zugegebenen [sic!] Fälschungen nicht früher entdeckt worden, nachdem unterschiedliche Gutachtergruppen an der Prüfung beteiligt waren? Warum werden die Namen auch bekannter Wissenschaftler als Co-Autoren bei Gemeinschaftspublikationen angeführt, wenn diese Forscher sich an die Zusammenarbeit nicht mehr erinnern? Gibt es unter dem Druck explodierender Forschungsfelder Verluste an Nachprüfbarkeit? Wie steht es um das Verhältnis von Vertrauen und Kontrolle in eng kooperierenden Arbeitsgruppen?“

Mit diesen Fragen, dies war bereits jetzt klar, betrat die deutsche Wissenschaft tatsächlich Neuland. Erstmals sollten elementare Spielregeln und Verhaltensmuster im hiesigen Wissenschaftsbetrieb daraufhin untersucht werden, ob und inwieweit sie Betrug und Fälschung ermöglichten. Im Klartext bedeutete dies nichts anderes als das jahrzehntelang verweigerte Eingeständnis, daß die Ursachen für Betrug und Fälschung nicht zuletzt auch in der Wissenschaft selbst zu suchen sind.

All dies aber, und eben das war die andere und inoffizielle Seite, sollte unter dem ehernen Gebot der Selbstkontrolle und Selbstverwaltung der Wissenschaft geschehen. Ohne es beim Namen zu nennen, doch unschwer herauszuhören, machte Wolfgang Frühwald bereits an diesem 27. Juni klar, was für ihn bzw. die deutsche Wissenschaft auch nach dem „Fall Herrmann/Brach“ oberste Priorität hatte: Betrug und Fälschung in der Forschung bzw. der Umgang damit mußten auch weiterhin allein Sache der Wissenschaft und ihrer Organisationen bleiben. Hatten sich die internen Sicherungsmechanismen als lückenhaft erwiesen, mußten sie eben verbessert werden, waren härtere Sanktionen notwendig, mußten sie statuiert werden – doch beides bitte in eigener Regie und Verantwortung und ohne Einmischung von außen.

Angriff ist die beste Verteidigung

Hinter dem doppelten Auftrag an die „Internationale Kommission" wie hinter ihrer Einsetzung insgesamt standen eben jene beiden Gefühlszustände, die in der deutschen Wissenschaft im Frühjahr 1997 weit verbreitet waren und denen wir bereits zu Beginn unserer Betrachtung begegnet sind: der Schock angesichts des unerhörten Skandals und die Furcht vor den Konsequenzen. Der Schock saß tief und war gerade einem Wissenschaftsrepräsentanten wie Wolfgang Frühwald unschwer anzumerken und abzunehmen, auch wenn er im Grunde nur zeigte, wie sträflich zuvor die Gefahr von Betrug und Fälschung ignoriert, die Diskussion ihrer Ursachen unterlassen und wirksamere Gegenmaßnahmen zu treffen versäumt worden waren. Immerhin: Daß die vorhandenen Schutzmechanismen und Sanktionen verbessert werden mußten – diese Erkenntnis hatte der Skandal bewirkt.

Mindestens ebensostark aber trieb die Furcht vor den Folgen des Skandals die deutsche Wissenschaft in die Gegenoffensive: Der öffentliche Vertrauensverlust, vor dem etwa Frühwald und sein Max-Planck-Kollege Hubert Markl schon direkt nach Bekanntwerden des „Falles Herrmann/Brach" gewarnt hatten, war tatsächlich eingetreten. Immer lauter ertönte der Ruf nach stärkerer Kontrolle der Wissenschaft von außen. Er kam zunächst von den Medien, und zwar auch von solchen, die sonst eher das Prinzip der Selbstverantwortung gegen externe Reglementierungen verteidigten: Von einer „Wissenschaft ohne Kontrolle" sprach etwa die *Süddeutsche Zeitung* und kritisierte: „In Deutschland fehlen Wächter über eine saubere Forschung."[7] Nicht minder deutlich wurde der Leitartikler der *Badischen Zeitung:* „Bisher werden Forscher von Forschern kontrolliert. Dies müssen Unabhängige tun, sonst nimmt der Ruf der Wissenschaft Schaden."[8] Und so wie er enthielten sich auch andere Journalisten nicht des Hinweises, daß Wissenschaft und Forschung schließlich zu einem großen Teil mit öffentlichen Mitteln finanziert würden und die Öffentlichkeit daher stärker darüber mitwachen solle, wie mit ihrem Geld umgegangen werde.

Besonders alarmieren mußte die deutsche Wissenschaft jedoch, daß der Ruf nach stärkerer öffentlicher Kontrolle nun auch in der Politik aufkam. Bisher hatten die politischen Entscheidungsträger in Bund und Ländern diesem Gedanken stets eine klare Absage erteilt, wie sich zuletzt gut zwei Jahre zuvor gezeigt hatte: Unter dem Eindruck der von uns bereits geschilderten mutmaßlichen Manipulationen eines Chemiedoktoranden an der Bonner Universität[9] hatte der SPD-Bundestagsabgeordnete Arne Fuhrmann im Januar 1995 die Bundesregierung gefragt, welche gesetzlichen Maßnahmen sie „zur Verfolgung von Unlauterkeit in der Forschung" ergreifen wolle.[10] Die Antwort des Parlamentarischen Staatssekretärs im Bundesministerium für Bildung, Wissenschaft, Forschung und Technologie, Bernd Neumann (CDU), war eindeutig gewesen: Die Bundesregierung sehe „keinen Anlaß zu gesetzgeberischen Maßnahmen", da die möglichen rechtlichen, finanziellen und wissenschaftlichen Sanktionen zur Ahndung der im übrigen „nur ganz vereinzelt[en] Fälle wissenschaftlicher Unlauterkeit" ausreichten und „das Problem [...] in den großen deutschen Wissenschaftsorganisationen aufmerksam verfolgt" werde.[11]

Nun aber schlugen erste Politiker andere Töne an: „Wir müssen darüber nachdenken, wie wir Mißbräuche der Wissenschaftsfreiheit in Zukunft mit größtmöglicher Sicherheit ausschließen können. Dazu gehören auch institutionelle Überlegungen", machte etwa Baden-Württembergs Wissenschaftsminister Klaus von Trotha (CDU), als oberster Dienstherr der beiden Ulmer Krebsforscher besonders betroffen, deutlich[12], und wer hier die übliche Politikervorsicht abzog, mußte gewarnt sein. Und auch in der Kultusministerkonferenz machten Überlegungen über eine stärkere öffentliche Kontrolle der Wissenschaft die Runde. Zwar sollten weder von Trothas „institutionelle Überlegungen" noch die seiner Ministerkollegen konkrete Formen annehmen. Doch dies war im Frühjahr 1997 noch nicht abzusehen. Für den Moment jedenfalls schien die Selbstkontrolle der deutschen Wissenschaft bedroht, und diese Bedrohung wurde überaus ernst genommen.

So konnte es für die deutsche Wissenschaft und ihre Spitzenrepräsentanten nur einen Weg geben: Sie selbst mußten die Initiative ergreifen, ganz nach dem Motto, daß die beste Verteidigung noch immer der Angriff ist. Nur wenn sie selbst den Ursachen für Betrug und Fälschung in der Forschung nachgingen und die Lücken in ihren Schutzvorkehrungen aufzeigten und stopften, konnten sie das Vertrauen der Öffentlichkeit wiedererlangen.[13] Und nur so konnten sie sicherstellen, daß sie auch die Fäden in der Hand halten würden, und eben nicht die Politiker oder Juristen.

Die willkommene Schwäche des Rechts

In dem damit eröffneten Selbstbehauptungskampf standen die Spitzenvertreter der deutschen Wissenschaft nicht zuletzt vor einem Problem: Nach dem „Fall Herrmann/Brach“ konnten sie das eherne Prinzip der Selbstkontrolle nicht mehr um des Prinzips willen hochhalten, sondern mußten seine praktische Überlegenheit beweisen. Deshalb genügte es auch nicht, in sich schlüssige Schutzmechanismen und Sanktionsmöglichkeiten zu erarbeiten. Es mußte vielmehr gezeigt werden, daß sie wirkungsvoller sein würden als alle externen Regelungsversuche. Und genau dies betonten Wissenschaftsorganisationen und Wissenschaftler schon im Vorfeld der Arbeit der „Internationalen Kommission“, und zwar vor allem in eine Richtung: Wissenschaftsinterne Schutzvorkehrungen und Sanktionen seien in jedem Fall wirkungsvoller als juristische Regelungen, denn diese würden der komplexen Materie vielfach gar nicht gerecht. Gewiß: Dies war auch eine Behauptung in eigener Sache. Doch einfach abzutun war sie nicht, wie eine kurze Betrachtung der juristischen Seite unseres Problems zeigt[14]:

Auf den ersten Blick fällt diese Betrachtung nicht einmal schlecht aus. So wie angesichts der beinahe schon sprichwörtlichen „Verrechtlichung“ aller Gesellschaftsbereiche und Lebensumstände nicht anders zu erwarten, bietet das deutsche Recht auf dem Papier auch gegen Betrug und Fälschung in der Wissenschaft ein umfangreiches Instrumentarium. Das beginnt mit arbeits-, dienst-, standes- und hochschulrechtlichen Sanktionen, die auf eine Vielzahl möglicher Tatbestände Anwendung finden können und – wie etwa im „Fall Herrmann/Brach" – auch finden: Wer als beamteter Wissenschaftler, etwa als Hochschulprofessor oder Institutsleiter, Forschungsergebnisse fälscht oder sich in sonstiger Weise betrügerisch verhält, muß mit disziplinarrechtlichen Maßnahmen rechnen, die je nach Schwere des Verstoßes von Warnungen und Verweisen über Geldbußen und Gehaltskürzungen bis hin zur Entfernung aus dem Dienst reichen können. Angestellte im Forschungsbetrieb, also etwa wissenschaftliche Mitarbeiter oder Laborassistenten, können abgemahnt und gekündigt werden. Akademische Grade und Lehrbefugnisse, die mit gefälschten oder erfundenen Forschungsergebnissen oder mit unerlaubt angeeignetem fremden Gedankengut erlangt wurden, können ebenso wieder entzogen werden wie ärztliche Approbationen oder die Mitgliedschaft in Standesorganisationen.

Auch eine Reihe strafrechtlicher Tatbestände und Sanktionen ist festgeschrieben. Ein Fall für den Staatsanwalt tritt etwa dann ein, wenn Wissenschaftler sich mit unzutreffenden Angaben Fördermittel oder eine Anstellung erschleichen. Je nach Einzelfall können hier Ermittlungen wegen Betrugs, Subventionsbetrugs, Urkundenfälschung oder Untreue eingeleitet werden. Unter Umständen droht Wissenschaftsbetrügern sogar eine Verurteilung wegen vorsätzlicher oder fahrlässiger Körperverletzung oder Tötung – dann nämlich, wenn aufgrund gefälschter oder erfundener Forschungen Arzneimittel oder Behandlungsmethoden entstehen, die zu Gesundheitsschäden oder gar zum Tod von Patienten führen.[15]

Hinzu kommen schließlich die zivilrechtlichen Forderungen, die gegen betrügerische Wissenschaftler geltend gemacht werden können: Fördereinrichtungen können Stipendiengelder zurückfordern, Autoren, deren geistiges Eigentum plagiiert wurde, können Schadensersatzansprüche anmelden, und Patienten, die durch gefälschte oder erfundene Forschungsergebnisse Gesundheitsschäden erleiden, haben Anspruch auf Schmerzensgeld.

„In Deutschland herrscht im Hinblick auf das Fehlverhalten von Forschern also kein juristisches Vakuum", faßt die Bonner Juristin Stefanie Stegemann-Boehl vor diesem Hintergrund zusammen.[16] Und doch ist auch hier alle Theorie grau und nur die eine Seite der Medaille. Die Praxis sieht anders aus.

Tatsächlich können hierzulande nur die wenigsten wissenschaftlichen Manipulationen juristisch geahndet werden. Schuld daran ist in den meisten Fällen ein Problem – das der juristischen Beweisführung. Es genügt nämlich nicht, einem Forscher etwa die Verwendung unrichtiger Ergebnisse nachzuweisen. Er muß vielmehr auch immer einer betrügerischen Absicht überführt werden, und eben dies ist zumeist unmöglich. Zu breit ist die juristische Grauzone, zu zahlreich sind die Schlupflöcher, die von findigen Forschern und ihren Rechtsbeiständen genutzt werden. Wenn sich ein unter Fälschungsverdacht stehender Forscher darauf beruft, daß seine unrichtigen Daten lediglich auf einem wissenschaftlichen Irrtum beruhen, ist an Vorsatz nicht mehr zu denken, und damit auch nicht an eine juristische Ahndung. Und auch einem Wissenschaftler, der zwar Fahrlässigkeit bei seinen Experimenten zugibt, eine bewußte Fälschung aber abstreitet, ist nur schwerlich das Gegenteil zu beweisen. Selbst scheinbar eindeutige Manipulationen können so wegen Beweisnot am Ende doch folgenlos bleiben.

Mehr noch: Mitunter verhindert das Problem der Beweisführung sogar, daß Manipulationsvorwürfen überhaupt nachgegangen werden kann, wie nicht zuletzt der hier bereits geschilderte Streit um die Forschungsergebnisse des Gießener Biophysikers Wolfgang Lohmann gezeigt hat. Wir erinnern uns: Bis hinauf zum Bundesverwaltungsgericht wurde der Gießener Universität untersagt, die strittigen Forschungsergebnisse ihres Professors zu überprüfen oder gar deren Rücknahme zu fordern, bevor nicht zweifelsfrei erwiesen sei, daß die Daten vorsätzlich gefälscht und damit nicht mehr von der Wissenschaftsfreiheit geschützt seien.[17]

Doch auch damit nicht genug: Manche Varianten von Wissenschaftsbetrug und -fälschung werden vom deutschen Recht erst gar nicht erfaßt. Das eindringlichste Beispiel schildert einmal mehr Stefanie Stegemann-Boehl: „Was den Diebstahl von Ideen angeht, sind wissenschaftliche Werke zwar gegen die wörtliche Übernahme geschützt. Die Gedanken, Lehren und Theorien, also das, worauf es einem Forscher eigentlich ankommt, sind urheberrechtlich jedoch frei und können häufig ohne rechtliche Sanktion plagiiert werden."[18] Und noch etwas betont die Juristin: Abgesehen vom öffentlichen Diziplinarrecht bietet das juristische Instrumentarium keine Möglichkeit der abgestuften Reaktion. „Nicht jede Manipulation von Daten löst Regreßansprüche aus. Nicht jedes Abschreiben berechtigt zu einer Abmahnung oder Kündigung. Aber jenseits von Regreßansprüchen, Strafverfahren und arbeitsrechtlichen Schritten gibt es [...] keine Möglichkeiten, auf mittelschweres Fehlverhalten angemessen zu reagieren."[19] Auch so fallen zahlreiche Manipulationsvarianten und -fälle aus der juristischen Ahndung heraus.

All diese Schwächen des Rechts waren der deutschen Wissenschaft nun höchst willkommen, und sie wurde nicht müde, dagegen die Vorzüge wissenschaftsinterner Regelungen zu betonen. Auch hierbei konnte sie sich auf Stefanie Stegemann-Boehl berufen, die am Ende ihrer Mängelanalyse zweierlei gefordert hatte, um die juristischen Lücken zu schließen: Eine Konkretisierung der Förderrichtlinien und die Einführung von Verfahren zum Umgang mit Fehlverhalten. Beides war an die Adresse der Wissenschaftsorganisationen und Hochschulen gerichtet und bedeutete, juristisch formuliert, „den Schutz der in den verschiedenen Fallkonstellationen verletzten Interessen jeweils dort zu verstärken, wo die Beeinträchtigung stattfindet"[20]. Und eben hier setzte nun die „Internationale Kommission" im September 1997 an.

Frühe Versuche mit später Bedeutung

Die Kommission betrat, wir haben es bereits betont, in mehrfacher Hinsicht Neuland. Und dennoch mußte sie nicht bei Null beginnen. So widersinnig es angesichts der jahrzehntelangen Verdrängung von Betrug und Fälschung in den eigenen Reihen auch klingt: Bereits vor dem „Fall Herrmann/Brach" hatten in der deutschen Wissenschaft Richtlinien existiert, an die die dreizehn Kommissionsmitglieder –

und auch ihre Kollegen in der Arbeitsgruppe der Max-Planck-Gesellschaft – nun anknüpfen konnten. Erarbeitet worden waren diese Regelungen von einzelnen Wissenschaftsorganisationen und Standesverbänden, die damit jeweils in ihrem eigenen Bereich *wissenschaftliches Fehlverhalten* zu erschweren und den Umgang damit zu erleichtern suchten – freilich ohne das Problem damit tatsächlich als solches anzuerkennen und anzugehen. Doch davon später mehr.

Den Anfang machte 1992 die Deutsche Forschungsgemeinschaft. Zu verdanken war dies in erster Linie ihrem damaligen Vizepräsidenten Albin Eser, der seit Jahren die amerikanischen Betrugs- und Fälschungsskandale und den Umgang damit beobachtete und als einer von nur wenigen deutschen Wissenschaftlern seine Kollegen aufforderte, ähnliche Vorsorge zu treffen. Auf seine Initiative ergänzte die DFG nun ihre Merkblätter für Antragsteller:

Wer Fördermittel beantragt, wird seitdem aufgefordert, „alle für das geplante Vorhaben einschlägigen Fragen mit der den wissenschaftlichen Gepflogenheiten entsprechenden Vollständigkeit zu beantworten und dabei eigene und fremde Vorarbeiten korrekt zu benennen“[21]. Auch die Hinweise für Gutachter wurden ergänzt. Den für das DFG-Förderverfahren entscheidenden *peers* wurde untersagt, „den individuellen wissenschaftlichen Inhalt des [von ihnen begutachteten] Antrages, insbesondere unveröffentlichte Daten und Theorien der Antragsteller“ an Dritte weiterzugeben oder gar für eigene Zwecke zu verwerten. Antragsteller oder Gutachter, die gegen diese Grundsätze verstoßen oder in den Verdacht geraten, dieses getan zu haben, müssen mit einem zweistufigen internen Ordnungsverfahren und Sanktionen rechnen: Bei einem „hinlänglich begründeten“ Verdacht auf Fehlverhalten wird dem Betroffenen vier Wochen Zeit für eine Stellungnahme gegeben. Aufgrund dieser und der schriftlich vorgebrachten Beschuldigungen wird danach entschieden, ob eine „förmliche Untersuchung“ eingeleitet wird. Wird die Untersuchung beschlossen, tritt ein fünfköpfiger Untersuchungsausschuß, bestehend aus vier Mitgliedern des DFG-Hauptausschusses und dem Generalsekretär als Vorsitzenden, zusammen und trifft „nach Anhörung der Beteiligten aufgrund freier Beweisführung“ eine Entscheidung in der Sache. Regelverletzern drohen schriftliche Mahnungen, die Ablehnung von Anträgen, der Ausschluß aus Gremien und die Beendigung ihrer Gutachtertätigkeit.

Ebenfalls 1992 gab sich die Deutsche Gesellschaft für Soziologie (DGS) einen „Ethik-Kodex", der auch vom Berufsverband Deutscher Soziologen (BDS) übernommen wurde.[22] Ausführlicher noch als die DFG-Merkblätter enthielt er zunächst allgemeine Verhaltensrichtlinien und schrieb sodann ein konkretes Verfahren für den Umgang mit Fehlverhalten fest. Unter den Verhaltensrichtlinien sind aus späterer Sicht vor allem zwei Punkte bemerkenswert: Die Verbandsmitglieder wurden aufgefordert, „alle Personen, die maßgeblich zu ihrer Forschung und zu ihren Publikationen beigetragen haben", zu nennen; „die Ansprüche auf Autorenschaft und die Reihenfolge der Autor/innen sollen deren Beteiligung am Forschungsprozeß und an der Veröffentlichung abbilden". Und die Soziologie-Professoren an den Hochschulen wurden angehalten, „dem wissenschaftlichen Nachwuchs und den Studierenden die Elemente berufsethischen Handelns" zu vermitteln. Hinweise auf Verstöße gegen diesen Kodex sollen einer fünfköpfigen „Ethik-Kommission" angezeigt werden, die zunächst „eine vermittelnde Beilegung anstrebt". Bestätigt sich der Verdacht jedoch, kann die Kommission auch Sanktionen aussprechen, die vom öffentlichen Tadel in den Verbandszeitschriften über die Aussetzung der Mitgliedschaft bis hin zum Verbandsausschluß reichen.

Auch die Gesellschaft Deutscher Chemiker (GDCh) legte bereits vor dem „Fall Herrmann/Brach" einen Verhaltenskodex vor, der auf die Möglichkeit unredlicher wissenschaftlicher Arbeit einging.[23] Sie forderte im Dezember 1994 ihre Mitglieder auf, „für Freiheit, Toleranz und Wahrhaftigkeit in der Wissenschaft einzutreten". Chemiker seien „bei der Erarbeitung, Anwendung und Verbreitung von chemischem Wissen [...] der Wahrheit verpflichtet und bedienen sich keiner unlauteren Methoden." Der Verhaltenskodex wurde von der GDCh unter dem Eindruck des „Falls Zadel"[24] erarbeitet, enthielt allerdings kein Handlungsinstrumentarium für den Umgang mit Fehlverhalten, sondern beschränkte sich auf die Formulierung von Verhaltensregeln.

Auf solche Regeln verpflichtete schließlich auch die Deutsche Gesellschaft für Erziehungswissenschaft ihre Mitglieder. In ihren „Standards erziehungswissenschaftlicher Forschung"[25] hob sie die „Verantwortung des Wissenschaftlers für die Einhaltung professioneller Standards" hervor und ging dabei besonders auf die Situation geistes- und gesellschaftswissenschaftlich orientierter Forschung ein. Als Standards wurden genannt: „Jeder Wissenschaftler soll die normativen, theoretischen und methodischen Voraussetzungen offenlegen, die in seine Fragestellung und Vorgehensweise eingehen. Diese Forderung bezieht sich auch auf eine mögliche Parteinahme für bestimmte Interessengruppen [...]. Jeder Wissenschaftler soll angeben, wie der Wahrheitsgehalt seiner Aussagen überprüft werden kann und welche Kriterien der Gewißheit er selbst zugrunde gelegt hat [...]. Alternative Ansätze dürfen nicht verschwiegen werden. Jeder Wissenschaftler ist gehalten, Forschungsergebnisse offenzulegen, auch wenn sie der eigenen Theorie bzw. den eigenen Hypothesen widersprechen." Richtlinien für den Umgang mit Verstößen fanden sich hier jedoch ebenfalls nicht.

Vor allem in der Beschreibung redlichen wissenschaftlichen Arbeitens, teilweise aber auch im Hinblick auf die Ahnung des Gegenteils waren diese vor dem „Paukenschlag" beschlossenen Richtlinien also bereits durchaus konkret. Und dennoch: Ausdruck wirklichen Problembewußtseins waren sie nicht. Abgesehen davon, daß nur einige wenige Wissenschaftsorganisationen und Standesverbände Regelungen erlassen hatten, hingen auch diese, einmal verabschiedet, gleichsam im luftleeren Raum und wurden allenfalls zur Kenntnis genommen. Eine tiefergehende Diskussion über Betrug und Fälschung in der Wissenschaft – die als solche erst gar nicht beim Namen genannt wurden – lösten sie jedenfalls nicht aus, weder innerhalb der Organisationen und Verbände noch in der deutschen Wissenschaft insgesamt. Die überwältigende Mehrheit der Wissenschaftler war nach wie vor davon überzeugt, daß es sich hier um ein vernachlässigenswertes oder erst gar nicht existentes Phänomen handelte, es mithin auch keiner Verhaltensregeln zu seiner Verhinderung oder Sanktionierung bedurfte.

Und so sollten diese frühen Versuche erst nach dem „Fall Herrmann/Brach" ihre verspätete Wirkung entfalten. Denn vieles, was die „Internationale Kommission" der DFG – und auch die Arbeitsgruppe der Max-Planck-Gesellschaft – zum Schutz vor Betrug und Fälschung vorschlagen sollten, war in ihnen bereits angelegt.

Blick über den Tellerrand

Wie anderswo Forschungsfälschung verhindert werden soll

Verglichen mit Wissenschaftssystemen in anderen Staaten war das, was nach dem „Fall Herrmann/Brach“ nun auch in der deutschen Wissenschaft anhob, ein reichlich verspätetes Unterfangen. So wie bei der Diskussion der Hintergründe und Mechanismen von Betrug und Fälschung man auch bei der Suche nach möglichst wirkungsvollen Schutzvorkehrungen und Sanktionen anderswo weit voraus war, hinkte man hierzulande deutlich hinterher. Immerhin: Über die früheren, kaum beachteten Regelungsversuche im eigenen Lande hinaus erwuchs der deutschen Wissenschaft mit den ausländischen Vorkehrungen so eine zweite wichtige Orientierungshilfe. Oder besser: Sie hätte ihr erwachsen können, wenn sie sich denn stärker darauf eingelassen hätte.

Das amerikanische Modell

Die ersten und detailliertesten Schutzvorkehrungen und Sanktionsmöglichkeiten gegen Betrug und Fälschung in der Wissenschaft wurden, wir ahnen es längst, in den USA festgeschrieben. Dort führte die durch spektakuläre Fälschungsfälle ausgelöste intensive wissenschaftsinterne, politische und öffentliche Debatte bereits in den achtziger Jahren zunächst zur Formulierung weitgefaßter Definitionen des Problems. Der *terminus technicus* hieß hier *misconduct in science*, soviel wie „Fehlverhalten in der Wissenschaft“ also, und reichte von der Erfindung und der Fälschung von Daten über das Plagiat bis hin zu „Repressalien gegen gutgläubige Informanten“[26]. Federführend bei der Formulierung waren die beiden wichtigsten nationalen Forschungsförderorganisationen der USA, die *National Science Foundation (NSF)* und die *National Institutes of Health (NIH)*. Sie verpflichteten sodann in einem zweiten Schritt alle Einrichtungen, die staatliche Forschungsförderung beantragen wollen, interne Verfahren zum Umgang mit Betrug und Fälschung zu etablieren. Die Botschaft war unmißverständlich: Ohne Verfahrensregeln keine Fördermittel! Und so existierten schon bald an nahezu allen amerikanischen Universitäten und sonstigen Forschungseinrichtungen Spezialregelungen gegen *misconduct in science.* Sie sehen in der Regel ein zweistufiges Verfahren vor, in dem nach einer informellen Voruntersuchung *(inquiry)* gegebenenfalls eine förmliche Untersuchung *(investigation)* eingeleitet wird, in der zentrale Universitäts- oder Institutsorgane in der Sache und über Sanktionen entscheiden. Letztere können von Gehaltskürzungen und Abmahnungen über die strengere Überwachung künftiger Forschungsarbeiten bis hin zur Entlassung reichen.

Die Verantwortung für Schutzvorkehrungen gegen Betrug und Fälschung und die Behandlung konkreter Vorwürfe liegt hier also bei den einzelnen Forschungseinrichtungen, und mit deren Entscheidungen könnten die jeweiligen Fälle eigentlich abgeschlossen sein. Könnten! Statt dessen aber schalten sich danach wieder die beiden großen nationalen Förderorganisationen mit zentralen Kontrollgremien ein, die die vorangegangenen Verfahren nicht nur überprüfen, sondern auch an sich ziehen und weiterführen können. Und eben sie spielen in der Praxis eine immer dominierendere Rolle. Noch vergleichsweise moderat und selten tritt auf seiten der *National Science Foundation* der *Inspector General* auf. Für die *National Institutes of Health* aber betritt nun ein Organ die Bühne, das längst einen ebenso legendären wie berüchtigten Ruf hat: das *Office of Research Integrity*, kurz: ORI. Diese direkt beim Gesundheitsministerium angesiedelte Behörde kann nicht nur die Verfahren der Forschungseinrichtungen an sich ziehen – sie tut es auch! Mit hohem finanziellen und technischen Aufwand sichern die ORI-Mitarbeiter Akten, befragen Verdächtigte, Beteiligte und Zeugen und nehmen Laboratorien in Augenschein. In ihrem Auftreten sind sie dabei derart rigoros, daß sie bereits als „Schnüffler“ und „Hexenjäger“ bezeichnet wurden, wozu sicher auch beiträgt, daß das ORI nicht nur regelmäßig Tätigkeitsberichte, sondern auch Namenslisten überführter Wissenschaftsbetrüger veröffentlicht, die via Internet weltweit einzusehen sind.[27] Am Ende befindet dann auch das ORI über jeden einzelnen Vorwurf von *misconduct* und die zu treffenden Sanktionen. Diese können die Maßnahmen der Forschungseinrichtungen bestätigen, sehr wohl aber auch über diese hinausgehen.

Nicht mit dieser machtvollen staatlichen Kontrollinstanz, wohl aber mit dem vorausgehenden Verfahren standen die amerikanischen Schutzvorkehrungen und Sanktionen auch Modell für zwei andere Staaten: In Australien koppelte der *National Health and Medical Research Council* 1990 die Gewährung staatlicher Forschungszuschüsse an Institutionen ebenfalls an die Verpflichtung, beim Verdacht auf *misconduct* zuvor festgelegte Untersuchungsverfahren in Gang zu setzen.[28] Auch die möglichen Sanktionen gleichen den amerikanischen weitgehend. Und auch in Kanada erhalten seit 1995 nur noch solche Forschungseinrichtungen staatliche Fördergelder, die standardisierte Regeln für den Schutz vor *misconduct* und den Umgang damit vorweisen können.[29]

Das dänische Modell

Was für die Neue Welt das amerikanische Modell, ist für die Alte das dänische. Das skandinavische Land, das Ende der achtziger und Anfang der neunziger Jahre von mehreren aufsehenerregenden Betrugsfällen betroffen war, erarbeitete 1992 als erstes europäisches Land allgemein verbindliche Verfahrensregeln für den Umgang mit Forschungsbetrug und -fälschung.[30] Die Initiative ging auch hier wieder von einer der größten nationalen Forschungsförderorganisationen, dem Dänischen Medizinischen Forschungsrat (DMRC), aus und machte sich zunächst an die genaue Definition des Problems. Sein Schlüsselbegriff lautete *scientific dishonesty*, wissenschaftliche Unredlichkeit also, und war noch umfassender als die *misconduct in science*-Definition, die NSF und NIH jenseits des Atlantiks formuliert hatten:

Als Fälle wissenschaftlicher Unredlichkeit, die ein Eingreifen erforderlich machten, definierte der Dänische Forschungsrat unter anderem das Erfinden von Ergebnissen, die mißbräuchliche Anwendung statistischer Verfahren zur Uminterpretation oder fälschlichen Präsentation von Daten, das Plagiat fremder Forschungen, die falsche oder ungerechtfertigte Übernahme oder Zuweisung von Autorenschaften sowie irreführende Angaben in Bewerbungen und Förderanträgen. Darüber hinaus führte er eine Reihe minder schwerer, aber dennoch zu untersuchender Tatbestände wie etwa die Nichterwähnung von Vorarbeiten anderer Forscher oder nicht offenbarte Mehrfachveröffentlichungen und andere Formen der Manipulation von Publikationslisten an.

Im Umgang mit all diesen Tatbeständen beschritt Dänemark jedoch einen anderen Weg als die USA. Die Verantwortung für entsprechende Schutzvorkehrungen und die Untersuchung dennoch eingetretener Fälle tragen hier nicht die betroffenen Forschungseinrichtungen. Sie liegt vielmehr in den Händen einer zentralen staatlichen Untersuchungskommission, dem *Danish Committee on Scientific Dishonesty* (DCSD). Dieses Gremium besteht aus sieben, von den Universitäten und Wissenschaftsorganisationen benannten, Mitgliedern sowie einem Richter am obersten dänischen Gericht als Vorsitzenden. Bis 1996 war es am Nationalen Medizinischen Forschungsrat angesiedelt; seitdem untersteht es direkt dem dänischen Forschungsministerium.

Auch das DCSD untersucht die ihm vorgelegten Verdachtsfälle in einem zweistufigen Verfahren, das mit einer informellen Voruntersuchung beginnt und bei begründetem Verdacht in eine förmliche Untersuchung übergeht. Anders als in den USA steht an deren Ende aber nur die Entscheidung, ob wissenschaftliche Unredlichkeit vorliegt oder nicht, wobei strafrechtlich relevante Fälle an die Staatsanwaltschaften weitergeleitet werden. Eigene Sanktionen verhängt das Komitee dagegen nicht, sondern gibt hierzu lediglich Empfehlungen an die Wissenschaftseinrichtung, an der der der Unredlichkeit überführte Forscher tätig ist. Neben der Untersuchungstätigkeit sind die Mitglieder des *Committee* zudem der vorbeugenden Aufklärungsarbeit verpflichtet, der sie mit zahlreichen Publikationen und Vorträgen zur wissenschaftlichen Redlichkeit nachkommen.

Dieses dänische Modell einer zentralen staatlichen Untersuchungskommission ist inzwischen mit geringfügigen Modifikationen auch in den skandinavischen Nachbarstaaten Schweden, Norwegen und Finnland übernommen worden.[31]

Der dritte Weg

Wer einen Blick auf die Zusammensetzung der „Internationalen Kommission" der DFG – und auch der Arbeitsgruppe der Max-Planck-Gesellschaft – warf, mochte durchaus davon ausgehen, daß die deutsche Wissenschaft diese ausländischen Modelle im Lichte der aktuellen Ereignisse in ihre eigenen Überlegungen einbeziehen würde. Der DFG-Kommission gehörten immerhin drei ausländische Experten an, und an der Spitze der Max-Planck-Arbeitsgruppe stand mit Albin Eser ein deutscher Wissenschaftler, der wie kein zweiter mit den ausländischen Schutzvorkehrungen und Sanktionsmöglichkeiten vertraut war. Gute Voraussetzungen also für einen genauen Blick über den eigenen Tellerrand! Tatsächlich aber sollte auch dieser Blick nicht zuletzt nur der Abgrenzung und Bekräftigung des eigenen Standpunkts dienen. Und der stand im Grunde bereits zuvor fest.

Beide ausländischen Modelle, das amerikanische wie das dänische, waren von Spitzenvertretern der deutschen Wissenschaft bereits vor dem „Fall Herrmann/ Brach" kritisiert worden und wurden nun erst recht als Vorbild für deutsche Regelungen abgelehnt.

Dabei hätte das amerikanische Modell zumindest in seiner ursprünglichen Form beziehungsweise in seiner ersten Stufe, in der die Verantwortung für den Umgang mit Verdachtsfällen bei den betroffenen Forschungseinrichtungen liegt, dem Verlangen der deutschen Wissenschaftsorganisationen nach absoluter Selbstkontrolle entgegenkommen müssen. Die zweite Stufe mit der zentralen Kontrollinstanz aber lief dem Prinzip der Selbstkontrolle strikt zuwider – und daß besagte Kontrollinstanz immer machtvoller geworden war, hatten die deutschen Beobachter sehr wohl erkannt.

„Vertrauen wird hier durch Kontrollen ersetzt, welche die berühmte Zensurschere im Bewußtsein evozieren", hatte Wolfgang Frühwald schon 1995 in einer der ganz wenigen Äußerungen deutscher Wissenschaftsrepräsentanten zum Umgang mit Betrug und Fälschung mit Blick auf die amerikanische Praxis kritisiert und die hiesige *scientific community* aufgefordert: „Wir sollten also die Diskussion über wissenschaftliche Sündenkataloge, über die ganze Grauzone scheinbarer oder anscheinender Täuschungen nicht importieren, sondern gemeinsam an der Stärkung der Vertrauensbasis arbeiten."[32] Und auch Albin Eser stand der Entwicklung jenseits des Atlantiks zunehmend skeptischer gegenüber, nicht zuletzt wegen des Auftretens der Kontrollinstanzen im allgemeinen und des *Office for Research Integrity* im besonderen, in dessen Namenslisten überführter Wissenschaftsfälscher er „einen fragwürdigen Aufruf zum Denunziantentum" erblickte.[33]

Entsprechend eindeutig fielen nun nach dem „Fall Herrmann/Brach" auch die Absagen an den Gedanken aus, das amerikanische Modell auf die deutsche Wissenschaft zu übertragen. Schon Anfang Juni 1997, die Affäre um die beiden Ulmer Krebsforscher war nicht einmal drei Wochen in der Welt und der Ruf nach Konsequenzen kam gerade erst auf, warnte Albin Eser vor einem „Überaktionismus amerikanischer Art"[34]. Und Wolfgang Frühwald stellte Ende Juni auf der DFG-Jahrespressekonferenz fest: „Zu entschuldigen sind solche Täuschungen [wie die von Herrmann und Brach] ebenso wenig, wie es zu ihrer Aufklärung eigener Behörden, vergleichbar etwa dem amerikanischen ORI [...], bedarf."[35] Zumindest letztere Aussage sollte sich später nahezu wortgleich in den von der „Internationalen Kommission" vorgelegten Empfehlungen wiederfinden.

Das dänische Modell provozierte keine derart deutlichen Äußerungen, weder vor noch nach dem „Fall Herrmann/Brach". Dies mochte nicht zuletzt darin begründet sein, daß sich die Arbeit des *Danish Committee on Scientific Dishonesty* erheblich unspektakulärer als die des *Office of Research Integrity* vollzog. Daß aber das Modell einer zentralen staatlichen Untersuchungskommission von der deutschen Wissenschaft eindeutig abgelehnt wurde, stand außer Zweifel, bedeutete es doch einen fundamentalen Gegensatz zum Prinzip der absoluten Selbstkontrolle und -verantwortung.

Und so war denn im Herbst 1997, als die „Internationale Kommission" ans Werk ging, längst entschieden, daß es eine neue, deutsche Lösung geben würde. Die deutsche Wissenschaft blieb sich einmal mehr selber treu und trat nun auch im Umgang mit Betrug und Fälschung ihren eigenen Weg an.

Selbstkontrolle vor Aufsicht

Der Ehrenkodex der deutschen Wissenschaftsorganisationen

Das Treffen der „Internationalen Kommission" am 17. September 1997 war das erste von nur zweien. Das zweite fand, wiederum in Bonn, am 9. Dezember statt. Inzwischen firmierte die Kommission unter ihrem offiziellen Namen „Selbstkontrolle in der Wissenschaft", womit denn auch ihre wissenschaftspolitische Stoßrichtung unmißverständlich ausgedrückt war.

Bereits zwischen den beiden Treffen gingen zahlreiche Entwürfe für den Abschlußbericht sowie ergänzende Memoranden und Schreiben per Post und E-mail durch halb Europa und in die USA, immer wieder auf den neuesten Stand gebracht von Dr. Christoph Schneider, dem DFG-Bereichsleiter für fachliche und internationale Angelegenheiten, der gewissermaßen als Sekretär der Kommission fungierte. Erst recht hektisch wurden für Schneider dann die Tage nach der zweiten Zusammenkunft der Kommission. Die Zeit drängte, nicht zuletzt deshalb, weil der Abschlußbericht vorliegen sollte, bevor Wolfgang Frühwald am Jahresende aus seinem Amt schied – als eine Art Abschiedsgeschenk an den Präsidenten der Forschungsgemeinschaft, der sich nach dem Schock des Frühjahrs wie kein zweiter engagiert hatte, um verlorenes Vertrauen wieder wettzumachen und lange Versäumtes endlich in die Wege zu leiten. Und tatsächlich: Zwei Tage vor seiner offiziellen Verabschiedung durch Bundeskanzler, Forschungsminister und die *scientific community* konnte Frühwald am 16. Dezember 1997 das Ergebnis der Kommissionsarbeit vorstellen: Sechzehn einstimmig verabschiedete Empfehlungen, zusammengetragen zu einem „Ehrenkodex für gutes wissenschaftliches Verhalten"[36], errichtet als Bollwerk gegen wissenschaftliche Regelverstöße aller Art.

Von einem Bollwerk oder ähnlichem war an diesem Vormittag im großen Saal der Bonner DFG-Zentrale freilich nicht die Rede. Sowohl Wolfgang Frühwald als auch die als Kommissionsmitglied anwesende

Hamburger Biochemikerin Prof. Dr. Ulrike Beisiegel stellten die Ergebnisse der Kommissionsarbeit vielmehr mit einer Dialektik ganz eigener Art vor. Die Empfehlungen seien „keineswegs sensationell", sondern eher eine „Aneinanderreihung von Selbstverständlichkeiten", betonten beide mehrfach.[37] Und dennoch, oder besser, gerade deshalb würden sie Wirkung zeigen: „Wir wissen", so Frühwald, „daß diese Empfehlungen nicht in der Öffentlichkeit, wohl aber bei denen, an die sie sich richten, für erhebliche Aufregung sorgen werden. Für Aufregung deshalb, weil alles Selbstverständliche, wenn es systematisiert und niedergeschrieben wird, Angst zu machen geeignet ist." Mit anderen Worten: Im deutschen Wissenschaftsbetrieb hatten nach der Überzeugung der „Internationalen Kommission" inzwischen derart schlechte Sitten Einzug gehalten, daß nicht nur an die Einhaltung fundamentalster Verhaltensweisen erinnert werden mußte, sondern deren Nennung bereits Angst bereitete.

Vermeintlich Selbstverständliches und wirklicher Sprengstoff

Wie sahen die mit Spannung erwarteten Empfehlungen nun aus?

Ganz so, wie es sich für einen „Ehrenkodex" gehört, hatten die Kommissionsmitglieder den eigentlichen Empfehlungen eine Art ‚Glaubensbekenntnis' vorangestellt, eine feierliche Formulierung und Beschwörung fundamentaler Grundsätze: Leistungsfähige und im internationalen Wettbewerb anerkannte wissenschaftliche Arbeit, so hieß es da, beruhe auf Grundprinzipien, die „in allen Ländern und in allen wissenschaftlichen Disziplinen gleich sind, allen voran die Ehrlichkeit gegenüber sich selbst und anderen"[38]. Sie sei auch die ethische Norm und Grundlage *guter wissenschaftlicher Praxis*. Damit war der Schlüsselbegriff genannt, der sich wie ein roter Faden durch Titel[39] und Text der Empfehlungen ziehen sollte.

Gute wissenschaftliche Praxis, so fuhr das ‚Glaubensbekenntnis' fort, werde durch alle Formen *wissenschaftlicher Unredlichkeit* bedroht. Von *Betrug und Fälschung* war hier wie im ganzen Text nicht die Rede. Statt dessen gehe es um die „bewußte Verletzung elementarer wissenschaftlicher Grundregeln"[40]. Gravierende Fälle wissenschaftlicher Unredlichkeit seien zwar seltene Ereignisse, schränkte die Kommission sogleich ein. Aber: „Jeder Fall, der vorkommt, ist ein Fall zuviel, denn nicht nur widerspricht Unredlichkeit [...] fundamental den Grundsätzen und dem Wesen wissenschaftlicher Arbeit; sie ist auch für die Wissenschaft selbst eine Gefahr."[41]

Die einleitenden Abschnitte machten aber auch und vor allem deutlich, daß die „Internationale Kommission" ihren zweiten, inoffiziellen Auftrag erfüllt hatte: In aller Deutlichkeit bekräftigte sie schon hier das Prinzip der wissenschaftlichen Selbstkontrolle und erteilte jeder externen Einmischung eine Absage. Die Voraussetzungen für gute wissenschaftliche Praxis zu sichern, sei „eine Kernaufgabe der Selbstverwaltung der Wissenschaft"[42]. Und an anderer Stelle, noch deutlicher, zugleich und vorsorglich die Grenzen des eigenen Tuns ins Spiel bringend: „Unredlichkeit kann in der Wissenschaft so wenig vollständig verhindert oder ausgeschlossen werden wie in anderen Lebensbereichen. Man kann und muß aber Vorkehrungen gegen sie treffen. Dazu bedarf es keiner staatlichen Maßnahmen."[43] Vielmehr müßten die Wissenschaftler selbst, vor allem aber die Institutionen der Wissenschaft sich die Normen guter wissenschaftlicher Praxis bewußtmachen und sie täglich anwenden.

Eben diese Institutionen der Wissenschaft nahm die Kommission sodann in einer ersten Reihe von Empfehlungen in die Pflicht: Hochschulen, außeruniversitäre Forschungsinstitute, Fachgesellschaften, Förderorganisationen, wissenschaftliche Zeitschriften – sie alle sollten „unter Beteiligung ihrer Mitglieder Regeln guter wissenschaftlicher Praxis formulieren, sie allen ihren Mitgliedern bekanntgeben und diese darauf verpflichten"[44]. Dies war die erste und wichtigste *Empfehlung*, und bereits sie stellte eher eine Forderung denn eine Empfehlung dar. Besondere Bedeutung maß die Kommission dabei den Hochschulen zu. Die von ihnen ausgearbeiteten Empfehlungen sollten „fester Bestandteil der Lehre und der Ausbildung des wissenschaftlichen Nachwuchses sein"[45]. Dies unterstrich zum einen, daß die Grundregeln wissenschaftlicher Arbeit gar nicht früh genug vermittelt werden könnten – und daß eben dies in letzter Zeit zunehmend versäumt worden sei.

Wie die auszuarbeitenden Regeln *guter wissenschaftlicher Praxis* aussehen und was sie beinhalten sollten, war in einer zweiten Reihe von

Empfehlungen niedergeschrieben. Vor allem hier fanden sich die von Wolfgang Frühwald und Ulrike Beisiegel apostrophierten *Selbstverständlichkeiten*, die in Wahrheit keine waren und sind. Und gerade hier wurde auch deutlich, wo die Kommission Schwachstellen im deutschen Wissenschaftsbetrieb ausgemacht hatte, die ihrer Meinung nach zu *wissenschaftlicher Unredlichkeit* – und damit im Klartext zu Betrug und Fälschung – führen könnten: Regeln *guter wissenschaftlicher Praxis*, so empfahl – oder wiederum besser: forderte – die Kommission, sollten alle Wissenschaftler dazu verpflichten, „*lege artis* zu arbeiten, Resultate zu dokumentieren, alle Ergebnisse konsequent selbst anzuzweifeln [und] strikte Ehrlichkeit im Hinblick auf die Beiträge von Partnern, Konkurrenten und Vorgängern zu wahren“[46]. Damit Forschungsergebnisse eindeutig dokumentiert und vor allem wieder besser überprüft und reproduziert werden können, sollten alle „Primärdaten als Grundlagen für Veröffentlichungen auf haltbaren und gesicherten Trägern in der Institution, wo sie entstanden sind, für zehn Jahre aufbewahrt werden“[47].

Gesonderte Erwähnung fand hier auch nochmals der wissenschaftliche Nachwuchs, dessen Situation die Kommission für besonders prekär erachtete. Für seine Betreuung, so hieß es in einer eigenen Empfehlung, sollten Hochschulen und Forschungseinrichtungen besondere Grundsätze entwickeln.[48] Mißstände, nicht zuletzt im Hinblick auf die Situation junger Forscher, hatte die Kommission auch in den wissenschaftlichen Arbeitsgruppen in Laboren und Instituten erspäht. Hier, so die etwas verklausuliert formulierte, im Grunde aber unmißverständliche Empfehlung, sollten die „Aufgaben der Leitung, Aufsicht, Konfliktregelung und Qualitätssicherung eindeutig zugewiesen [und] auch tatsächlich wahrgenommen werden“[49] – eine deutliche Anspielung auf die in der Laborgruppe von Friedhelm Herrmann und Marion Brach herrschende Arbeitsweise und Atmosphäre.

Schon mit dieser Empfehlung zielte die Kommission auf eine deutliche Veränderung der bisherigen Arbeitsweisen und Spielregeln in der deutschen Forschung ab. Noch größeren Veränderungsbedarf aber sah sie auf zwei anderen Gebieten: bei den wissenschaftlichen Veröffentlichungen sowie bei den Leistungskriterien im Wissenschaftsbetrieb allgemein. Beides war erneut eine direkte Reaktion auf den „Fall Herrmann/Brach". Autoren wissenschaftlicher Veröffentlichungen sollten, so die Kommission, die Verantwortung für den Inhalt stets gemeinsam tragen, Gutachter wissenschaftlicher Zeitschriften sollten auf Vertraulichkeit und die Offenlegung von Befangenheit verpflichtet werden. Die im deutschen wie im internationalen Wissenschaftsbetrieb blühende „Ehrenautorschaft" wurde dagegen rundherum abgelehnt und ausgeschlossen.[50] Letzteres ging bereits in Richtung des Grundsatzes, den die Kommission für alle Leistungsbewertungen im Wissenschaftsbetrieb ‚vorschlug' und der auf die nachhaltigsten Veränderungen abzielte: Bei Prüfungen, der Verleihung akademischer Grade, Beförderungen, Einstellungen, Berufungen und Mittelzuweisungen solle künftig „Originalität und Qualität [...] stets Vorrang vor Quantität haben"[51]. Oder mit den Worten von Kommissionsmitglied Ulrike Beisiegel: „Es soll nicht mehr als fein gelten, wenn ein Wissenschaftler in wenigen Jahren 300 Publikationen vorweist. Die kann er nicht sorgfältig erarbeitet haben."[52]

Über diese Empfehlungen zur Sicherung *guter wissenschaftlicher Praxis* hinaus enthielt der „Ehrenkodex" in einem dritten Block schließlich Empfehlungen für den Umgang mit dem Gegenteil – mit *wissenschaftlicher Unredlichkeit* also. Verglichen mit den vorangegangenen waren sie aber eher unkonkret: „Hochschulen und Forschungseinrichtungen sollen unabhängige Vertrauenspersonen/Ansprechpartner vorsehen, an die sich ihre Mitglieder [...] in Fragen vermuteten wissenschaftlichen Fehlverhaltens wenden können", lautet noch die konkreteste.[53] Mit ihr war allerdings eine weitere Schwachstelle im deutschen Wissenschaftssystem benannt – der ungenügende Schutz jener zumeist jungen und in zahlreiche Abhängigkeitsverhältnisse verstrickten Wissenschaftler, die Manipulationen im Kollegenkreis zwar entdeckten, aus Furcht vor beruflichen und persönlichen Repressalien aber nicht aufdecken. Auch die Deutsche Forschungsgemeinschaft selbst, so die Kommission weiter, solle eine unabhängige Instanz – „etwa in Gestalt eines Ombudsmanns oder auch eines Gremiums von wenigen Personen" – berufen, die allen Wissenschaftlern „zur Beratung und Unterstützung in Fragen guter wissenschaftlicher Praxis und ihrer Verletzung durch wissenschaftliche Unredlichkeit zur Verfügung steht"[54].

Wichtiger war der Kommission freilich etwas anderes: So wie sie eingangs bei allen Wissenschaftsinstitutionen Regeln zur Sicherung *guter wissenschaftlicher Praxis* angemahnt hatte, forderte sie nun auch dazu auf, Regeln für den Umgang mit *wissenschaftlicher Unredlichkeit* zu formulieren. Und auch dieses Mal gab sie die zu klärenden Fragen gleich mit vor: Die Regeln sollten unter anderem Tatbestände definieren, die Zuständigkeit für das Verfahren sowie Ermittlungsfristen und Regeln zur Anhörung Betroffener und anderer Beteiligter benennen und nicht zuletzt Sanktionen und die Zuständigkeit für ihre Verhängung festlegen.[55]

Hätte die „Internationale Kommission" ihre Arbeit an dieser Stelle beendet, hätte man ihr folgendes zugute halten können: Zum einen hatte sie zweifellos eine Reihe von strukturellen Mängeln und Mißständen im deutschen Wissenschaftssystem benannt und zum Gegenstand von Verbesserungsvorschlägen gemacht. Zum anderen und vor allem hatte sie die Institutionen der deutschen Wissenschaft in die Pflicht genommen, diese Mängel abzustellen, für *gute wissenschaftliche Praxis* zu sorgen und *wissenschaftlicher Unredlichkeit* effektiver im Vorfeld zu begegnen – und zwar einer jeden für sich und in ihrem eigenen Bereich und ohne weitere Kontrollinstanz, womit zugleich das statuiert war, was wir im folgenden noch als das „deutsche Modell" betrachten werden.

Doch die dreizehn Kommissionsmitglieder hatten es nicht dabei belassen. Sie hatten vielmehr eine weitere Empfehlung formuliert, und die gehörte beileibe nicht zu den echten oder vermeintlichen „Selbstverständlichkeiten", von denen Wolfgang Frühwald gesprochen hatte. Diese Empfehlung, die Empfehlung Nummer vierzehn, enthielt tatsächlich jede Menge wissenschaftspolitischen Sprengstoff: Wie vor ihr die *National Science Foundation* und die *National Institutes of Health* in den USA knüpfte nun nämlich auch die DFG-Kommission die Bewilligung von Fördergeldern an die Umsetzung der von ihr aufgestellten Empfehlungen, die sich damit endgültig als Forderungen erwiesen. „An Einrichtungen, die sich nicht an die Empfehlungen [...] halten, sollen keine Fördermittel vergeben werden", lautete die brisante Passage wörtlich.[56] Wer keine Regeln zur Sicherung *guter wissenschaftlicher Praxis* und gegen *wissenschaftliche Unredlichkeit* erließ und durchsetzte, sollte demnächst bei der größten deutschen Forschungsförderorganisation also leer ausgehen. Und Wolfgang Frühwald ließ keinen Zweifel daran, daß es der Forschungsgemeinschaft in diesem Punkt bitterernst sei: „Wir werden zum Beispiel keine Mittel mehr an eine Person vergeben, die nicht in einem solchen System guter wissenschaftlicher Praxis drinsteckt", kündigte der DFG-Präsident an: „Wir vergeben keine Mittel mehr an eine Institution, die sich weigert, ein solches System einzuführen. Und auch wenn etwa eine Hochschule kein geregeltes Konfliktverfahren hat, und das hat heute nahezu keine deutsche Hochschule, dann werden wir auch an diese Hochschule keine Mittel mehr vergeben."[57]

Eben diese letzte und besonders bestimmte Empfehlung war es denn auch, die nach der Präsentation das durchweg positive Echo in Öffentlichkeit und Medien bestimmte. „Ohne Moral kein Geld", titelte etwa der Kommentator der *Zeit* und befand stellvertretend für viele: „Dieses Druckmittel macht aus der moralischen Absichtserklärung tatsächlich ein forschungspolitisches Instrument."[58]

Nun lautete die spannende Frage, wie die Institutionen der deutschen Wissenschaft auf dieses Druckmittel reagieren würden.

Klare Begrifflichkeiten und Entscheidungswege

Einige, wenn auch nur wenige Wissenschaftsinstitutionen brauchten auf die Empfehlungen der DFG-Kommission erst gar nicht zu reagieren – jene Förderorganisationen und Standesverbände nämlich, die sich bereits vor dem „Fall Herrmann/Brach" Richtlinien zum Schutz vor wissenschaftlichem Fehlverhalten beziehungsweise zum Umgang damit gegeben hatten. Diese bislang selbst in den eigenen Reihen kaum zur Kenntnis genommenen Richtlinien erhielten nun einen völlig anderen Stellenwert, war mit ihnen doch die wichtigste Forderung der „Internationalen Kommission" bereits erfüllt. Dies galt zumal für die DFG selbst und für die Standesverbände der Soziologen, die, wie bereits geschildert, sowohl Standards korrekter wissenschaftlicher Arbeit als auch Verfahrensregeln für das Gegenteil formuliert hatten. Zumindest festgeschriebene Regeln für korrektes wissenschaftliches

Arbeiten konnten auch die Standesverbände der Chemiker und Pädagogen vorweisen, die sie nun nur noch durch Regeln für den Umgang mit Fehlverhalten ergänzen mußten.

Hinzugesellt oder vielmehr an die Spitze dieser Wissenschaftsinstitutionen gestellt hatte sich Mitte November 1997 noch die Max-Planck-Gesellschaft. Gut drei Wochen bevor die DFG-Kommission ihre Empfehlungen beschloß, hatte der Senat der Gesellschaft in München eine interne Verfahrensordnung für den Umgang mit Verdachtsmomenten und Fällen wissenschaftlichen Fehlverhaltens verabschiedet, die MPG-Präsident Prof. Dr. Hubert Markl dann auf der Jahrespressekonferenz der Organisation am 3. Dezember in Bonn der Öffentlichkeit vorstellte.[59] Sie war das Ergebnis jener Arbeitsgruppe, die Markl bereits kurz nach seinem Amtsantritt Mitte 1996 unter dem Vorsitz von Albin Eser eingesetzt hatte und die nun ungeahnte Relevanz erhalten hatte – und zwar so stark, daß Markl auf der Pressekonferenz vom 3. Dezember gegenüber den teils ungläubigen Journalisten mehrfach betonen mußte, daß die Arbeitsgruppe bereits vor dem „Fall Herrmann/ Brach" eingesetzt worden war.[60]

Thematisch und inhaltlich war die unter anderem von der Bonner Juristin Stefanie Stegemann-Boehl erarbeitete Verfahrensordnung in zweifacher Hinsicht bedeutsam, und zwar für die gesamte deutsche Wissenschaft: Zunächst wurden hier die bislang ausgereiftesten Richtlinien für den Umgang mit dem Fall der Fälle vorgelegt. Auch sie basierten auf einem Zwei-Stufen-Modell, wie es im Grunde bereits aus den USA und auch aus den DFG-internen Richtlinien von 1992 bekannt war. Das Max-Planck-Verfahren aber war erheblich detaillierter ausgearbeitet, machte die Entscheidungswege noch transparenter und hob sich auch durch seinen straffen zeitlichen Rahmen von den vorangegangenen Richtlinien ab: Im einzelnen legte es zunächst ein Vorprüfungsverfahren fest, in dem innerhalb von zwei Wochen nach Bekanntwerden eines Verdachtsfalles wissenschaftlichen Fehlverhaltens der Geschäftsführende Direktor des betroffenen Max-Planck-Instituts von dem beschuldigten Mitarbeiter eine Stellungnahme einholt. Innerhalb zweier weiterer Wochen treffen dann der Institutsdirektor und der zuständige Vizepräsident der Max-Planck-Gesellschaft eine Entscheidung darüber, „ob das Vorprüfungsverfahren unter Mitteilung der Gründe an den Betroffenen zu beenden ist, weil sich der Verdacht nicht hinreichend bestätigt bzw. das Fehlverhalten sich vollständig aufgeklärt hat, oder ob eine Überleitung in das förmliche Untersuchungsverfahren erfolgen soll."[61]

Wird ein solches Verfahren beschlossen, tritt ein Untersuchungsausschuß zusammen, der aus einem ständigen Vorsitzenden, dem zuständigen Vizepräsidenten der MPG, drei Schlichtungsberatern und dem Leiter der MPG-Abteilung Personal und Recht sowie eventuell weiteren Fachgutachtern besteht. Das Gremium geht den Vorwürfen nichtöffentlich nach und entscheidet mehrheitlich. Hält es ein Fehlverhalten für hinreichend erwiesen, legt es dem MPG-Präsidenten einen Vorschlag für das weitere Verfahren einschließlich möglicher Sanktionen vor.[62]

Verfahrenstechnisch bedeutsam und ebenfalls neu für die deutsche Wissenschaft war hierbei vor allem ein Punkt: Erst im Untersuchungsverfahren wird der Name des Wissenschaftlers, der das Fehlverhalten aufgedeckt und angezeigt hat, genannt. In der Vorprüfungsphase garantiert die MPG dagegen einen weitgehenden Schutz des Informanten, dessen Name hier nur mit seiner ausdrücklichen Erlaubnis genannt werden darf. Aus den teilweise erheblichen Repressalien gegen *whistleblower* in den USA hatte die Max-Planck-Gesellschaft hier also bereits gelernt.[63] Besonderen Wert legte die Förderorganisation zudem darauf, daß der Vorsitzende des Untersuchungsausschusses sowie sein Stellvertreter nicht Mitglieder der MPG sein sollen, um den Verdacht von Befangenheit oder Beeinflussung erst gar nicht aufkommen zu lassen.

Die größte Bedeutung der Max-Planck-Verfahrensordnung aber lag woanders: Zum ersten Mal in der deutschen Wissenschaft wurde der Tatbestand des wissenschaftlichen Fehlverhaltens wirklich umfassend definiert. Hatten sich die vorangegangenen Versuche fast immer auf das Fälschen und Erfinden von Daten und die Verletzung geistigen Eigentums beschränkt, so ging der der Verfahrensordnung angehängte „Katalog von Verhaltensweisen, die als Fehlverhalten anzusehen sind"[64] deutlich darüber hinaus: „Unrichtige Angaben in einem Bewerbungsschreiben" wurden hier ebenso aufgeführt wie etwa die „Sabotage von Forschungstätigkeiten" anderer, etwa durch das Beschädigen, Zerstören oder Manipulieren von Versuchsanordnungen,

Geräten oder Unterlagen. Auch die unbegründete Annahme wissenschaftlicher Autor- oder Mitautorschaft, also die weitverbreitete ‚Ehrenautorschaft', stufte die MPG als Fehlverhalten ein und wandte damit konsequent das deutsche Urheberrecht an.[65] Und schließlich befaßte sich der Katalog auch mit dem brisanten Begriff der „Mitverantwortung für wissenschaftliches Fehlverhalten", um den sich in den Monaten zuvor wegen der Beteiligung prominenter Forscher wie etwa des Freiburgers Roland Mertelsmann an den Arbeiten von Friedhelm Herrmann und Marion Brach eine kontroverse Diskussion entzündet hatte[66]: Unmißverständlich stellte die MPG nun fest, daß sich auch aus der „Mitautorschaft an fälschungsbehafteten Veröffentlichungen" und ebenso aus der „groben Vernachlässigung der Aufsichtspflicht" eine Mitverantwortung ergeben könne.[67]

Beides, das ausgefeilte zweistufige Verfahren im Verdachtsfall sowie der detaillierte Katalog von Tatbeständen, sollte die Verfahrensordnung der Max-Planck-Gesellschaft zum Vorbild für die Richtlinien vieler anderer Verbände und Einrichtungen der deutschen *scientific community* machen, wie noch zu zeigen sein wird.

An ihr orientierte sich auch bereits die Deutsche Physikalische Gesellschaft (DPG), die auf ihrer Vorstandstagung am 22. März 1998 in Regensburg einen „Verhaltenskodex für Mitglieder" verabschiedete[68], der ebenfalls korrektes wissenschaftliches Arbeiten beschreibt und zugleich Richtlinien für den Umgang mit Fehlverhalten festlegt. DPG-Mitglieder werden in dem Fünf-Punkte-Katalog auf das „in allen Ländern gültige Grundprinzip der Ehrlichkeit gegenüber sich selbst und anderen" eingeschworen. Ihre Forschungsergebnisse „müssen reproduzierbar sein, nachvollziehbar dokumentiert sowie vor der Publikation ausreichend kommuniziert" werden. Auch Selbstverständlichkeiten wurden noch einmal festgelegt: „Die Leitung eines Forschungsinstituts beinhaltet für sich noch nicht das Recht Koautor zu sein." Wer gegen den Verhaltenskodex verstößt, kann aus der DPG ausgeschlossen werden. Damit war die Physikalische Gesellschaft zugleich die erste Standesorganisation, die nach der Präsentation der DFG-Empfehlungen vom Dezember deren wichtigsten Punkt erfüllte und Regelungen zur Sicherung *guter wissenschaftlicher Praxis* vorlegte. Ein Anfang war gemacht.

Wirkung mit und ohne Druck

Blieben die deutschen Hochschulen. Sie mußten sich von den Empfehlungen der DFG-Kommission besonders in die Pflicht genommen fühlen. Zum einen hoben die Empfehlungen selbst ihre Bedeutung etwa für die Ausbildung und Förderung des wissenschaftlichen Nachwuchses mehrfach hervor. Zum anderen und vor allem aber waren gerade die Hochschulen bei der Vorstellung der Empfehlungen und danach deutlich kritisiert worden, was weniger dem Verhalten der betroffenen Universitäten im „Fall Herrmann/Brach" als vielmehr dem Problembewußtsein der Hochschulen im Umgang mit wissenschaftlichem Fehlverhalten insgesamt galt. Nicht umsonst hatte Wolfgang Frühwald gerade darauf hingewiesen, daß nahezu keine Hochschule über interne Verfahrensregelungen für Konfliktfälle verfüge und damit Gefahr laufe, von der Vergabe von Fördermitteln ausgeschlossen zu werden. Beinahe zeitgleich hatte auch Albin Eser Kritik und Unverständnis daran geäußert, „wie schwer sich die Universitäten mit dem Thema tun".[69] Und stellvertretend für andere hatte die *Süddeutsche Zeitung* bei der Kommentierung der DFG-Empfehlungen vor allem deren Auswirkungen auf die Hochschulen hervorgehoben: „Der Druck auf die Hochschulen ist gut, denn diese haben bisher eher hilflos und zum Teil vertuschend auf Betrugsfälle reagiert. Die wenigsten haben sich bequemt, Vorschriften zu erarbeiten. Nun müssen die Universitäten endlich handeln."[70]

Und der Druck zeigte Wirkung. Zunächst waren es einzelne Hochschulen, die die Empfehlungen der DFG in Ausschnitten umsetzten oder von sich aus an die Erarbeitung von Verfahrensordnungen und Richtlinien gingen. Den Anfang machte die Universität Konstanz, und zwar mit einer besonders publizitätsträchtigen Maßnahme: Mitte Januar 1998 setzte sie den Physiker Prof. Dr. Rudolf Klein als „Ombudsmann für die Wissenschaft" ein und erfüllte damit die Empfehlung Nummer fünf der DFG-Kommission. Der Ombudsmann solle, so der Beschluß des Konstanzer Hochschulsenats, Ansprechpartner für alle Hochschulmitglieder in Verdachtsfällen wissenschaftlichen Fehlverhaltens sein – ganz besonders aber für jüngere Wissenschaftler, denen „angesichts oft asymmetrischer Machtverhältnisse" in solchen

Fällen zumeist Vertrauensinstanzen fehlten.[71] Sie, aber auch andere Betroffene, soll der Ombudsmann „ohne Einschalten der Öffentlichkeit oder disziplinarrechtliche Konsequenzen" beraten. Diese erste Einsetzung einer unabhängigen Vertrauensperson wurde allgemein begrüßt, auch an der Konstanzer Hochschule selbst: „Die Kollegen haben sehr positiv reagiert", berichtete Klein wenige Wochen später, fügte aber sogleich hinzu: „Der allgemeine Wunsch ist natürlich der, daß der Ombudsmann möglichst nie etwas zu tun hat."[72]

Nach der Konstanzer folgte die Freiburger Universität. Bei ihr bedurfte es freilich keines Drucks von außen. Nachdem sie im Sommer 1997 durch den Skandal um ihren ehemaligen Beschäftigten Friedhelm Herrmann und um die Vorwürfe gegen Herrmanns früheren Vorgesetzten und Co-Autor Roland Mertelsmann in die Schlagzeilen geraten war, hatte die Medizinische Fakultät der Hochschule aus eigener Initiative eine Arbeitsgruppe eingesetzt, die nun im März 1998 umfassende Verhaltensrichtlinien vorlegte. Programmatischer Titel: „Verantwortung in der Forschung."[73] Die Arbeitsgruppe unter Vorsitz des Anatomen Prof. Dr. Michael Frotscher hatte sich selbst die Aufgabe gestellt, „wesentliche Schwachpunkte des bisherigen wissenschaftlichen Arbeitens" unter die Lupe zu nehmen, und tatsächlich enthielt ihr Bericht nun zahlreiche Reformvorschläge zur Organisation von Arbeitsgruppen, zur Qualitätssicherung und Dokumentensicherheit in Laboren oder zum „längst überfälligen Problem der Koautorenschaft": Arbeitsgruppen sollten danach auf in der Regel einen habilitierten Wissenschaftler, ein bis drei promovierte Mitarbeiter, ein bis drei Doktoranden oder Diplomanden und ein bis zwei technische Assistenten begrenzt, sämtliche Arbeitsprotokolle und sonstige Unterlagen mindestens zehn Jahre lang archiviert werden. Auch die Berufung von Ombudsleuten in den Fakultäten wurde gefordert. Und schließlich schlugen auch die Freiburger Mediziner für Verdachtsfälle von Fehlverhalten ein zweistufiges Untersuchungsverfahren vor. Damit lagen nun auch die bundesweit ersten universitären Empfehlungen vor, die denn auch in Öffentlichkeit und Medien entsprechend positiv aufgenommen wurden.[74] Nach Freiburger Vorbild kündigte Anfang April 1998 auch die vom „Fall Herrmann/Brach" besonders betroffene Ulmer Universität die Erarbeitung von Verhaltensrichtlinien an.[75] Und in enger Anlehnung an die Verfahrensordnung der Max-Planck-Gesellschaft beschloß auch die Westfälische Wilhelms-Universität Münster interne Verfahrensregeln.[76]

Das Gros der deutschen Hochschulen jedoch schaute zunächst abwartend nach Bonn zum Sitz ihrer hochschulpolitischen Interessenvertretung, der Hochschulrektorenkonferenz (HRK). Unter den Rektoren gingen die Meinungen über die Notwendigkeit festgeschriebener Verhaltensregeln und Sanktionen durchaus auseinander. Dem Druck der DFG-Empfehlung aber konnte sich auch die HRK nicht entziehen, umso weniger, als sie von der „Internationalen Kommission" ausdrücklich gebeten – und das hieß im Klartext erneut: aufgefordert – wurde, eine Muster-Verfahrensordnung für die Hochschulen zu entwickeln. Und so beschlossen denn die Rektoren auf ihrem traditionellen Sommerplenum am 6. Juli 1998 in Bonn, den „Hochschulen mit der höchstrichterlichen Rechtsprechung konforme Verfahren an die Hand zu geben"[77].

Inhaltlich bedeutete dies zweierlei: Zunächst legten die Rektoren fest, welche Tatbestände an den Hochschulen als wissenschaftliches Fehlverhalten anzusehen sind. Dabei stand offensichtlich die Verfahrensordnung der Max-Planck-Gesellschaft Pate, die zu weiten Teilen wörtlich übernommen wurde. Vor allem aber regte die HRK-Empfehlung zur Aufklärung eventuellen Fehlverhaltens für jede Hochschule die Einsetzung zweier Institutionen an: zum einen die einer Ombudsperson, die als Ansprechpartner für alle Hochschulangehörigen im Verdachtsfall dienen und auch selbständig zur Aufklärung beitragen solle, zum anderen die einer ständigen Kommission unter Vorsitz der Ombudsperson, die einen zunächst bestätigten Verdacht förmlich untersuchen und abschließend feststellen solle, ob ein Fehlverhalten vorliege. In einem solchen Falle sollten dann die zuständigen Organe der Hochschule rechtliche und disziplinarrechtliche Maßnahmen einleiten.

Formal war der Beschluß des HRK-Plenums zwar nur eine „Handreichung", deren Umsetzung an den einzelnen Hochschulen nicht erzwungen werden konnte. HRK-Präsident Prof. Dr. Klaus Landfried ließ jedoch keinen Zweifel daran, daß eine solche Umsetzung von den Hochschulen erwartet werde, und zwar in möglichst kurzer Zeit: „Die

Hochschulen als Stätten von Forschung und Lehre müssen institutionell jedem begründeten Verdacht nachgehen, ob in einem wissenschaftlichen Zusammenhang bewußt oder grob fahrlässig falsche Angaben gemacht werden oder geistiges Eigentum anderer nachhaltig verletzt wird." Damit waren nun die einzelnen Hochschulen am Zuge. Die Spitzeninstitutionen der Wissenschaft hatten ihre Arbeit getan.

Zeit für eine Zwischenbilanz

Spätestens nach der Verabschiedung der HRK-Empfehlung schien so manchem in der deutschen *scientific community* der Zeitpunkt gekommen, eine rundherum positive Bilanz zu ziehen. Und wirklich: Nahm sich das Geleistete nicht geradezu beeindruckend aus?

In kaum mehr als einem halben Jahr hatten zahlreiche Spitzenorganisationen und Einzeleinrichtungen der deutschen Wissenschaft Flagge gezeigt und Richtlinien für korrektes wissenschaftliches Verhalten und für den Umgang mit dem Gegenteil erarbeitet.

Damit stand nun auch das *deutsche Modell* für den Umgang mit Betrug und Fälschung: Jede wissenschaftliche Einrichtung war und ist danach für sich selbst und in ihrem eigenen Wirkungsbereich verantwortlich für die Sicherung *guter wissenschaftlicher Praxis* und die Verhinderung und Sanktionierung *wissenschaftlicher Unredlichkeit* – ohne nachfolgende Kontrollinstanz wie in den USA und erst recht ohne nationales Untersuchungsgremium wie in Dänemark. Die deutsche Wissenschaft war sich wieder einmal selber treu geblieben und ihren eigenen Weg gegangen.

Und sie hatte ihre Unabhängigkeit und Selbstverantwortung verteidigt und gesichert. *Selbstkontrolle vor Aufsicht* – dieses Prinzip war für sie mindestens genauso wichtig gewesen wie die Verbesserung von Schutzmechanismen und die Statuierung von Sanktionen. Und sie hatte es durchgesetzt.

Hinzu kam die Aufklärung der konkreten Fälle: Der „Fall Herrmann/Brach" war von zahlreichen Untersuchungskommissionen mit Tatkraft und in zuvor nie gekannter Offenheit untersucht und aufgearbeitet worden. Und im zweiten großen Fall innerhalb eines Jahres, dem Fälschungsskandal am Kölner Max-Planck-Institut für Züchtungsforschung, hatte die kurz zuvor erlassene Verfahrensordnung der Max-Planck-Gesellschaft sogar bereits ihre Wirksamkeit unter Beweis gestellt. Das hatte Eindruck gemacht. Die Rufe nach stärkerer öffentlicher Kontrolle der Wissenschaft waren spätestens seitdem jedenfalls verstummt.

Ja, auch und gerade wenn sie die Situation im Sommer 1998 mit der ein Jahr zuvor verglichen, waren die Vertreter der deutschen Wissenschaft zufrieden und erleichtert. Der Schock und die Furcht hatten heilsame Wirkung gezeigt, die *scientific community* war auf dem besten Wege, das Phänomen von Betrug und Fälschung in den Griff zu bekommen. Das Problem jedenfalls hatten sie erkannt – und nicht wenige waren geneigt zu glauben, damit sei auch die Gefahr gebannt.

Doch dem war nicht so und ist nicht so. Und zur Zufriedenheit bestand und besteht nur geringer Anlaß, wie wir zum Abschluß unserer Betrachtung feststellen müssen.

AUSBLICK

Problem erkannt – Gefahr gebannt?

Zweifellos: Auf den ersten Blick mag sich die Vielzahl der Definitionskataloge, Verhaltensregeln und Sanktionsbestimmungen, die sich die deutsche Wissenschaft nach dem „Fall Herrmann/ Brach" gegeben hat, beeindruckend ausnehmen. Bei näherem Hinsehen wird jedoch deutlich, daß dieser Eindruck vor allem der Geschwindigkeit und Entschlossenheit geschuldet ist, mit dem hier binnen kurzem nachgeholt wurde, was zuvor jahrzehntelang versäumt worden war. Erheblich anders aber fällt die Bilanz aus, wenn wir uns abschließend der Frage nach der Umsetzung der zahlreichen Richtlinien zuwenden, dem entscheidenden Schritt von der Theorie in die Praxis, ohne den auch die löblichsten Statuten nur Makulatur sind.

Dabei wollen wir durchaus keine falschen Maßstäbe anlegen. Betrug und Fälschung sind, wie wir gezeigt haben, vielfältig mit den Strukturen des modernen Wissenschaftsbetriebes verbunden, und so zielen denn die meisten der nun erlassenen Regeln für gutes wissenschaftliches Arbeiten auf eine Änderung dieser Strukturen ab. Das aber ist eine ebenso tiefgreifende wie langfristige Aufgabe. Niemand kann etwa erwarten, daß sich schon nach wenigen Monaten die Lage des wissenschaftlichen Nachwuchses verbessert hat oder die Vergabe von Fördergeldern oder Berufungen nicht doch noch erheblich von der Länge der vorgelegten Publikationsliste abhängt.

Sehr wohl aber ließe sich erwarten, daß die zahlreichen *Regeln guter wissenschaftlicher Praxis* nun mit derselben Geschwindigkeit auf den Weg gebracht werden, mit der sie ersonnen wurden, daß ihnen nun dieselbe Entschlossenheit Geltung verschafft, die sie erst entstehen ließ. Nicht auf das Ausmaß der erzielten Veränderungen kommt es an – denn das kann für den Augenblick kaum bedeutend sein –, sondern auf den Willen, die Veränderungen auch wirklich herbeizuführen. Und eben der ist in den meisten Institutionen der deutschen Wissenschaft und unter ihren Spitzenvertretern im Herbst 1998, nur wenige Monate nach den Präsentationen der diversen Regelwerke, nicht sonderlich ausgeprägt.

Im Gegenteil: Nicht wenige Wissenschaftler und Wissenschaftseinrichtungen hierzulande haben sich bereits wieder hinter die Regelwerke zurückgezogen oder sind im Begriff, dieses zu tun. Daß solche Regeln nun auch hierzulande statuiert sind, genügt ihnen und beweist in ihren Augen die Handlungsfähigkeit des Systems. Damit aber ist für sie die unerfreuliche Angelegenheit erledigt, ganz nach der Devise *Problem erkannt – Gefahr gebannt*. Der Durchsetzung von Definitionen, Richtlinien und Sanktionen widmen sie sich jedenfalls nicht.

Doch damit nicht genug: Andere Mitglieder der *scientific community* beginnen das Rad sogar bereits wieder zurückzudrehen und versuchen, die gerade erst erlassenen Richtlinien zu verwässern. Dahinter steht zwar nicht die Absicht, Betrug und Fälschung Vorschub zu leisten, sondern vielmehr Statusdenken und das Beharren auf traditionelle Verhaltensweisen und liebgewonnene Annehmlichkeiten. Aber das Ergebnis ist das gleiche. Hier ist man nicht nur weit davon entfernt, die Gefahr zu bannen – hier hat man, so ist zu befürchten, nicht einmal das Problem erkannt.

Nüchtern betrachtet, gestaltet sich die Bilanz also erheblich negativer. Drei Schlaglicher aus den letzten Monaten mögen sie bekräftigen:

Im Mai 1998, ein Jahr nach dem Bekanntwerden der Vorwürfe gegen Friedhelm Herrmann und seine Mitarbeiter, wollte die *Süddeutsche Zeitung* von den seinerzeit betroffenen Fachzeitschriften wissen, welche der inkriminierten Veröffentlichungen bereits zurückgezogen worden waren und welche anderen Maßnahmen die Fachorgane ergriffen hatten.[1] Zur Erinnerung: Immerhin 47 Arbeiten mit Herrmanns Namen waren bis zu diesem Zeitpunkt als gefälscht oder hochgradig fälschungsverdächtig bekannt geworden. Das beschämende Resultat der Umfrage: Lediglich zwei Arbeiten waren zurückgezogen worden – zwei in zwölf Monaten. Die Herausgeber der Journale versuchten zumeist unter Verweis auf rechtliche Aspekte zu erklären, warum sie nicht selber auf eine Rücknahme gedrängt oder diese von sich aus vorgenommen hätten. Einige wollten nur dann reagieren, wenn nicht nur ein Fälschungs*verdacht*, sondern ein Fälschungs*beweis* vorliegt, bei anderen können nur die Autoren selbst widerrufen, nicht aber Institutionen oder andere Wissenschaftler, womit unfaire Auseinandersetzungen unter Konkurrenten vermieden werden sollen. Gerade bei einem spektakulären Fall wie dem des Ulmer Krebsforschers bleibt jedoch ein mehr als fader Beigeschmack zurück, wenn mit solchen Argumenten jede eigene Aktivität kategorisch abgelehnt wird. Erst recht befremdlich war freilich, wie sich die deutsche Wissenschaft in dieser Sache verhielt. „Wir waren davon ausgegangen, daß die betroffenen Wissenschaftler von sich aus die Initiative ergreifen", erklärte treuherzig Albin Eser, immerhin *der* deutsche Rechtsexperte in Sachen Betrug und Fälschung und zudem Leiter der Untersuchungskommission der Freiburger Universität.[2] Und bei der DFG sowie bei den vom „Fall Herrmann/Brach" betroffenen Hochschulen und Forschungsinstituten in Ulm, Berlin und Lübeck zeigte man sich sogar überzeugt, daß die Autoren der inkriminierten Beiträge – also Friedhelm Herrmann, Marion Brach und ihre Co-Autoren – „bemüht" seien und „alles Menschenmögliche" täten, um gefälschte Arbeiten zurückzuziehen. Über so viel Naivität unter Wissenschaftlern ließe sich eigentlich herzhaft lachen – wenn der Anlaß nicht derart betrüblich wäre.

Einen Monat später, Mitte Juni 1998, befaßten sich in Bonn die Gremien der Deutschen Forschungsgemeinschaft mit dem „Ehrenkodex für gutes wissenschaftliches Verhalten", den die von der DFG eingesetzte „Internationale Kommission" ein halbes Jahr zuvor präsentiert hatte.[3] Der Senat folgte ihnen noch ohne größere Diskussionen. Weitaus kontroverser ging es jedoch in der Mitgliederversammlung zu. Zunächst wurde über jene Empfehlung gestritten, nach der „Hochschulen und Forschungseinrichtungen [...] ihre Leistungs- und Bewertungskriterien für Prüfungen, für die Verleihung akademischer Grade, Beförderungen, Einstellungen, Berufungen und Mittelzuweisungen so festlegen [sollen], daß Originalität und Qualität als Bewertungsmaßstab stets Vorrang vor Quantität haben"[4]. Dies stieß vor allem bei den Hochschulen auf Kritik: Damit werde der Eindruck erweckt, Quantität könne überhaupt kein Bewertungskriterium mehr sein, obwohl es durchaus brauchbare quantitative Verfahren gebe. Am Ende wurde die Empfehlung dahingehend „klargestellt", quantitative Bewertungsverfahren fortan nicht mehr überzubewerten; ihr generelles Verbot aber sei nicht angestrebt. Und noch turbulenter gestaltete sich danach die Debatte um den weitreichendsten Vorstoß der Kommission – jene Empfehlung, die die künftige Vergabe von Fördermitteln an die Durchsetzung der Regeln für gute wissenschaftliche Praxis band.[5] Auch hier stellten sich einige Hochschulen quer. Zum einen gehe die Empfehlung weit über die von der Hochschulrektorenkonferenz erarbeitete Musterordnung hinaus, zum anderen müßten die Hochschulen genügend Zeit zur Umsetzung der Empfehlungen erhalten. Hier einigte sich die Versammlung schließlich auf einen Zeitraum zwischen einem und drei Jahren. Am schwersten aber wog: Die ursprünglich klare Drohung der Kommission wurde deutlich aufgeweicht. In der schließlich verabschiedeten Fassung der Empfehlung hieß es nun: „Fördermittel der DFG sind zu verweigern, wenn eine Hochschule oder Forschungseinrichtung gegen Sinn und Zweck der Empfehlungen 1 bis 8 gravierend verstößt."[6] Verstöße gegen die Empfehlungen, insbesondere die Nicht-Einrichtung von Verfahren für den Fall wissenschaftlichen Fehlverhaltens, bedeuten danach keineswegs mehr den automatischen Entzug der Fördergelder. Statt dessen muß erst einmal nachgewiesen werden, daß *gegen Sinn und Zweck* der Regeln verstoßen wurde, und zwar *gravierend*. Damit sind dem wichtigsten Druckmittel der Empfehlungen, das „aus der moralischen Absichtserklärung [...] ein forschungspolitisches Instrument"[7] gemacht hätte, bereits wieder einige Zähne gezogen.

Gut drei Monate später, Ende September 1998, berieten schließlich in Münster die Rektoren der nordrhein-westfälischen Universitäten über jene Musterordnung, die die Hochschulrektorenkonferenz zur Umsetzung der DFG-Richtlinien an den Hochschulen erarbeitet hatte. Der Tagungsort war an sich genau der richtige, denn die Münsteraner Wilhelms-Universität hatte sich als eine der ersten Hochschulen „Grundsätze für das Verfahren bei Verdacht auf wissenschaftliches Fehlverhalten" in den eigenen Reihen gegeben. Doch davon wollten sich die 15 Rektoren aus Aachen, Bonn, Duisburg, Köln, Paderborn und anderswo nicht inspirieren lassen. Im Sitzungsprotokoll hieß es später vielsagend nichtssagend: „Zu dem Thema findet ein umfassender Meinungsaustausch statt. Das HRK-Modell scheint jedoch nicht als Vorlage für alle Hochschulen geeignet zu sein. Im Hinblick auf bereits verschieden praktizierte Umsetzungen empfiehlt die LRK [die Landesrektorenkonferenz], daß jede Hochschule selbst entscheiden soll, wie sie mit den Empfehlungen umgeht."[8]

Diese drei Beispiele mögen zur Genüge zeigen, wie weit der Weg der deutschen Wissenschaft zu einem wirkungsvollen Vorgehen gegen

Zweckform Quittung

Quittung

DM od. EUR

Netto

\+ % MwSt.

Gesamt 40,–

Nr.

Betrag in Worten Vierzig

von Herrn Barclet

für Übernachtung v. 14.–15.7.99

dankend erhalten

Datum/Ort 14.7.99 Jena

Buchungsvermerke

Stempel/Unterschrift des Empfängers

[illegible signature]

Betrug und Fälschung noch immer ist. „Sollen Maßnahmen der Wissenschaftsorganisationen etwas gegen den Betrug ausrichten, muß ihr Geist von der *scientific community* akzeptiert werden", hatte die Juristin Stefanie Stegemann-Boehl schon 1996 geschrieben[9]. Und genau daran hapert es auch heute noch, und zwar nicht erst in der *scientific community* als Ganzes, sondern auch bereits in den Wissenschaftsorganisationen selbst. Beide, die Gemeinschaft und ihre einzelnen Mitglieder wie ihre Organisationen, müssen ihre Anstrengungen für gute wissenschaftliche Praxis noch erheblich verstärken, mit der offiziellen und gewiß mitunter spektakulären Umsetzung von Richtlinien und Sanktionen, ebenso aber auch durch ihr vorbildliches Verhalten im wissenschaftlichen Alltag.

Versäumen sie dies, verstärken sie diese Anstrengungen nicht, könnten sich die deutschen Wissenschaftler und Wissenschaftsorganisationen schon bald in einer ebenso prekären Situation wie im Frühjahr 1997 wiederfinden, als sie mit Fug und Recht um ihre Unabhängigkeit fürchteten. Die Frage „Selbstkontrolle oder Aufsicht", der sie nach dem „Fall Herrmann/Brach" noch ihr selbstbewußtes „Selbstkontrolle statt Aufsicht" entgegensetzten, ist derzeit jedenfalls nur aufgeschoben und könnte von Politik, Medien und Öffentlichkeit sehr wohl wieder zum Thema gemacht werden.

Zu wünschen wäre freilich, daß sich Wissenschaft und Wissenschaftler nicht erst aus erneuter Furcht um ihre Unabhängigkeit zu einem konsequenteren Vorgehen gegen Betrug und Fälschung in den eigenen Reihen entschließen könnten – sondern aus dem Bemühen heraus, das verlorene Vertrauen wiederzugewinnen. Zwar könnten sie auch aus dieser Motivation heraus das Phänomen von Betrug und Fälschung nicht vollständig und für immer ausschließen und verhindern. In jedem Fall aber hätten sie ihre künftige Arbeit und ihre Existenz auf eine neue und ehrliche Grundlage gestellt – gegenüber der Öffentlichkeit, aber auch und erst recht für sich selbst.

ANHANG

Anmerkungen

Vorwort

1 Die zitierten Schlagzeilen stammen in der Reihenfolge aus: Krischer, Markus / Miketta, Gaby: *GAU in der Forschung*. In: Focus, 19.05.1997; Bartholomäus, Ulrike / Schnabel, Ulrich: *Betrüger im Labor*. In: Die Zeit, 13.06.1997; Freudenreich, Jens-Otto: *Forschungsfälschung „in beispiellosem Umfang"*. In: Stuttgarter Zeitung, 06.08.1997; [anonym] *Phantastische Pfuschereien*. In: Die Zeit, 13.08.1997; Krischer, Markus: *Sex, Lügen und Psychotricks*. In: Focus, 07.07.1997; Rubner, Jeanne: *Wissenschaft ohne Kontrolle*. In: SZ, 07.08.1997. Alle verwendeten Materialien werden im folgenden bei der ersten Nennung ausführlich mit bibliographischen Angaben, ab der zweiten Nennung in Kurzform – zumeist Autorennachname und erstes Substantiv des Titels, bei Pressebeiträgen zudem Zeitungsname und Erscheinungsdatum – nachgewiesen.

2 So bezeichnete ihn der Präsident der Max-Planck-Gesellschaft, Prof. Dr. Hubert Markl, in einem Interview mit den Autoren am 18.02.1998 in Mainz. Zu weiteren Bewertungen siehe in der Einleitung *Das verdrängte Phänomen*.

3 Deutsche Forschungsgemeinschaft (Hrsg.): *Vorschläge zur Sicherung guter wissenschaftlicher Praxis. Empfehlungen der Kommission „Selbstkontrolle in der Wissenschaft"*. Verabschiedet am 09.12.1997, inzwischen unter demselben Titel auch publiziert: Weinheim 1998; Max-Planck-Gesellschaft (Hrsg.): *Verfahren bei Verdacht auf wissenschaftliches Fehlverhalten – Verfahrensordnung*. Beschlossen am 14.11.1997. Typoskript. München 1997.

4 Siehe unter anderem: Finetti, Marco: *Betrug in Bonn*. In: Die Zeit, 29.07.1994; *Scharlatane der Erkenntnis*. In: SZ, 10.07.1995; *Abgeschrieben, geschönt, gefälscht, erfunden: Betrug und Fälschung in der Wissenschaft*. In: WDR Radio 5 – Schule und Hochschule, 06.08.1996; Himmelrath, Armin: *Mit Fakes zu falschem Ruhm*. In: Unicum 5/96. S. 10–14. Als aktuelles Beispiel siehe: Himmelrath, Armin: *Wissenschaftsbetrug in großem Stil: Der Fall Herrmann/Brach*. In: WDR Radio 5 – Leonardo, 23.09.1997.

5 Stegemann-Boehl, Stefanie: *Fehlverhalten von Forschern. Eine Untersuchung am Beispiel der biomedizinischen Forschung im Rechtsvergleich USA/Deutschland*. Stuttgart 1994. Eine aktualisierte Zusammenfassung erschien unter dem Titel *Fehlverhalten von Forschern und das deutsche Recht*. In: Wissenschaftsrecht. Band 29. Nr. 2. Juni 1996. S. 139–160; sie wird im folgenden als *Fehlverhalten* (Aufsatz) zitiert.

6 Die Interviews mit den genannten Personen wurden von den beiden Autoren zumeist getrennt geführt und werden hier durch den Zusatz „im Interview mit mf (Marco Finetti) oder him (Armin Himmelrath)" nachgewiesen.

7 Fölsing, Albrecht: *Der Mogelfaktor. Die Wissenschaftler und die Wahrheit.* Hamburg-Zürich 1984.
8 Di Trocchio, Federico: *Der große Schwindel. Betrug und Fälschung in der Wissenschaft.* Frankfurt a. M.-New York 1994.

Einleitung
Das verdrängte Phänomen

1 Zu den Reaktionen sowie zu den Manipulationen und ihrer Aufdeckung siehe ausführlich im Abschnitt *Der Paukenschlag* (Erster Teil).
2 Mit diesen Worten äußerte sich Frühwald gleich mehrfach, so etwa am 27.06.1997 auf der Jahrespressekonferenz der DFG in Bonn und in einem Interview mit dem Süddeutschen Rundfunk. Siehe die Wiedergabe in [dpa] *„Ich fühle mich betrogen."* In: Südkurier Konstanz, 28.06.1997.
3 Zur Äußerung Markls und zur Stimmungslage in der deutschen Wissenschaft allgemein siehe das Interview von Borgmann, Wolfgang / Geldner, Andreas / Volz, Tanja / Zintz, Klaus: *„Wir sind mitten in der Kehrwoche." Max-Planck-Präsident Hubert Markl zu Sparen, Forschen und Fälschen in Deutschland.* In: Stuttgarter Zeitung, 01.07.1997.
4 Siehe das Interview von Rubner, Jeanne: *Erdrutsch an Vertrauen. Prof. Dr. Wolfgang Frühwald, Präsident der Deutschen Forschungsgemeinschaft, über Betrug in der Wissenschaft.* In: SZ, 26.06.1997.
5 Siehe hierzu ausführlich in den Abschnitten *Der Paukenschlag* (Erster Teil) und *Die heilsame Wirkung des Schocks* (Dritter Teil).
6 Borgmann / Gelder / Volz / Zintz, *Kehrwoche*, Stuttgarter Zeitung 01.07.1997.
7 So der an der Universität Bielefeld lehrende Wissenschaftssoziologe Prof. Dr. Peter Weingart im Interview mit mf am 04.07.1996 in Bielefeld.
8 So DFG-Präsident Prof. Dr. Wolfgang Frühwald im Interview mit mf am 27.06.1996 in Bonn.
9 Siehe hierzu in knapper Form bei Fölsing, *Mogelfaktor*, S. 7.
10 So auch der Titel des lesenswerten Essays von Blum, André: *Der Mythos objektiver Forschung.* In: Die Zeit, 10.06.1998.
11 Eine solche Geschichte steht freilich noch aus. Am ehesten erfüllt ihren Anspruch bislang Di Trocchio, *Schwindel*. Zu den genannten anderen und weiteren Annäherungsweisen an die Wissenschaft und ihre Geschichte siehe auch bei Fölsing, *Mogelfaktor*, S. 7 ff.
12 Dies ist im übrigen nicht nur der vermutlich erste, sondern wohl auch der langlebigste Betrug der Wissenschaftsgeschichte. Es dauerte bis ins 19. Jahrhundert, ehe erste Zweifel an der Authentizität des *Sternenkatalogs* aufkamen – und noch einmal bis 1984, ehe das Plagiat zweifelsfrei nachgewiesen werden konnte. Eine ebenso exakte wie lesenswerte Darstellung bietet die auch als Buch erschienene Dissertation von Grasshoff, Gerd: *Die Geschichte des Ptolemäischen Sternenkatalogs. Zur Genesis des*

Sternenverzeichnisses aus Buch VII und VIII des Alamagest. Hamburg 1985. Siehe darüber hinaus in geraffter Form bei Di Trocchio, *Schwindel*, S. 13 ff., sowie bei Schürmann, Alfred: *Auch Galilei hat gelogen.* In: Kosmos. Jg. 85. 1989. Nr. 5. S. 78–82.

13 Siehe hierzu, den Bogen von den frühen Christen an schlagend, bei Grafton, Anthony: *Fälscher und Kritiker. Der Betrug in der Wissenschaft.* Berlin 1991. S. 19 ff. In größeren Zusammenhang stellt die Fälschungen und Plagiate auch Umberto Eco, in dessen *Rosen*-Roman sie ebenfalls Eingang gefunden haben. Siehe Eco, Umberto: *La guerre du faux.* Paris 1975. Die frommen Fälscher des Mittelalters nannte MPG-Präsident Prof. Dr. Hubert Markl im Dezember 1997, also *nach* Bekanntwerden des „Falles Herrmann/Brach", im übrigen als einen Beleg dafür, daß es Wissenschaftsbetrug und -fälschung schon immer gegeben habe.

14 Zahlreiche Beispiele hierfür nennen Di Trocchio, *Schwindel*, S. 16 ff., Fölsing, *Mogelfaktor*, S. 88 ff., sowie Schürmann, *Galilei*, S. 78–82. Eine geradezu mustergültige Rekonstruktion unternimmt am Beispiel Newtons die Studie von Westfall, Richard S.: *Isaac Newton and the fudgefactor.* In: science. Vol. 179. 1973. S. 751 ff. Ihr hat Fölsing nach eigenem Bekunden auch seinen Buchtitel *Der Mogelfaktor* entnommen.

15 Siehe erneut die konzentrierte Darstellung bei Di Trocchio, *Schwindel*, S. 144 ff., sowie detaillierter vom selben Autor: *Mendel's Experiments. A Reinterpretation.* In: Journal of the History of Biology. Vol. 24. 1991. S. 485 ff.

16 Dieser Fall diente dem britischen Mathematiker Sir Charles Babbage 1830 als ein Musterbeispiel für seinen – nachfolgend aufgeführten (siehe Anmerkung 20) – *Stammbaum der Schwindeleien.* Siehe auch Fölsing, *Mogelfaktor*, S. 19.

17 Siehe ebenfalls bei Fölsing, *Mogelfaktor*, S. 45. Auch diesen Fall nahm Babbage in seine Klassifikation auf.

18 In kurzer Form geht Schürmann, *Galilei*, S. 79, auf Darwins Plagiat ein, in den größeren Kontext stellt es Reader, Joachim: *Die Jagd nach dem ersten Menschen. Eine Geschichte der Paläoanthropologie.* Stuttgart 1982.

19 Die Ende 1912 gefundenen Knochen wurden erst 1953 mittels neuartiger chemischer Datierungstechniken als Fälschung entlarvt. Danach stammten große Teile der Knochenfunde nicht wie angenommen von einem mindestens 200 000 Jahre alten Affenmenschen, sondern von einem wesentlich jüngeren Orang-Utan. Die Literatur zum Piltdown-Fall ist inzwischen Legion und zählt allein über 500 wissenschaftliche Veröffentlichungen. Eine lesenswerte Darstellung auf der Grundlage zahlreicher Quellen bietet einmal mehr Di Trocchio, *Schwindel*, S. 150 ff. Auch er jedoch mußte 1993 noch einräumen, daß es unmöglich sei, eine „vollständige und zufriedenstellende Antwort" auf die Frage nach den Verantwortlichen zu geben (S. 157). Dies gelang erst Mitte 1996 dem britischen Paläontologen Brian Gardiner. Er machte als Urheber den Zoologie-Studenten und späteren Kurator am Londoner Natural History Museum, Martin Hinton, aus, der die Knochen mit Eisen- und Manganoxid eingefärbt und selbst vergraben hatte. Siehe dazu *Posse im Pleistozän.* In: Der Spiegel, 03. 06. 1996.

20 Siehe Babbage, Charles: *Reflections on the Decline of Science in England.* London 1830. Nachdruck. Farnborough 1969. S. 174 ff. Im folgenden zitiert nach Fölsing, *Mogel-*

faktor, S. 17 f. Siehe darüber hinaus auch den Beitrag von Wisnewski, Gerhard / Schepelmann, Rolf: *Doktor Lüge und Professor Plagiat*. In: SZ Magazin, 23. 10. 1992.

21 Der „Darsee-Case" ereignete sich im Jahre 1981 und war der letzte und endgültige Anstoß für eine breite interne und externe Diskussion des Betrugsphänomens in der US-Wissenschaft. Siehe dazu die vor allem für die amerikanischen Fälle lesenswerte Darstellung von Broad, Wiliam / Wade, Nicolas: *Betrug und Fälschung in der Wissenschaft*. Basel 1984. S. 13 f. Siehe auch bei Fölsing, *Mogelfaktor*, S. 23 ff., Di Trocchio, *Schwindel*, S. 100, sowie in aller Kürze, jedoch mit zahlreichen Literaturhinweisen bei Stegemann-Boehl, *Fehlverhalten*, S. 1, S. 68.

22 Zum „Long-Case" und seiner späteren Rolle in einer Anhörung im amerikanischen Repräsentantenhaus zum Thema „Betrug in der biomedizinischen Forschung" im Jahre 1981 (!) siehe Fölsing, *Mogelfaktor*, S. 12, S. 148. Siehe ebenfalls bei Broad / Wade, *Betrug*, S. 12, S. 104, sowie bei Stegemann-Boehl, *Fehlverhalten*, S. 1, S. 68.

23 Siehe Schürmann, *Galilei*, S. 80, die ausführliche Darstellung von Fölsing, *Mogelfaktor*, S. 98 ff., sowie erneut in aller Kürze bei Stegemann-Boehl, *Fehlverhalten*, S. 68. Letztere führt, S. 68 ff., zudem mehr als ein Dutzend weiterer gravierender Betrugsfälle in den USA seit Mitte der siebziger Jahre auf. Zu den genannten Fällen Darsee, Long und Summerlin sowie zur Verknüpfung mit dem US-Wissenschaftsbetrieb siehe ausführlich im zweiten Teil *Hintergründe und Mechanismen*.

24 Burts Fälschungen gingen so weit, daß er sowohl seine beiden wichtigsten Co-Autoren als auch zahlreiche Testpersonen einfach erfand. Daß seine Fälschungen von einem Autor entlarvt wurden, der eine Biographie des berühmten Forschers schreiben sollte, ist eine besondere Ironie der Wissenschaftsgeschichte. Siehe ausführlich bei Fölsing, *Mogelfaktor*, S. 32 ff., Di Trocchio, *Schwindel*, S. 124.

25 Siehe Schürmann, *Galilei*, S. 82, und mit ausführlichen Verweisen auf einen Untersuchungsbericht einer unabhängigen internationalen Forscherkommission Fölsing, *Mogelfakto*r, S. 111 ff.

26 Zum historischen Hintergrund allgemein und zu dem in mancherlei Hinsicht auch und gerade heute hochmodern anmutenden Zusammenspiel von Wissenschaft, Staat und Wirtschaft siehe die Vorbemerkungen von Schulze, Winfried: *Der Stifterverband für die Deutsche Wissenschaft 1920–1995*. Berlin 1995. S. 30 ff.

27 Fölsing, *Mogelfaktor*, S. 16. Siehe dort ebenfalls für die folgenden Zitate.

28 Siehe hierzu allgemein und zu Bacon erneut bei Fölsing, *Mogelfaktor*, S. 18. Merton formulierte das Postulat 1942 in seinem Aufsatz *Science and Technology in a Democratic Order*. Die deutsche Übersetzung erschien unter dem Titel *Wissenschaft und demokratische Sozialstruktur* in dem Sammelband *Wissenschaftssoziologie. Band 1*. Hrsg. von Peter Weingart. Frankfurt a. M. 1972. S. 53 ff.

29 So im Interview mit mf am 27. 06. 1996 in Bonn. Nahezu dieselben Worten finden sich auch in Frühwald, Wolfgang: *Von Täuschung und Fälschung in der Wissenschaft*. In: forschung – Mitteilungen der DFG. Nr. 2–3. Oktober 1995. S. 3 und S. 30–31. Hier: S. 31.

30 Zu diesem Erklärungsmuster siehe ausführlicher im Abschnitt *Die Milieutheorie* (Zweiter Teil).

31 Frühwald, *Täuschung*, S. 31.

32 Zur Verdrängung der NS-Vergangenheit der deutschen Hochschulen und Wissenschaftsorganisationen sowie zu den wenigen Ausnahmen siehe zusammenfassend die Beiträge von Finetti, Marco: *Ein Mantel des Schweigens*. In: SZ, 06./07.05.1995; *Ein Titel für Tote*. In: Die Zeit, 12.08.1994; *Second careers of the Nazis' doctors*. In: nature. Vol. 390. 1997. S. 457f. Inzwischen haben sowohl die DFG als auch die Max-Planck-Gesellschaft mit der Aufarbeitung ihrer NS-Vergangenheit begonnen. Zum „Fall Schwerte/Schneider" und seinen Auswirkungen siehe die Beiträge in dem lesenswerten Sammelband *Vertuschte Vergangenheit. Der Fall Schwerte und die NS-Vergangenheit der deutschen Hochschulen*. Hrsg. von Helmut König / Wolfgang Kuhlmann / Klaus Schwabe. München 1997.

33 Weber, Max: *Wissenschaft als Beruf*. In: Weber, Max: *Gesammelte Aufsätze zur Wissenschaftslehre*. Tübingen 1968. S. 582–613.

34 Frühwald, *Täuschung*, S. 31.

35 Siehe hierzu am Beispiel der Habilitation bei Stegemann-Boehl, *Fehlverhalten*, S. 8f. sowie ausführlicher im Abschnitt *Lehrstuhl oder Sozialhilfe* (Zweiter Teil).

36 Siehe an dieser Stelle bei Rubner, Jeanne: *Wenn Forscher ihre Ehre verlieren*. In: SZ, 21.03.1996. Siehe ausführlicher im Abschnitt *Die heilsame Wirkung des Schocks* (Dritter Teil).

37 Siehe hier Stegemann-Boehl, *Fehlverhalten*, S. 6, und ebenfalls ausführlicher im Abschnitt *Die heilsame Wirkung des Schocks* (Dritter Teil).

38 Diese ebenfalls bereits von Stegemann-Boehl, *Fehlverhalten*, S. 8, berichtete Erfahrung machten auch die beiden Autoren bei ihren Recherchen über einzelne Fälle vor dem Fall Herrmann/Brach und für dieses Buch. Siehe dazu im Vorwort und vor allem im Abschnitt *Siebzig Jahre Forschungsfälschung in Deutschland* (Erster Teil).

39 Siehe hierzu mit Beispielen in den Abschnitten *Siebzig Jahre Forschungsfälschung in Deutschland* und *Das letzte Wort haben die Richter* (Erster Teil).

40 Siehe ausführlich in den Abschnitten *Die heilsame Wirkung des Schocks* und *Selbstkontrolle vor Aufsicht* (Dritter Teil).

Erster Teil
Spielarten, Fälle, Vorwürfe

Der Paukenschlag

1 Die folgende Rekonstruktion der wissenschaftsinternen Aufdeckung des „Falls Herrmann/Brach" stützt sich neben eigenen Recherchen vor allem auf den Beitrag von Berg, Lilo: *Anatomie einer Fälschung*. In: Berliner Zeitung, 28.05.1997. Sofern nicht anders angegeben, stammen auch die folgenden Zitate aus diesem Beitrag, der wiederum auf dem später genannten ausführlichen Bericht des jungen Molekularbiologen Dr. Eberhard Hildt basiert. Siehe darüber hinaus auch bei Kaiser,

Ute: *„Ein bißchen Schiß hatte ich schon."* In: Südwest Presse, 09.08.1997; Wormer, Holger: *Ein Fall von Zivilcourage*. In: SZ, 07.08.1997.

2 So berichtet es Hofschneider. Siehe den Beitrag von Freudenreich, Josef-Otto: *Der Fehler liegt im System*. In: Stuttgarter Zeitung, 25.07.1997.

3 Zu den Forschungsschwerpunkten siehe etwa bei Flöhl, Rainer: *Schlechte Neuigkeiten über Botenstoffe*. In: FAZ, 21.05.1997; Bartholomäus, Ulrike: *Ein Wissenschaftler unter Druck / Herrmanns Steckenpferd*. In: Stuttgarter Zeitung, 27.05.1997; Berg, Lilo: *Skandal um deutsche Starwissenschaftler weitet sich aus*. In: Berliner Zeitung, 13.06.1997. Siehe auch in den bereits genannten Beiträgen von Krischer / Miketta, *GAU*, Focus, 19.05.1997; dpa: *Krebsforschung*, Südkurier, 17.05.1997.

4 Krischer / Miketta, *GAU*, Focus, 19.05.1997.

5 Siehe die Zusammenfassung bei Freudenreich, *Fehler*, Stuttgarter Zeitung, 25.07.1997, sowie bei Krischer / Miketta, *GAU*, Focus, 19.05.1997.

6 Siehe neben den bereits genannten Beiträgen die Schilderung bei Krischer, *Sex*, Focus, 07.07.1997, die sich auf einen ausführlichen Bericht Brachs stützt.

7 Für diese Forschungen erhielt Hildt die Otto-Hahn-Medaille. Siehe Wormer, *Fall*, SZ, 07.08.1997.

8 Zitiert nach Berg, *Anatomie*, Berliner Zeitung, 28.05.1997. Siehe hier auch für die folgenden Ausführungen und Zitate.

9 Siehe hierzu die Schilderung bei Krischer, *Sex*, Focus, 07.07.1997, der auch die folgenden Zitate entstammen. Siehe darüber hinaus bei Berg, *Anatomie*, Berliner Zeitung, 28.05.1997; Krischer / Miketta, *GAU*, Focus, 17.05.1997.

10 Siehe die Wiedergabe bei Krischer, *Sex*, Focus, 07.07.1997.

11 So in dem Brief an die Universitäten Ulm und Lübeck sowie an das Max-Delbrück-Centrum. Siehe Berg, *Anatomie*, Berliner Zeitung, 28.05.1997.

12 Zitiert nach Berg, *Anatomie*, Berliner Zeitung, 28.05.1997.

13 Siehe dazu rückblickend den ersten Pressebericht zur Affäre von Hübner-Dick, Birgit: *Schwerer Verdacht gegen Herrmann*. In: Südwest Presse, 16.05.1997. Siehe auch bei Krischer / Miketta, *GAU*, Focus, 19.05.1997; Berg, *Anatomie*, Berliner Zeitung, 28.05.1997.

14 Zu den Fördersummen siehe die erste Agenturmeldung zur Affäre von dpa: *Betrugsvorwurf bei Krebsforschung – Eine Million Mark eingefroren*. 16.05.1997. Siehe auch bei Krischer / Miketta, *GAU*, Focus, 19.05.1997.

15 Siehe ebenfalls bei dpa, *Betrugsvorwurf*, 16.05.1997. Zum DFG-internen Verfahren siehe ausführlich im dritten Teil des Buches „Schutzvorkehrungen und Sanktionen".

16 Zum Selbstverständnis der Ulmer Universität siehe bei Hübner-Dick, Birgit: *Herrmann: Ich habe nichts von den Fälschungen gewußt*. In: Südwest Presse, 17.05.1997; Krischer, Markus / Wolff, Ute: *„Da kann man sich nicht rauslügen"*. In: Focus, 26.05.1997.

17 Siehe hierzu die Schilderung bei Hübner-Dick, *Verdacht*, Südwest Presse, 16.05.1997.

18 Siehe in der genannten Reihenfolge bi [Birgit Hübner-Dick]: *Uniforscher fälschten*

Daten; Hübner-Dick, *Verdacht*; Hübner-Dick, Birgit: *Schwindel im Namen der Wissenschaft*. Alle in: Südwest Presse, 16.05.1997.

19 dpa, *Betrugsvorwurf*, 16.05.1997. Allein der Pressespiegel des Wissenschaftsministeriums Baden-Württemberg vom 17.05.1997 enthält ein rundes Dutzend Abdrucke. Am selben Tag verbreitete auch die Nachrichtenagentur AP eine erste Meldung. Zu ihrem Abdruck siehe etwa AP: *Vorwurf des Betrugs gegen Krebsforscher*. In: Die Welt, 17.05.1997.

20 Siehe hierzu und zu den folgenden Zitaten und Ausführungen bei Hübner-Dick, *Verdacht*, Südwest Presse, 16.05.1997.

21 Krischer / Miketta, *GAU*, Focus, 19.05.1995. Im übrigen variieren die Angaben über das Erscheinungsdatum der Focus-Ausgabe. Der Titel selbst trägt das Datum des (üblichen) Verkaufstages 19.05.1997, doch weil dieser auf den Pfingstmontag und damit auf einen Feiertag fiel, kam die Focus-Ausgabe bereits am Samstag, den 17.05.1997, in den Verkauf. Wir zitieren hier nach der Titel-Angabe.

22 Zu den folgenden Ausführungen und Zitaten siehe bei Hübner-Dick, *Fälschungen*, Südwest Presse, 17.05.1997, sowie bei agk / bob: *Schwerer Vorwurf gegen einen Ulmer Genforscher*. In: Stuttgarter Zeitung, 17.05.1997.

23 Siehe Krischer, Markus: *„Dramatische Verbindung" – Baden-Württembergs Wissenschaftsminister von Trotha zu den Fälschungen in der Krebsforschung*. In: Focus, 01.06.1997.

24 Siehe dazu den Beitrag und den kritischen Kommentar von Hübner-Dick, Birgit: *Ermittlungen gegen Krebsforscher*. In: Südwest Presse, 31.05.1997.

25 Siehe Krischer / Wolff, *rauslügen*, Focus 26.05.1997; lsw: *Staatsanwalt ermittelt gegen Krebsforscher*. In: Stuttgarter Zeitung, 26.05.1997.

26 Schwaibold, *Geschwür*, Stuttgarter Nachrichten, 20.05.1997.

27 Zum Zitat siehe bei Krischer / Wolff, *rauslügen*, Focus, 26.05.1997, zum Folgenden bei agk / bob, *Vorwurf*, Stuttgarter Zeitung, 17.05.1997.

28 Zitiert nach Krischer / Wolff, *rauslügen*, Focus, 26.05.1997. Zur Erklärung siehe ausführlich bei agk / bob: *Die Universität Ulm fürchtet um ihren Ruf*. In: Stuttgarter Zeitung, 26.05.1997.

29 Siehe Hübner-Dick, Birgit: *Verdacht der Fälschung zieht weitere Kreise*. In: Südwest Presse, 22.05.1997.

30 Zu der Sitzung und ihren nachfolgend wiedergegebenen Ergebnissen siehe auch die Beiträge von agk: *Krebsforscher sollen noch mehr gefälscht haben*. In: Stuttgarter Zeitung, 14.06.1997; [anonym] *Zum Mäusemelken*. In: Focus, 16.06.1997; Berg, *Skandal*, Berliner Zeitung, 13.06.1997; dpa: *Falsche Angaben brachten Wissenschaftler Fördermittel ein*. In: Frankfurter Rundschau, 14.06.1997; Schwaibold, Frank: *Skandal um Krebsdaten weitet sich aus*. In: Stuttgarter Nachrichten, 14.06.1997; Wewetzer, Hartmut: *Fälschen statt Forschen*. In: Der Tagesspiegel, 18.06.1997.

31 Darüber berichtete als erste Berg, *Skandal*, Berliner Zeitung, 13.06.1997.

32 In der Erklärung wurde etwa die konkrete Zahl von 28 ermittelten Fälschungen nicht genannt. Statt dessen beließ die Kommission es beim Hinweis auf „weitere Fälschungen". Siehe dazu die bereits genannten Beiträge zur Sitzung und ihren Ergebnissen.

33 Siehe hierzu und zum Folgenden bei Böhmer, Willi: *Jetzt auch Hinweise auf Fälschungen an der Uni Ulm*. In: Südwest Presse, 14.06.1997.

34 Zitiert nach lsw: *„Herrmann hat von den Fälschungen gewußt"*. In: Heilbronner Stimme, 14.06.1997.

35 Siehe dpa: *Vorermittlung gegen Wissenschaftler*. In: FAZ, 14.06.1997. Den Lehrstuhl räumte Brach Ende des Monats.

36 Siehe Albert-Ludwigs-Universität Freiburg: *Presseerklärung von Prof. Mertelsmann*, 16.06.1997; *Rektor setzt Untersuchungskommission ein*. Presseerklärung, 20.06.1997; jr: *Mertelsmann will Klärung*. In: Badische Zeitung, 17.06.1997.

37 Die Ankündigung erfolgte durch DFG-Präsident Prof. Dr. Wolfgang Frühwald auf der Jahrespressekonferenz der Förderorganisation am 27.06.1997 in Bonn. Siehe DFG: *Statement des DFG-Präsidenten zum Thema „Betrug in der Wissenschaft"*. Siehe darüber hinaus etwa dpa: *Vorstoß gegen Fälschungen*. In: Badische Zeitung, 30.06.1997.

38 Siehe stellvertretend für viele Reinhardt, Peter: *Trotha zieht die Notbremse*. Mannheimer Morgen, 26.06.1997; wr: *Ulmer Krebsforscher suspendiert*. SZ, 26.06.1997.

39 Herrmanns Stellungnahme und Anschuldigungen gegen Brach wurden jedoch erst nach seiner Suspendierung öffentlich bekannt. Siehe [anonym] *Die Erkenntnis schmerzt*. In: Focus, 30.06.1997; [anonym] *Prof. Herrmann attackiert Brach*. In: Südwest Presse, 30.06.1997.

40 Dabei handelte es sich um den bereits genannten Beitrag von Krischer, *Sex*, Focus, 07.07.1997. Er stützte sich auf ein 27seitiges Protokoll, das Brach laut Focus bereits am 01.04.1997 angefertigt hatte und das auch den Untersuchungskommissionen vorlag. Sofern nicht anders angegeben, stützen sich darauf auch die folgenden Ausführungen und Zitate.

41 Siehe hierzu und zum Folgenden bei Hübner-Dick, Birgit: *„Man will mich loswerden"*. In: Südwest Presse, 08.08.1997.

42 So vor allem in dem bereits genannten Beitrag von Freudenreich, *Fehler*, Stuttgarter Zeitung, 25.07.1997, dem auch die folgenden Zitate entstammen.

43 Siehe Schwaibold, Frank: *Krebsforscher haben 32 Arbeiten gefälscht*. In: Stuttgarter Nachrichten, 05.07.1997.

44 Siehe Hübner-Dick, Birgit: *„Herrmann fälschte"*. In: Südwest Presse, 02.08.1997; lsw: *Krebsforscher Herrmann fälschte selbst*. In: Heilbronner Stimme, 04.08.1997.

45 Zu der Sitzung und den im folgenden wiedergegebenen Ergebnissen siehe etwa bei Freudenreich, *Forschungsfälschung*, Stuttgarter Zeitung, 06.08.1997; Hübner-Dick, Birgit: *Herrmann und Brach schwer beschuldigt*. In: Südwest Presse, 06.08.1997; dpa: *Forscher fälschten jahrelang*. In: Badische Zeitung, 06.08.1997.

46 Zitiert nach Hübner-Dick, *beschuldigt*, Südwest Presse, 06.08.1997; siehe hier auch für das folgende Zitat.

47 Himmelrath, Armin: *Interview mit Wolfgang Gerok*. In: *Wissenschaftsbetrug*, WDR-Radio 5, 23.09.1997.

48 Siehe Hübner-Dick, Birgit: *Minister muß handeln*. In: Südwest Presse, 06.08.1997.

49 Siehe Ministerium für Wissenschaft, Forschung und Kunst Baden-Württemberg: *Förmliches Disziplinarverfahren gegen Prof. Dr. Herrmann eingeleitet*. Pressemitteilung

Nr. 180, 20.08.1997; Reinhardt, Peter: *Ulmer Krebsforscher gerät immer stärker unter Druck*. In: Mannheimer Morgen, 21.08.1997; bhr: *Unbefristetes Tätigkeitsverbot für Krebsforscher*. In: FAZ, 21.08.1997.

50 Hierzu und zum Folgenden siehe Albert-Ludwigs-Universität Freiburg: *Arbeit der Freiburger Untersuchungskommission – Zusammenfassung und Ergebnis*. Pressemitteilung, 27.08.1997; lsw: *Auch in Freiburg Daten gefälscht*. In: Stuttgarter Nachrichten, 28.08.1997.

51 Zitiert nach Universität Freiburg, *Arbeit*, Pressemitteilung 27.08.1997; siehe dazu auch mf [Marco Finetti]: *Mitautoren tragen auch Mitverantwortung*. In: Deutsche Universitätszeitung (DUZ), 05.09.1997.

52 Siehe ute: *Kein Freispruch für Freiburger Krebsforscher*. In: Stuttgarter Zeitung, 28.08.1997.

53 Hierzu und zum Folgenden siehe DFG: *Schwerwiegende Vorwürfe wissenschaftlichen Fehlverhaltens*. Pressemitteilung Nr. 20, 01.09.1997; siehe darüber hinaus etwa bob: *Krebsforscher soll Fördergelder zurückzahlen*. In: Stuttgarter Zeitung, 02.09.1997; Hübner-Dick, Birgit: *Herrmann und Brach droht Ausschluß*. In: Südwest Presse, 02.09.1997.

54 Siehe ausführlich bei jof [Josef-Otto Freudenreich]: *Krebsforscher setzt sich mit Klagen zur Wehr*. In: Stuttgarter Zeitung, 04.09.1997; Flöhl, Rainer: *F wie Fälschung*. In: FAZ, 05.09.1997; Hübner-Dick, Birgit: *Dekan und Uni-Rektor sollen widerrufen*. In: Südwest Presse, 05.09.1997; dpa: *Krebsforscher Herrmann wird gegen Anschuldigungen klagen*, 04.09.1997. Die folgenden Zitate entstammen der letztgenannten Agenturmeldung.

55 Siehe mf [Marco Finetti]: *Forschungsfälschung: Personelle Konsequenz*. In: DUZ, 17.10.1997.

56 Siehe Albert-Ludwigs-Universität Freiburg: *Persönliche Erklärung von Prof. Mertelsmann und Beschluß der Medizinischen Fakultät zum Bericht der von Rektor Jäger eingesetzten Untersuchungskommission zu wissenschaftlichen Fälschungen in der Krebsforschung*. Pressemitteilung, 28.10.1997.

57 Siehe dazu ausführlich im dritten Teil des Buches *Schutzvorkehrungen und Sanktionen*.

58 Siehe zur Kritik Geroks bei Hübner-Dick, Birgit: *Harte Kritik am Ministerium*. In: Südwest Presse, 14.01.1998; zur Replik von Trothas siehe Ministerium für Wissenschaft, Forschung und Kunst Baden-Württemberg: *Von Trotha: Disziplinarverfahren gegen Prof. Herrmann läuft völlig korrekt*. Pressemitteilung Nr. 3, 14.01.1998.

59 Siehe Hübner-Dick, Birgit: *Chef Herrmann geht*. In: Südwest Presse, 17.06.1998; bob: *Ulmer Krebsforscher verzichtet auf seine Stelle*. In: Stuttgarter Zeitung, 18.06.1998.

60 Zur Erklärung Zucks und den Zitaten siehe bob, *Krebsforscher*, Stuttgarter Zeitung, 18.06.1998.

61 Zu einer entsprechenden Anfrage des Landtags und der Antwort des Ministeriums siehe Schnabel, Ulrich: *Kaum bestrafbar*. In: Die Zeit, 10.06.1998.

62 Zur Reaktion der Medizinischen Fakultät siehe Hübner-Dick, Birgit: *Schnell neue Lösung*. In: Südwest Presse, 18.06.1998.

63 Siehe zum Folgenden ausführlich in Schwaibold, Frank: *Krebsforscher quittiert Landesdienst*. In: Stuttgarter Nachrichten, 23.09.1998; Hübner-Dick, Birgit: *Uni erleichtert über Herrmanns Schritt*. In: Südwest Presse, 22.09.1998.

64 Siehe Hübner-Dick, *Chef*, Südwest Presse, 17.06.1998; bi [Birgit Hübner-Dick]: *Minister sieht noch kein Ende*. In: Südwest Presse, 14.04.1998; Schwaibold, *Krebsforscher*, 23.09.1998.

65 Gerüchten zufolge versucht Brach seit dem Frühjahr 1998 an eine deutsche Hochschule zurückzukehren, was sich jedoch nicht verifizieren läßt.

66 Hübner-Dick, Birgit: *Beispiellose Fälschung*, Südwest Presse, 06.08.1997.

Siebzig Jahre Forschungsfälschung in Deutschland

67 Eine ausführliche Schilderung, die Haeckels Manipulationen zudem in den Kontext der Auseinandersetzungen um Darwins Evolutionstheorie stellt und den Bogen bis zum einleitend geschilderten „Piltdown-Fall" schlägt, bietet Di Trocchio, *Schwindel*, S. 139 ff.

68 Haeckel, Ernst: *Die Fälschungen der Wissenschaft*. In: Berliner Volkszeitung, 29.12.1908. Zitiert nach Di Trocchio, *Schwindel*, S. 144. Der Beitrag, mit dem Haeckel auf die kurz zuvor erhobenen Manipulationsvorwürfe des Leipziger Naturwissenschaftlers Arnold Brass antwortete, erschien am 09.01.1909 auch in der Münchener Allgemeinen Zeitung.

69 Die jüngsten Manipulationsvorwürfe gegen Haeckel wurden erst im Sommer 1997 von einem englischen Embryologen erhoben und auch in der deutschen Tagespresse aufgegriffen – zumeist als Ergänzung zur aktuellen Berichterstattung über den „Fall Herrmann/Brach". Siehe etwa Baier, Tina: *Der Trick mit dem gefälschten Embryo*. In: SZ, 14.08.1997; Müller-Jung, Joachim: *Angriff auf biologischen Anachronismus*. In: FAZ, 20.08.1997.

70 Zur Einschätzung Haeckels als „idealistischen Schwindler" siehe stellvertretend für viele bei Di Trocchio, *Schwindel*, S. 141. Zum „wahren Kern" siehe etwa bei Baier, *Trick*, SZ, 14.08.1997.

71 Zum gesamten Fall siehe ausführlich bei Fölsing, *Mogelfaktor*, S. 70 ff. Fölsing nennt Einstein und de Haas als Beispiele für Wissenschaftler, „die aus ehrbaren Gründen geirrt haben", was den Kern jedoch nicht trifft.

72 Letzte Klarheit brachten jedoch auch hier erst 1997 die Forschungen eines amerikanisch-israelisch-deutschen Wissenschaftlerteams. Auch sie fanden in der deutschen Tagespresse Beachtung. Siehe etwa bei Schönstein, Jürgen: *Einstein schrieb nicht bei Hilbert ab*. In: Die Welt, 20.10.1997.

73 Als solchen bezeichnen ihn auch Stegemann-Boehl, *aspects*, S. 192, und Eser, *Misrepresentation*, S. 76.

74 Die ausführlichste Schilderung des Falles, auf die sich auch unsere Darstellung stützt, findet sich bei Fölsing, *Mogelfaktor*, S. 20 f., S. 73 ff.

75 Fölsing, *Mogelfaktor*, S. 74.

76 Das Gutachten findet sich in Zeitschrift für Physik. Vol. 95. 1935. S. 801. Hier zitiert nach Fölsing, *Mogelfaktor*, S. 76.

77 Snow, Charles Percy: *The Affair*, London 1960; dt.: *Die Affäre*, Stuttgart 1963. Der einzige wesentliche Unterschied zwischen Roman und Realität besteht darin, daß bei Snow Beugungsbilder von Neutronen statt von Elektronen gefälscht werden. Siehe dazu auch Fölsing, *Mogelfaktor*, S. 20 f.

78 Zu verdanken ist dies dem australischen Wissenschaftshistoriker Jan Sapp und seinem Buch *Where the Truth Lies. Franz Moewus and the Origins of Molecular Biology*, Cambridge 1990. Darauf gestützt schildert auch Di Trocchio, *Schwindel*, S. 103 ff., „Aufstieg und Fall des Franz Moewus", dem wiederum unsere Darstellung folgt.

79 Di Trocchio, *Schwindel*, S. 109.

80 Für den Gesamtfall siehe vor allem bei Fölsing, *Mogelfaktor*, S. 103 ff. Di Trocchio, *Schwindel*, S. 86, führt Gullis' Fälschungen als wesentlichen Beleg dafür an, daß das europäische Wissenschaftssystem Manipulationen nicht *per se* eher unmöglich macht als das anglo-amerikanische; für ihn handelt es sich „unzweifelhaft um Betrügereien des amerikanischen Typs". Fälschlicherweise bezeichnet Di Trocchio Gullis als „deutschen Neurobiologen". Zumindest in einem Beitrag wurde der Fall auch von der deutschen Presse thematisiert. Siehe: von Randow, Thomas: *Eine Ente flog durch die Wissenschaft*. In: Die Zeit, 04.03.1977. Sechs Jahre später fand er in allgemeinerem Kontext auch Erwähnung in dem Beitrag [anonym]: *Unheimlich fleißig*. In: Der Spiegel, 27.06.1983.

81 Fölsing, *Mogelfaktor*, S. 105.

82 Die Erklärung erschien am 24.02.1977 in nature, Vol. 165, S. 764, und wurde ergänzt durch eine Mitteilung Dr. Bernd Hamprechts. Hier zitiert nach Fölsing, *Mogelfaktor*, S. 105.

83 Fölsing, *Mogelfaktor*, S. 106.

84 Zum gesamten Fall siehe vor allem Stegemann-Boehl, *Fehlverhalten*, S. 74, Fölsing, *Mogelfaktor*, S. 21 f., sowie die nachfolgend genannten Zeitungsbeiträge. Über diese hinaus stützen sich unsere Ausführungen auf Mitteilungen der Pressestelle und des Archivs der FU Berlin vom Januar 1998.

85 BAW: *Falscher Professor an der FU?* In: Berliner Morgenpost, 22.01.1983.

86 BAW: *Professor unter Verdacht: Wissenschaftlicher Betrug?* In: Berliner Morgenpost, 22.01.1983. Sofern nicht anders angegeben, entstammen auch die folgenden Zitate diesem Beitrag.

87 Siehe hierzu und als Beispiel für die Berichterstattung den Beitrag von BAW: *Senat prüft Vorwürfe gegen Biologieprofessor der FU*. In: Berliner Morgenpost, 30.01.1983.

88 Siehe BAW: *FU-Professor reichte seine Kündigung ein*. In: Berliner Morgenpost, 17.04.1983.

89 Der Beitrag erschien in nature, Vol. 303, S. 195 ff. Auch hierüber berichtete die Berliner Presse. Siehe etwa SAD/BAW: *Fachzeitschrift greift ehemaligen FU-Professor an*. In: Berliner Morgenpost, 21.05.1983.

90 Dieser Fall wurde einem der beiden Autoren zunächst 1996 bei Recherchen für eine Hörfunksendung vertraulich, jedoch unter Nennung der Hochschule mitgeteilt.

Bestätigt und ergänzt wurden diese Informationen durch Auskünfte der Pressestelle der TU Braunschweig vom Januar 1998. Kurze Erwähnung findet der Fall auch bei Stegemann-Boehl, *aspects*, S. 191.

91 Hierzu erhielt einer der beiden Autoren bereits 1994 bei seinen ersten Recherchen zu Betrug und Fälschung in der deutschen Wissenschaft von zwei Quellen vertrauliche Informationen. Dabei wurde auch der Name der Hochschule genannt. Da sich dieser jedoch nicht verifizieren läßt, weil die Hochschule jede Stellungnahme verweigert, verzichten wir auf die Nennung des Namens.

92 Für diesen Fall gilt das Vorherige sinngemäß, nur daß er einem der beiden Autoren lediglich von einer Quelle mitgeteilt wurde. Ein weiterer Beleg findet sich jedoch bei Stegemann-Boehl, *aspects*, S. 191, die offenbar auf den gleichen Fall hinweist.

93 Dieser Fall wurde zunächst Stefanie Stegemann-Boehl vertraulich zur Kenntnis gebracht. Siehe Stegemann-Boehl, *aspects*, S. 192. Im Laufe der Recherchen zu diesem Buch erhielt jedoch auch einer der Autoren hierzu Informationen. Diese unterschieden sich in Nuancen von denen Stegemann-Boehls, so daß nicht eindeutig festzustellen ist, ob sie von der gleichen Quelle stammen.

94 Siehe ausführlicher bei Stegemann-Boehl, *Fehlverhalten* (Aufsatz), S. 141, Anmerkung 12.

95 Zitiert nach Behr, Alfred: *Benzol-Alarm mit falschen Zahlen.* In: FAZ, 10.02.1995. Über diese und die nachfolgend genannten Quellen hinaus stützt sich unsere Darstellung auf Auskünfte des baden-württembergischen Umweltministeriums vom Januar 1998.

96 Zur Vorgeschichte siehe vor allem bei Schanz, Andreas: *Doktorhut in Karlsruhe mit falschen Benzolwerten erschlichen.* In: Badische Neueste Nachrichten, 10.02.1995.

97 Für die Zitate siehe Umweltministerium Baden-Württemberg: *Ganovenstück auf dem Rücken des Umweltschutzes.* Pressemitteilung Nr. 23, 09.02.1995.

98 Hierzu siehe auch den Beitrag von Laubig, Rainer / Donath, Claus: *Ein dreistes Ganovenstück im Luftmeßlabor.* In: Stuttgarter Zeitung, 10.02.1995.

Die gestohlenen Ideen

99 Dieser Fall wurde mf im Sommer 1997 von einem Mitarbeiter des hier mit A. abgekürzten Sprachwissenschaftlers vertraulich geschildert. Als Reaktion auf das offensichtliche Plagiat strengte A. rechtliche Schritte gegen den hier mit B. abgekürzten Kollegen an, über die zumindest im Februar 1998 jedoch noch nicht entschieden war.

100 Diesen Fall schilderte der damalige DFG-Präsident Prof. Dr. Wolfgang Frühwald in einem Interview mit mf am 27.06.1996 in Bonn. Da der hier mit Y. abgekürzte Forscher aus Furcht vor beruflichen und persönlichen Konsequenzen auf eine Klage gegen den Gutachter verzichtete, nannte Frühwald seinen Namen nicht.

101 Siehe dazu etwa die folgenden Verweise auf Urteile sowie etwa die weiterführenden Angaben bei Stegemann-Boehl, *Fehlverhalten*, S. 119 f.

102 So in einem Interview mit mf am 11.07.1996 in Bonn, auf das sich auch die folgende Angabe stützt.

103 Siehe hierzu ausführlich bei Stegemann-Boehl, *Fehlverhalten*, S. 113 ff.

104 Den Begriff der „Wissenschaftsspionage" übernehmen wir ebenfalls von Stegemann-Boehl, *Fehlverhalten*, S. 113 ff., S. 150 ff., die neben anderen Unterscheidungen auch die hier getroffene gebraucht, dabei insgesamt jedoch eine andere Begrifflichkeit verwendet: Der übergeordnete Begriff ist für sie nicht das „Plagiat", sondern der „Ideendiebstahl"; das „Plagiat" entspricht danach der unbefugten Übernahme bereits veröffentlichten Gedankengutes, die „Wissenschaftsspionage" der Übernahme noch nicht publizierten Gedankengutes durch den Mißbrauch des Gutachtersystems der peer reviews.

105 So formulierte es der Wissenschaftssoziologe Prof. Dr. Peter Weingart in einem Interview mit mf am 04.07.1996 in Bielefeld.

106 Zu den nachfolgend genannten Fällen siehe die Anmerkung am Anfang dieses Abschnittes sowie die nachfolgenden Verweise auf die entsprechenden Gerichtsurteile. Darüber hinaus siehe auch bei Stegemann-Boehl, *Fehlverhalten*, S. 119. Die beiden zuletzt genannten Fälle wurden mf bereits in den Jahren 1989 und 1990 in anderem Zusammenhang – bei eigenen Studien zur Kommunikationsgeschichte der deutschsprachigen Emigration nach 1933 – mitgeteilt.

107 So in einem Interview mit mf am 18.07.1996 in Bonn.

108 So in einem Interview mit mf am 04.07.1996 in Bielefeld.

109 Das entsprechende Urteil erging durch den Dienststrafhof für die Länder Niedersachsen und Schleswig-Holstein und ist abgedruckt in: *Deutsche Verwaltungsblätter.* 1957, S. 461 ff.; siehe auch Stegemann-Boehl, Fehlverhalten, S. 119.

110 Bei dem Gericht handelte es sich um das Landgericht München I. Sein Urteil ist abgedruckt in: *Archiv für Urheber-, Film-, Funk- und Theaterrecht.* 1961, S. 223 ff.; siehe auch Stegemann-Boehl, *Fehlverhalten*, S. 119.

111 So Dr. Stefanie Stegemann-Boehl in einem Interview mit mf am 12.07.1996 in Köln.

112 In erster Instanz mit dem Fall befaßt war das Verwaltungsgericht Arnsberg. Seine Entscheidung ist abgedruckt in: *Mitteilungen der Kultusministerkonferenz zum Hochschulrecht.* 1989, S. 170 f. Die zweite Instanz war das Oberverwaltungsgericht Münster. Sein Urteil findet sich in: *Nordrhein-Westfälische Verwaltungsblätter.* 1992, S. 212 f. Erwähnung findet der Fall auch bei Stegemann-Boehl, *aspects*, S. 194, und bei Eser, *Misrepresentation*, S. 75.

113 Für eine „Liste der Pechvögel unter den Fälschern" plädiert auch Di Trocchio, *Schwindel*, S. 104. Anwärter für einen vorderen Platz auf dieser Liste ist für ihn im übrigen der Grünalgen-Forscher und -Fälscher Franz Moewus.

114 Die folgende Darstellung stützt sich auf Informationen der Pressestelle der Universität-Gesamthochschule Essen vom Januar 1998 sowie auf seinerzeitige Presseberichte. Siehe unter anderem bei Wintzenburg, Ludwig: *Mit fremden Federn?* In: Neue Ruhr Zeitung, 01.12.1983; wbg: *Der Rektor trat zurück.* In: Neue Ruhr Zeitung, 14.12.1983.

115 Siehe etwa Krauss, Hannes: *Mißgeschick mit Folgen.* In: Frankfurter Rundschau, 22.12.1983, der auch die angeführten hochschulinternen Rivalitäten analysiert.

116 Rollecke, Gerd: *Rücktritt wegen Plagiats?* Leserbrief in Frankfurter Rundschau, 17.01.1984.

117 Neben Dietrich Schwanitz' inzwischen auch verfilmtem Bestseller *Der Campus* ist hier etwa der Erstling *Stiftlingen – ein Universitätsroman* von Britta Stengl zu nennen. Siehe hierzu und zum Phänomen auch Finetti, Marco: *Stiftlingen – oder: Wie der ultimative deutsche Universitätsroman aussieht.* In: DUZ, 16.05.1997. Zur Konjunktur des Campus-Romans allgemein und Querverweisen zum Thema Betrug in der Forschung siehe darüber hinaus Frühwald, Wolfgang: *Ein Ombudsmann für die Wissenschaft.* In: forschung – Mitteilungen der DFG. Nr. 2–3/97. S. 3 u. 29. Hier S. 3.

118 Der genaue Titel lautete *Kritische Untersuchung von Elisabeth Strökers Dissertation über Zahl und Raum nebst einem Anhang zu ihrer Habilitation.* Eine ausführliche Zusammenfassung der darin erhobenen Vorwürfe bietet der Beitrag von Meichsner, Irene: *Hübsch geklaut.* In: Die Zeit, 26.10.1990. Ihm sind auch die folgenden Zitate entnommen.

119 Zitiert nach Eisenhut, Lutz P.: *Professorin spricht von blindem Haß.* In: Kölner Stadt-Anzeiger, 23.10.1990. Diesem Beitrag entstammen auch die folgenden Zitate aus der Erklärung von Ströker.

120 Zitiert nach Eisenhut, Lutz P.: *Prädikat: „Völlig wertlos".* In: Kölner Stadt-Anzeiger, 17.10.1990.

121 Zitiert nach Eisenhut, Lutz P.: *Ende des Streits um Doktorarbeit ist nicht in Sicht.* In: Kölner Stadt-Anzeiger, 14.12.1990.

122 Zitiert nach Meichsner, *geklaut,* Die Zeit, 26.10.90.

123 Alle Zitate dieses und des folgenden Abschnittes entstammen dem Bericht von Eisenhut, Lutz P.: *Mit fremden Federn geschmückt.* In: Kölner Stadt-Anzeiger, 05.03.1991.

124 Hierzu und zu den folgenden paraphrasierten und zitierten Begründungen siehe Schmitz, Veronika: *Rufmord – philosophisch.* In: Rheinischer Merkur, 25.10.1991.

125 Interview mf mit Prof. Dr. Peter Weingart am 04.07.1996 in Bielefeld.

126 In diesem Sinne äußerte sich auch Dr. Stefanie Stegemann-Boehl im Interview mit mf am 12.07.1996 in Köln; siehe zudem etwa den Beitrag von Weber, Antje: *Der ungleich verteilte Ruhm.* In: SZ, 23.10.1990.

127 Siehe hierzu und zur darauffolgenden juristischen Auseinandersetzung, die zu Ungunsten der Doktorandin ausging, auch bei Stegemann-Boehl, *Fehlverhalten,* S. 119.

128 Die folgende Darstellung stützt sich auf Weber, *Ruhm,* SZ, 23.10.90.

129 Dieser Fall ist als „Fall Staatsexamensarbeit" in die Rechtsprechung und -literatur eingegangen und ausführlich gewürdigt worden. Zum Verlauf und zur juristischen Auseinandersetzung siehe das entsprechende Urteil des Bundesgerichtshofes, abgedruckt in: *Gewerblicher Rechtsschutz und Urheberrecht.* 1981, S. 352 ff. Hierzu und zur Rezeption siehe auch die ausführlichen Verweise bei Stegemann-Boehl, *Fehlverhalten,* S. 119, Anmerkung 58.

130 Stegemann-Boehl, *Fehlverhalten,* S. 120.

131 Dieser Fall findet auch Erwähnung bei Stegemann-Boehl, *aspects,* S. 191.

132 So DFG-Präsident Prof. Dr. Wolfgang Frühwald im Interview mit mf am 27.06.1996 in Bonn.
133 Auch die DFG selbst berichtet von insgesamt drei Fällen, in denen es um „die Aneignung von vertraulichen Antragsunterlagen oder andere Formen problematischen Verhaltens bei Gutachtern" geht. Siehe DFG, *Vorschläge*, S. 36. Alle drei „wurden in Korrespondenz und Gesprächen zwischen der Geschäftsstelle der DFG und den Beteiligten beigelegt", fährt die Förderorganisation recht unkonkret fort.
134 Dieser Fall wurde mf bereits 1995 vertraulich mitgeteilt. Die Stiftung bestätigte den Vorgang, jedoch nur unter der Bedingung der völligen Anonymisierung.
135 Zu den entsprechenden Feststellungen der Untersuchungskommission an der Universität Freiburg siehe die bereits genannten Beiträge von Berg, *Skandal,* Berliner Zeitung, 13.06.1997; Krischer, *Sex,* Focus, 07.07.1996.

Das letzte Wort haben die Richter

136 Die nachfolgende Schilderung stützt sich, sofern nicht anders angegeben, auf den Beitrag von Finetti, *Betrug*, Zeit, 29.07.1994, sowie auf die Gespräche von mf mit Dr. Guido Zadel und dessen Anwalt Johannes Latz am 10.07.1996 in Köln sowie mit dem seinerzeitigen Rechtsberater der Universität Bonn, Prof. Dr. Wolfgang Löwer, am 11.07.1996 in Bonn.
137 Siehe Angewandte Chemie 1994, Band 106, S. 460. Eine englische Fassung erschien wenig später auch in Angewandte Chemie, International Edition 1994, Band 33, S. 454.
138 Zu den Reaktionen siehe neben den genannten Beiträgen auch bei R. F. [Rainer Flöhl]: *Chemie in Magnetfeldern.* In: FAZ, 13.07.1994, sowie in der späteren Zusammenfassung von Weber, Christian: *Titelkampf an der Uni.* In: Focus, 01.04.1996.
139 Siehe den Beitrag von Dierichs, Helga: *Contergan.* In: *Die Skandale der Republik.* Hrsg. von Georg M. Hafner / Edmund Jacoby. Hamburg 1992. S. 62–68. Nach ihm, S. 63, ist auch der Werbeslogan für Contergan zitiert. Zum selben Hintergrund und zum Folgenden siehe auch bei Weber, *Titelkampf,* Focus, 01.04.1996 sowie ausführlicher bei Rubner, Jeanne: *Gefährliches Spiel mit dem Doktor.* In: SZ, 20.05.1996.
140 Alternativ werden für die Varianten auch die Bezeichnungen „linkshändige" und „rechtshändige" Moleküle verwendet, weil sie wie die beiden Hände die gleiche Form haben, aber spiegelverkehrt sind.
141 Der Widerruf mit dem Titel *Keine enantioselektiven Reaktionen im statischen Magnetfeld* ist im Originaltext auch abgedruckt bei Heidel, Uschi: *Betrug statt Sensation.* In: DUZ, 12.08.1994. Diesem Beitrag sind auch die folgenden Zitate entnommen.
142 Die Angaben und Zitate stammen aus der ersten Pressemitteilung der Bonner Universität in Sachen Zadel. Siehe Rheinische Friedrich-Wilhelms-Universität Bonn: *Vorwurf einer Täuschungshandlung bei Laborexperimenten im Institut für Organische Chemie an der Bonner Universität / Stellungnahme der Mathematisch-Naturwissenschaftlichen Fakultät der Bonner Universität.* Pressemitteilung vom 14.07.1994.

143 Neben Flöhl, *Chemie*, FAZ, 13.07.1997, und Finetti, *Betrug*, Die Zeit, 29.07.1994, siehe auch den Beitrag [anonym] *Guter Rat*. In: Der Spiegel, 01.08.1994.

144 Soweit nicht anders angegeben, folgen die Ausführungen zu den Positionen und Argumenten der Bonner Universität dem bereits genannten Gespräch mit Prof. Dr. Wolfgang Löwer am 11.07.1997 in Bonn sowie einem ergänzenden Telephonat vom 27.02.1998.

145 Soweit nicht anders angegeben, folgen die Ausführungen zu den Positionen und Argumenten Zadels dem bereits genannten Gespräch mit Guido Zadel und Johannes Latz am 10.07.1996 in Köln sowie einem ergänzenden Telephonat mit Latz vom 05.03.1998.

146 Zu Letzterem siehe Weber, *Titelkampf*, Focus, 01.04.1996.

147 Die folgende Schilderung stützt sich hauptsächlich auf die Beiträge von Schnabel, Ulrich: *Forschung und Fälschung*. In: Die Zeit, 12.03.1993; Leimbach, Andreas: *Streit um Freiheit der Forschung*. In: VDI-Nachrichten, vom 19.05.1995, sowie auf ein Telephoninterview von mf mit dem Kanzler der Justus-Liebig-Universität Gießen, Dr. Michael Breitbach am 09.03.1998.

148 So berichtete etwa die FAZ über Lohmanns Diagnosemethode und knüpfte daran den Hinweis, ein „praxistaugliches Gerät" sei bereits in der Entwicklung. Siehe Schnabel, *Forschung*, Die Zeit, 12.03.1993. Ein solches Gerät existiert freilich bis heute nicht.

149 Schnabel, *Forschung*, Die Zeit, 12.03.1993.

150 Siehe neben demselben Beitrag auch die retrospektive Schilderung der Justus-Liebig-Universität Gießen: *Gericht verbietet der Universität die Klärung zweifelhafter Forschungsergebnisse*. Pressemitteilung Nr. 19 vom 03.03.1993.

151 So im Telephoninterview mit mf am 09.03.1998.

152 Das Urteil wurde am 01.03.1993 bekannt. Siehe Verwaltungsgericht Gießen Az III/VE 561/91. Siehe hier auch für die folgenden Zitate.

153 Siehe zum Folgenden ausführlich Universität Gießen, *Gericht*, Pressemitteilung 03.03.1993.

154 Zitiert nach Schnabel, *Forschung*, Die Zeit, 12.03.1993.

155 Siehe Hessischer Verwaltungsgerichtshof, Urteil vom 23.02.1995 – Az 6 UE 652/93. Dieses Urteil fand auch Beachtung in der Presse. Siehe etwa die Agenturmeldung von AFP: *Freiheit der Forschung geht der Wahrheit vor*. In: SZ, 25.02.1995.

156 Siehe hierzu und zur Reaktion auf das Urteil insgesamt in Justus-Liebig-Universität Gießen: *Verwaltungsgerichtshof Kassel untersagt der Universität wissenschaftliche Überprüfung von Forschungsdaten*. Pressemitteilung Nr. 12 vom 24.02.1995.

157 Zum Urteil des Bundesverwaltungsgerichts siehe die umfassenden Ausführungen und Zitate in Justus-Liebig-Universität Gießen: *Justus-Liebig-Universität erhebt Verfassungsbeschwerde*. Pressemitteilung Nr. 31 vom 15.04.1997. Siehe hier auch zu den folgenden Zitaten. In der Pressemitteilung findet sich auch die Bezeichnung „Teilerfolg", die Kanzler Dr. Breitbach auch im Telephoninterview mit mf am 09.03.1998 gebrauchte. Siehe darüber hinaus auch die ausführliche Bewertung von Stegemann-Boehl, Stefanie: *Stein der Weisen oder Steine ohne Brot?* In: FAZ, 07.05.1997.

158 Siehe hierzu und zum Folgenden Justus-Liebig-Universität, *Verfassungsbeschwerde*, Pressemitteilung, 15.04.1997.
159 Siehe etwa den Leserbrief des Unikanzlers Breitbach, Michael: *Forschungsfälschung vor den Gerichten*. In: SZ, 12.09.1997.
160 Siehe jof, *Krebsfälscher*, Stuttgarter Zeitung, 04.09.1997.

Nach dem Paukenschlag

161 Zell, Rolf Andreas: *Der Autor als Phantom*. In: Die Zeit, 31.07.1997.
162 Zells Beitrag gibt einen instruktiven Überblick über all diese Spielarten.
163 Siehe hierzu unter Bezug auf einen hierzulande erhobenen und weiter unten geschilderten Fälschungsvorwurf die kritischen Anmerkungen von Neumann, Ralf: *Doktorand zeigt seinen Betreuer wegen Betrugs an*. In: Laborjournal, Nr. 1/1998. S. 6f.
164 [anonym] *Forschungsgelder für fiktive Studien?* In: Focus, 01.09.1997. Zum Folgenden siehe ebenfalls hier sowie den Beitrag von Weber, Christian: *Unter Raubmilben*. In: Focus, 06.10.1997.
165 Laut Entscheidung des Hamburger Landgerichts, AZ 324 0 635/97, dürfen die Münchner Blattmacher vorerst nicht mehr behaupten, daß andere Forscher Schata bezichtigen, er habe für 240 000 Mark fiktive Studien geliefert; auch die Behauptung, das Labor sei entgegen Schatas Angaben nie mit bestimmten Analysen für ein Forschungsprojekt über Milben beauftragt worden, wurde untersagt.
166 Siehe [anonym] *Forschungsgelder*, Focus, 01.09.1997.
167 Fernkopie eines Briefs des Wittener Pressereferenten Daniel J. Berger an die Autoren vom 23. Januar 1998.
168 Siehe Bergmann, Karl-Christian / Müsken, Horst: *Forschungsgelder für ein Artefakt?* Leserzuschrift im Allergo Journal. Vol. 6. Nr. 2. S. 60.
169 vs: *„Raubmilbenkot" – 240 000 DM wert?*. In: Münchner Medizinische Wochenschrift 139. Nr. 35, S. 6.
170 Laut den Entscheidungen des Landgerichts Hamburg, AZ 324 0 645/97 und AZ 324 0 646/97.
171 So Prof. Dr. Herbert Blum am 09.02.1998 in einem Telephongespräch mit him. Blum ist Ärztlicher Direktor der Medizinischen Klinik und Poliklinik der Albert-Ludwigs-Universität Freiburg und war von der Hochschule mit der Klärung der Vorwürfe beauftragt. Wir haben uns zur Dokumentation dieses Falls entschlossen, weil er mittlerweile vor Gericht ausgetragen wird und die angesprochenen Internet-Seiten zum Redaktionsschluß dieses Buchs immer noch existierten – der Fall ist also ohnehin öffentlich.
172 Zur Vorgeschichte und zum wissenschaftlichen Hintergrund siehe hier und für die folgenden Zitate bei Neumann, *Doktorand*.
173 (http://home.t-online.de/home/Bernhard.Hiller/homepage.htm) Hiller greift auf seinen Internet-Seiten namentlich auch Prof. Dr. Wolfgang Gerok als früheren Co-Autor von Jens Rasenack an. Dies ist von besonderer Brisanz, weil Gerok als Vor-

sitzender der „gemeinsamen Kommission" für die Aufklärung des Falls Herrmann/Brach mitverantwortlich war.

174 Bernhard Hiller: Internet. Siehe hier auch für die folgenden Zitate.

175 So Hiller in einem Schreiben an die Polizeidienststelle Freiburg-Süd vom 10.11.1997.

176 So Hiller in seiner e-mail an Lancet vom 11.11.1997.

177 Gerlich, Wolfgang: *Stellungnahme zu den Vorwürfen von Herrn Dipl.Biol. Bernhard Hiller gegen Prof. Dr. J. Rasenack*. Gießen, 01.12.1997. S. 8. Die Stellungnahme liegt den Autoren in Kopie vor.

178 Die Anzeige wurde erstattet beim Polizeirevier Freiburg-Süd, AZ 18329/97.

179 So Hiller in einer e-mail an him vom 16.08.1998.

180 Medizinische Hochschule Hannover (Hrsg.): *Hirnstammimplantate – Die ersten Patienten der Medizinischen Hochschule Hannover (MHH) erfolgreich behandelt*. Pressemitteilung vom 25.09.1996.

181 Siehe [deh] *MHH-Professor schmückt sich mit fremden Federn*. In: Hannoversche Allgemeine Zeitung (HAZ), 28.11.1996. Unsere Schilderung des Falls stützt sich, wenn nicht anders angegeben, auf die fortlaufende Berichterstattung der HAZ.

182 MHH (Hrsg.): *Richtigstellung*. Pressemitteilung vom 29.11.1996. Ihr entstammen auch die folgenden Zitate.

183 [anonym (Hans, Dirk E.)] *Medizinisches Wunder*. In: Der Spiegel, 28.07.1996. Siehe hier auch für die folgenden Zitate.

184 Zitiert nach WSt: *Patienten bekamen nicht genehmigte Implantate*. In: HAZ, 29.07.1997. Siehe hier auch zu den folgenden Ausführungen und Zitaten.

185 Abbott, Alison: *Hundebilder, die keine sind*. In: SZ, 18.12.1997. Bei diesem Artikel handelt es sich um eine gekürzte Vorab-Version eines Artikels Abbotts, der am selben Tag in nature erschienen ist. Sofern nicht anders angegeben, stützt sich die folgende Darstellung auf diesen Beitrag.

186 Prof. Dr. Gert Kaiser am 27.09.1997 im WDR-Hörfunk, Radio 5 – Leonardo.

187 Siehe *Rigide Standards und Vertrauen*. In: Ophthalmology Online-News. Internet 1997.

188 Abbott, *Hundebilder*, SZ, 18.12.1997.

189 VG Düsseldorf, AZ: 15 L 4204/96.

190 Siehe hierzu und für die folgenden Ausführungen und Zitate den Brief von Dr. Meinolf Goertzen an him vom 29.01.1998.

191 So in einem Telephonat mit him am 28.09.1998.

192 Die Identität des Betroffenen wurde einem der Autoren zunächst vertraulich mitgeteilt, ist aber mittlerweile durch entsprechende Veröffentlichungen auch über Fachkreise hinaus bekannt.

193 Siehe dazu bei Miketta, Gaby / Krischer, Markus / Gottschling, Claudia: *Betrug im Labor*. In: Focus, 09.06.1997. Sofern nicht anders angegeben, entstammen auch die folgenden Ausführungen und Zitate diesem Beitrag.

194 So Markl in einem Interview mit den Autoren am 18.02.1998 in Mainz.

195 Siehe Glia. Vol. 16. Nr. 2. S. 93–100.

196 Max-Planck-Gesellschaft (Hrsg.): *MPG deckt Fall von wissenschaftlichem Fehlverhalten auf.* Pressemitteilung PRI A3/98 vom 09.03.1998. Siehe hier ebenso für die folgenden Zusammenfassungen und Zitate.

197 Eine frühe, ebenso ausführliche wie kenntnisreiche Schilderung bietet der Beitrag von Borgmann, Wolfgang: *Ein neuer Fall von Fälschung*. In: Stuttgarter Zeitung, 13.03.1998. Siehe darüber hinaus auch bei Blech, Jörg: *Ausgetrickst*. In: Die Zeit, 10.06.1998; jom: *Betrug jahrelang unerkannt*. In: FAZ, 10.06.1998.

198 Siehe dazu etwa den Kommentar von Sentker, Andreas: *Betrug im Labor*. In: Die Zeit, 10.06.1998.

199 Blech, *Ausgetrickst*, Die Zeit, 10.06.1998.

200 Siehe dazu bei Borgmann, *Fall*, Stuttgarter Zeitung, 13.03.1998.

201 Die Studie erschien in nature, Vol. 390. 1997. S. 698f. Siehe dazu auch den zusammenfassenden Beitrag von nature-Korrespondentin Alison Abbott: *Fälschung hinter dem Feigenblatt des Pflanzenforschers*. In: SZ, 28.05.1998.

202 Diese Zahl sollte später allerdings nach unten korrigiert werden müssen. Siehe dazu die folgenden Ausführungen. Der quantitative Vergleich zum „Fall Herrmann" (!) findet sich auch bei Abbott, *Fälschung*, SZ, 28.05.1998.

203 Siehe dazu ausführlich bei Blech, *Ausgetrickst*, Die Zeit, 10.06.1998; jom, *Betrug*, FAZ, 10.06.1998. Der Laborleiter übernahm dabei selbst die Verantwortung und ließ seinen unbefristeten Vertrag auflösen.

204 Kritisch auseinander setzt sich damit auch Blech, *Ausgetrickst*, Die Zeit, 10.06.1998.

205 Siehe dazu die ausführliche Wiedergabe eines Gesprächs mit Schell bei Borgmann, *Fall*, Stuttgarter Zeitung, 13.03.1998; zur Person sowie zur wissenschaftlichen Tätigkeit und Bedeutung Schells siehe auch den Beitrag von Lindner, Angela: *Tabak, Raps & Co*. In: DUZ, 18.04.1997.

206 Siehe hierzu an dieser Stelle zusammenfassend die Pressemitteilung der MPG: *Senat der Max-Planck-Gesellschaft wählt Vorsitzenden des Untersuchungsausschusses „Wissenschaftliches Fehlverhalten"*. Mitteilung PRI A 4/98 vom 30.03.1998. Eine ausführliche Darstellung und Kommentierung der MPG-Verfahrensordnung findet sich im Abschnitt *Selbstkontrolle vor Aufsicht* (Dritter Teil).

207 Für beide Zitate siehe Abbott, *Fälschung*, SZ, 28.05.1998.

208 So etwa bei Blech, *Ausgetrickst*, Die Zeit, 10.06.1998.

209 Der Wortlaut des Berichts wurde der Öffentlichkeit nicht zugänglich gemacht. Die folgende Zusammenfassung stützt sich auf die Ausführungen von MPG-Präsident Prof. Dr. Hubert Markl auf der Jahresversammlung der MPG am 25.06.1998 in Weimar sowie auf die im folgenden genannte offizielle Pressemitteilung der MPG. Siehe darüber hinaus bei Borgmann, Wolfgang: *Ein Fall von Fälschung – erledigt?* In: Stuttgarter Zeitung, 17.07.1998 [wegen der Titelähnlichkeit mit einem zuvor erschienenen Beitrag desselben Autors im folgenden zitiert als Borgmann, *Fall – erledigt?*; Platthaus, Andreas: *Zähmen und Züchten*. In: FAZ, 27.06.1998.

210 Dies drückte sich bereits in der Überschrift der Verlautbarung aus. Siehe Max-Planck-Gesellschaft (Hrsg.): *Max-Planck-Institut für Züchtungsforschung, Köln: Direktor im Vorprüfungsverfahren vom Verdacht auf wissenschaftliches Fehlverhalten entla-*

stet. Mitteilung PRI A 10/98 vom 25.06.1998 [im folgenden zitiert als MPG, *Vorprüfungsverfahren*].

211 Zu diesem Punkt siehe vor allem die Ausführungen von MPG-Präsident Markl bei Borgmann, *Fall – erledigt?*, Stuttgarter Zeitung, 17.07.1998.

212 MPG, *Vorprüfungsverfahren*, PRI vom 25.06.1998.

213 Siehe ebendort. Zum zwischenzeitlich vermuteten Ausmaß siehe auch Abbott, *Fälschung*, SZ, 28.05.1998.

214 MPG, *Vorprüfungsverfahren*, PRI vom 25.06.1998.

215 Platthaus, *Zähmen*, FAZ, 27.06.1998.

216 Siehe hierzu bei Borgmann, *Fall – erledigt?*, Stuttgarter Zeitung, 17.07.1998; Blech, *Ausgetrickst*, Die Zeit, 10.06.1998.

217 Zitiert nach jom, *Betrug*, FAZ, 10.06.1998.

218 Siehe dazu Borgmann, *Fall – erledigt?*, Stuttgarter Zeitung, 17.07.1998.

219 Der Vorsitzende des externen Untersuchungsausschusses hatte die Ergebnisse gemeinsam mit einem Richterkollegen „nach Aktenlage" geprüft und „für gut befunden". Siehe dazu erneut bei Borgmann, *Fall – erledigt?*, Stuttgarter Zeitung, 17.07.1998.

Zweiter Teil
Hintergründe und Mechanismen

Die Milieutheorie

1 Die Äußerungen Frühwalds stammen aus dem bereits zitierten Interview mit mf am 27.06.1996 in Bonn. Sie finden sich fast wörtlich auch in Frühwald, *Täuschung*, S. 31.

2 Siehe hierzu das Interview mit Winnacker von Haltmaier, Hans: *„Ohne Grundlagenforschung keine Innovation."* In: Focus, 21.12.1997.

3 So auf der Jahrespressekonferenz der Max-Planck-Gesellschaft am 03.12.1997 in Bonn. Fast wörtlich wiederholte Markl diese Sätze auch in einem Interview mit mf und him am 18.02.1998 in Mainz, fügte dieses Mal jedoch hinzu: „Aber wenn also Leute anfällig sind für Betrügereien, dann muß das System so sein, daß die Anfälligen nicht auch noch zu Betrügereien angereizt werden."

4 Siehe hierzu mit Beispielen bei Kohn, Alexander: *False prophets*. Oxford 1986. S. 193f.

5 Bei dem Harvard-Professor handelt es sich um den Psychiater Cyril Prout. Seine These ist hier zitiert nach Fölsing, *Mogelfaktor*, S. 29, der sich ausführlich und kritisch damit auseinandersetzt.

6 Ebenfalls zitiert nach Fölsing, *Mogelfaktor*, S. 12.

7 Das Zitat stammt von dem republikanischen Angeordneten Robert Walker und ist erneut zitiert nach Fölsing, *Mogelfaktor*, S. 12. Bei den Fällen handelte es sich um die

bereits eingangs genannten Fälle Darssee, Long und Summerlin. Zur Arbeit des im übrigen vom heutigen US-Vizepräsidenten Albert Gore geleiteten Ausschusses siehe ebenfalls bei Fölsing sowie bei Stegemann-Boehl, *Fehlverhalten*, S. 2, Anmerkung 5.

8 Siehe hierzu mit zahlreichen Beispielen von der *Association of American Universities* über die *Association of American Medical Colleges* bis hin zu Studentenvereinigungen bei Stegemann-Boehl, *Fehlverhalten*, S. 1 f., Anmerkungen 4 f.

9 Die bekanntesten literarischen Adaptionen dürften die Romane des Chemieprofessors und Vaters der Anti-Baby-Pille, Carl Djerassi, sein. In *Cantors Dilemma*, Zürich 1991 [deutsche Ausgabe], schildert Djerassi einen Betrugsfall in der Krebsforschung [!], in dem ein Forscher seinen Mitarbeiter derart unter Zeit- und Erfolgsdruck setzt, daß dieser das entscheidende Experiment manipuliert. Eine entscheidende Rolle spielen manipulierte Experimente auch in dem Unterhaltungsfilm „Family Business" mit Dustin Hoffmann und Sean Connery. Zu diesen und weiteren Adaptionen siehe Frank, Andrea: *Science in Fiction*. In: DUZ, 24.01.1997; Stegemann-Boehl, *Fehlverhalten*, S. 2, Anmerkungen 6 f.

10 Den Höhepunkt in dieser Diskussion markierte zweifelsohne 1968 die Veröffentlichung des Buches *Double Helix*, in dem Nobelpreisträger James D. Watson die Hintergründe der Entdeckung der DNA-Struktur schilderte, für die er sechs Jahre zuvor den Nobelpreis erhalten hatte. Watsons Bericht beschrieb in bis dahin nicht gekannter Offenheit die Abhängigkeit der US-Forschung von den staatlichen Finanzierungsgremien sowie die Tricks, mit denen Forscher der Kontrolle dieser Gremien zu entgehen versuchen. Hierzu und zu der dadurch ausgelösten Diskussion siehe Di Trocchio, *Schwindel*, S. 64 ff., sowie jetzt auch den Beitrag von Weingart, Peter: *Ist das Wissenschafts-Ethos noch zu retten?* In: Gegenworte. Zeitschrift für den Disput über Wissen. Hrsg. von der Berlin-Brandenburgischen Akademie der Wissenschaften. Heft 2. Herbst 1998. S. 12 ff.

11 De Solla Price, Derek J.: *Little Science, Big Science*. Columbia 1963. Zu Solla Prices Kritik am US-Wissenschaftssystem siehe auch ausführlich bei Di Trocchio, *Schwindel*, S. 91 ff.

12 Eine ausgezeichnete zusammenfassende Darstellung dieses Ausbaus, die bis in die – noch zu schildernde – Arbeit der von der DFG nach dem „Fall Herrmann / Brach" eingesetzten Internationalen Kommission „Selbstkontrolle in der Wissenschaft" Eingang fand, bietet Di Trocchio, *Schwindel*, S. 51 ff., S. 65 ff., S. 77 ff. und S. 90 ff.

13 Der Begriff des unendlichen Unternehmens nimmt Bezug auf den Bericht *Science: the endless frontier*, in dem Vannevar Bush, der Wissenschaftsberater von US-Präsident Franklin D. Roosevelt, 1945 die Grundlagen des von ihm wesentlich mitbegründeten Forschungsbetriebes schilderte. Siehe hierzu und zur Entwicklung der Forscherzahl ebenfalls bei Di Trocchio, Schwindel, S. 90.

14 Siehe hierzu mit weiteren Hinweisen bei Stegemann-Boehl, *Fehlverhalten*, S. 7, sowie erneut bei Di Trocchio, *Schwindel*, S. 51 ff. und S. 65 ff.

15 Diese Erwartungen wurden zunächst vor allem von der Politik und ganz direkt vorgegeben, indem bis Ende der sechziger Jahre der Großteil der US-Forschungsausgaben aus dem Militärhaushalt stammte und für Rüstungs- und Weltraumfor-

schung ausgegeben wurde. Das änderte sich zu Beginn der siebziger Jahre mit dem von Präsident Nixon ausgerufenen und von Medien und Öffentlichkeit begeistert aufgenommenen *war on cancer*, mit dem das goldene Zeitalter der biomedizinischen Forschung begann. Siehe hierzu und den damit verbundenen Fälschungsskandalen bei Fölsing, *Mogelfaktor*, S. 98f.

16 Nach Berechnungen von Derek J. De Solla Price verdoppelten sich die Ausgaben für Forschung und Entwicklung in den USA bis in die sechziger Jahre hinein alle fünf Jahre, was einem jährlichen Anstieg von 20 Prozent entsprach, während das Volkseinkommen nur um durchschnittlich 3,5 Prozent anstieg. Zu diesen und weiteren Zahlen siehe erneut Di Trocchio, *Schwindel*, S. 93. Die wesentliche Verschärfung des Konkurrenzkampfes ab Beginn der siebziger Jahre betont auch Fölsing, *Mogelfaktor*, S. 23.

17 Siehe hierzu an dieser Stelle bei Stegemann-Boehl, *Fehlverhalten*, S. 7, sowie Di Trocchio, *Schwindel*, S. 77. Siehe ausführlicher im folgenden Abschnitt *Publish or Perish in Deutschland.*

18 Di Trocchio, *Schwindel*, S. 10.

Wer zuerst kommt, mahlt zuerst

19 Siehe hierzu und zu einer Vielzahl anderer quantitativer Entwicklungen in: Bundesministerium für Bildung, Wissenschaft, Forschung und Technologie [BMBF] (Hrsg.): *Grund- und Strukturdaten 1996/97*. Bonn 1997. S. 236ff.

20 Dies stellte Fölsing, *Mogelfaktor*, S. 23, bereits 1984 fest.

21 Siehe hierzu erneut BMBF, *Grund- und Strukturdaten*, S. 236ff. sowie die instruktiven Graphiken zur Finanzierung und Durchführung von Forschung und Entwicklung in den genannten Sektoren in dem Bildband *Universitäten in Deutschland.* Hrsg. von Werner Becker / Christian Bode / Rainer Klofat. München-New York 1995. S. 304ff.

22 Die Zahlen finden sich erneut in BMBF, *Grund- und Strukturdaten*, S. 236ff.

23 So die treffende Formulierung der von der DFG eingesetzten Kommission „Selbstkontrolle in der Wissenschaft". Siehe bei DFG, *Vorschläge*, S. 29.

24 Zu den genannten Ranglisten siehe etwa das Interview mit – dem damaligen – Forschungsminister Jürgen Rüttgers: *„Jetzt beginnt die Aufholjagd."* In: Die Zeit, 14.02.1997.

25 Siehe hierzu anstelle vieler anderer und unter Heranziehung zahlreicher Parameter wie Bruttoninlandsprodukt, Bruttosozialprodukt und Haushaltsentwicklungen die Zusammenfassung des Wissenschaftsrats: *Thesen zur Forschung in den Hochschulen*. Typoskript. Köln 1996. S. 15ff.

26 So die Feststellung der Hochschulrektorenkonferenz in ihrer am 09.07.1996 in Berlin verabschiedeten Entschließung *Zur Finanzierung der Hochschulen*. In: HRK (Hrsg.): Arbeitsbericht 1996. Bonn 1997. S. 81–132. Hier: S. 83.

27 Siehe hierzu die bereits einleitend zitierte Passage aus Frühwald, *Täuschung*, S. 31.

28 Zur Etatentwicklung beim Bund siehe etwa den Kommentar von Reith, Karl-Heinz: *Eurofighter für Rüttgers*. In: DUZ, 18.07.1997; zu der der Länder den Beitrag von Haltmaier, Hans: *Belastungsprobe für das Herz der Wissenschaft*. In: Berliner Zeitung, 07.01.1998.

29 Zum Hochschulbau siehe etwa die Beiträge von Finetti, Marco: *Rotes Licht für den Standort*. In: Die Zeit, 02.06.1995; *Kein Geld für neue Gebäude*. In: DUZ, 06.06.1997

30 Die Summe von neun Milliarden Mark errechnete die HRK bereits 1992; sie dürfte inzwischen noch deutlich höher sein, läßt sich aber nicht genau benennen. Siehe HRK, *Finanzierung*, S. 107 ff. Immerhin hat die nach der Bundestagswahl im September 1998 gebildete rot-grüne Bundesregierung die Verdoppelung der Ausgaben für Bildung und Forschung in den nächsten fünf Jahren angekündigt, was zwar deutlich über neun Milliarden Mark entspräche, aber keine zusätzliche Soforthilfe ausmachte.

31 So DFG-Präsident Wolfgang Frühwald auf der Jahrespressekonferenz seiner Organisation am 27.06.1996 in Bonn.

32 Zu diesen und den zuvor genannten Zahlen siehe den *Jahresbericht 1996* und *Jahresbericht 1997* der DFG sowie die Beiträge von Haltmaier, *Grundlagenforschung*, Focus, 21.12.1997; *Belastungsprobe*, Berliner Zeitung, 07.01.1998.

33 Siehe dazu etwa die scharfsinnigen Bemerkungen des früheren Trierer Universitätspräsidenten Morkel, Arnd: *Erinnerung an die Universität. Ein Bericht*. Vierow bei Greifswald 1995. S. 112; siehe darüber hinaus auch das Interview von Finetti, Marco: *Müssen Professoren heute Manager sein, Herr Frühwald?* In: SZ, 29./30. 06.1995.

34 Dies schildert ausführlich Di Trocchio, *Schwindel*, S. 81 ff.

35 Diese Befürchtung formulierte etwa DFG-Generalsekretär Reinhard Grunwald im Interview mit mf und him am 04.02.1998 in Bonn.

36 Siehe dazu den Beitrag der Berliner Biologieprofessorin und DFG-Vizepräsidentin Friedrich, Bärbel: *Der Blick in die Zukunft*. In: forschung – Mitteilungen der DFG. Nr. 4/97. S. 3.

37 So auf der Pressekonferenz zur Vorstellung der Empfehlungen der DFG-Kommission „Selbstkontrolle in der Wissenschaft" am 16.12.1997 in Bonn.

38 Siehe dazu auch DFG, *Vorschläge*, S. 29.

Publish or Perish in Deutschland

39 Diese Begebenheit wurde den Autoren von zwei unstrittig glaubwürdigen Quellen unabhängig voneinander berichtet. Der Name des Wissenschaftlers wurde in beiden Fällen nicht genannt.

40 Siehe dazu auch den Beitrag von Rubner, Jeanne: *Zuviel Respekt vor dem Gedruckten*. In SZ, 27.06.1997.

41 Zum *Science Citation Index* siehe hier in aller Kürze bei DFG, *Vorschläge*, S. 32, sowie bei Fölsing, *Mogelfaktor*, S. 116 ff. Jünger und vor allem im Kontext von Betrug und

Fälschung umstrittener ist der *Journal Impact Factor*, der die Qualität und Wirkung von Fachjournalen anhand ihrer Zitierhäufigkeit ermittelt. Siehe hierzu etwa jetzt den kritischen Beitrag von Bartens, Werner: *Der Wahrheit verpflichtet? Salamitaktik, Daten schütteln, Ergebnisse fälschen*. In: Hall, George M. (Hrsg.): *Publish or Perish. Wie man einen wissenschaftlichen Beitrag schreibt, ohne die Leser zu langweilen oder die Daten zu verfälschen*. Bern-Göttingen-Toronto-Seattle 1998. S. 157 ff.; Lenzen, Sigurd: *Nützlichkeit und Limitationen des sogenannten Journal Impact Factors bei der Bewertung von wissenschaftlichen Leistungen und Zeitschriften*. In: Diabetes und Stoffwechsel. Bd. 6. 1997. S. 273 ff.; siehe darüber hinaus etwa auch den bereits genannten Beitrag von Zell, *Autor*, Die Zeit, 31.07.1997.

42 So die treffende Formulierung von Bartens, *Wahrheit*, S. 159.

43 Siehe hierzu die Zusammenfassung und die weiterführenden Hinweise bei DFG, *Vorschläge*, S. 32 f.

44 Diese Befürchtung äußert auch der in Berlin lehrende Germanist Gerhard Bauer. Siehe dazu seinen instruktiven Beitrag: Bauer, Gerhard: *Druck-Druck*. In: Die Zeit, 02.04.1998.

45 Siehe dazu den Beitrag des Präsidenten der Fraunhofer-Gesellschaft Warnecke, Hans-Jürgen: *Der Schatz in den Köpfen*. In: Fraunhofer Magazin. Nr. 1/98. S. 3.

46 Diese Zahl nannte DFG-Präsident Wolfgang Frühwald auf der bereits mehrfach angeführten Pressekonferenz am 16.12.1997 in Bonn.

47 So im Gespräch mit him am 20.02.1998 in Hamburg. Beisiegel gehörte der von der DFG eingesetzten Kommission „Selbstkontrolle in der Wissenschaft" an und hat dort vor allem die Publikationssitten und hierarchischen Strukturen in der deutschen Wissenschaft kritisiert. Siehe dazu auch den Abschnitt *Selbstkontrolle vor Aufsicht* (Dritter Teil).

48 Siehe dazu die Bemerkungen von Bartens, *Wahrheit*, S. 159 f. sowie jetzt und in größerem Kontext auch bei Ammon, Ulrich: *Ist Deutsch noch internationale Wissenschaftssprache?* Berlin-New York 1998. S. 31 ff., S. 103 ff., S. 137 ff.

49 Diesen beschreibt in aller Kürze auch DFG, *Vorschläge*, S. 30.

50 Zu den Zitaten siehe Bartens, *Wahrheit*, S. 161. Das Interview mit Frühwald befaßte sich vor allem mit den Zuständen in der Biomedizin. Siehe Blech, Jörg: *Sinnloser Datensalat*. In: Die Zeit, 10.07.1997.

51 So im Interview mit mf und him am 18.02.1998 in Mainz.

52 Siehe dazu wie zum Phänomen der Co- und Ehrenautorschaft allgemein den Beitrag von Wormer, Holger: *Mitgeschrieben, mitgefangen, mitgehangen*. In: SZ, 14.08.1997; siehe darüber hinaus auch die kritischen Bemerkungen bei Zell, *Autor*, Die Zeit, 31.07.1997, sowie bei DFG, *Vorschläge*, S. 18 ff.

53 Dies kritisiert etwa auch der Beitrag von Mölling, Karin: *Betrug in der Forschung*. In: bild der wissenschaft. Nr. 11/97. S. 22 ff. Hier: S. 24. Die Autorin ist Direktorin des Instituts für Medizinische Virologie an der Universität Zürich.

54 Zur Diskussion um die Mitverantwortung der beiden genannten Wissenschaftler siehe die Abschnitte *Der Paukenschlag* und *Nach dem Paukenschlag* (Erster Teil).

55 Siehe hierzu auch bei Mölling, *Betrug*, bild der wissenschaft, 11/97, S. 24.

56 Darauf weist auch Warnecke, *Schatz*, Fraunhofer-Magazin, 1/98, S. 3, hin.

Lehrstuhl oder Sozialhilfe

57 Die genannten Fälle sind ausführlich im Abschnitt *Siebzig Jahre Forschungsfälschung in Deutschland* (Erster Teil) geschildert.
58 Bär, Siegfried: *Forschen auf Deutsch. Der Machiavelli für Forscher – und solche die es noch werden wollen.* Frankfurt a. M. 1993.
59 Zu den Reaktionen siehe auch in der binnen kurzem erfolgten zweiten Auflage des Buches: Bär, *Forschen*, S. 11 f.
60 Zur Diskussion um die Habilitation siehe hier anstelle vieler die Beiträge von Kreckel, Reinhard: *Drum prüfe, wer sich ewig bindet*. In: Die Zeit, 19.04.1997; Geldner, Andreas: *Wenn Jungforscher grau werden.* In: Stuttgarter Zeitung, 09.05.1997; Herrmann, Wolfgang A.: *Junge Talente als Professoren auf Zeit*. In: Focus, 02.06.1997; Finetti, Marco: *Schneller an die Spitze.* In: DUZ, 17.07.1998.
61 Siehe hierzu erneut bei Geldner, *Jungforscher*, Stuttgarter Zeitung, 09.05.1997.
62 Siehe hierzu etwa bei Leffers, Jochen: *Ausgeträumt.* In: Deutsches Allgemeines Sonntagsblatt, 26.05.1995.
63 Zu den Arbeits- und Kommunikationsformen in der Arbeitsgruppe Herrmann/Brach siehe ausführlich im Abschnitt *Der Paukenschlag* (Erster Teil).
64 Dies stellte auch die von der DFG eingesetzte „Internationale Kommission" fest. Siehe DFG, *Vorschläge*, S. 33 f.
65 Wofür sich nicht umsonst der Begriff „Feierabendforschung" inzwischen fast schon eingebürgert hat. Siehe hierzu erneut bei DFG, *Vorschläge*, S. 34.
66 So im Interview mit him am 20.02.1998 in Hamburg.
67 Siehe hierzu mit zahlreichen Beispielen bei Poliwoda, Sebastian: *Die Vertreibung aus dem Elfenbeinturm.* In: SZ, 14.01.1995.

Aufmerksamkeit erwünscht

68 Siehe dazu und für den Gesamtzusammenhang vor allem den instruktiven Beitrag von Kuntz-Brunner, Ruth: *Wie man akademischer 'Call-Boy' wird.* In: DUZ, 24.01.1997; aus Sicht zweier Geowissenschaftler der Universität Kiel siehe den Beitrag von Bruns, Peter / Hennings, Ingo: *Zurück zur Wahrheit*. In: bild der wissenschaft. Nr. 9/98. S. 10.
69 So die ebenso einfache wie treffende Formulierung des international renommierten Berner Psychologieprofessors Mario von Cranach, hier zitiert nach Kuntz-Brunner, *‚Call-Boy'*, DUZ, 24.01.1997.
70 Siehe auch hierzu mit weiteren Zitaten bei Kuntz-Brunner, *‚Call-Boy'*, DUZ, 24.01.1997.
71 So im Interview mit him am 20.02.1998 in Hamburg.

72 Die folgende Darstellung folgt vor allem Überlegungen des Bielefelder Wissenschaftssoziologen Prof. Dr. Peter Weingart in einem Interview mit mf am 04.07. 1996 in Bielefeld. Teile daraus sind dokumentiert in Finetti, *Abgeschrieben*, WDR 5 – Schule und Hochschule, 06.08.1996.

73 Der wohl gravierendste europäische Fall ist der zweier niederländischer Aids-Forscher, die mit der Nachricht an die Medien traten, einem Aids-Impfstoff auf der Spur zu sein. Die Medien griffen diese Nachricht begierig auf, mußten schließlich aber feststellen, daß es sich um reine Fiktion handelte. Die beiden Forscher erklärten ihren Betrug damit, nur auf diese Weise die gewünschte Aufmerksamkeit in der Öffentlichkeit erreichen und die Finanzierung ihrer Forschungen über einen längeren Zeitraum absichern zu können. Der Fall ist geschildert in Himmelrath, *Fakes*, Unicum, 5/96, S. 10ff.

74 Vor allem der Zusammenhang zwischen den beiden Fälschungsfällen und ihren Forschungsgebieten wurde auch in der Berichterstattung hervorgehoben. Siehe dazu und zur geschilderten Prognose etwa bei Werner, Wilfried: *Eine Studie gefällig?* In: Heilbronner Stimme, 06.10.1997.

Betrug und Fälschung leicht gemacht

75 So die Warnung von DFG-Präsident Wolfgang Frühwald auf der bereits mehrfach genannten Pressekonferenz am 16.12.1997 in Bonn.

76 Dies wurde auch in der Berichterstattung über die beiden Fälle herausgestellt. Siehe hierzu mit weiteren Verweisen in den Abschnitten *Der Paukenschlag* und *Nach dem Paukenschlag* (Erster Teil).

77 Zitiert nach Blech, *Ausgetrickst*, Die Zeit, 10.06.1998. Zu ähnlichen Äußerungen siehe auch den Beitrag von Abbott, *Fälschung*, SZ, 28.05.1998.

78 So die treffende Formulierung von Bartens, *Wahrheit*, S. 160, der dies auch auf die anderen Autoren und erst recht auf die Leser eines Fachjournals überträgt.

79 Siehe dazu und zum Problem der fehlenden Zeit allgemein bei Mölling, *Betrug*, bild der wissenschaft, 11/97, S. 23f.

80 So im Interview mit him am 20.02.1998 in Hamburg.

81 Hierzu und für den gesamten Kontext siehe etwa den auf den „Fall Herrmann/Brach" bezugnehmenden Kommentar von Schwaibold, Frank: *Verlockung*. In: Stuttgarter Nachrichten, 13.06.1997; siehe allgemein auch bei Finetti, *Scharlatane*, SZ, 10.07.1995.

82 Diese Einschätzung vertrat Franke in der bereits genannten Hörfunksendung *Ruhm*, Radio Bayern 2, 13.02.1998. Ihr ist auch das folgende Zitat entnommen.

Dritter Teil
Schutzvorkehrungen und Sanktionen

Die heilsame Wirkung des Schocks

1 Zu dem Treffen und den nachfolgend genannten Teilnehmern siehe in dem daraus hervorgegangenen Bericht, publiziert als DFG, *Sicherung*, hier: S. 3. In Kurzform siehe auch Deutsche Forschungsgemeinschaft (Hrsg.): *Ehrenkodex für gutes wissenschaftliches Arbeiten*. Pressemitteilung Nr. 31 vom 16.12.1997. Erste Einzelheiten des nichtöffentlichen Treffens wurden bei der Vorstellung der Ergebnisse auf einer Pressekonferenz der DFG am 16.12.1997 in Bonn bekannt. Sie ist dokumentiert in Himmelrath, Armin: *Den Forschern auf die Finger sehen*. In: WDR – Radio 5, Leonardo, 13.01.1998. Zu weiteren Informationsquellen über das Bonner Treffen und seine Ergebnisse siehe weiter unten.

2 Seinen eigenen Worten zufolge verstand sich Frühwald in erster Linie als Vertreter der Geisteswissenschaften. Siehe dazu seine Äußerungen auf der Pressekonferenz der DFG, dokumentiert in Himmelrath, *Finger*, WDR 5, 13.01.1998.

3 Zur Arbeit und den abschließenden Empfehlungen der MPG-Kommission siehe ausführlich im Abschnitt *Selbstkontrolle vor Aufsicht*.

4 So lautete zumindest zunächst der Name der Kommission. Später erhielt sie den programmatischen Titel „Kommission ‚Selbstkontrolle in der Wissenschaft'". Siehe dazu weiter unten.

5 Stellvertretend für das Medienecho auf die DFG-Jahrespressekonferenz siehe die dpa-Berichte: *„Wissenschaft besser vor Fälschungen schützen"*. In: SZ, 28.06.1997; *Den Fälschern auf der Spur*. In: Schwarzwälder Bote, 28.06.1997; *Vorstoß*, Badische Zeitung, 30.06.1997; KS [Katja Schmidt]: *Kommission soll Betrug aufklären*. In: DUZ, 04.07.1997.

6 Siehe hierzu das auf der DFG-Jahrespressekonferenz verteilte ungezeichnete *Statement des DFG-Präsidenten zum Thema „Betrug in der Wissenschaft"*. Ihm sind auch die folgenden Zusammenfassungen und Zitate entnommen.

7 Rubner, *Wissenschaft*, SZ, 07.08.1997.

8 Reets, Jürgen: *Forschen und Fälschen*. In: Badische Zeitung, 25.06.1997. Siehe hier auch für das Folgende.

9 Siehe dazu die ausführliche Schilderung im Abschnitt *Das letzte Wort haben die Richter* (Erster Teil).

10 Die Anfrage ist dokumentiert in der *Bundestags-Drucksache (BT Drs.) 13/386*, S. 51.

11 Zum Wortlaut der Antwort Neumanns siehe *BT Drs 13/386*, S. 52.

12 Siehe dazu das Interview von Trothas mit Krischer, *Verbindung*, Focus, 02.06.1997.

13 So etwa der frühere DFG- und jetzige MPG-Vizepräsident Prof. Dr. Albin Eser, der bereits in den achtziger Jahren als einer der ersten deutschen Wissenschaftler wirkungsvollere Schutzvorkehrungen und Ahndungsmöglichkeiten gefordert hatte. Siehe Eser, Albin: *Hat die Forschung ihre Unschuld verloren?* In: Focus, 09.06.1997.

14 Die folgende Darstellung stützt sich auf die erste und noch immer ergiebigste wissenschaftliche Untersuchung zur rechtlichen Situation von Stegemann-Boehl, *Fehlverhalten*, v.a. S. 72 ff., S. 112 ff. und S. 189 ff., sowie auf die Kurzfassung *Fehlverhalten* (Aufsatz), S. 143 ff. Siehe dort auch zu den jeweiligen Gesetzesparagraphen, auf deren genaue Nennung wir nachfolgend um der besseren Lesbarkeit willen verzichten. Einen ersten lesbaren Überblick bietet auch der Zeitungsbeitrag von Stegemann-Boehl, *Wenn die Wahrheit sich rächt*. In: FAZ, 13.08.1997.

15 Derlei Fälle sind zumindest aus den USA und Kanada bekannt. Siehe Stegemann-Boehl, *Fehlverhalten* (Aufsatz), S. 141, Anmerkung 12. In Deutschland wurde zumindest im „Fall Herrmann/Brach" auf die Gefahr der falschen Behandlung von Krebskranken durch die manipulierten Arbeiten der beiden Forscher hingewiesen. Siehe dazu etwa bei Wormer, Holger: *Langsame Selbstreinigung der Wissenschaft*. In: SZ, 20.05.1998.

16 Stegemann-Boehl, *Wahrheit*, FAZ, 13.08.1997.

17 Die Auseinandersetzungen sind ausführlich beschrieben im Abschnitt *Das letzte Wort haben die Richter* (Erster Teil).

18 Stegemann-Boehl, *Wahrheit*, FAZ, 13.08.1997.

19 Stegemann-Boehl, *Wahrheit*, FAZ, 13.08.1997.

20 Stegemann-Boehl, *Fehlverhalten* (Aufsatz), S. 157.

21 Zitiert nach ssb [Stefanie Stegemann-Boehl]: *Knigge für Forscher*. In: FAZ, 14.02.1996. Siehe hier auch zu den folgenden Zitaten und Zusammenfassungen.

22 Siehe hierzu Deutsche Gesellschaft für Soziologie (Hrsg.): *Ethik-Kodex der Deutschen Gesellschaft für Soziologie und des Berufsverbandes Deutscher Soziologen*. In: DGS-Informationen 1/93. S. 13 ff.

23 Siehe hierzu Gesellschaft Deutscher Chemiker (Hrsg.): *Verhaltenskodex der Gesellschaft Deutscher Chemiker*. Frankfurt a.M. o.J. [1994]. Siehe hier auch zum Folgenden.

24 Hierzu siehe erneut den Abschnitt *Das letzte Wort haben die Richter* (Erster Teil).

25 Siehe hierzu *Deutsche Gesellschaft für Erziehungswissenschaft: Standards erziehungswissenschaftlicher Forschung*. Abgedruckt in: Friebertshäuser, Barbara / Prengel, Annedore (Hrsg.): *Handbuch quantitative Forschungsmethoden in der Erziehungswissenschaft*. Weinheim 1997. S. 857 f. Siehe hier auch zum Folgenden.

Blick über den Tellerrand

26 Zum amerikanischen Modell siehe ausführlich und mit zahlreichen Beispielen und weiterführenden Hinweisen bei Stegemann-Boehl, *Fehlverhalten*, S. 193 ff., sowie *Fehlverhalten* (Aufsatz), S. 140, in Kurzform. Siehe darüber hinaus auch die Darstellung in DFG, *Vorschläge*, S. 36 ff.

27 Zu Kompetenzen und Arbeitsweise des ORI siehe die sachliche Darstellung bei Stegemann-Boehl, *Fehlverhalten*, S. 223, sowie stellvertretend für viele mit deutlich wertenden Tönen bei Rubner, *Forschung*, SZ, 07.08.1997. Die angeführten Na-

menslisten sind über die ORI-homepage: http://ori.dhhs.gov/ einzusehen. Die Hintergründe der ORI-Gründung sowie dessen Anbindung an das politische System und Auseinandersetzungen damit schildert Di Trocchio, *Schwindel*, S. 84f.

28 Dies war eine der Grundlagen für die Ermittlungen gegen den Entdecker der Contergan-Gefahren, den Gynäkologen McBride, der 1994 aus dem australischen Medizinregister gestrichen wurde, weil ihm 24 gefälschte Forschungsberichte nachgewiesen worden waren. Siehe dazu Himmelrath, *Fakes*, Unicum 5/96, S. 10f. Zum australischen Modell siehe auch bei Stegemann-Boehl, *Fehlverhalten* (Aufsatz), S. 140.

29 Zum kanadischen Verfahren siehe in aller Kürze bei DFG, *Vorschläge*, S. 38, Stegemann-Boehl, *Fehlverhalten* (Aufsatz), S. 141.

30 Zum dänischen Modell siehe Egede, Hendrik: *Eingeholt von der Vergangenheit*. In: DUZ, 12.08.1994. Siehe darüber hinaus erneut Stegemann-Boehl, *Fehlverhalten* (Aufsatz), S. 140, sowie mit weiterführenden Hinweisen DFG, *Vorschläge*, S. 38ff.

31 Siehe erneut DFG, *Vorschläge*, S. 40.

32 Für beide Zitate siehe Frühwald, *Täuschung*, S. 31.

33 Zur Position Esers siehe den Beitrag von Rubner, *Forscher*, SZ, 21.03.1996, dem auch das Zitat entstammt.

34 So in dem bereits angeführten Beitrag Eser, *Forschung*, Focus, 09.06.1997.

35 Der Satz ging der Ankündigung der „Internationalen Kommission" voraus. Siehe dazu das bereits genannte *Statement des DFG-Präsidenten*, 27.06.1997.

Selbstkontrolle vor Aufsicht

36 So lautete auch der Titel der DFG-Pressemitteilung zur Vorstellung der Kommissionsergebnisse. Siehe DFG (Hrsg.): *Ehrenkodex für gutes wissenschaftliches Verhalten*. Pressemitteilung Nr. 31 vom 16.12.1997. Die Empfehlungen selbst lagen zunächst nur in einer vierseitigen Kurzfassung vor, die der Pressemitteilung beilag und neben den Namen der Kommissionsmitglieder und den einleitenden Abschnitten lediglich den Wortlaut der Empfehlungen wiedergab. Die um Begründungen und Kommentare sowie um eine kurze Schilderung aktueller „Probleme im Wissenschaftssystem" und ausländischer Erfahrungen erweiterte Langfassung wurde im Frühjahr 1998 in Buchform publiziert. Siehe DFG, *Vorschläge*.

37 Dieses und die folgenden Zitate von der DFG-Pressekonferenz sind dokumentiert in Himmelrath, *Finger*, WDR 5, 13.01.1998.

38 Siehe DFG, *Vorschläge*, S. 5. Alle Zusammenfassungen und Zitate folgen der in Buchform publizierten Langfassung der Empfehlungen.

39 Der vollständige Titel lautet: „Vorschläge zur Sicherung guter wissenschaftlicher Praxis – Empfehlungen der Kommission ‚Selbstkontrolle in der Wissenschaft'".

40 DFG, *Vorschläge*, S. 6.

41 DFG, *Vorschläge*, S. 5f.

42 DFG, *Vorschläge*, S. 5.

43 DFG, *Vorschläge*, S. 6.

44 Siehe DFG, *Vorschläge*, S. 7 (Empfehlung 2). Bereits dieser Punkt ist ein gutes Beispiel für die mitunter recht ungeordnete Reihenfolge der Empfehlungen in der schriftlichen Fassung. Die ‚Aufforderung' an die wissenschaftlichen Institutionen zur Formulierung der besagten Regeln findet sich nicht in einer Empfehlung, sondern ist auf vier aufgesplittet. Den Hochschulen und außeruniversitären Forschungseinrichtungen gilt die zitierte Empfehlung 2, den Fachgesellschaften die ansonsten wortgleiche Empfehlung 10, den wissenschaftlichen Zeitschriften die Empfehlung 12 und den Förderorganisationen schließlich die Empfehlung 13. Thematisch zusammengehende, aber über den Text verteilte Empfehlungen werden in den folgenden Abschnitten der besseren Lesbarkeit willen zusammengefaßt.

45 DFG, *Vorschläge*, S. 7 (Empfehlung 2).

46 DFG, *Vorschläge*, S. 7 (Empfehlung 1).

47 DFG, *Vorschläge*, S. 12 (Empfehlung 7).

48 DFG, *Vorschläge*, S. 9 (Empfehlung 4).

49 DFG, *Vorschläge*, S. 8 (Empfehlung 3).

50 Siehe DFG, *Vorschläge*, S. 18 (Empfehlung 11) zur Verantwortung der Autoren sowie zur Ehrenautorschaft und S. 19 (Empfehlung 12) zu den Gutachtern.

51 DFG, *Vorschläge*, S. 10 (Empfehlung 5).

52 So bei der Vorstellung der Empfehlungen am 16.12.1997 in Bonn. Die Äußerungen Beisiegels sind dokumentiert in Himmelrath, *Finger*, WDR 5, 13.01.1998; siehe darüber hinaus etwa [dpa]: *„Qualität und Originalität vor Masse."* In: Reutlinger Generalanzeiger, 17.12.1997.

53 DFG, *Vorschläge*, S. 10 (Empfehlung 5).

54 DFG, *Vorschläge*, S. 24 (Empfehlung 16).

55 DFG, *Vorschläge*, S. 13 (Empfehlung 8).

56 DFG, *Vorschläge*, S. 21 f. (Empfehlung 14).

57 So bei der Vorstellung der Empfehlungen am 16.12.1997. Die Äußerung Frühwalds ist dokumentiert in Himmelrath, *Finger*, WDR 5, 13.01.1998.

58 Siehe für beide Zitate bei Schnabel, Ulrich: *Ohne Moral kein Geld*. In: Die Zeit, 19.12.1997.

59 Die Verfahrensordnung liegt bis heute nur als 9seitiges Typoskript vor, auf das sich die folgende Darstellung und alle Zitate denn auch stützen. Siehe MPG, *Verfahren*. Eine ebenso prägnante wie einordnende Zusammenfassung gibt auch Stefanie Stegemann-Boehl, die der Arbeitsgruppe als externe Expertin angehörte. Siehe Stegemann-Boehl, Stefanie: *Schwere Zeiten für Gauner und Betrüger*. In: FAZ, 24.12.1997.

60 Dennoch wurde die zeitliche Abfolge nicht in allen Presseberichten korrekt wiedergegeben. Siehe etwa Rubner, Jeanne: *Anstandsregeln für Forscher sollen Vertrauen stärken*. In: SZ, 04.12.1997. Dort heißt es: „Nachdem die Deutsche Forschungsgemeinschaft (DFG) eine internationale Kommission einberufen hatte […], hat auch die Max-Planck-Gesellschaft [MPG] interne Regeln verabschiedet."

61 MPG, *Verfahren*, S. 2. Siehe hier auch zum Vorprüfungsverfahren allgemein.

62 MPG, *Verfahren*, S. 2f. Siehe hier auch zu den folgenden Verfahrensdetails.
63 Diesen Punkt betont auch Stegemann-Boehl, *Zeiten*, FAZ, 24.12.1997.
64 MPG, *Verfahren*, S. 4f. Siehe dort auch zum Folgenden.
65 Siehe dazu auch Stegemann-Boehl, *Zeiten*, FAZ, 24.12.1997.
66 Ausführlich geschildert ist diese Diskussion im Abschnitt *Der Paukenschlag* (Erster Teil).
67 MPG, *Verfahren*, S. 5.
68 Deutsche Physikalische Gesellschaft e.V. (Hrsg.): *Verhaltenskodex für Mitglieder*. Internet (http://www.dpg-physik.de/organisation/statuten/verhaltenskodex. html) 1998. Siehe hier auch für die folgenden Zitate. Siehe darüber hinaus auch die Bewertung von [bob], *Die Ehre der Physiker*. In: Stuttgarter Zeitung, 27.03.1998.
69 Siehe dazu Interview mit Eser von Berg, Lilo: *„Wir müssen die Karten offen auf den Tisch legen."* In: Berliner Zeitung, 17.12.1997.
70 Siehe rub [Jeanne Rubner]: *Universitäten unter Druck*. In: SZ, 17.12.1997.
71 Der Senatsbeschluß ist zitiert nach fvb: *Ombudsmann für Wissenschaft*. In: Südkurier Konstanz, 17.01.1998. Siehe hier auch für das Folgende.
72 So in einem Telephongespräch mit him am 31.03.1998.
73 Siehe dazu Albert-Ludwigs-Universität Freiburg (Hrsg.): *Medizinische Fakultät der Universität Freiburg legt Verhaltensrichtlinien zur Verhinderung wissenschaftlicher Fälschungen vor*. Pressemitteilung vom 24.03.1998. Siehe hier auch für die folgenden Zitate.
74 Zum Medienecho siehe etwa die Beiträge von Reets, Jürgen: *Neue Uni-Richtlinien gegen Wissenschaftsbetrug*. In: Badische Zeitung, 25.03.1998; ute: *Verhaltenskodex für Forscher*. In: Stuttgarter Zeitung, 27.03.1998; [ungez.] *Aus ist's mit dem Schummeln*. In: Rhein-Neckar-Zeitung, 29.03.1998.
75 Siehe dazu bei Böhmer, Willi: *Richtlinien in Arbeit*. In: Südwest Presse, 01.04.1998. Diese Richtlinien lassen im Oktober 1998 jedoch noch weiter auf sich warten.
76 Auf die Verfahrensordnung der Münsteraner Universität wies DFG-Generalsekretär Dr. Reinhard Grunwald im Interview mit mf und him am 04.02.1998 in Bonn hin. Erwähnt wird sie auch in der nachfolgend genannten Empfehlung der HRK. Die Münsteraner Universität wollte gegenüber den Autoren lediglich die Existenz einer solchen Ordnung bestätigen, ohne jedoch auf die Inhalte einzugehen.
77 So die Wortwahl der Pressemitteilung der Hochschulrektorenkonferenz (Hrsg.): *Verfahren zur Vermeidung von Fehlverhalten in der Wissenschaft*. Pressemitteilung HRK/28/98 vom 07.07.1998. Siehe hier auch für die folgenden Zusammenfassungen und Zitate. Die komplette Fassung der Empfehlung liegt vor unter dem Titel HRK (Hrsg.): *Empfehlung des 185. Plenums vom 06.07.1998: Zum Umgang mit wissenschaftlichem Fehlverhalten an den Hochschulen* als Typoskript vor. Siehe darüber hinaus auch den einordnenden Beitrag von Stegemann-Boehl, Stefanie: *Forsch voran*. In: FAZ, 08.07.1998.

Ausblick
Problem erkannt – Gefahr gebannt?

1 Aus der Umfrage hervorgegangen ist der Beitrag von Wormer, Holger: *Langsame Selbstreinigung der Wissenschaft*. In: SZ, 20.05.1998.

2 Zitiert nach Wormer, *Selbstreinigung*, SZ, 20.05.1998. Siehe hier auch für die folgenden Zitate.

3 Die folgende Schilderung basiert auf vertraulichen Schilderungen von Sitzungsteilnehmern und dem nichtöffentlichen Protokoll der DFG-Mitgliederversammlung, das den Autoren aber zumindest teilweise zur Kenntnis gebracht wurde.

4 Siehe hierzu DFG, *Vorschläge*, S. 10f., sowie die Ausführungen im vorangegangenen Abschnitt *Selbstkontrolle vor Aufsicht* (Dritter Teil).

5 Siehe DFG, Vorschläge, S. 21f. und ebenfalls im Abschnitt *Selbstkontrolle vor Aufsicht* (Dritter Teil).

6 So laut Protokoll der DFG-Mitgliederversammlung.

7 Schnabel, *Moral*, Die Zeit, 19.12.1997.

8 Landesrektorenkonferenz NRW: *Ergebnisprotokoll der 81. Sitzung am 28.09.1998 in Münster*. S. 7.

9 Stegemann-Boehl, Stefanie: *Knigge für Forscher*. In: FAZ, 14.02.1996.

Bibliographie

Die folgende Bibliographie führt grundlegende Monographien und Sammelbände sowie Aufsätze, Zeitungsbeiträge und Quellen zu Betrug und Fälschung allgemein und in der deutschen Wissenschaft speziell auf. Ferner finden sich hier Darstellungen und Analysen zum modernen Wissenschaftsbetrieb und seinen geschilderten Strukturproblemen. Aus der Vielzahl von Veröffentlichungen zu einzelnen Fälschungsfällen haben wir nur solche aufgenommen, die auch grundsätzlichere Aspekte behandeln. Für weitere Beiträge, die von uns geführten Interviews und das zusätzlich verwendete audiovisuelle Material verweisen wir auf die vorangegangenen Anmerkungen.

Monographien, Sammelbände

Bär, Siegfried: *Forschen auf Deutsch. Der Machiavelli für Forscher – und solche, die es noch werden wollen*. Frankfurt a. M. 1993.

Beck-Bornholt, Hans-Peter / Dubben, Hans-Hermann: *Der Hund, der Eier legt. Erkennen von Fehlinformationen durch Querdenken*. Hamburg 1997.

Broad, Wiliam / Wade, Nicolas: *Betrug und Fälschung in der Wissenschaft*. Basel 1984.

Bultmann, Antje / Schmithals, Friedemann (Hrsg.): *Käufliche Wissenschaft. Experten im Dienst von Industrie und Politik*. München 1994.

Bundesministerium für Bildung, Wissenschaft, Forschung und Technologie (Hrsg.): *Bundesbericht Forschung 1996*. Bonn 1996.

Bundesministerium für Bildung, Wissenschaft, Forschung und Technologie (Hrsg.): *Grund- und Strukturdaten 1996/97*. Bonn 1997.

Cheney, David (Hrsg.): *Ethical issues in Research*. Frederick/Maryland 1993.

Corino, Karl: *Gefälscht. Betrug in Politik, Literatur, Wissenschaft, Kunst und Musik*. Nördlingen 1988.

De Solla Price, Derek J.: *Little Science, Big Science*. Frankfurt a. M. 1974.

Deutsche Forschungsgemeinschaft (Hrsg.): *Perspektiven der Forschung und ihrer Förderung. Aufgaben und Finanzierung 1997–2001*. Weinheim 1997.

Deutsche Forschungsgemeinschaft (Hrsg.): *Sicherung guter wissenschaftlicher Praxis. Safeguarding Good Scientific Practice. Denkschrift*. [Empfehlungen der Kommission „Selbstkontrolle in der Wissenschaft"] Weinheim 1998.

Di Trocchio, Federico: *Der große Schwindel. Betrug und Fälschung in der Wissenschaft*. Frankfurt a. M. – New York 1994.

Eser, Albin / Schumann, Karl (Hrsg.): *Forschung im Konflikt mit Recht und Ethik*. Stuttgart 1976.

EUROresearch. An Overview of Research Policy in Europe. Hrsg. vom RAABE Fachverlag für Wissenschaftsinformation. Bonn 1996.

Flöhl, Rainer / Fricke, Jürgen (Hrsg.): *Moral und Verantwortung. Die Aufgabe von Wissenschaftler und Journalist.* Mainz 1987.

Fölsing, Albrecht: *Der Mogelfaktor. Die Wissenschaftler und die Wahrheit.* Hamburg-Zürich 1984.

Glotz, Peter: *Im Kern verrottet? Fünf vor zwölf an Deutschlands Universitäten.* Stuttgart 1996.

Grafton, Anthony: *Fälscher und Kritiker. Der Betrug in der Wissenschaft.* Berlin 1991.

Hall, George M. (Hrsg.): *Publish or Perish. Wie man einen wissenschaftlichen Beitrag schreibt, ohne die Leser zu langweilen oder die Daten zu verfälschen.* Bern-Göttingen-Toronto-Seattle 1998.

Huber, Joseph / Thurn, Georg (Hrsg.): *Wissenschaftsmilieus. Wissenschaftskontroversen und soziokulturelle Konflikte.* Berlin 1993.

Kohn, Alexander: *False Prophets.* Oxford 1986.

Lock, Stephen / Wells, Frank (Hrsg.): *Fraud and Misconduct in Medical Research.* London 1996.

Merton, Robert K.: *Wissenschaft und demokratische Sozialstruktur.* Frankfurt a. M. 1972.

Morkel, Arnd: *Erinnerung an die Universität. Ein Bericht.* Vierow bei Greifswald 1995.

Neidhardt, Friedhelm: *Selbststeuerung in der Forschungsförderung. Das Gutachterwesen der DFG.* Opladen 1988.

Pinkau, Klaus / Popp, Manfred / Stahlberg, Christina (Hrsg.): *Der Universitäts- und Forschungsstandort Deutschland im globalen Markt.* Stuttgart-Leipzig 1998.

Pro Wissenschaft. Ausgewählte deutsche Organisationen und Fördereinrichtungen im Überblick. Hrsg. vom RAABE Fachverlag für Wissenschaftsinformation. Bonn 1994.

Sapp, Jan: *Where the Truth Lies. Franz Moewus and the Origins of Molecular Biology.* Cambridge 1990.

Turner, George: *Hochschulpolitik. Bilanz der Reformen und Perspektiven.* Asendorf 1995.

Stegemann-Boehl, Stefanie: *Fehlverhalten von Forschern. Eine Untersuchung am Beispiel der biomedizinischen Forschung im Rechtsvergleich USA/Deutschland.* Stuttgart 1994.

Weingart, Peter (Hrsg.): *Wissenschaftssoziologie. Band 1.* Frankfurt a. M. 1972.

Zittlau, Jörg: *Eine Elite macht Kasse. Der Professoren-Report.* Hamburg 1994.

Aufsätze, Zeitungsbeiträge, Quellen

Abbott, Alison: *Germany tightens grip on misconduct.* nature, 04. 12. 1997.

[anonym] *„Das machen doch alle."* Der Spiegel, 23. 06. 1997.

[anonym] *Die hektische Suche nach den Lücken im System.* Dokumentation des SZ-Forums Umwelt-Wissenschaft-Technik zum Thema „Wissenschaftsbetrug". SZ, 07. 04. 1998.

[anonym] *Unheimlich fleißig.* Der Spiegel, 27. 06. 1983.

Bartholomäus, Ulrike / Schnabel, Ulrich: *Betrüger im Labor.* Die Zeit, 13. 06. 1997.

Berg, Lilo: *Anatomie einer Fälschung.* Berliner Zeitung, 28. 05. 1997.

Bischoff, Jörg: *Freiheit der Fälscher.* Südwest Presse, 17. 06. 1997.

Blech, Jörg: *Sinnloser Datensalat*. Interview mit Wolfgang Frühwald. Die Zeit, 10.07.1997.
Blech, Jörg: *Ausgetrickst*. Die Zeit, 10.06.1998.
Blum, André: *Der Mythos objektiver Forschung*. Die Zeit, 10.06.1998.
Blum, Wolfgang: *Die Manipulation der harten Zahlen*. Geo Wissen Spezial, 02.03.1992.
Borgmann, Wolfgang: *Kehrwoche in der Forschung*. Stuttgarter Zeitung, 02.07.1997.
Borgmann, Wolfgang / Geldner, Andreas / Volz, Tanja / Zintz, Klaus: *„Wir sind mitten in der Kehrwoche."* Interview mit Hubert Markl. Stuttgarter Zeitung, 01.07.1997.
Borgmann, Wolfgang: *„Rückhaltlose Aufklärung stärkt die Forschung."* Interview mit Wolfgang Frühwald. Stuttgarter Zeitung, 05.09.1997.
Bruns, Peter / Hennings, Ingo: *Zurück zur Wahrheit*. In: bild der wissenschaft, Nr. 9/98, S. 10.
Deutsche Gesellschaft für Erziehungswissenschaft: *Standards erziehungswissenschaftlicher Forschung*. In: Friebertshäuser, Barbara / Prengel, Annedore (Hrsg.): *Handbuch quantitative Forschungsmethoden* in der Erziehungswissenschaft [s. S. 252, Anm. 25]. Weinheim 1997. S. 857ff.
Deutsche Gesellschaft für Soziologie: *Ethik-Kodex der Deutschen Gesellschaft für Soziologie und des Berufsverbandes Deutscher Soziologen*. DGS-Informationen, 1/93, S. 13ff.
Deutsche Physikalische Gesellschaft (Hrsg.): Verhaltenskodex für Mitglieder. [undat., Quelle: http://www.dpg-physik.de/organisation/statuten/verhaltenskodex.html)
Eser, Albin: *Hat die Forschung ihre Unschuld verloren?* Focus, 09.06.1997.
Finetti, Marco: *Betrug in Bonn*. Die Zeit, 29.07.1994.
Finetti, Marco: *Scharlatane der Erkenntnis*. SZ, 10.07.1995.
Finetti, Marco / Himmelrath, Armin: *Das verdrängte Phänomen. Vom jahrzehntelangen Nicht-Umgang deutscher Wissenschaftler und Wissenschaftsorganisationen mit Betrug und Fälschung in den eigenen Reihen*. In: Gegenworte, Zeitschrift für den Disput über Wissen, hrsg. von der Berlin-Brandenburgischen Akademie der Wissenschaften, Heft 2, Herbst 1998, S. 31ff.
Flöhl, Rainer: *Falsche Forschungsergebnisse schlimmer als gefälschte*. FAZ, 01.04.1992.
Flöhl, Rainer: *Wissenschaftler betrügen häufiger als vermutet*. FAZ, 19.01.1994.
R. F. [Flöhl, Rainer]: *Kritiklos*. FAZ, 14.06.1997.
R. F. [Flöhl, Rainer]: *Chemie in Magnetfeldern / Widerruf*. FAZ, 13.07.1994.
R. F. [Flöhl, Rainer]: *Weggesehen*. FAZ, 13.08.1997.
R. F. [Flöhl, Rainer]: *Wissenschaftliche Grundsätze*. FAZ, 17.12. 1997.
Flöhl, Rainer: *Selbstbesinnung der Wissenschaft*. FAZ, 02.01.1998.
Förger, Dirk: *Forschung und Fälschung*. Die Welt, 26.06.1997.
Freudenreich, Josef-Otto: *Der Fehler liegt im System*. Stuttgarter Zeitung, 25.07.1997.
Friedrich, Bärbel: *Der Blick in die Zukunft*. In: forschung – Mitteilungen der DFG, 4/1997, S. 3.
Frühwald, Wolfgang: *Von Täuschung und Fälschung in der Wissenschaft*. forschung – Mitteilungen der DFG, 2–3/95, S. 3, 30f.
Frühwald, Wolfgang: *Ein Ombudsmann für die Wissenschaft*. forschung – Mitteilungen der DFG, 2–3/97, S. 3, 29.
Frühwald, Wolfgang: *Von der Wissenschaft werden Visionen erwartet*. forschung – Mitteilungen der DFG, 2–3/97, S. I-IV.

Fuhrer, Armin: *Kein perfekter Schutz möglich.* Interview mit Bruno Zimmermann. Die Welt, 04.08.1997.
Gesellschaft Deutscher Chemiker: *Verhaltenskodex der Gesellschaft Deutscher Chemiker.* [undatiert (beschlossen im März 1995)].
Haltmaier, Hans: *Belastungsprobe für das Herz der Wissenschaft.* Berliner Zeitung, 07.01.1998.
Himmelrath, Armin: *Mit Fakes zu Ruhm.* Unicum 5/96, S. 10–14.
Hochschulrektorenkonferenz: *Zum Umgang mit wissenschaftlichem Fehlverhalten in den Hochschulen.* Empfehlung des 185. HRK-Plenums vom 06.07.1998. Typoskript. Bonn 1998.
Horstkotte, Hermann: *Eine Frage der Ehre.* Rheinischer Merkur, 02.08.1996.
Horstkotte, Hermann: *Der Ruhm und sein Preis.* Rheinischer Merkur, 29.08.1997.
Kiper, Manuel: *Randeffekt des Systems?* Forum Wissenschaft, 4/97, S. 28ff.
Kunz, Martin: *Lug und Trug mit Doktorhut.* Focus, 20.02.1995.
Kuntz-Brunner, Ruth: *Wie man akademischer „Call-Boy" wird.* Deutsche Universitätszeitung, 24.01.1997.
Leffers, Jochen: *Ausgeträumt. Immer mehr junge Wissenschaftler verzichten auf eine Hochschulkarriere.* Das Sonntagsblatt, 26.05.1995.
Leimbach, Andreas: *Streit um Freiheit der Forschung.* VDI nachrichten, 19.05.1995.
Lindenmann, Jean: *Leichen im Schrank der Wissenschaft?* Neue Zürcher Zeitung, 01.04.1987.
Lenzen, Sigurd: *Nützlichkeit und Limitationen des sogenannten 'Journal Impact Factors' bei der Bewertung von wissenschaftlichen Leistungen und Zeitschriften.* Diabetes und Stoffwechsel, 6. Bd., 1997, S. 273f.
Lossau, Norbert: *Ich hoffe, daß der Mensch sich selbst neue Grenzen setzt.* Interview mit Wolfgang Frühwald. Die Welt, 23.06.1997.
Lossau, Norbert: *Das Zittern der Fälscher.* Die Welt, 29.12.1997.
Max-Planck-Gesellschaft: *Verfahren bei Verdacht auf wissenschaftliches Fehlverhalten – Verfahrensordnung.* Typoskript. München 1997.
Miketta, Gaby / Krischer, Markus: *GAU in der Forschung.* Focus, 19.05.1997.
Mölling, Karin: *Betrug in der Forschung.* bild der wissenschaft, 11/97, S. 22ff.
Pfeuffer, Johannes: *Eine Zunft bangt um ihren* Ruf. Frankfurter Rundschau, 08.11.1997.
Randow, Gero von / Sentker, Andreas: *Zweifel ist wichtiger als Führung.* Interview mit Wolfgang Frühwald. Die Zeit, 19.12.1997.
Randow, Thomas von: *Eine Ente flog durch die Wissenschaft.* Die Zeit, 04.03.1977.
Rees, Jürgen: *Forschen und fälschen.* Badische Zeitung, 25.06.1997.
Rögener, Wiebke: *Wie fair sind die Schiedsrichter der Wissenschaft?* In: SZ, 30.10.1997.
Roloff, Eckart Klaus / Hahn, Udo: *Der Mensch ist kein Materiallager.* Interview mit Wolfgang Frühwald. Rheinischer Merkur, 31.10.1997.
Rubner, Jeanne: *Gefährliches Spiel mit dem Doktor.* SZ, 20.05.1996.
Rubner, Jeanne: *Wenn Forscher ihre Ehre verlieren.* SZ, 21.03.1996.
Rubner, Jeanne: *Erdrutsch an Vertrauen?* Interview mit Wolfgang Frühwald. SZ, 26.06.1997.
Rubner, Jeanne: *Zuviel Respekt vor dem Gedruckten.* SZ, 27.06.1997.

Rubner, Jeanne: *Wissenschaft ohne Kontrolle.* SZ, 07.08.1997.
Rubner, Jeanne: *Der Mann, der Wissenschaftler machte.* SZ, 25.10.1997.
Rubner, Jeanne: *Anstandsregeln für Forscher sollen Vertrauen stärken.* SZ, 04.12.1997.
Rubner, Jeanne: *Welche Pflichten hat ein Forscher?* Interview mit Albin Eser. SZ, 04.12.1997.
Schnabel, Ulrich: *Forschung und Fälschung.* Die Zeit, 12.03.1993.
Schnabel, Ulrich: *Ohne Moral kein Geld.* Die Zeit, 19.12.1997.
Schnabel, Ulrich: *Kaum bestrafbar.* Die Zeit, 10.06.1998.
Schnabel, Ulrich: *Autors Ehre.* Die Zeit, 03.07.1998.
Sentker, Andreas: *Betrug im Labor.* Die Zeit, 10.06.1998.
Senoner, Matthias: *Die Springflut der Daten.* Die Zeit, 15.05.1997.
Simon, Dieter: *Die Wahrheit muß erfunden werden.* FAZ, 18.12.1997.
ssb [Stegemann-Boehl, Stefanie]: *Knigge für Forscher.* FAZ, 14. 02.1996.
Stegemann-Boehl, Stefanie: *Fehlverhalten von Forschern und das deutsche Recht.* Wissenschaftsrecht, 29. Band, Heft 2, Juni 1996, S. 139–160.
Stegemann-Boehl, Stefanie: *Stein der Weisen oder Steine statt Brot?* FAZ, 07.05.1997.
Stegemann-Boehl, Stefanie: *Wenn sich die Wahrheit rächt.* FAZ, 13.08.1997.
Stegemann-Boehl, Stefanie: *Schwere Zeiten für Gauner und Betrüger.* FAZ, 24.12.1997.
Waloschek, Pedro: *Flecken auf dem Elfenbeinturm.* Die Zeit, 29.03.1985.
Weber, Christian: *Titelkampf an der Uni.* Focus, 01.04.1996.
Werner, Wilfried: *Eine Studie gefällig?* Heilbronner Stimme, 06.10.1997.
Wewetzer, Hartmut: *Fälschen statt Forschen.* Der Tagesspiegel, 18.06.1997.
Winnacker, Ernst-Ludwig: *Das Gen und das Ganze.* Die Zeit, 30.04.1997.
Winnacker, Ernst-Ludwig: *Plädoyer für eine neue Wissenschaftskultur.* SZ, 08.01.1998.
Wisnewski, Gerhard / Schepelmann, Rolf: *Doktor Lüge und Professor Plagiat.* SZ-Magazin, 23.10.1992.
Wormer, Holger: *Mitgeschrieben, mitgefangen, mitgehangen.* SZ, 14.08.1997.
Wormer, Holger: *Halbherzige Jagd auf Fälschungen.* SZ, 06.11.1997.
Zell, Rolf Andreas: *Der Autor als Phantom.* Die Zeit, 31.07.1997.